Die Krimi-Cops

Umgelegt

Ein Struller- und Jensen-Krimi

KBV

1. Auflage Juni 2011
2. Auflage August 2011
3. Auflage April 2013

www.kbv-verlag.de
E-Mail: info@kbv-verlag.de
Telefon: 0 65 93 - 998 96-0
Fax: 0 65 93 - 998 96-20
Umschlagillustration: Ralf Kramp
unter Verwendung von:
© Gernot Krautberger – www.fotolia.de
Redaktion: Volker Maria Neumann, Köln
Druck: Aalexx Buchproduktion GmbH, Großburgwedel
Printed in Germany
ISBN 978-3-942446-06-8

pro tebe

Prolog

Beeindruckend. Geheimnisvoll.

»Einfach himmlisch!«

Leicht über das kalte Eisengeländer gelehnt, atmete sie die frische, kühle Novemberluft tief ein, warf einen weichen, milden Blick die Uferpromenade entlang und seufzte. In der milchigen Oberfläche der friedlich dahinfließenden Moldau spiegelten sich schlierig die hellen Lampen einer weihnachtlich glitzernden Kandelaberreihe.

»Aufgezogen, wie eine Perlenkette.«

Sie lächelte. Prag war in der Vorweihnachtszeit noch mal so schön.

Ach. Diese sanfte, melancholische Stimmung hatte sie nie zuvor in dieser warmen Heftigkeit empfunden. Erst seit Pavel vor unendlich langer Zeit in ihr Leben getreten war, erst seitdem sah sie die Welt anders. Schöner, begehrenswerter … spannender.

Sie löste sich vom Brückengeländer und schlang die Arme fest um ihren Körper. Aber ihr war nicht kalt. Im Gegenteil. Wären das nur schon seine starken Arme!

»Gleich«, flüsterte sie.

Er holte sie nie direkt nach dem Unterricht ab. Er hatte erklärt, dass ihre braven Freundinnen sich sonst die niedlichen, kleinen Münder fusselig reden würden. Was ganz sicher so sein würde, klar. Wie so oft hatte sie ihm recht geben müssen.

Pavel. Er war nur knappe fünf Jahre älter als sie, 23. Einen Mann wie ihn hatte sie noch nie kennen gelernt. So erwachsen. Natürlich war Pavel nicht ihr erster Freund, aber Pavel war einfach mehr. Pavel war ihr erster, richtiger Mann.

Sie strich eine lange, blonde Strähne aus dem Gesicht. Ein Fußgänger ging vorbei, sah sie an und lächelte. Schüchtern drehte sie sich weg.

Eine reife Ausstrahlung hatte Pavel das genannt. Glanz, der auf Männer anziehend wirkt. Unbezahlbar. Und er hatte sie richtig stolz angesehen. Sie sehe mindestens aus wie 23, wirke wie 25, viel, viel erwachsener als ihre Freundinnen. Schade, dass sie ihre Liebe noch für sich behalten musste, dass sie ihre starken, heftigen Gefühle nicht mit ihren Freundinnen und Eltern teilen durfte. Das war noch zu früh. Auch da hatte Pavel recht.

In wenigen Tagen würde sie 18 werden. Dann, ja dann werden es alle erfahren, hatte Pavel gesagt – und sie war ihm um den Hals gefallen.

»Da!«

Sie richtete sich freudig auf, denn sie entdeckte Pavels kleinen, roten Sportwagen, der auf die Uferpromenade bog. Ihr Herzschlag raste. Endlich! Sie freute sich auf jede Minute, jede Sekunde!

Heute wollten sie einen Ausflug machen. »Ich zeige dir den alten Hof meines Onkels, keine halbe Stunde außerhalb, du wirst begeistert sein.«

Pavel bremste den Wagen. Durch die heruntergekurbelte Scheibe auf der Fahrerseite wehte sein herbes Aftershave zu ihr herüber. Sie liebte diesen Duft. Er lachte sie an, und sie strahlte.

»Pavel!«

Durch die offene Scheibe drückte sie einen festen, feuchten Kuss auf seine Lippen. Ein Tourist fing den verliebten Moment mit seiner Kamera ein und knipste ein freches Foto von ihnen. Sie lachte. Der Tourist lachte ebenfalls. Sie strahlte Pavel an und erschrak.

»Was ...?«

Pavel lachte nicht. War er verärgert? Seine Augenbrauen zogen sich zusammen, sein Blick … finster. Genau wie damals, als sie sich heimlich nur für ihn hatte tätowieren lassen.

»Steig ein!«, befahl er knapp mit harter Stimme, deutete mit grobem Kopfnicken energisch auf den Beifahrersitz und öffnete gleichzeitig die Fahrertür seines Fahrzeugs.

1. Tag

»Hier muss es sein.« Er sprach langsam, mit unsicherer Stimme und kratzte sich mit den klobigen Fingern seiner riesigen, rechten Hand unter der blauen Wollmütze, die er auf dem kahlen Kopf trug.

Der Mann auf dem Beifahrersitz neben ihm verdrehte genervt die Augen. »Bist du sicher?«

»Brücke hat er gesagt.«

Der Mann auf dem Beifahrersitz seufzte und deutete mit breiter Geste nach links und rechts. »Links ist noch 'ne Brücke zu sehen, und weiter rechts erkenne ich auch noch eine. Sind wir hier jetzt richtig oder nicht?«

Der Fahrer schniefte und rutschte unruhig im Sitz vor und zurück. »Brücke hat er gesagt. Ich hab es in das Scheiß-Navi eingegeben, aber das Ding hat ja vorhin den Geist aufgegeben, dämliches Teil«, murmelte er.

»Das Teil hat *den* Geist aufgegeben, den du nie gehabt hast«, knurrte der Beifahrer.

Wollmütze machte einen kleinen Schlenker. »Hä, versteh ich nicht.«

Der Beifahrer seufzte wieder. Schon oft hatte er sich gefragt, wieso seine Partner immer blöder wurden. Da hatte er *einen* Moment mal nicht aufgepasst – und schon war dieser Trottel falsch abgebogen. So gut kannte er sich in dieser Stadt auch nicht aus. Diese dumpfe Blödheit machte ihn aggressiv. Und sauer. Demnächst würde er in der Sache mal Klartext sprechen. Aber nicht heute. Heute musste er diese verdammte Scheiße irgendwie zu Ende bringen.

»Für die Rückfahrt besorge ich ein neues«, brabbelte Mütze mit ausdruckslosem Gesicht, griff nach links, fischte aus den

Tiefen des Seitenfachs der Tür einen Pinienkern und versenkte ihn mit Schwung im Mund.

»Was?«

»Ein neues Navi.«

Der Mann auf dem Beifahrersitz schwieg ihm eine Antwort entgegen.

»Eine Brücke ist doch wie die andere«, fuhr sein genialer Partner kauend fort.

Ruhig bleiben, mahnte er sich. Ruhig bleiben! Natürlich war eine Brücke *nicht* wie die andere, aber was blieb ihnen jetzt übrig? Schon zwei Mal hatten sie diesen breiten, grauen Fluss überquert. Mit ein wenig Pech würde noch irgendein Autofahrer auf ihr Fahrzeug aufmerksam. Und Aufmerksamkeit konnten sie nun wahrlich nicht gebrauchen.

Die Uhr im Display des Autoradios zeigte drei Uhr. Er warf einen Blick in den Rückspiegel. Kein Fahrzeug zu sehen. Es musste jetzt voran gehen! »Okay. Fahr rechts ran!«

»Jetzt?«

»Ja.«

»Rechts ran?«

»Rechts ran, du Niete!«

Wollmütze bremste den Wagen. Sein Finger glitt Richtung Warnblinkanlage.

»Die bleibt aus. Oder willst du länger bleiben?«

»Nein, aber …«

»Oder irgendjemanden auf uns aufmerksam machen? Mit einer eingeschalteten Warnblinkanlage?« Er blickte in ein ausdrucksloses Mondgesicht.

»Äh … nein.«

»Dann los!«

Die beiden Männer stiegen aus dem Wagen. Der Mann vom Beifahrersitz musterte den mächtigen, muskulösen Körper seines grenzdebilen Partners. Na immerhin. Zupacken konnte der wohl. Das würde zumindest den jetzt folgenden Teil ihres Auftrags erleichtern.

Wollmütze ging hinten ans Fahrzeug und öffnete mit kräftigem Ruck die beiden Flügeltüren des schwarzen Transporters.

2. Tag

»Noch einen Kaffee, Krake!«, orderte Kriminalhauptkommissar Struhlmann, genannt Struller, übel gelaunt seinen dritten Becher, ohne eigentlich sagen zu können, was ihm heute Vormittag derart auf den Magen geschlagen war. Aber man musste ja auch nicht alles erklären können.

Krake, Strullers einarmiger Lieblingswirt, hob die Augenbrauen. »Pit, das ist schon dein dritter. Starkes Zeug. Du musst an dein Herz denken.«

»Du musst an deine Vorderzähne denken! Bist du Wirt oder Arzt?«

»Wenn es um dich geht, geht das ja fließend ineinander über. Es passt ja sonst keiner auf dich auf. Was zerbröselt dir denn so die Stimmung?«

»Heute ist Dienstag. Es ist Vormittag. Ich muss arbeiten.«

»Ach so. Da kommt natürlich einiges zusammen. Das erklärt alles.«

»Hier soll sich nichts klären. Mach hin!«, trieb Struller nicht nur seinen Wirt, sondern auch seinen besten Freund zur Eile an. Unnötigerweise, denn Krake hatte schon Strullers Becher vom Tresen gefischt und goss geschwärztes Wasser in weiße Keramik.

Strullers Blick fiel an ihm vorbei in den altmodischen Spiegel, der in die hölzerne Thekenanrichte eingelassen war. 47 Jahre, schlank, volles, dunkles Haar, stechende, blaue Augen und ein immer etwas dunkel schimmerndes, breites Kinn. Ein prima Bursche im allerbesten Mannesalter, auf den bestimmt keiner aufpassen musste!

»Hast du schon deine Weihnachtsgeschenke zusammen?«, wechselte Krake das Thema.

»Ich mache keine Weihnachtsgeschenke.«

»Also, ich wünsche mir von dir mal was Besonderes.«

»Nuschele ich? Von mir gibt's nichts. Hab ich dir jemals ein Weihnachtsgeschenk gemacht?«

»Deshalb wünsch ich mir von dir ja was Besonderes. Die Toten Hosen kommen in den ISS Dome, da würde ich gerne hingehen.«

»Geht ja wohl nicht. Du machst die Stimmung kaputt! Du kannst bei den Liedern nicht mitklatschen«, kommentierte Struller rotzig.

Beleidigt schob Krake Struller den dampfenden Becher unter die große Nase. »Blödmann!«

Über der großen Nase verdrehte Struller beide Augen. Dann fiel sein wieder neu justierter Blick durch ein Kneipenfenster nach draußen. Schmuddelwetter. Deprimierender Schneeregen fiel vom grauen Himmel. Richtig hell wurde es schon seit Tagen nicht mehr. Sein Blick flüchtete hastig wieder nach drinnen auf den Abrisskalender eines örtlichen Abschleppunternehmers, der an der Wand hing.

»10. Dezember. Da hab ich ja noch jede Menge Zeit«, murmelte Struller, als sich in seiner grauen Jacke plötzlich das Diensthandy meldete und die Titelmelodie von *Spiel mir das Lied vom Tod* bimmelte.

»Digitalkameras sind schon ausverkauft«, mahnte Krake.

»Wenn, dann hatte ich sowieso eher an ein kleines Ruderboot für den Unterbacher See gedacht.«

»Witzig«, knurrte Krake.

Struller friemelte sein Handy aus der Tasche. »Hallo?«

»Kriminalhauptkommissar Struhlmann?«

»Nein, sein Assistent«, antwortete Struller.

»Assistent?«

»Struhlmann ist dran. Sogar persönlich«, meldete sich

Struller nochmals mit energischer Stimme.

»Äh … Ja. Hallo, hier ist, äh, der, also mein Name ist, äh, von der Leitstelle. Ich bin gerade verwirrt. Wieso kann ich deine Telefonnummer nicht im Display erkennen?«

»Weiß ich nicht. Ich sitz im Büro. Wahrscheinlich spinnt die Telefonanlage«, schwindelte Struller, der dem Anrufer nicht unter die Nase reiben wollte, dass er die Rufumleitung aktiviert hatte, um den Arbeitstag am späten Vormittag in einem angemessenen Tempo in seiner Stammkneipe angehen zu können. Waffe und Dienstfahrzeug hatte er dabei, alles klar!

Krake hob überrascht die Augenbrauen.

»Ja. Gut. Äh, dass du da bist, Kollege. Da ist etwas am Fluss … äh, am Rhein, äh …«

»Was ist am Rhein? Ein Schiff?«

»Schiff? Ich weiß nicht. Auf jeden Fall ist dort eine Brücke. Die … Südbrücke. Und direkt unter der Brücke steht ein Streifenwagen von uns bei einer … äh ... weiblichen Wasserleiche. Die bräuchten dich da mal.«

»Wasserleiche? Eklig. Ist nicht so mein Ding.«

Pause.

»Äh …«, stutzte der Kollege am anderen Ende.

»Schon gut«, unterbrach ihn Struller. »Ich fahre gleich los. Die Leitung ist übrigens ganz schlecht. Es knarzt ständig.«

»Äh …«

»Da ist es wieder!«

»Das ist nicht die Leitung. Ich hab Kratzen im Hals. Und ich muss … «

Obwohl Struller den Eindruck hatte, dass sein flotter Kollege noch etwas hatte sagen wollen, drückte er den roten Aus-Knopf. Er hatte schließlich nicht bis zum dritten Advent Zeit.

Wasserleiche. Soso. Nicht gut. 11.25 Uhr sagte seine Armbanduhr.

»Du sitzt also in deinem Büro? Aha. Du darfst nicht lügen«, zankte Krake grinsend.

»Ich bin Polizist, ich darf alles.«

»Dann darfst du jetzt auch zahlen. Vier-fünfzig.«

Struller kramte seine Geldbörse aus der Hose und faltete das alte, braune Lederstück auseinander. Krake verließ derweil den Thekenbereich, ging durch eine Tür nach hinten und schepperte kurz darauf eine alterschwache Alutreppenleiter hinter sich in die Kneipe.

»Vier-fünfzig habe ich passend«, zählte Struller Kleingeld auf dem Tresen ab.

»Das hab ich mir gedacht«, brummelte Krake und balancierte die Leiter klappernd um die Theke herum.

Struller vergrub sein Portemonnaie wieder in der Hose und leerte den Becher. »Was soll das denn werden?«

»Ich klebe Fußballbilder ins Panini-Album.«

»Aha. Deshalb die Leiter.«

»Genau. Es ist Weihnachten, Pit. Ich werde die Kneipe schön vorweihnachtlich schmücken und allerlei Besinnliches aufhängen.«

»Aha«, knurrte Struller. »Dich selbst?«

»Bitte! Du kannst mir natürlich auch kurz zur Hand gehen.«

»Du hast doch selbst eine! Sorry, ich habe ein Date am Rheinufer.«

»Ach? Eine Frau?«, fragte Krake neugierig.

»Ja«, antwortete Struller. Irgendwie fast wahrheitsgemäß. »Hängst du auch diese bunten Papiergirlanden auf?«

»Natürlich.«

»Die so schnell brennen? Gut zu wissen«, erklärte Struller. »Wenn mir der ganze Weihnachtsscheiß zu sehr auf den Sack geht, werde ich kommen und dir den Laden anzünden. Fall nicht von der Leiter!«

* * *

Draußen schlug Struller den Kragen hoch, zog den Kopf ein und schwang sich in den Wagen. Das Dienstwagenroulette hatte ihm diesmal einen älteren Peugeot beschert. Einen Kombi, dessen schlüpfriger Grip auf der Fahrt zum *Aquarium* hatte vermuten lassen, er sei mit Sommerreifen ausgestattet. Struller hatte das nicht kontrolliert. Er war kein leidenschaftlicher und begnadeter Autofahrer.

Struller startete den Motor. Die Heizung bedröhnte auf höchster Stufe fönartig die graue Windschutzscheibe. Und es piepte.

»Ach so, anschnallen«, knurrte Struller und hedderte sich den verdrehten Gurt um den Körper. Dann setzte er den Wagen langsam zurück. Was hatte da gescheppert? Ein Fahrradfahrer? Struller richtete den Rückspiegel, aber durch die mit Eis versiegelten Scheiben war nichts zu erkennen. Auch kein gestürzter Radfahrer.

»Okay.«

Struller fuhr zügig los. Mittels bullernder Heizung den Wagen vom eisigen Wintermantel zu befreien, dauerte quer durch die Stadt bis zum Stadtteil Hamm. Nörgelnde Spießer und unflexible Anfänger honorierten einige seiner spontanen, fahrbahnübergreifenden Manöver begeistert mit Hupen. Schwer zufrieden friemelte Struller sich eine Ernte 23 zwischen die Lippen.

»Verdammt«, murmelte er schließlich, als er feststellte, dass er sich beim Umfahren der wie immer hoffnungslos mit Fahrzeugen überfüllten Völklinger Straße in den engen, verwinkelten Gässchen Hamms verfahren hatte. »Irgendwo hier muss doch die verfluchte Brücke sein, so ein Scheiß.«

Eigentlich brauchte man in Düsseldorf immer nur lange

genug geradeaus und Richtung Westen zu fahren, um irgendwann an den Rhein zu kommen. Da waren dann auch die Brücken. In der Nähe einer kleinen Kirche entdeckte Struller eine enge Stichstraße.

»Opfergasse. Schöner Name. Passt, die nehme ich«, brummte Struller, den Kragen der Jacke immer noch hochgeschlagen.

Durch einen schmalen, geöffneten Fensterspalt, schnippte Struller Asche nach draußen. Den Aschenbecher hatten sie ausgebaut, weil im Auto nicht geraucht werden durfte. Ganz, ganz clever!

Die nächsten Straßennamen konnte er nicht erkennen, denn ein weißer Schleier verdeckte die Schrift. Kurz geriet er auf eines der frisch abgeernteten Kohlfelder, die diesem Ortsteil den Vornamen Kappes eingebracht hatten, aber mit kräftigem Griff schlidderte der Peugeot wieder zurück in die Spur. Es ging leicht bergauf und endlich war er auf dem Deich. Feiner Bodennebel umwaberte sein Fahrzeug, aber links konnte er die Südbrücke erkennen.

»Na also.«

Struller hupte einige neugierige, vom kreisenden Blaulicht eines Streifenwagens angelockte Spaziergänger beiseite und bremste gleich neben dem Fahrzeug auf feuchtem Gras rutschend. Er stieg aus, drückte sich knackend das Polizistenkreuz gerade und klopfte gegen die Scheibe an der Beifahrerseite des Streifenwagens. Damit erschreckte er einen blassen Polizeibeamten mit frostroten Lippen, der vermutlich gerade versehentlich kurz eingenickt war und hochschnellte.

»Guten Morgen!«

»Wohl kaum«, knurrte der Polizist schlecht gelaunt.

»Wo muss ich hin?«

Der Uniformierte deutete nach vorne, Richtung Rhein.

Struller blickte auf den Fluss. Der sonst breite Strom hatte sich nach mehreren Wochen Trockenheit weit in sein Bett zurückgezogen. Seufzend marschierte Struller los. Vom Deich ging es die Böschung runter über leicht gefrorenen, hin und wieder matschig-rutschigen Boden knapp 200 Meter weit bis ans Wasser. Ein massiver Brückenpfeiler stand völlig wasserfrei. Vor dem zweiten Brückenpfeiler lagen etliche graue Felsbrocken, dann erst erreichte er das Ufer.

Und einen weiteren Kollegen, der ihn heranwinkte und freudig rief: »Struller!«

»Jörg!«, grüßte Struller einen alten Lehrgangskollegen überrascht. »Jörg Greifenberg. Ich dachte, du wolltest schon vor Jahren nach Thailand auswandern? Ist da was dazwischengekommen?«

»Meine Frau.«

»Au. Geschieden?«

»Nein. Aber sie wollte mit.«

»Oh.«

»Ja, da bin ich hier geblieben. Und die letzte große Umstrukturierung hat mich nach 21 Jahren aus meinem gemütlichen, warmen Büro wieder raus auf die Straße getrieben, wo ich jetzt am Fließband des Grauens in eisiger Kälte große Pakete schnüre.«

Struller schlug sich lachend eine Kippe aus der Schachtel. »Sie lassen sich immer was Neues einfallen. Das Karussell hört nie auf, sich zu drehen.«

»Egal in welche Richtung. Du bist allein, ohne Partner?«

»Bei mir hält es keiner lange aus«, grinste Struller und nahm einen tiefen Zug auf Lunge. »Okay, was liegt an?«

»Kurz nach zehn hat ein Mann bei uns angerufen, der direkt am Ufer mit seinem Hund spazieren gegangen ist. Der Hund turnt auf den Felsbrocken rum, Herrchen hinterher.

Dort hat er dann plötzlich einen Container im Wasser entdeckt. Der Deckel war leicht hochgeklappt und etwas Fransiges hing heraus. Das wusste er nicht so genau einzuordnen und hat uns informiert. Wir dachten zuerst, es hat nur mal wieder jemand seinen Müll samt Eimer illegal entsorgt. Aber dann … Guck es dir besser selbst an!«

Der uniformierte Kollege führte ihn vorsichtig über die rutschigen Felsbrocken. Schließlich entdeckte Struller im Wasser des Rheins knapp vier Meter vor sich einen silberfarbenen, viereckigen Müllcontainer, dessen Klappe offen stand. Es war so ein Ding mit dicken Rollen drunter. Struller kniff die Augen zusammen. Strähnig, verfilzt und nass hing etwas aus dem Container heraus.

»Ist es das, was ich vermute, was es ist?«

Greifenberg lachte verkniffen. »Deshalb bist du hier, Mann.«

»Lange, blonde Haare«, murmelte Struller.

»Genau.«

Der Kollege trat einen Schritt nach rechts und erklomm vorsichtig einen etwas größeren Steinbrocken. »Und wenn du dich hier drauf stellst, kannst du auch erkennen, dass es keine Perücke ist, die dort raushängt.«

Struller kletterte neben ihn und konnte im Inneren des Containers einen verdrehten Körper erkennen. »Warum gehen wir nicht ran?«

Greifenberg knurrte. »Das hat mein Kollege versucht, der sich jetzt oben am Deich im Streifenwagen aufwärmt. Der hat jetzt eine nasse Hose und friert. Was du nicht sehen kannst, ist die tierische Strömung, die dir sofort die Beine wegreißt, wenn du ins Wasser steigst.«

»Ihr wart noch nicht am … Objekt?«

»Nö. Der Container hat sich da irgendwie am Rand der Fahrrinne verhakt. Kommen wir so nicht dran.«

Struller nickte. »Wir brauchen die Feuerwehr.«

»Richtig. Die wollte ich aber nicht bestellen, bevor du hier bist und dir ein Bild gemacht hast«, erklärte Greifenberg, trat einen Schritt zur Seite und bestellte über Funk der Reihe nach die Feuerwehr mit großem Bergungskran, einen Notarzt, der offiziell den Tod festzustellen hatte, die zuständigen Bestatter und schließlich noch die Kollegen für die Spurensicherung.

Struller lauschte interessiert und warf noch mal einen Blick Richtung Container.

Lange, blonde Haare. Verfilzt. Er seufzte.

Nur eine gute Viertelstunde später hatten die Feuerwehrleute eines ihrer Fahrzeuge vorsichtig bis ans Rheinufer rangiert und eine Drehleiter über den Rhein ausgefahren. Ein Feuerwehrmann in Gummiklamotten wurde mit Sicherungsleine ins Wasser gelassen.

Struller nahm einen tiefen Zug auf Lunge und beobachtete interessiert, wie der Mann mehrere Haken am Container befestigte.

Rechts neben Struller standen inzwischen zwei Männer aus Faserspuren-Haralds Team, die das Ganze filmten. Der Feuerwehrmann machte ein Zeichen, die Drehleiter wurde hochgefahren und zog den tropfenden Container vorsichtig in die Höhe. Die Leiche blieb dort, wo sie war.

»Gut«, murmelte Struller.

Greifenberg dirigierte mit rudernden Armen, und der matschdreckige, zwei mal einen Meter große Container wurde vor Struller auf den Boden herabgelassen. Die Feuerwehrmänner drückten den Container so, dass er mit den breiten Reifen auf dem Boden zu stehen kam.

Struller schnippte die Kippe weg. »Nun denn.«

Einer von Haralds Männern öffnete mit spitzen Handschuhfingern die große Klappe und gab den Blick frei aufs wenig erbauliche Innere. Struller erkannte unter den filzigen, nassen Haaren ein junges, weibliches Gesicht. Die Frau mochte um die zwanzig Jahre alt sein, was schwer zu schätzen war. Sie war bekleidet. Sie war schlank. Und zu Lebzeiten sicher hübsch gewesen.

»Jetzt nicht mehr«, fluchte Struller.

Zwei Feuerwehrmänner zogen die Leiche aus dem Container und legten sie auf den Boden.

Der Notarzt warf einen kurzen Blick auf die Frau und stellte umfassend fest: »Tot.«

Einer der Spurensicherer deutete auf den Hinterkopf. »Sieht aus wie eine Verletzung. Ein Loch. Ein Schlag? Sturz oder Unfall. Gerichtsmedizin?«

»Auf jeden Fall, Kollege. Ihr kümmert euch! Doc Stich einen Gruß, und ich hätte für die Obduktion morgen Vormittag in der Gerichtsmedizin gerne den ersten Termin. Er soll hin machen!«

»Geht klar.«

Der Kollege tastete die Taschen der Kleidung ab und schüttelte den Kopf. Keine Ausweispapiere. Also: eine unbekannte Leiche. Schlecht!

Struller wandte sich noch mal an seinen alten Lehrgangskumpel. »Jörg, kannst du dafür sorgen, dass der Container zum Präsidium kommt, damit Faserspuren-Harald ihn sich gründlich vornehmen kann?«

»Klar, Pit. Ich pack ihn auf die Rückbank.«

»Danke«, grinste Struller, der es liebte, mit unkomplizierten Kollegen zusammenarbeiten zu dürfen, und trat den Rückzug an.

Als er im Gehen einen letzten Blick über den kalten Fluss warf, fröstelte ihn. Und er war sicher, einen ganz, ganz unangenehmen Fall am Hacken zu haben.

* * *

Zwanzig Minuten später schob Struller seine faltige, an den Kanten eingerissene Chipkarte in den Automat zur Einlassschranke und ruckelte ein paar Rutscher später den alten Peugeot zentimetergenau unmittelbar vor einen der hellgrauen Steinpoller im Hof des massigen Polizeipräsidiums.

16.05 Uhr. Die Bergung des Containers hatte länger gedauert, als gedacht. Die meisten seiner Kollegen hatten schon Feierabend, aber er hoffte, noch einen Versprengten beim Kommissariat für Vermisstenfälle zu erwischen. Vielleicht ließ sich zügig die Identität der jungen Toten klären.

Didi, der Pförtner, war auch schon zu Hause, deshalb nutzte Struller den Nebeneingang links neben dessen verlassener Glasloge. Ohne auf eine einzige Beamtenseele zu stoßen, erreichte er sein Büro in der dritten Etage und schnappte sich einen Telefonhörer.

»Wegmann?«, meldete sich eine atemlose Kollegin.

»Ich bin's, Struhlmann.«

»Ich bin schon fast weg«, erklärte die Kollegin aus dem Kommissariat für Vermisstensachen entsetzt.

»Da hab ich ja Glück, dich noch zu erwischen. Mordsache. Ich brauche eine Liste aller vermissten Personen. Weiblich, Alter zwischen 16 und 26 Jahre.«

»Mach ich dir morgen fertig«, versuchte sie verzweifelt abzuwiegeln. Erfolglos!

»Nix da. Brauch ich sofort. Du hast doch bestimmt eine Exceldatei oder so was.«

»Ich hab Feierabend.«

»Wohl nicht.«

»Moment«, zischte Frau Wegmann.

Struller hörte interessiert, wie die Kollegin den Hörer auf

die Schreibtischplatte knallte. Dann verfluchte sie nacheinander ihn, sich, den verdammten Tag und die Erfindung des Telefons. Sie fuhr den Computer hoch und haute fluchend hart in die Tasten. Struller schüttelte zufrieden eine Ernte aus der Schachtel. Freizeit wurde generell überbewertet. Es raschelte am anderen Ende der Leitung.

»Weiß oder farbig?«, fragte die Kollegin, politisch nicht ganz korrekt.

»Hä?«

»Ich habe eine vermisste 23-Jährige aus Ghana.«

»Die scheidet aus.«

»Dann Fehlanzeige. Keine aktuelle Vermisstensache in ganz Nordrhein-Westfalen.«

»Okay, dann …«, murmelte Struller, aber da hatte Frau Wegmann schon aufgelegt.

Struller blies einen blau-grauen Kringel an die Decke. NRW negativ. Okay. Was die anderen Bundesländer und das benachbarte Ausland anging, würde er morgen das Landeskriminalamt bemühen. Heute würde er um diese Uhrzeit niemanden mehr erreichen. Grübelnd rauchte er die Kippe zu Ende und zerquetschte den Stumpen im Ascher.

Plötzlich öffnete sich die Türe.

»Herr Struhlmann.«

»Hallo«, begrüßte Struller erstaunt seinen Kommissariatsleiter, Kriminaldirektor Hengstmann, den Struller eigentlich auch schon lange im Feierabend wähnte. Man durfte sich nie sicher sein!

»Herr Struhlmann, ich springe noch mal eben kurz rein, um Sie auf den aktuellen Stand zu bringen.«

»Sie? Mich?«

»Ja. Neuigkeiten. Eine gute, eine schlechte.«

»Raus damit!«

Hengstmann räusperte sich. »Die Gute zuerst. Wir richten natürlich wegen dieser schrecklichen Sache eine Mordkommission ein. Das verlangt der Anstand. Und die Presse. Eine tote, junge Frau. Das ist furchtbar. Ich kann Ihnen aber sagen, dass ich bereits einen Namen für die Kommission habe.«

Struller blinzelte. Ein Name für die Kommission ... Das war die gute Nachricht? Herr im Himmel. An dieses herausragende Problem hatte er noch gar nicht gedacht.

Hengstmann wippte auf seinen Absätzen nach vorne und zurück. Das hatte der ehemalige Leiter der Düsseldorfer Reiterstaffel sich vor einigen Wochen nach einem Rhetorikseminar in Münster angewöhnt.

»Schlimme Sache. Eine junge Frau im Müllcontainer, ein abscheuliches Verbrechen. Was ist das für eine Welt? Ich möchte dem einen Namen entgegensetzen, der positiv besetzt ist und ein Trotzdem darstellt. Ich habe unserer Pressestelle mitgeteilt, dass die Mordkommission *MK Arielle* heißen wird.«

»*Arielle?*«

»Die Meerjungfrau, ja. Mit dem Namen geben wir dem schrecklichen Schicksal des toten Mädchens etwas Positives. *Arielle*, die Meerjungfrau. Eine Geste des Respekts. Zugleich eine Aufforderung, alles zu tun, um den Mörder zur Strecke zu bringen. Schnell. Und kompromisslos!«

»*MK Arielle*. Ganz große Klasse«, ächzte Struller, der zwar den wohlgemeinten Ansatz erkennen konnte, der sich aber jetzt ernstlich besorgt fragte, was denn dann wohl die schlechte Nachricht war.

»Tja. Ich hatte Herrn Rademacher als Ihren Partner ausgeguckt. Erfahrener Kollege, das hätte gepasst. Der Kollege wusste bereits Bescheid, hat sich aber vor wenigen Minuten bei mir telefonisch krank gemeldet.«

»Hoffentlich nichts Ernstes?«, fragte Struller scheinheilig. Rademacher galt als arbeitsscheuer Krankmacher.

»Blasenentzündung. Was ganz Unangenehmes.«

Struller nickte. Rademacher war wirklich was ganz Unangenehmes. »Da kann man nichts machen.«

»Herr Struhlmann«, lachte Hengstmann. »Sie kennen mich doch. Ich werde schon einen passenden Spannmann für Sie finden, verlassen Sie sich auf mich. Apropos verlassen: Ich bin dann jetzt auch außerhäusig und in Notfällen wahrscheinlich jederzeit erreichbar.«

»Das ist gut zu wissen«, winkte Struller seinem Chef hinterher.

»*MK Arielle*«, flüsterte Struller, griff gedankenverloren zur Zigarettenschachtel und fand den Namen mit einem Mal gar nicht mehr so unpassend. »Arielle, ich verspreche dir: Ich bringe deinen Mörder zur Strecke.«

* * *

»Dies wird nur gelingen, wenn wir die Standards in allen Mitgliedsstaaten unserer Gemeinschaft vereinheitlichen. Besser heute als morgen! Ich danke Ihnen sehr für Ihre Aufmerksamkeit!«

Jensen ruckelte seine Papiere auf dem Pult zusammen und atmete tief durch. Puh, seine erste Rede. Geschafft, ohne größere Stotterer. Er blickte hoch ins Publikum und war richtig überrascht. Mehr als höflicher Applaus wurde ihm entgegengeklatscht.

Klasse.

Er nickte noch mal dankend in den Saal und verließ das Podest.

Der Inspekteur der Polizei als Schirmherr der Veranstaltung erwartete ihn an der untersten Stufe und klapste ihm freundlich auf die Schulter. »Gut gemacht!«

Jensen grinste. Na, das hatte ja hingehauen. Dabei hatte er ernsthafte Bedenken gehabt, als ihm angetragen wurde, seine Diplomarbeit, die er im Rahmen seines Fachhochschulstudiums zu fertigen hatte, auf einem Kongress in den Räumlichkeiten des Landeskriminalamts vorzutragen. Immerhin saßen dort nur Fachleute aus aller Herren Länder im Publikum, und die wollte er nicht mit irgendwelchem Schülerkram aus dem Internet langweilen. Die *Erforderlichkeit koordinierter Zusammenarbeit bei Langzeitvermissten in Europa* war sein Thema. Hinter ihm wurde bereits der nächste Redebeitrag angekündigt.

Bierdurst!

Jensen schlich an einigen seiner Mitstudenten vorbei in einen Nebenraum, wo eine beliebte, einheimische Brauerei einen Bierwagen mit Zapfanlage, Theke und Stehtischen aufgebaut hatte.

»Schlüssel Alt, prima«, freute sich Jensen.

Mit einem frisch Gezapften parkte er sich an dem einzig freien Stehtisch. Am Nebentisch standen eine hübsche Blondine und ein verwegen dreinblickender, junger Mann mit schulterlangen Haaren, die sich gegenseitig anschmachteten.

Verliebtes Glück, dachte Jensen, nippte an seinem Glas und musste kurz an Speedy denken. Speedy hatte er vor über einem Jahr kennen und vor drei Monaten lieben gelernt. Letzteres war allerdings eine eher einseitige Sache – sehr kompliziert –, denn Speedy befand sich auf einem bizarren Selbstfindungstrip, der sie für mehrere Monate zum Meditieren in einen Ashram nach Indien geführt hatte.

Ort der Erlösung …

Jensen trank aus Versehen sein Glas ganz aus. Und bestellte ein neues. Das Bierchen lief aber heute auch wieder.

In der Zwischenzeit hatte sich ein etwa 55 Jahre alter Mann an den Nebentisch zu dem Pärchen gestellt. Sportlicher Typ, teurer Anzug. Sie unterhielten sich in einer Sprache, die Jensen nicht verstand. Egal, seine Gedanken glitten schon wieder den Globus ein wenig weiter süd-östlich nach Indien.

Der Mann drehte sich plötzlich zu Jensen um: »Eine sehr gute Rede.«

»Oh. Danke.«

»Sie haben mit klaren, direkten Worten ein paar sehr wahre Dinge ganz konkret auf den Punkt gebracht. Sehr gut. Wir sind *ein* Europa und müssen in vielen Dingen auch als *ein* Europa aufgestellt sein. Sehr richtig und konsequent vorgetragen.« Er stöhnte. »Ihr Nachfolger verliert sich leider gerade knietief im Theoretischen.«

Jensen nickte freundlich und wunderte sich über die frische Wortwahl des Mannes, der mit starkem, ausländischem Akzent sprach. Einem osteuropäischen, vermutete Jensen.

Er nippte grübelnd auch das zweite Glas leer und wollte gerade wieder in den Saal zurückgehen, als ihn der Mann ein zweites Mal ansprach.

»Entschuldigen Sie bitte. Mein Name ist Milos Kopecky. Das sind meine Tochter Jara und ihr Verlobter Janek. Ich bin ein Kollege aus Tschechien und habe da mal eine Frage.«

Die Tochter protestierte leise, wahrscheinlich auf Tschechisch, aber ihr Vater fragte lachend: Die jungen Leute begleiten mich auf diese Veranstaltung, aber jetzt … Also, ich kenne mich hier in Köln überhaupt nicht aus, aber wo kann man hier denn als junger Mensch jetzt um diese Zeit noch rausgehen?«

Jensen lachte. »Als Erstes sollten die beiden sich unbedingt merken, dass sie nicht in Köln, sondern in Düsseldorf sind. Das wird nämlich sonst problematisch. Und dann …« Jensen überlegte. »Heute ist Dienstag. Altstadt natürlich. Hm …«

Er blickte auf sein leeres Glas. Na ja. Seinen Vortrag hatte er hinter sich gebracht. An der gleich folgenden Podiumsdiskussion würde er ohnehin nicht teilnehmen. Das erstklassige Jazzensemble des Polizeimusikcorps hatte seinen Auftritt mit musikalischen Krimiklassikern auch schon gehabt. Und die beiden am Nebentisch sahen ganz peppig aus.

Ach, verdammt!

»Ich fahre jetzt auf ein Stündchen in die Altstadt. Wenn die beiden Lust haben, nehme ich sie gerne mit. Ich kenne da einen ganz guten Club.«

Vater Kopecky strahlte. Die Tochter ebenfalls. Sie verstand offenbar auch ganz gut deutsch, denn sie sagte: »Klasse.«

* * *

»Ein super Laden«, lobte Jara und nippte am Flaschenbier.

Jensen nickte. Das *Pretty Vacant* war auch dienstags eine Topadresse. Es war richtig voll. An der Theke knubbelte es sich, und unten im Gewölbekeller spielte eine britische Rockband. Waren das The Vals? Jensen war sich nicht sicher.

»Bist du öfter hier?«

Die blonde Jara hatte sich in ihn reingeschraubt. Jensen schnappte nach Luft. Und warf einen Blick in die Runde. Janek, ihr Verlobter, hatte eben jemanden gegrüßt, ihm, Jensen, seine Verlobte anvertraut und sich mit seinem Kumpel an die Theke verzogen.

Und jetzt trank sich seine Jara über die Zwei-Promille-Grenze. Wenn das mal gut ging.

Jensen wechselte einen Blick mit Keith Moon, der als übergroßes Schwarzweißportrait an der Wand hängend die ganze Szene spöttisch überblickte.

»Dienstags, mittwochs. Und manchmal am Wochenende.

Wieso sprechen dein Vater und du eigentlich so gut deutsch?«

Sie lachte. »Deutsch lernen wir an der Schule. Außerdem hat mein Vater mehrere Jahre im Tschechischen Konsulat in Dresden gearbeitet. Als Verbindungsbeamter. Ich habe drei Jahre in Deutschland gewohnt.«

Süß. Und so ein leise klappernder Akzent … Charmant.

Jensen warf einen Blick auf Janek und seinen Bekannten an der Theke. »Kennst du den Typen, den Janek dort eben getroffen hat?«

»Den hab ich noch nie gesehen. Wahrscheinlich einer aus seinem ersten Leben«, grinste Jara und kicherte.

Jensen runzelte ihr ein Fragezeichen entgegen.

Sie beugte sich näher ran. Ihre Nase berührte sein Ohr. »Janek hat als Student ein wildes Leben geführt. Ich glaube, ich hab ihn zurück auf die gerade Bahn geholt. So sagt man doch, oder? Deshalb war er auch ein bisschen froh, diese Veranstaltung meines Vaters verlassen zu können.«

»Wieso?«, fragte Jensen.

»Da waren zu viele Polizisten. Das macht ihn nervös. Da mögen manche von ihnen auch noch so nett sein«, fügte sie mit Augenaufschlag hinzu. »Mir gefallen deine blauen Augen und deine langen Haare. Du siehst aus wie ein britischer Rockstar. Gute Figur. Bist du Sportler?«

»Ich spiele Fußball.«

»Wie groß bist du?«

»1,80 Meter.«

»Passt genau«, flüsterte sie und stellte sich auf die Zehenspitzen.

Jensen schmunzelte und sah auf die Uhr. »Hoppla. Schon zwei Uhr durch … Äh, wäre das schlimm für euch, wenn ich mich gleich verabschiede?«

»Für *uns* nicht. Aber für *mich*«, grinste die kleine Tschechin mit frechem Blick. Frech, aber nicht mehr so ganz zielsicher.

Allerhöchste Zeit zu gehen, entschied Jensen.

»Mach dir keine Sorgen«, sagte sie aber dann. »Ich kämpfe mich zu Janek an die Theke. Ich komme klar. Danke. Du bist richtig nett!«

Sie hauchte ihm einen Abschiedskuss auf die rotwarme Wange. Jensen wollte Janek noch zum Abschied grüßen, konnte ihn aber an der Theke nicht mehr entdecken und schlug wenige Sekunden später draußen vor dem Lokal einen dicken Schal über den Kragen seiner schwarzen Lederjacke.

»Nett bin ich also«, grummelte er vor sich hin. Soso. Nett ist die kleine Schwester von Scheiße. Schnelle Gedanken an Speedy wischte er unwillig von der Festplatte. Sollte sich seine Freundin oder Ex-Freundin oder wie auch immer doch in ihrem doofen Indien langweilen …

3. Tag

Die große Frühbesprechung am nächsten Morgen war schnell gehalten. Auf der wöchentlichen Besprechung, an der die Dienststellenleiter der Fachkommissariate mit ihren Vertretern Aktuelles aus ihren Bereichen vortrugen, erfuhr Struller wenig Neues. Es gab den vagen Hinweis auf ein anstehendes, größeres Waffengeschäft. Ein krimineller Event, der aus sicheren Quellen nahezu monatlich angekündigt wurde, nie eintrat und daher niemanden vom Hocker reißen wollte. Der Abteilungsstab bereitete eine große Übung vor, bei der Feuerwehr in Flingern hatte es gebrannt, es brodelte im Rotlichtmilieu.

In der Polizeiinspektion Süd drehte man hoch, denn beim Entladen eines Containerschiffes im Düsseldorfer Hafen war ein Ladeseil gerissen. Ein Container voll mit hochwertigen Holzsärgen war auf den Beckenrand geknallt, der morbide Inhalt ins brauntrübe Wasser gestürzt.

Da hatte Struller laut gelacht. Aber er war der Einzige, der das komisch fand. Der Polizeipräsident hatte böse geguckt.

Jetzt waren Feuerwehr und Technisches Hilfswerk dabei, die Särge zu bergen. Was schwierig war, denn einige der kostbaren Exemplare hatten sich mit Wasser gefüllt und waren auf den Beckenboden gesunken. Andere hatte die Strömung des Rheins aus dem Hafenbecken raus in den Fluss gezogen. Die schwammen jetzt Richtung Nordsee. Das wiederum hatte den Staatsschutz alarmiert, denn man befürchtete politische Verwerfungen für den Fall, dass die Särge in Holland ans Ufer getrieben wurden.

Da hatte Struller noch mal geschmunzelt. Aber bedeutend vorsichtiger.

Ferner hatten Kollegen der Polizeiwache Bilk einen Autoknacker festgenommen, wobei man auch nach dem euphorisch vorgetragen Beitrag des zuständigen Kommissariatleiters nicht davon ausgehen konnte, dass der internationalen Navigationshydra der Kopf abgetrennt worden war. Den Täter hatte man inzwischen aus der Untersuchungshaft entlassen.

Und schließlich: Es wurde immer noch keine Frau vermisst, deren Beschreibung auf Arielle gepasst hätte. Struller war sowieso der Meinung, dass Besprechungen nur von der Arbeit abhielten.

Zurück im Büro überflog er den erwartet dünnen Bericht der Spurensicherung vom Tatort, warf sich in seinen Dienstwagen und trat knappe dreißig Minuten später auf die Bremse, um mit seinem kleinen Franzosen in den Stand zu rutschen.

Das Schöne an der Düsseldorfer Gerichtsmedizin war, dass man hier immer einen Parkplatz fand.

Er warf die Tür seines französischen Kleinwagens hinter sich krachend in den Rahmen. Struller hatte sich für den Hintereingang des schlichten Gebäudes entschieden. Nur für finale Gäste, enge Freunde und regelmäßige Besucher.

»Hier könnten die auch ruhig mal streuen«, murmelte Struller noch und geriet plötzlich mit rudernden Armen auf dem abschüssigen Pflaster ins Rutschen. Klatsch – saß er auf seinen vier Buchstaben, rutschte weiter und bremste schließlich mit beiden Füßen gegen die schwere Eisentür krachend.

Die Tür öffnete sich. Eine junge Frau mit kurzen, schwarzen Haaren und blutverschmierten Einweghandschuhen an den Fingern stand vor ihm. Die hellblauen Augen oberhalb eines Mundschutzes, der fast das ganze Gesicht verdeckte, starrten ihn fragend an.

Struller rappelte sich hoch, klopfte sich wütend die Hose

sauber und schob sich an der Frau vorbei. »Polizei. Ich habe einen Termin.«

Zwei Räume weiter traf er im Obduktionssaal auf Doc Stich, der ihn freundlich grüßte. »Morgen, Pit. Komm beim nächsten Mal besser durch den Haupteingang. Hinten wird nicht gestreut. Da ist es immer sehr glatt.«

»Werd ich mir merken. Wie weit bist du?«

»Soweit fertig.« Der Doc deutete auf die junge Frau, die Struller die Tür geöffnet hatte. »Das ist meine neue Assistentin, Lena.«

Die Assistentin nickte. Struller nickte zurück, eher verhalten. Frauen mit blutverschmierten Einweghandschuhen waren nicht so sein Fall. Überhaupt waren ihm Menschen suspekt, die freiwillig in der Gerichtsmedizin arbeiteten. Das galt letztendlich auch für den Doc, den er einerseits schätzte, weil er eine anerkannte Koryphäe auf seinem Gebiet war und ihm schon oft weitergeholfen hatte. Aber englische Steaks würden sie zum Beispiel niemals zusammen essen gehen!

Obwohl Struller den sterilen und bis zur Decke weiß gekachelten Saal mit seinen gluckernden Abflüssen natürlich bereits von vorherigen Obduktionen kannte, drückte ihn sofort der Magen. Das war hier einfach nicht sein Wohlfühlbereich.

Der Doc führte ihn an eine Bahre. Er schlug ein fleckiges, ehemals weißes Laken zurück und legte ohne weitere Vorwarnung die Tote vom Rheinufer frei. Strenger Körpergeruch wehte Struller in die Nase. Der mit groben Stichen genähte so genannte Y-Schnitt hatte ihren schlanken Körper entstellt.

Strullers Nackenhaare sträubten sich. Arme Arielle, schoss es ihm durch den Kopf.

»Nun gut«, sagte Doc Stich und klatschte in die Hände. »Ich habe noch einige Leichen auf Eis liegen, lass uns loslegen! Weibliche Leiche, circa 17 bis 22 Jahre alt. 1,65 Meter groß, 64 kg Gewicht. Auf der Haut sind rötliche bis hellgrüne Leichenflecken sichtbar, die sich nicht mehr wegdrücken lassen. Zudem ist der Körper bereits durch den begonnenen Verwesungsprozess aufgedunsen. Das Schädeldach ist an einer Stelle eingedrückt.« Der Doc deutete auf eine Stelle am kahl rasierten, bleich schimmernden Hinterkopf oberhalb der so genannten Hutkrempe.

»Ein Schlag?«, fragte Struller.

»Wenn, dann mit einem stumpfen Gegenstand. Den Schädel leite ich später weiter ans Landeskriminalamt, damit die Techniker ihn sich dort genauer ansehen können.«

»Oberhalb der Hutkrempe«, murmelte Struller.

»Richtig. Das Mädchen ist vermutlich von hinten mit einem stumpfen Gegenstand geschlagen worden. Eine Sturzverletzung kann ich nicht gänzlich ausschließen, halte ich aber für unwahrscheinlich. Dann müsste sie auf irgendwas Rundes gefallen sein.«

»Fotografisch gesichert?«, fragte Struller.

Lena nickte und deutete auf einen Beistelltisch, auf dem ein teurer Fotoapparat lag.

Struller nickte. »War der Schlag tödlich?«

Doc Stich grunzte und deutete auf ihren Hals. »Der Kehlkopf ist eingedrückt. Das Mädchen ist erwürgt worden. Entsprechende Male befinden sich am Hals. Und bevor du fragst: Die sind auch fotografisch gesichert.«

»Irgendwas Besonderes bei den Würgespuren am Hals? Alle Finger dran?«

»Ganz normales Spurenbild. Ganz normale Hände. Keine riesigen Pranken, keine kleinen Fingerchen. Und frag es bloß nicht: natürlich keine Fingerabdrücke, kein zu sicherndes DNA-Material.«

Struller kratzte sich den Kopf. Okay. Vermutlich erst ein Schlag auf den Kopf. Sie lebt noch, aber dann erwürgt sie der Täter.

Jetzt hatte er der Toten unwillkürlich ins blasse Gesicht geschaut. Verdammt, das hatte er vermeiden wollen. Aber er wäre eh nicht drum herumgekommen, denn der Doc lenkte seine Aufmerksamkeit jetzt genau auf den Kopf. Mit einem knirschenden Spreizgriff öffnete er ihren Mund.

»Der Zahnersatz ist eindeutig osteuropäisch.«

»Ach?«, fragte Struller.

»Die arbeiten dort einfach anders und mit anderen Materialien.«

»Dann kommt sie aus Osteuropa?«, fragte Struller.

»Aus Tschechien«, erklärte die Assistentin.

Struller blickte sie verwundert an.

Doc Stich räusperte sich. »Versau mir nicht die Pointen, Lena.«

Er drehte die Leiche mir einem festen Ruck auf die Seite. Auf ihrer Schulter entdeckte Struller ein Herz, das von links durch einen süßen, kleinen Bären hochgehalten wurde. Im Herz prangte filigran ein schwarzer, dünn geschwungener Schriftzug.

»*Pro tebe*«, las Struller.

»Für dich«, übersetzte die Gehilfin und fügte mit einer, wie Struller angenehm auffiel, sehr weichen Stimme hinzu: »Meine Mutter kommt aus Tschechien. Dort lebt meine halbe Verwandtschaft, daher spreche ich die Sprache.«

Doc Stich drehte die Tote wieder auf den Rücken. »Wir haben kein Sperma gefunden.«

»Kein Geschlechtsverkehr also«, deutete Struller.

»Kein Sperma, Pit! Vielleicht hat sie ein Kondom benutzt. Manche Menschen tun so was! Aber eine Vergewaltigung zum Beispiel kann ich ausschließen, weil wir keine entsprechenden Verletzungen entdeckt haben.«

Struller fuhr sich durchs Gesicht. »Kein Sperma, also kein DNA-Material. Das ist schlecht.« Er musterte Arielles schlanken Körper. Beine und Arme waren mit blauen und braunen Flecken übersät.

»Knochenbrüche?«, fragte Struller.

»Negativ. Die Hämatome sind alle postmortal. Kann man ganz leicht erkennen, wenn ...«

»Ich glaub es dir.« Struller beugte sich über ihren Unterleib, kniff die Augen zusammen, stutzte und deutete auf einen verwischten, ungleichmäßigen Streifen in ihrer Leiste. »Was ist das?«

Doc Stich nickte. »Ich habe mir das mit der Lupe angeguckt. Das ist eine Buchstaben- und Zahlenkombination. Allerdings selbst mit den dicken Gläsern kaum noch zu erkennen. Zu verwischt. So ohne Weiteres konnte ich da nichts entschlüsseln.«

Struller runzelte die Stirn. »In der Leiste?«

Der Doc zog die Schultern hoch. »Ungewöhnlich, find ich auch. Dort notiert man sich normalerweise keine Telefonnummer. Aber das wird schon seinen Grund haben, nehme ich an.«

»Seltsam. Ich will genau wissen, was da steht«, zischte Struller.

»Lena wird die Haut gleich austrennen. Ich schicke den Streifen sofort ans Landeskriminalamt. Ich kann mir vorstellen, dass die Jungs dort mit ihren starken Röntgengeräten noch irgendwas rausarbeiten können. Vielleicht haben wir Glück.«

»Is noch was?«, fragte Struller ungeduldig, dem der Sinn nach frischer Luft und einer Kippe stand.

Doc Stich zog das Tuch wieder über die Leiche. »Lena hat noch was Interessantes für dich.«

Die Assistentin winkte Struller, ihm in den Nebenraum zu folgen. Hier zog sie die Schutzmaske vom Gesicht und aktivierte den Bildschirm ihres Computers. Struller blinzelte irritiert, als er ihr zum ersten Mal ins unverhüllte Gesicht sah. Meine Güte, war die aber hübsch. Alle Achtung! Ein echter Elfmeter. Aristokratisch geschnittenes, kantiges Gesicht, hohe Wangenknochen. Dazu die beeindruckenden, hellblauen Augen. Eine fein gezeichnete Nase, ein sinnlicher, volllippiger Mund. Und als Schlusspunkt hatte die Natur ihr auf der linken Wange ein Schönheitsmuttermal mit ins Leben gegeben, wofür aristokratische Damen am französischen Hof vor einigen hundert Jahren einen Arm gegeben hätten.

Verdammt.

Sie legte den Kopf schräg, schien seinen musternden Blick richtig zu deuten und zeigte auf den Monitor. »Es hat nicht direkt mit dem … Tod der Frau zu tun, aber da ihre Identität, wie ich hörte, noch nicht feststeht, könnte das interessant sein.«

Auf dem Monitor erkannte Struller die Rückseite des Handgelenks der Toten. Mit flinken Fingern auf der Tastatur zoomte sie die Haut näher heran. Dort wurde verwischte, fast ausgeblichene Farbe sichtbar.

»Das ist vermutlich ein Stempel, wie er in Diskotheken beim Eingang verwendet wird.«

»Aha«, murmelte Struller interessiert. Gut mitgedacht! Das war wirklich ein Ansatz! Dort würde man mit einem Foto der Toten nachfragen können. Er beugte sich tief über den Bildschirm, aber die schwache Schrift auf der blassen Haut war nicht zu entziffern. Vielleicht war es auch eine Figur? Nicht zu erkennen. »Mach mit dem Teil hier bitte dasselbe wie mit der Buchstabenkombination. Gute Arbeit! Das könnte wirklich eine brauchbare Spur sein.«

Doc Stich trat zu ihnen. »Die anderen Ergebnisse maile ich dir morgen zu, sobald ich sie habe.«

»*Pro tebe*«, murmelte Struller nachdenklich und bemerkte, dass ihm die hübsche Assistentin daraufhin einen interessierten Blick zugeworfen hatte, den er allerdings nicht richtig deuten konnte.

Sie senkte sofort ihren Blick und zeigte auf die Fotokamera. »Und ich maile Ihnen die Fotos zu.«

Struller nickte, verabschiedete sich und war froh, als er kurz darauf frische Luft in seine Lungen pumpen konnte. Eiskalte Luft zwar, die seine Lungenflügel klirren ließ, aber zumindest roch sie nicht nach Tod und Verbrechen.

»Arielle ist eine Tschechin«, flüsterte Struller, rutschte vorsichtig zum Auto, wo er sich eine Kippe ansteckte. *Rauchen kann tödlich sein*, stand auf der Packung. »Ja, genau. Unter anderem«, zischte er und startete den Wagen.

* * *

»Mist«, fluchte Struller, denn auf dem überfüllten Parkplatz des Polizeipräsidiums fand er wieder keine freie Parktasche. Für seinen wuchtigen Peugeot-Kombi schon gar nicht. Wütend hämmerte er aufs Lenkrad. Er durfte gar nicht an die Pläne denken, die gerüchteweise über den Flur waberten, dass demnächst ein weiterer Gebäudeflügel angebaut werden sollte. In der Umbauphase würden die Kollegen ihre Dienstwagen sicherlich auf dem Jürgensplatz stapeln müssen.

Kurz überlegte Struller, seinen Wagen einfach irgendwo auf einer Sperrfläche abzustellen. Er konnte ja immer noch behaupten, die Handbremse habe sich gelöst und der Wagen sei aus einer Parktasche herausgerollt. Aber die von der Verwaltung hatten sein flexibles und die Verkehrsregeln weit auslegendes Parkverhalten bereits zweimal angemahnt und mit Entzug der Parkerlaubnis gedroht. Beim nächsten Mal würden sie ihm vermutlich die Reifen zerstechen.

»Aha«, murmelte Struller, denn er hatte eine Art freien Parkplatz gefunden.

Wenn er mit seinem Wagen schräg rückwärts am rot-weiß gestreiften Poller vorbei vor das Husarendenkmal fahren würde, das groß und mächtig den Jürgensplatz zierte, müsste das eigentlich in Ordnung sein.

Grob.

Im weitesten Sinne.

Rasant brachte Struller seinen Dienstwagen in Position und schlug das Lenkrad wild kurbelnd nach links ein. »Sollte klappen«, knurrte er mit halssteifem Schulterblick.

Okay, noch ein paar graue Beamte des Finanzministeriums hinten vorbeigehen lassen, die wie immer dann aus dem Nichts auftauchten, wenn man sie nicht gebrauchen konnte. Und noch eine Kollegin, die mit dem Fahrrad zum Dienst kam. Ein hübsch durchgefrorenes, rotes Näschen hatte die Kleine, die er schon mal auf der Wache Bilk gesehen hatte. Hieß die nicht irgendwas mit Anne? Oder Anna?

»Oder Ann-Marie?«

Ein in der Fahrspur des Parkplatzes wartender Kollege hupte ihn aus seinen Gedanken.

»Ja, ja«, brummte Struller und setzte schwungvoll zurück in die Nische.

Rums.

Verdammt. Das Fahrzeugheck war gegen das Denkmal getatscht. Mann, das war aber auch alles unübersichtlich. Und durch die dämlichen, beschlagenen Scheiben war ja auch kaum was zu sehen. Scheiß Winter! Struller stieg aus und ging ums Fahrzeug herum.

Die frische Delle im Heck war auch für ihn unschwer auszumachen. Doof. Rückwärtsfahren war einfach nicht sein Ding.

»Au, Backe!«

Er entdeckte auf dem Boden einen durch die Einflüsse des Wetters mit grün-blauer Patina überzogenen Pferdekopf. Das Heck hatte den Pferdekopf, der nun hinter dem Fahrzeug auf dem Boden lag, vom Husarendenkmal getrennt. Hastig blickte Struller sich um. Hatte ihn jemand gesehen? Das Beste wäre, er würde einfach abhauen …

»Na, Struller! Klasse gemacht. Das wird teuer!«, applaudierte ihm ein Kollege der Leitstelle gibbelnd mit tiefer Stimme.

»Klaus, äh, hallo! Das Pferd war schon tot«, erklärte Struller und erschreckte sich ein zweites Mal.

Beim Aufprall hatten sich Teile des Denkmals in den Verschluss der Heckklappe gebohrt, die jetzt mit einem Ruck nach oben aufsprang und krachend eine weitere Macke ins Reiterdenkmal schrammte.

»Mann!«

Hastig sprang Struller in den Wagen, setzte ein Stück vor und versuchte dann wieder, die Heckklappe zu schließen. Was nicht ging. Das komplette Schloss war verbogen. Die Klappe sprang immer wieder auf. Da half nichts: Das Ding musste in die Werkstatt.

Er widmete sich wieder dem Denkmal. Vielleicht ließ sich der Pferdekopf mit starkem Sekundenkleber wieder ankleben. Bevor irgendwer wegen der Sache ein Fass aufmachen würde …

Sein Blick ging hinauf zur ersten Etage, wo sich ein Fenster geöffnet hatte. Puh. Dort tuschelten interessiert zwei Kollegen der Direktionsführungsstelle. Einer deutete mit dem Finger auf ihn und dann auf das beschädigte Denkmal. Verdammt, wie schnell sich schlechte Neuigkeiten rumsprachen!

Mussten die denn nicht arbeiten?

Fluchend hob Struller den grünen Pferdekopf auf und warf ihn in den Kofferraum. Ihm selbst würde man den Kopf schon nicht abreißen, nahm er mal an, und fuhr Richtung Werkstatt.

* * *

Der Lederball kam von rechts außen. Als Bogenlampe. Aber scharf getreten. Verdammt, an Freund und Feind vorbei. Ein bisschen zu hoch. Aber sonst perfekt. Jensen stand fast Ecke Sechzehner. Er reckte sich und stoppte die Pille mit der Brust. Herrliche Annahme. Von seiner Brust tropfte der Ball vor ihm auf den Boden. Gleich zwei Verteidiger warfen sich ihm entgegen. Jetzt musste es schnell gehen. Er legte seinen Körper schräg, holte mit rechts aus. Traf den Ball voll.

Ein Knaller! Wie eine Rakete schoss die Pille Richtung gegnerisches Gehäuse. Der Torwart machte sich lang, reckte sich, streckte seine Finger.

Knochentrocken rauschte der Ball an seinen Fingerspitzen vorbei oben rechts in den Winkel. Unhaltbar. Noch im Fallen wurde Jensen bewusst, dass er Großartiges vollbracht hatte. Und als seine Mitspieler ihn jubelnd unter sich begruben, rauschte das begeisterte, rhythmische Klatschen der fantastischen Fans in seinen Ohren.

Und wollte nicht aufhören.

Klatsch, klatsch, klatsch.

Es hörte einfach nicht auf. Einfach. Nicht. Auf.

Jensen schlug die Augen auf. Verdammt. Das war … Er wischte sich übers Gesicht. Keine Mitspieler hatten ihn unter sich begraben. Im Gegenteil: Sogar die Bettdecke hatte er im Traum weggestrampelt.

Und was da klatschte, waren keine dankbaren Ultras, sondern sein Handy und das sich ständig wiederholende Klatsch-Intro zu *Don't let me be misunderstood* von Santa Esmeralda.

Er drückte eine Taste und keuchte: »Jensen.«

Am anderen Ende räusperte sich der Gesprächsteilnehmer hörbar erleichtert.

»Herr Jensen. Milos Kopecky hier. Der Kollege aus Tschechien. Der Vater von Jara. Herr Jensen, ich brauche Ihre Hilfe. Dringend. Können Sie kommen? Sofort kommen?«

* * *

»Ist der Platz neben Ihnen noch frei?«, fragte eine ältere Dame mit Gehhilfe.

»Nein«, bellte Struller und ruckelte seinen Körper in die Mitte der Zweierbank.

Die Dame blinzelte erschreckt und humpelte weiter nach hinten durch. Struller war bedient. Aber so was von!

»Der Wagen muss hierbleiben«, hatte der Mann in der Werkstatt festgestellt. »Das Schloss ist kaputt, müssen wir austauschen. Haben wir nicht da, müssen wir bestellen. Wird zwei bis drei Wochen dauern.«

»Aha«, hatte Struller geantwortet und festgestellt, dass die in der Werkstatt nicht nur keine Ersatzteile, sondern auch keine vollständigen Hauptsätze hatten.

Auch egal. Hatte er gedacht.

»Wir haben kein Ersatzfahrzeug«, hatte der Mann der Fahrwache dann erklärt.

»Ich will kein Ersatzfahrzeug. Ich will ein Auto!«

»Haben wir nicht.«

Struller hatte gar nicht lange diskutiert, sondern sich gleich an Hengstmann gewandt. Sollte der auch mal was tun für sein Gehalt.

»Das Husarendenkmal beschädigt? Beim Rückwärtssetzen? Oh, Gott. Wenn Sie wenigstens nur einen umgefahren hätten, aber das Denkmal ...«

Blass war er geworden, sein Chef. Und hatte eine sehr unangenehme Sache angesprochen. »Ist das nicht Ihr vierter oder fünfter Unfall?«

»Ich bin sehr viel unterwegs.«

»Und immer beim Rückwärtsfahren, oder?«

»Rückwärts, vorwärts«, murmelte Struller.

»Ich werde mich um die Sache kümmern, aber ein neues Fahrzeug kann ich mir nicht aus den Rippen schneiden. Erst mal müssen Sie auf Bus und Bahn zurückgreifen.«

Tja. Und da saß er nun. In der Bahn.

»Oh Gott«, rutschte es über seine Lippen.

Ihm gegenüber saß ein grobschlächtiger Kerl mit abstehenden Ohren, der mit entspanntem Blick genüsslich tief in der Nase bohrte. Daneben hockte zusammengesunken ein angetrunkener Banker in schicken Klamotten, der unentwegt seine schwarze Aktentasche anstarrte, die auf seinen Knien lag.

»Du bist schwanger?«, fragte das Mädchen in der Reihe hinter ihm die Freundin neben sich.

»Ja. Stell dir vor. Zwillinge.«

»Toll. Und wer ist der Vater?«

»Beim ersten der Tommy. Beim zweiten weiß ich es nicht genau.«

Struller seufzte innerlich und hörte weg.

Außerdem war es in der Bahn mit jedem Halt noch voller geworden. Wahrscheinlich wurde für jeden, der sich vorne in die Sardinendose reinquetschte, hinten einer hilflos schreiend rausgedrückt. Nicht sein Problem. Sein Problem war eher der riesige, fette Hintern, den sein im Gang stehender, gesichtsloser Besitzer in eine grünbraune Cordhose gepresst und genau vor seinem Kopf geparkt hatte. In Nasenhöhe.

Wenn das gigantische Teil explodiert …

»... gibt es Tote«, murmelte Struller.

In diesem Moment bemerkte er auch noch etwas an seinem rechten Bein. Er schreckte hoch und trat instinktiv mit seinem Bein nach vorne. Er traf etwas Wuschliges und hörte vor seiner Schuhspitze ein lautes, helles Jaulen. Als er nach unten sah, entdeckte er einen weißen, na ja, einen früher einmal weißen Pudel, der anscheinend versucht hatte, sich an Strullers rechtem Hosenbein trocken zu rubbeln.

»Was fällt Ihnen eigentlich ein, Sie … Sie … ungehobelter Kerl? Sie Tierquäler!«, erboste sich eine ältere Dame mit lilafarbener Turmfrisur, die neben seinem Sitzabteil im Gang stand und das feuchtnasse Felltier an der langen Leine hielt. »Meinen armen Jonas ohne Grund zu treten! Schämen Sie sich! Sehen Sie sich mal an, wie verschreckt er ist«, fuhr ihn die aufgebrachte Begleitung des kleinen Jonas an, die sich mit rotem Kopf zu ihrem Vieh runterzwängte und ihn beruhigend hinter seinen Ohren kraulte.

»Der arme Jonas? Dann soll sich der arme Jonas beim nächsten Mal an Ihrem hässlichen Mantel die dreckigen Pfoten abwischen und nicht an meinen Jeans! Und wenn Sie nicht schon so steinalt wären, würde ich Ihnen auch noch einen Tritt vors Schienbein verpassen, weil Sie nicht auf den Jonas aufgepasst haben«, erwiderte Struller.

»Also, das ist doch … ich weiß gar nicht …«, stammelte das lilafarbene Frauchen.

Struller bemerkte, wie in der Vierergruppe vor ihnen zwei Personen die Köpfe in ihre Richtung gedrehte hatten, mit pikierter Miene auf ihn zeigten und den Kopf fassungslos schüttelten. Die sahen in dem kleinen Jonas anscheinend auch nur ein liebevolles Geschöpf, das spielen wollte.

Das liebevolle Geschöpf aber machte derweil einen Buckel. Struller meinte zu sehen, dass sich die Hundeaugen in schmale Schlitze verwandelten. Als sich das Tierchen eine Sekunde später entspannt streckte, überdeckte plötzlich ein beißender Gestank alle anderen Düfte in der Bahn.

Struller klappte der Mund auf.

Der kleine Jonas hatte ordentlich einen fahren lassen. Alle Achtung! Wie ein Großer!

Gott sei Dank hörte Struller in diesem Moment die Durchsage: »Haltestelle Südfriedhof.«

Endlich! Hier musste er aussteigen.

Der Nasenbohrer rümpfte die Nase. »Hören Sie mal, haben Sie hier gerade gefurzt?«

Struller stand auf.

Der Cordhosenmensch drehte sich um. »Dat gibbet doch wohl nich? Lässt der hier einen stehen und haut dann ab, dat Ferkel!«

»Iiiiiiii«, schrie die Zwillingsmutter in spe.

Die lila Hundemama zog entsetzt ihr Wollvieh heran.

Struller ignorierte alles Weitere und schob sich an der Frau vorbei zur Tür. Im Vorbeigehen deutete er freundlich auf seinen Sitz, der durch Jonas Verdauungsdünste gerade komplett eingenebelt war und raunzte ihr zu: »Sie können sich auch gerne setzen!«

Die Tür zischte auf. Struller sprang aus der Bahn. Fäuste drohten ihm wüst hinterher.

Struller atmete tief ein und versuchte sich zu konzentrieren. Er wollte sich den Tatort am Rheinufer noch einmal ganz in Ruhe ohne Tumult, Pressekameras und Feuerwehrwagen ansehen. Er wartete ein paar Autos ab und huschte schnell über die vielbefahrene Straße. Mit den Händen tief in den Taschen und eingezogenem Kopf lief er Richtung Brücke.

Dann ging er geradewegs eine schmale Steintreppe hinunter, Richtung Fluss. Struller atmete grau-feuchte Wölkchen in die eisige Dezemberkälte. Das zog hier wie Hechtsuppe! Er entnahm seiner zerknautschten Schachtel Ernte eine gedötschte Zigarette, brachte sie wieder einigermaßen in Form und steckte sie an.

Struller stand am Deich und schaute auf den Rhein und auf den mit zahlreichen Fuß- und Reifenspuren durchzogenen, weißen Schneeteppich, der sich vom Damm bis zum Wasser erstreckte. Allerdings waren in dem zertretenen Schnee nirgends Schleifspuren zu sehen gewesen. Die hatte er im Bericht der Spurensicherung nämlich vermisst.

»Hm.«

Bei dem Gewicht des Stahlcontainers müssten aber welche, trotz der Reifen- und Fußabdrücke der Kollegen, zu sehen gewesen sein. Dass der Container den kompletten Weg mit einem Pkw oder gar Lastwagen zum Ufer gebracht worden war, glaubte Struller nicht, dazu war der Boden einfach zu weich. Und um ihn bis ans Wasser tragen zu können, hätte es mindestens der russischen Gewichtheberstaffel bedurft. Und die wollte Struller als Täter einfach mal ausschließen.

Er nahm einen tiefen Zug. Und lenkte seinen Blick hoch auf die Südbrücke neben sich. Ja, sicher! Das wäre natürlich auch eine Möglichkeit, an die er noch gar nicht gedacht hatte. Er nahm einen letzten Zug und schnippte die Kippe ins raureifbedeckte Gras, wo der Stummel zischend erlosch.

Dann stapfte er die Stufen hoch zurück auf die Brücke. Mit

zusammengekniffenen Augen schritt er oben angekommen die Reling der Brücke Richtung Flussufer ab und schätzte den vielleicht drei Meter breiten Bereich des Geländers ab, über den ein Container hätte gewuchtet werden müssen, damit er an der Stelle angespült werden würde, wo er sich letztendlich im niedrigen Wasser des Rheins verheddert hatte.

Sein Gehirn setzte sich ratternd in Bewegung. Ja. So wird es gewesen sein. Ein Fahrzeug, wahrscheinlich ein Klein-LKW mit geräumiger Ladefläche, hält oben auf der Brücke. Der Container samt Leiche wird aus dem Wagen gezogen, über das Brückengeländer gehoben und in den Rhein geworfen. Dort geht das Ding aber nicht unter, sondern verheddert sich im Niedrigwasser.

Struller musterte das Brückengeländer und den Boden. Frischer Raureif hatte sich über alle Spuren des Vortags gelegt. Da war nichts zu erkennen.

»Aber …«

Was waren denn das für kleine Steinchen, die jenseits des Brückengeländers auf einem Häufchen lagen und sich hellbraun durch die Eisschicht bohrten? Struller bückte sich, griff durch das Stangengeländer und bekam einen der Steinchen zu fassen.

Das waren gar keine Steinchen. Das waren Pinienkerne. Wer verlor denn hier Pinienkerne? Vogelfutter? Wohl kaum! Er zählte durch. Auf der anderen Seite, von hier aus unerreichbar, lagen noch gute zwanzig Stück der Dinger. Die hatte hier kein Fußgänger im Vorbeigehen weggeworfen, und die hatte auch kein Autofahrer während der Fahrt aus dem Fenster geworfen. Strullers Herzchen bubberte. Nein, da hatte jemand hier am Geländer gestanden und seine Taschen geleert.

»Ausgerechnet hier?«

Zufall? Struller glaubte an so ziemlich gar nichts und an Zufälle schon mal überhaupt nicht!

Er fischte ein durchsichtiges Plastiktütchen aus seiner Jacke und legte ein Bein vorsichtig über das Geländer. Puh. Der Brückenüberstand war dort nur knapp einen Meter breit. Gute 15 Meter ging es dann runter bis zur Wasseroberfläche.

Hastig, sich mit einer Hand am kalten Geländer festklammernd, sammelte er die Pinienkerne ein und versenkte sie in der Klarsichttüte. Schnell stieg er übers Geländer wieder auf die sichere Seite und atmete heftig durch. Für solche haarsträubend gefährlichen Sachen bräuchte er eigentlich einen Partner …

Er ging in die Hocke und suchte nach weiteren Spuren, fand aber nichts. Er musste Faserspuren-Harald und sein Team mit ihren großen Lupen und verstaubten Spürnasen noch mal hier raus jagen, vielleicht fänden die ja noch was. Richtig motiviert mutierte Haralds Truppe zu gierigen Bluthunden der ausgehungerten Sorte.

Er richtete sich auf und …

»Halt! Stehen bleiben! Und nicht bewegen!«, brüllte ihn ein Streifenbeamter mit kurz geschorenen Haaren an.

Struller fuhr zusammen. Ein Streifenwagen stand hinter ihm auf der Fahrbahn. Den hatte er gar nicht gehört.

»Äh …«, setzte Struller an, aber der Kollege und seine Partnerin sprangen ihn gleichzeitig an und rissen ihn mit einem energischen Griff grob vom Geländer weg.

Der Polizist bog ihm die Hände auf den Rücken und hatte ihm in Sekundenschnelle ein Paar Handschellen umgelegt.

Die Kollegin riss hektisch ihr Funkgerät vor den Mund. »Die Person ist sicher. Alter Mann, niedergeschlagener Eindruck. Wir packen ihn jetzt in den Streifenwagen!«

»Äh …«

Der Polizist drückte ihn an den Streifenwagen. »Wir können über alles reden! Das ist doch keine Lösung.«

Struller verstand nicht. Lösung? Welche Lösung?

»Du kommst jetzt mit, und wir kümmern uns.«

»Nett«, erklärte Struller. »Ich bin auch Polizist.«

»Sicher. Und ich bin Lukas Podolski«, erklärte der Uniformierte unbeeindruckt.

»Mann, ich bin ein Kollege«, zischte Struller und wurde langsam sauer.

»Ist klar«, murmelte die Polizistin. »Wir sind alle Kollegen.«

»Struhlmann vom KK 11. Dienstausweis steckt in der Brieftasche. Im Schulterholster hab ich die Dienstwaffe.«

Wie auf Stichwort drückte der Kollege Struller jetzt hart auf die Rücksitzbank und tastete ihn ab.

»Verdammt, der Idiot hat echt eine Knarre!«

»Ja«, quetschte Struller. »Und ich kann damit umgehen. Bei nächster Gelegenheit mache ich dir damit ein Loch ins Bein, wenn du mir nicht sofort die Handschellen abnimmst!«

Der Polizist grinste. Is klar.

Aber die Polizistin beugte sich über sein Gesicht. »Tobi, ich glaub, ich kenn den wirklich.«

»Struhlmann, KK 11«, knurrte Struller.

Der Kollege klappte Strullers Brieftasche auf. »Oha. Stimmt. Kollege, warum willst du dich umbringen?«

Struller blinzelte. »Ich will mich nicht umbringen. Das hier ist ein Tatort und ich habe auf der anderen Seite des Geländers Spuren gesichert.«

»Ach so.« Der Kollege nickte. »So ist das. Ein Autofahrer hat auf der Leitstelle angerufen und gemeldet, dass ein alter Mann mit heruntergekommenen Klamotten auf der Brücke steht und springen will.«

Struller schnaufte. Die heruntergekommenen Klamotten

nahm er persönlich. Den alten Mann auch. Überhaupt alles! Er rieb sich die Handgelenke, nachdem die Kollegin ihm die Handfessel abgenommen hatte.

»Nix für ungut«, murmelte die Kollegin. »Es ist kurz vor Weihnachten. Wie in jedem Jahr steigt die Selbstmordrate.«

»Hm«, knurrte Struller, der den beiden noch nicht mal einen Vorwurf machen konnte, denn immerhin hatten sie flott und professionell gearbeitet. Kerl, der Kollege hatte aber auch ein paar Oberarme! Und die Kollegin konnte ebenfalls zupacken, Respekt!

»Okay. Wo ihr jetzt mal hier seid, könnt ihr mich ja zurück ins PP bringen.«

»Klar«, erklärte die Beamtin, und Struller war im Grunde genommen froh, sich nicht noch mal in die Straßenbahn mit allen ihren unheimlichen Gestalten setzen zu müssen.

»Eigentlich eine lustige Geschichte«, flötete die Kollegin, jetzt breit grinsend.

Na ja. So weit würde Struller jetzt nicht gehen wollen.

* * *

Spurensicherung, stand draußen auf der Bürotür. Polternd warf Struller sie auf, ging zügig durch bis zum ersten Schreibtisch und warf das Beutelchen mit den Kernen auf den Schreibtisch.

»Morgen, ich hab was für dich.«

Der verdutzte Kollege, den Struller nicht kannte und der vermutlich neu in Düsseldorf war, ließ vor Schreck fast seinen Butterkeks in einen dampfenden Fortuna-Düsseldorf-Becher plumpsen und beugte sich langsam über das Beutelchen.

»Pinienkerne. Pinus edulis.«

Klugscheißer, dachte Struller.

»Sollen wir die essen?«, fragte der Kollege gibbelnd.

Struller hob die linke Augenbraue. Ganz schön forsch der junge Kollege. »Untersuchen, du Schwachkopf.«

»Oh. Klar. Sicher, die Kernchen sehen aber auch sehr verdächtig aus!«

»Ich kann dir ein blaues Auge hauen. Dann siehst du auch sehr verdächtig aus!«

Jetzt zog der Kollege den Kopf ein. Endlich! Gerade noch rechtzeitig!

Faserspuren-Harald kam um die Ecke. »Gibt's Probleme?«

»Nee, aber bald Haue für deinen Mitarbeiter. Die Kerne habe ich oben auf der Südbrücke gefunden. Das sind Spuren. Da muss mal einer raus und sich die Ecke angucken. Ich glaube, der Container ist von dort übers Geländer in den Rhein gewuchtet worden.« Struller beschrieb kurz den genauen Fundort.

Harald beugte sich skeptisch über die Kerne. »Pinienkerne. Essbarer Samen verschiedener Kieferarten. Lateinisch: Pinus edulis. Geschmacklich erinnern sie an Tannenharz.«

Struller verdrehte kommentarlos die Augen. Die waren doch alle bekloppt hier.

»Was willst du damit?«, fragte Harald.

»Eine Plantage eröffnen, du Experte. Du sollst die Dinger untersuchen. DNA oder was weiß ich. Ist das eine bestimmte Sorte? Haben die Individualmerkmale? Welche Nationalität haben sie? Sprechen sie deutsch? Lassen die sich einem Laden zuordnen, wo sie verkauft werden. So was!«

»Hat sie ein Rabe ausgeschissen?«, ergänzte Harald genervt.

Sein neuer Kollege biss kichernd in den Keks.

»Ich brauche eine umfassende Tatortbefundaufnahme mit allem Pipapo. Zügig!«, erklärte Struller.

»Jawoll!«, schrie Faserspuren-Harald und schlug knallend die Hacken zusammen.

Struller wollte wortlos rausgehen. Die waren wirklich alle bematscht.

Aber Harald hielt ihn auf. »Ich hab schon was für dich. Die Fotos der Spurensicherung.«

Struller nahm einen Briefumschlag entgegen, den er öffnete und einen Blick auf die erste Fotoreihe warf. Sie zeigte den alufarbenen Container. Mal mit und mal ohne Leiche.

»Auswertbare Fingerabdrücke haben wir auf dem Teil nicht gefunden.«

»Das hätte mich auch gewundert, ihr Anfänger!«, knurrte Struller.

»Boah, Struller. Was ist dir denn für eine Laus über die Leber gelaufen?«

»Gleich mehrere. Außerdem ist Weihnachten. Ich hasse Weihnachten.«

»Weihnachten ist doch witzig«, behauptete Harald.

»Was ist denn an Weihnachten witzig?«, fragte Struller.

Der neue Kollege räusperte sich. »Treffen sich zwei Rosinen in der Vorweihnachtszeit. Fragt die eine: Warum trägst du einen Helm? Antwortet die andere: Ich muss gleich noch in den Stollen.«

Harald und er lachten.

Struller ließ die beiden kommentarlos in ihrem Büro zurück.

* * *

Den Umschlag mit den Fotos schob er in sein braunes Jackett und schlich, fürs Erste zufrieden, durchs Treppenhaus. Er hatte alle ans Arbeiten bekommen. Gut so.

Kurz spielte er mit dem Gedanken, sich in der Polizeikantine ein schnelles Brötchen zu holen. Aber seit die flotte Speedy sich in Indien wilden Sexorgien hingab – so jedenfalls hatte Struller ihren asiatischen Selbstfindungskram gedeutet –, fehlte der Kantine der hohe Aufforderungscharakter.

Er dachte kurz an die Obduktion und hatte auch gar keinen Hunger mehr. Stattdessen riss er die Tür seines Büros auf.

»Huch!«, schrie ein Mann, der dort stand und sofort ängstlich zusammenzuckte. Er trug einen grauen Pullunder und einen dämlichen Gesichtsausdruck.

Bertie Spurtmann.

»Was machst du hier?«, keifte Struller misstrauisch.

Sein Gegenüber sah mit flackerndem Blick Hilfe suchend zur anderen Seite des Büros. Struller folgte seinen Augen. Na herrlich, da stand noch jemand. Hier gingen in seiner Abwesenheit anscheinend alle ein und aus, wie sie wollten. Bei Gelegenheit würde er mal was unter Strom setzen.

»Oh, da sind Sie ja, Herr Struhlmann«, summte Kriminaldirektor Hengstmann und ließ mit einem Stirnrunzeln vom Heizkörper ab.

Er deutete auf die weißen Röhren hinter sich. »Die werden ja richtig warm. Überall sonst in den Büros tun sie es nicht. Wie kann das denn?«

»Ich hab ihnen gut zugeredet.«

»Den Heizröhren?«

»Den Monteuren. Die hier waren. Und haben sie repariert. Sehr gute Männer«, haspelte Struller, der seinem Chef allerdings nicht unter die Nase reiben wollte, dass Jensens Oma, der Polizeipräsident und Kollege Böller aus dem Keller da vor ein paar Monaten ganz unbürokratisch die Finger im Spiel gehabt hatten.

»Ach?«, wunderte sich Hengstmann.

»Ja.«

»Hm. Ich werde bei den Hausarbeitern mal nachhaken. Nun ja. Äh, Sie kennen Herrn Spurtmann?«

Struller knurrte eine Zustimmung. Jeder im Präsidium kannte Bertie Spurtmann. Hier gab es einige Trottel. An besseren Tagen ließ Spurtmann den zweitgrößten mühelos mit großem Abstand hinter sich.

»Nun ja. Ich habe ja schon angemerkt, dass wir ein bisschen knapp sind mit den Leuten. Der Sockel für die Reiterstaffel, die Fortbildungsstelle, der Objektschutz, ich muss Ihnen das ja nicht erklären. Jetzt ist auch noch der Rademacher krank geworden. Da habe ich mir gedacht ...«

Struller ahnte, was kam. Es schnürte ihm die Kehle zu.

»Es ist bestimmt eine gute Idee, Ihnen die unverbrauchten Dienste des Herrn Spurtmann zur Verfügung zu stellen!«

Nein! »Ich denke, der ist suspendiert«, fragte Struller, um Fassung ringend.

»Bin ich nie gewesen«, flüsterte Spurtmann vorsichtig.

»Herr Spurtmann hat nach Ungenauigkeiten, die es zu überprüfen galt, nur vorübergehend in einer anderen Dienststelle gearbeitet. In seiner dortigen Funktion hat er monatelang zeitweise fast zur vollsten Zufriedenheit aller gearbeitet.«

Struller schüttelte den Kopf. »Er hat die Streifenwagen gewaschen.«

»Das hat er sehr gut gemacht«, erklärte Hengstmann.

Spurtmann drückte stolz sein Kreuz durch.

»Und weil Sie doch keinen festen Partner haben ...«, fuhr Hengstmann fort.

»Ich krieg das alleine hin«, wehrte sich Struller schwach.

»Mir ist zugetragen worden«, fuhr Hengstmann fort, »dass Sie einen hervorragenden, motivierenden Einfluss auf Ihre Kollegen haben.«

»Wer erzählt denn so einen Quatsch?«, fragte Struller entsetzt.

»Äh, das kommt von ganz oben, von ... ganz oben.«

»Mein Gott«, flüsterte Struller.

»So weit oben jetzt nicht. Und da hielt ich es für ganz richtig, Ihnen den Kollegen zur Einarbeitung ...«

»Kommt nicht infrage!«, erklärte Struller.

Spurtmann atmete hörbar erleichtert aus.

»Kommen Sie doch bitte mal kurz mit auf den Flur, Herr Struhlmann.« Hengstmann zog den verdutzten Struller nach draußen auf den leeren Büroflur. Behutsam schloss er hinter den beiden die Tür, damit Spurtmann nichts mitbekam. »Herr Struhlmann. Mir ist bekannt, dass Herr Spurtmann zeitweise unter seinen Möglichkeiten gearbeitet hat, aber Sie sind genau der richtige Mann, ihn wieder an die professionelle Arbeit eines Kriminalbeamten heranzuführen.«

»Wie kommen Sie nur darauf?«, wollte Struller wissen.

»Ich bitte Sie. Sie haben letztens mehrfach bei Ihrem Praktikanten ... wie hieß der Kollege doch gleich?«

»Christian Jensen.«

»Genau. Bei dem haben Sie bewiesen, dass Sie in der Lage waren, diesen unerfahrenen Fachhochschüler so an die Ermittlungsarbeit heranzuführen, dass durch diesen erstklassige Ergebnisse erzielt wurden. Das macht Ihnen keiner nach!« Er nickte nun doch gen Himmel. »Das ist dort oben aufgefallen, Herr Struhlmann.«

»Aber ...«

Schon der Gedanke, mit Bertie Spurtmann in einem Zimmer zu sitzen, machte Struller nervös. Was der da alles anstellen und versaubeuteln konnte.

»Das mag Ihnen jetzt ... schwierig erscheinen, aber – wie sagen wir Reiter? Scheint der Ochser noch so hoch, wir müssen drüber! Sie machen das schon, Kollege.« Hengstmann blickte auf seine Uhr. »Huch. Ich muss weg.«

Struller stöhnte qualvoll und ging zurück ins Büro. Spurtmann stand immer noch vor dem zweiten, zurzeit unbesetzten Schreibtisch in Strullers Büro. Struller ließ sich hinter seinen Schreibtisch ächzend in den Drehstuhl fallen.

»Hallo, ja. Dann…«, räusperte sich der Kollege leise. »Ich bin der Bertie. Bertie Spurtmann. Vorne schnell gelaufen, hinten ein kleiner Mann.«

»Struller mein Name, mit S vorne. Wie Schusswaffe.« Mehr sagte Struller nicht. Ihm war klar, dass Spurtmann zu blöd für einen Schweinebiss war. Gut, Arbeit hatte er mehr als genug. Die übliche Laufarbeit. Ätzend, aber Spurtmann?

»Kollege, dann erzähl mir mal was!«

»Ich habe letzten Monat eine Freundin kennen gelernt, die ist Heilpraktikerin. Doris. Genau gesagt, ist sie Lichtheilerin und hat eine eigene Praxis. Hohe Räume, große Fenster, wunderschön mit Licht durchflutet. Doris ist großartig«, schwärmte der Spurtmann.

»Schon gut, krieg' jetzt keine Erektion. Du bist im Dienst! Ich dachte eher, was hast du Dienstliches schon gemacht? Außer Waschstraße!«

»Also ich bin viel Fußstreife gelaufen, weil ich so gerne an der frischen Luft bin. Und dann bin ich zur Kriminalpolizei gewechselt, weil ich Senk- und Spreizfüße sowie eine Hüftschrägstellung habe. Ich kann dir die Röntgenbilder mal mitbringen!«

»Super«, kommentierte Struller.

Spurtmann entspannte sich. »Da bin ich dann bei Delikten wie Sachbeschädigungen und kleineren Kellereinbrüchen und so weiter gelandet.«

»Das muss auch gemacht werden.« Struller massierte sich die Schläfen.

Spurtmann deutete auf zwei Umzugskartons. »Also, Pit, ich setze mich dann mal an den Schreibtisch hier und packe meine Klamotten aus.«

Struller nickte. Da war sowieso nichts zu machen. Erst mal. Er war da noch nicht ganz mit fertig!

Spurtmann seufzte offenbar erleichtert und fing an, sich euphorisch auf dem Schreibtisch, direkt gegenüber von Strullers Arbeitsplatz, auszubreiten.

Struller sah ihm dabei zu, wie er zunächst einen großen Bilderrahmen mitten auf dem Schreibtisch platzierte. Das Bild zeigte einen süßen, knuddeligen Hundewelpen. Mehrfach richtete er das Portrait neu aus und schob es auf der Tischplatte hin und her, bis er endlich einen Platz gefunden hatte. Um es gleich darauf wieder drei Zentimeter nach rechts zu ruckeln.

Spurtmann tat dies mit einer Ruhe, die Struller kribbelig machte. Die Stifte ordnete er anscheinend nach einer ganz eigenen Logik an, und schließlich zauberte er noch ein Bild aus dem Karton, mit einem Blumenstrauß als Motiv.

»Ich habe gedacht, das hängen wir hier auf. Echte Blumen muss man gießen, an denen hier können wir uns erfreuen, die verwelken nie. Das Bild hat Doris ausgesucht.«

»Leuchtet es im Dunkeln?«, fragte Struller. Immerhin war Doris eine Lichtheilerin.

»Nein. Wieso?«

»Dann könnte man im Dunkeln drauf schießen.«

Spurtmann blinzelte irritiert. Als Spurtmann sich dem Kalender eines China-Imbisses von der Himmelgeister Straße näherte, um ihn gegen das Blumenbild auszutauschen, erklärte Struller ruhig. »Wenn du den Kalender anfasst, töte ich deine Lichtheilerin und vergifte das Hundebaby!«

Spurtmann schaute Struller entsetzt an und stand da wie versteinert. Wie eine Statue.

Aus Stein. Oder Metall.

»Metall …«, murmelte Struller nachdenklich und hatte eine Idee. Er knisterte den Briefumschlag aus seinem Jackett und friemelte das oberste Foto heraus. »Wenn du schon hier rumhängst, kannst du auch was ermitteln. Das hier ist ein Container.«

Spurtmann ergriff aufgeregt das Foto.

»Du findest jetzt raus, was das für ein Container ist und wo der gestanden hat. Das Foto kannst du ein bisschen rumzeigen. Das Original steht in der Kradgarage. Falls du es dir anschauen möchtest.«

»Jawohl, Chef, sehr gerne«, bellte Spurtmann. »Ich bin schon unterwegs.«

»Wohin?«

»In ein Containergeschäft, Chef.«

»Sehr gut«, bellte Struller zurück. »Ich mache dir inzwischen das Bürozimmer schön.«

Spurtmann hatte die Klinke schon in der Hand, drehte sich mit glasigem Blick um und flüsterte ergriffen. »Du bist viel netter, als alle sagen. Danke.«

Struller winkte ihm hinterher und war froh, als die Tür endlich von außen geschlossen wurde.

»Containergeschäft ...«, murmelte er kopfschüttelnd. Mit diesem sinn- und zwecklosen Job war Spurtmann sicher die ersten drei Tage beschäftigt. So würde der ihm nicht zwischen die Füße laufen und stören. Er gab Spurtmann drei Minuten, denn auch hinsichtlich des gemeinsamen Büros hatte er schon eine Idee.

»Von wegen Welpenfoto und Lichtheilerbilder.«

Er öffnete flugs seine Schreibtischschublade. Er hatte doch noch einen Nachschlüssel von Rademachers Büro. Den hatte er irgendwann mal ... nicht zurückgegeben. Wegen der leckeren Snickers- und Mars-Vorräte, die Rademacher immer in seinem Büro bunkerte und auf die Struller bei plötzlichen Heißhungerattacken gerne zurückgriff.

»Aha, da ist er ja. Sehr gut«, grinste Struller diabolisch, sprang auf, schnappte sich Spurtmanns Welpenfoto vom Tisch und öffnete die Bürotür.

Was hatte Hengstmann gesagt? Kollege Rademacher war krank? Vielleicht hatte Struller ja Glück und es war was Ernstes. Er huschte auf die andere Seite des Flurs, schloss das Büro auf und öffnete die Tür. Rademachers Schreibtischplatte war leer wie der Kühlschrank einer siebenköpfigen Familie nach dem Wochenende. Er platzierte Spurtmanns Welpenfoto mitten auf den Schreibtisch. Dann huschte er wieder nach nebenan, kramte Spurtmanns Klamotten zusammen und bugsierte alles in Rademachers Büro. Hastig faltete er ein Stück Papier und schrieb *Spurtmann* drauf.

»Prima Namensschild!«

Struller überklebte damit draußen Rademachers Bürokennung. Zufrieden mit der unkomplizierten Lösung des Problems öffnete Struller noch schnell Rademachers Büroschrank, klaute ein Snickers und ging zurück in sein Büro.

* * *

Jensen klopfte mit dem Knöchel seiner rechten Hand gegen die Tür des Hotelzimmers. Sofort wurde geöffnet.

Milos Kopecky nickte ihm zu und bat ihn herein in die Suite. »Danke, dass du so schnell kommen konntest.«

»Klar.«

Jensen durchquerte einen breiten Flur, von dem nach rechts drei verschlossene Türen, vermutlich zum Bad und zu den Schlafzimmern abgingen, und erreichte den Wohnbereich mit breiter Glasfront und weitem Blick über die Düsseldorfer Hafenbecken.

Jara Kopecky sprang auf. »Wo ist Janek?«

Jensen zuckte mit den Schultern.

»Was war das für ein Laden, in den du uns geführt hast? Wie kann da einer wegkommen?«

Milos Kopecky antwortete auf Tschechisch, seine Tochter machte eine abwertende Handbewegung. Jensen schwieg. Jara Kopecky hatte sich aus Sorge um ihren Verlobten in spe offensichtlich die Augen aus dem Kopf geheult.

»Erst mal die Fakten«, erklärte der tschechische Polizist und bot Jensen auf dem schwarzen Sofa einen Sitzplatz an. »Jara kam heute Nacht um kurz vor drei mit einem Taxi alleine nach Hause. Janek war zu der Zeit noch in diesem Club. Jetzt ist es 20 Uhr durch. Er ist immer noch nicht zu Hause.«

»Ich werde verrückt!«, schniefte seine Tochter.

»Ich habe die Polizeiwachen angerufen«, fuhr ihr Vater fort. »Dort ist er nicht. Ich habe alle Krankenhäuser abtelefoniert. Negativ.«

»Er kennt sich hier in Düsseldorf doch überhaupt nicht aus. Außerdem spricht er kein Wort deutsch. Wo soll er denn hin?«, fragte Jara.

Milos räusperte sich. »Eine Vermisstenanzeige kann ich noch nicht aufgeben, weil er volljährig ist, ich keine konkreten Hinweise auf eine Straftat habe und die 24-Stunden-Frist noch nicht vorbei ist. Aber er sollte längst hier sein!«

Jensen wandte sich an Jara. »Als du gingst, war er da immer noch in Begleitung des Tschechen, den er in dem Lokal getroffen hat?«

»Ja.«

»Hast du dessen Namen?«

Sie schüttelte den Kopf. »Er hat sich mir nicht vorgestellt. Janek hat ihn in meinem Beisein nicht mit Vornamen angeredet.«

Jensen bedachte schnell die Lage. Janek, ein erwachsener, junger Mann in der großen, fremden Stadt. Seit ein paar Stunden überfällig. Je nachdem, wie hart der Abend ausgefallen war, lag er vermutlich immer noch bei seinem tschechischen Bekannten auf der Couch und schlief seinen Rausch aus. Natürlich machten sich die beiden Kopeckys Sorgen, aber Jensen sah keinen Grund, in panische Aktivitäten zu verfallen. Andererseits hatte er die beiden jungen Leute in die Altstadt geführt und fühlte sich verantwortlich. Er hatte den Wunsch, den beiden zu helfen. Und wenn es nur zur Beruhigung wäre.

»Okay. Das *Pretty Vacant* hat inzwischen wieder auf. Ich geh da hin und guck mal, ob ich irgendwas ermitteln kann. Am besten schreibe ich mir mal schnell eure Handynummer auf.«

Jara Kopecky schniefte erleichtert. Ihr Vater reichte Jensen eine Visitenkarte, die er schon herausgeholt hatte.

* * *

Jensen warf einen Blick auf seine Armbanduhr. 22 Uhr. Er stieß die Eingangstür des *Pretty Vacant* auf. Der Club schien fast leer zu sein. Aber das täuschte natürlich. Im Keller des Lokals spielte genau wie am Abend zuvor wieder eine Liveband.

Den Gaststättenbereich teilte sich Jensen lediglich mit zwei kleinen Gruppen, die in den einladenden Sitzecken hingen. Wie immer: gute Musik. Jensen erkannte was Aktuelles von den Rifles. Er nickte der Kellnerin auf der anderen Seite zu.

Sie entdeckte ihn. »Hi, Christian!«

»Hi, Sonja. Hast du einen Moment Zeit?«

»Für dich? Eigentlich nicht ...«, summte die Kellnerin, drehte sich weg und gleich wieder grinsend zurück. »Klar. Was liegt an?«

Jensen beugte sich über die Theke. »Ich brauche ein *Corona* und eine Auskunft. Du kennst hier doch alle.«

»Na ja.«

»Okay. Fast. Ich bin gestern hier gewesen. Mit einer kleinen, zierlichen Blonden.«

»Scharfes Teil, alle Achtung, Herr Kommissar«, zollte sie ihrem Gegenüber aufrichtigen Respekt, ließ es ploppen und drückte ihm eine Flasche Bier in die Hand.

»Äh … ja. Und die hatte ihren Verlobten dabei.«

»Ach? Sah eher so aus, als ob du und sie …«

»Echt?«

Sonja beugte sich über die Theke. »Klar. Die steht auf dich. Da hab ich ein Auge für. Die ist kurz nachdem du weg warst auch alleine gegangen und hat ihren Typen hier gelassen. Gibt es deutlichere Zeichen?« Sonja grinste plötzlich breit. »Verdammt, Christian, jetzt kapiere ich. Du hast draußen heimlich auf sie gewartet? Du alter Schwerenöter!«

Jensen grinste. »Nein, habe ich nicht.«

»Musst du mir nicht erzählen. Geht mich ja auch nichts an. Ich meine ja nur und kann sowieso schweigen wie ein Grab.« Sie zwinkerte Jensen zu.

Ein Gast gesellte sich zu ihnen und bestellte zweimal Flaschenbier. Jensen nahm einen kräftigen Schluck und sammelte sich. Endlich zog der Typ mit seinem Einkauf wieder ab.

»Hast du den erkannt?«, fragte Sonja, weit über die Theke gebeugt.

»Den? Nö.«

»Das war Daniel Brühl. Der Schauspieler. Toller Typ. Der ist öfter hier. Fast schon Stammgast.«

»Hm. Sonja, dann ist dir der Begleiter, also der von gestern, auch irgendwie aufgefallen?«

»Ja, schon, aber … Mein Typ war das nicht!«

»Meiner auch nicht. Aber was anderes. Der Typ, er heißt übrigens Janek und ist Tscheche, hat hier in der Kneipe einen Bekannten getroffen, den er aus Tschechien kennt.«

Sonja versenkte ein Spültuch im Bierglas. »Das macht ihn nicht sympathischer.«

»Dass er Tscheche ist?«

»Quatsch! Tschechen sind cool. Normalerweise total angenehme Gäste. Aber sein Bekannter, den kenne ich auch. Der ist schon ein paar Mal hier gewesen. Ein Idiot!«

»Ach?«

Sonja beugte sich über den Tresen. »Das ist so ein Schönling. Coole Frisur, geiler Arsch, aber ein Blödmann.«

»Tscheche hin, Tscheche her?«

»Genau. Ich weiß gar nicht, wie ich das sagen soll. Der hat sich mal an mich rangemacht. Sonja, sagt er, du kannst doch sicher ein bisschen Extrakohle gebrauchen. Womit er ja leider recht hat. Und dann hat er mir angeboten, für ihn in einem Sex-Club zu arbeiten.«

»Sex-Club? Echt? Das ist frech.«

»Ja. Ich bin erst mal drauf eingegangen, hab gedacht, der macht Quatsch. Aber er hat das ernst gemeint, der Assi.«

»Was genau solltest du denn machen?«

»Macht dich das geil, Christian?«, fragte sie und klimperte mit den Augenlidern.

»Sonja!«

»Bist du etwa im Dienst?«

»Ein Polizist ist immer im Dienst! Ich muss den Typen sprechen.«

»Och, ihr kennt euch?«

»Nein«, erklärte Jensen. »Ich muss ihn nur sprechen. Und er darf nicht wissen, dass ich ihn suche.«

»Also bist du doch im Dienst?«

»Hab ich was anderes behauptet?«

Sonja verzog das Gesicht und stellte Jensen eine neue Flasche vor die Nase, denn seine erst war bereits leer. »Ich sollte für ihn in einem Club arbeiten. Tabledance.«

»Und da bist du sauer geworden? Tabledance. Klar. Rotlicht. Ganz schön dreist, anzunehmen, du würdest so was machen.«

Sonja blinzelte irritiert. »Nee, das ist schon okay. Ist bestimmt spannend. Klar, würde ich das machen! Aber ich sollte an der Bar arbeiten. Hallo? An der Bar? Christian, das ist doch eine Frechheit. An der Bar ... Wenn schon Tabledance, dann bin ich doch wohl jemand für die Tanzstange, oder?«

Sonja schaute Jensen herausfordernd an und war ehrlich sauer.

»Unbedingt, Sonja, unbedingt«, beeilte der sich.

»Ich sehe doch gut genug aus? Hab ich nicht eine tolle Figur?«

»Hast du!«

»Also! Eine Frechheit. An der Bar ... Ich hab ihn abblitzen lassen. Und da ist er sauer geworden. Weil ich am Anfang so getan habe, als hätte ich Interesse. In einer Tabledancebar an der Theke zu arbeiten ... Das ist ja wohl das Allerletzte. Das ist ja so was wie beim Fußballspielen der Torwart zu sein. Dieser Trottel!«

»Okay. Und in welchem Club solltest du arbeiten?«

»Moment. Ich hab noch irgendwo eine Visitenkarte«, flötete Sonja und verschwand unter die Theke. Ihr feiner Hintern war indes immer noch zusehen.

Ja, dachte Jensen, Sonja war auf jeden Fall was für die Tanzstange und ihr offensichtliches Talent hinterm Tresen eindeutig vergeudet. Jensen mahnte sich, kein drittes Bier mehr zu trinken.

»Hier. Nix kommt weg!«

Sie reichte Jensen eine Visitenkarte, der warf einen Blick drauf.

»Aha.«

»Gehst du da jetzt hin? Reicht dir das nicht, was du hier geboten bekommst?«

»Ehrlich? Es ist mir hier ein bisschen zu statisch«, grinste Jensen.

»Das können wir ändern, Schatz.«

»Du kannst bei deinem Chef ja eine Tanzstange anregen.«

»Gute Idee. Hm. Ich hab übrigens ein Foto von dem Typ.«

»Ach. Wie das?«

»Er war bei der Soulnacht letzten Monat auch hier und ist fotografiert worden. Hat ein riesiges Theater gemacht, wird wohl nicht gern abgelichtet. So ein Aufstand, das kommt nicht oft vor, das vergisst man nicht so schnell. Das Foto durfte dann auch nicht auf unsere Homepage, aber wir haben es hinten im Büro noch im Rechner. Ich kann es dir ausdrucken, wenn du möchtest.«

»Klar. Her damit!«

»Moment. Wenn Kundschaft kommt, halt sie hin!«

Aber während Jensen einer coolen Paul-Weller-Coverversion eines alten Traffic-Hits lauschte und die Gäste weiter beobachtete, hatte niemand Durst. Sonja kam zurück und reichte ihm das Foto über die Theke. Klar, das war der Typ von gestern Nacht. Etwa 1,80 groß, schulterlange, lockige, schwarze Haare. Schlank. Super Ausdruck. Zwar in schwarzweiß, aber das Foto würde weiterhelfen.

»Super, Sonja. Dafür kommst du in den Himmel.«

»Bloß das nicht«, grinste sie zurück.

Ein flottes Kompliment, den unteren Teil ihrer charmanten Rückseite betreffend, lag Jensen schon ganz vorne auf der

Zungenspitze, als die Tür zum Keller aufsprang und begeisterte Musikfans lärmend und mit Riesendurst die Theke stürmten. Sonja warf ihm hastig ein Küsschen zu. Jensen schob einen Fünfer unter seinen Bierdeckel und warf einen schnellen Blick auf die bunte Karte.

»Da fang ich dann mal an«, murmelte er und versenkte die Karte in seinem hellblauen Ben-Sherman-Hemd.

* * *

Struller hing seinen Gedanken nach, als endlich das Telefon klingelte.

»Struhlmann.«

»Ich bin es. Die Jungs von der Kriminaltechnik beim Landeskriminalamt haben ganze Arbeit geleistet«, erklärte Faserspuren-Harald aufgeräumt.

»Harald, ob das so ist, das entscheide dann ja wohl ich. Was hast du?«

Harald seufzte. »Die beiden bei der unbekannten Toten mit einem Skalpell herausgeschnittenen acht mal vier Zentimeter großen Hautstücke haben die geglättet und mit einer Lösung behandelt, damit sie schön straff bleiben. Dann haben sie das Ganze digitalisiert. Die Kollegen haben es mit einem speziellen Programm bearbeitet. Das Ergebnis faxe ich dir jetzt zu. Und dann sei demütig und dankbar!«

»Was machen die Pinienkerne?«, ignorierte Struller Haralds offensichtlichen Versuch, ein Kompliment zu erpressen.

»Bobby und ich haben einen Geschmackstest gemacht. Sie sind von fein-milder Würze, ohne soft daherzukommen, und vielleicht ein bisschen sandig im Abgang. Sie kratzen beim Scheißen.«

Struller verdrehte die Augen. Na gut. »Das mit der gestrafften Haut haben deine Kollegen ganz toll gemacht!«

»Na also. Geht doch! Das sind ganz normale Pinienkerne, wie du sie in jedem Discounter kaufen kannst. Kommen aus Afrika. Da kommen die gängigen Sorten alle her. Definitiv haben sie noch nicht lange dort auf der Brücke gelegen, sie waren noch frisch. Sieht vom Spurenbild an der Brücke so aus, als habe dort jemand mal so richtig gründlich seine Taschen geleert.«

»Okay. Schönen Feierabend, Korinthenkacker!«

»Pinienkerne, Struller, Pinienkerne!«

Struller legte auf und ging zum Faxgerät, das just in diesem Moment aufgehört hatte zu rattern. Er entnahm der Lade zwei gestochen scharfe Fotos und musterte sie. Sah gar nicht aus wie Haut. Das erste Foto zeigte eine Buchstaben- und Zahlenkombination. Ganz deutlich waren jetzt Zahlen und Buchstaben zu erkennen.

»Erstaunlich! *4A2 4766*«, las Struller.

4A2 … A2, die Autobahn? Das Letzte könnte eine Telefonnummer sein, ländlicher Bereich, deshalb nur vierstellig. Struller zuckte mit den Schultern. Erst mal: keine Ahnung!

Das zweite Foto zeigte einen klar erkenntlichen Stempelabdruck. Und das war …

»... eine Cannabispflanze«, stellte Struller fest. »Cannabispflanze auf Flagge.«

Er drehte das Foto nach links und rechts und auf den Kopf. Es blieb eine Cannabispflanze auf leicht wehender Flagge. Und die Flagge? Rechteckig, klar, und mit einem breiten X durch die Mitte, von den Ecken ausgehend. Struller wechselte zum Rechner und versuchte, die Nationalflagge von Jamaika zu ergoogeln. Wie die genau aussah, wusste er nämlich nicht. Irgendwas mit Bob Marley.

»Na, guck mal einer an!«

Treffer. Jamaika. Grün und schwarz und ein dickes weißes X. Cannabispflanze auf Jamaikaflagge. Gut.

Jetzt musste er nur noch den passenden Club dazu finden. Und der musste sich nicht zwingend in Düsseldorf befinden. Aber vielleicht hatte er ja Glück.

Er warf einen Blick auf die Uhr. Die Bürodienstzeit war schon lange um, aber ein Eisen für Notfälle hatte er noch im Feuer. Er knisterte einen fleckigen Bierdeckel aus den düsteren Tiefen seines Schreibtischs und hackte die dort notierte Nummer in die Tastatur.

»Unsere Öffnungszeiten sind von …«, summte die monotone Stimme.

»Kowalski, ich bin es, Struller, ich brauche eine Auskunft.«

»... 7 Uhr bis 15.30 Uhr …«

»KOWALSKI!«

Die Ansage wurde unterbrochen, ein Knacken in der Leitung, dann eine leicht genervte Stimme: »Ja, was denn?«

»Ich brauche eine Auskunft.«

»Ich hab dir doch gesagt, du sollst nicht unter dieser Nummer anrufen!«

»Tu ich auch gar nicht!«

Kowalski stutzte. »Äh …«

»Thema: Gaststätten. Ich muss wissen, welchem Club in Düsseldorf ordnest du als Stempel eine Cannabispflanze auf wehender Jamaikaflagge zu?«

»Da kommen jetzt mehrere infrage.«

»Ich suche nur einen.«

»Äh, … Welche Art von Club?«

»Club. Nur Club.«

»Spielclub? Kulturverein, Diskothek, Saunaclub?«

»Club.«

Kowalski zögerte. »Okay, aber das dauert.«

»Zeit habe ich keine!«

»Das ist schlecht.«

»Ich gebe dir fünf Minuten. In fünf Minuten rufst du mich zurück!«

»Aber ...«

Struller legte auf.

Im gleichen Moment öffnete sich langsam die Tür. Bertie Spurtmann schlich herein, räusperte sich, deutete in den Flur hinter sich und fragte ungläubig: »Hallo. Ich habe ein ... eigenes Büro?«

»Ja, Bertie. Ich gehe davon aus, dass wir unabhängig voneinander scharfe Vernehmungen machen werden. Da ist es besser, wir haben gleich getrennte Büros, um die Kandidaten auch richtig rannehmen zu können! Hier ist der Büroschlüssel.«

Bertie strahlte. »Danke. Toll. Ich hatte noch nie ein eigenes Büro. Okay, damals, als ich die Angelscheine der letzten 30 Jahre alphabetisch sortieren musste, hatte ich im Keller eine Art Zimmer für mich alleine.«

Struller nickte und schielte auf das Telefon.

»Äh«, räusperte sich Spurtmann und faltete umständlich einen Zettel auseinander. »Es ist ein C 38/5 der Firma Greis aus Nesselwang im Allgäu. Serie B, das heißt, ausgeliefert zwischen Herbst 2009 und Sommer 2010.«

»Wie bitte? Wovon redest du?«

»Der Container. Ich sollte doch rauskriegen, was für ein Container das ist. Hab ich. Ein C 38/5 der Firma Greis, Serie B.«

Struller hob überrascht die rechte Augenbraue. Das ging aber schnell.

Spurtmann fuhr fort: »Aber das Beste kommt noch. In den Raum Düsseldorf wurden nur sieben Exemplare über einen Großhändler verkauft. Um welchen genau es sich handelt? Da bin ich noch dran.«

»Och«, staunte Struller.

Das Telefon klingelte, Struller griff sofort zum Hörer. »Ja? Hast du? … Jamaika? Okay … Natürlich kenne ich die Straße. Klar, weiß ich wo die ist. Quasi Rückseite Bahnhof. Danke, Kowalski.« Er legte auf, öffnete schwungvoll die Schublade seines Schreibtischs und entnahm ihr seine Dienstwaffe, die er mit Elan ins braune, abgewetzte Schulterholster drückte.

»Neuigkeiten?«, lechzte Bertie neugierig.

»Ich mache einen Clubbesuch.«

»Soll ich mitkommen, Kollege?«

»Auf keinen Fall!«, schrie Struller ein bisschen lauter als nötig. »Du bleibst hartnäckig wie ein Terrier an der Containerspur!«

»Jawohl, Chef!«

* * *

Eine Viertelstunde und ein paar Blöcke später versenkte Jensen seufzend sein Handy im Hemd. Er hatte Milos Kopecky noch mal angerufen und sich nach Schwiegersohn Janek erkundigt, hoffend, dass der zwischenzeitlich wieder aufgetaucht war. War er aber nicht. Mist. Also weiter! Jensen ruckelte die bunte Visitenkarte wieder ans Tageslicht. Er befand sich in der neonhellen Mintropstraße, Düsseldorfs Rotlichtmeile. Die Straße war nur knappe 200 Meter lang, aber das reichte, um zu kurz gekommene Bummler, einsame Lover oder Spaß suchende Junggesellen aus der Altstadt raus bis in das sündige Bahnhofsviertel zu locken. Prunkstück der Rue war eine riesige Tabledancebar. In die hatte es Jensen vor ein paar Wochen bei einem Junggesellenabschied mit Kollegen der Polizeiinspektion Nord auch schon mal verschlagen.

Harmloser, unschuldiger Spaß, ein prima Abend.

»Nur gucken, nix anfassen!«, erinnerte sich Jensen grinsend.

Aber heute lag sein Ziel um die Ecke in einer deutlich schummrigeren, nur spärlich beleuchteten Seitenstraße, die er nun auf dem vereisten Gehweg entlangschlidderte. Schlidderte – denn gestreut war hier natürlich nicht. Wer in dieser Gegend hinfiel, war selbst schuld.

Das Gebäude war ein gräulicher Altbau, fast direkt an der Kreuzung zur Adersstraße. Gegenüber führte die berüchtigte Harkortstraße in Richtung Bahnhof. Einige großflächige Flecken auf dem Gehweg in rostigem Dunkelrot waren von einer üblen Messerstecherei am Vorabend übriggeblieben.

Die Eingangstür war schwarz und mit einem Sehschlitz versehen. Nicht ganz so neonhell wie auf der Mintropstraße leuchtete der flimmernde Schriftzug über dem Etablissement der rötlichen Art.

»*Club Jamaika*«, las Jensen und versenkte die Visitenkarte des Clubs in der Jacke.

Das *J* flackerte. Rechts des Schriftzugs befanden sich an die Häuserwand gezeichnete Cocktailgläser, links leuchtete grün eine übergroße Cannabispflanze, die auch als Motiv für die Visitenkarte gedient hatte.

Jensen klopfte an die Tür. Der Sehschlitz wurde von innen geöffnet. Ein dunkles Augenpaar musterte ihn abschätzend. Das Weiße in den Augen war rot unterlaufen. Der mit einem fein gestrichenen, dünnen Oberlippenbart geschmückte Mund knapp darunter brummte mit ausländischem Akzent: »Ja?«

»Kundschaft«, stellte Jensen sich kurz vor.

Die schwere Eingangstür öffnete sich mit einem leichten Quietschen. Hinter der Tür stand ein bulliger Kerl mit kurz rasiertem Haar in einem schwarzen Anzug. Aus dem Kerl hätte man mühelos auch drei machen können. Seine Hautfarbe war von einem ebenmäßigen, eindringlichen Dunkel, das auf der schwarzen Eingangstür keinen Schatten geworfen hätte. Das Gesicht verzog sich freundlich.

»Ah, Gäste. Bitte, kommen Sie herein. Ich dachte, Ordnungsamt oder so was. Die Figuren haben uns auf dem Kieker und nerven fast jeden Abend. Beim nächsten Mal wollte ich die Komiker erschießen.« Der Türsteher lachte grollend.

Jensen war nicht wirklich sicher, ob der Typ nur einen Witz gemacht hatte. Erschießen? Wozu brauchte der eine Waffe? Der Bursche mit der Figur eines ungeschlagenen Profiboxers war sicher ohne Probleme in der Lage, seinem Gegenüber mit einem Hieb den Kopf vom Rumpf zu trennen.

Der Eingangsbereich bestand aus einem kleinen, in Weinrot gehaltenem Flur. Das schwarze Quadrat drückte Jensen durch einen roten Satinvorhang. Der Gastraum.

In der Mitte des großen, viereckigen Raums befand sich eine ebenfalls viereckige Theke. Mehrere zwielichtige Gestalten saßen an allen Seiten auf ledernen Hockern. Hinterm Tresen stand eine dunkelhaarige Frau im aufreizenden Leopardenlook, die von in der Decke versenkten Strahlern in rötliches Neonlicht getaucht den Gästen die überteuerten Getränke einschenkte.

An den Wänden befanden sich einige abgetrennte, etwas intimer gehaltene, plüschige Sitzgelegenheiten. Wahrscheinlich für frisch Verliebte. Bis auf eine Nische, in der zwei schmallippige Figuren wortlos in ihre Gläser starrten, waren sie aber leer.

Jensen seufzte. Das hatte er sich anders vorgestellt. Handelte es sich bei dem Club auf der Mintropstraße um einen hellen, sauberen Laden, hatte man hier sofort den Eindruck, schneller an eine Knarre ohne laufende Nummer als an ein sauberes Glas kommen zu können.

Der Türsteher verabschiedete sich. Jensen ließ sich an der Theke auf den nächstbesten Hocker fallen. Auf der Seite ihm gegenüber saßen fünf Figuren. Den Burschen ganz links zierte eine grellgrüne Irokesenfrisur. Der neben ihm trug ein albernes, rotes Jackett und klatschte unauffällig kurz in die Hände. Sofort öffnete sich hinter ihm ein schwarzer, leicht durchsichtiger Vorhang.

Irgendwer drehte die Musik lauter.

Zwei Brünette in freizügiger Arbeitskleidung glitten elegant auf einer Art Catwalk an eine silberne Tanzstange in der rechten Hälfte des Raums. Eine der beiden trug halterlose, schwarze Netzstrümpfe, lange High Heels, dazu einen Mini-BH und Slip. Alles in Blau. Die andere präsentierte ein rotes Lederkorsett. Dazu einen Slip, der lediglich aus einem Faden zu bestehen schien und lange, ebenfalls rote Lackstiefel. Schlangenartig umwickelten beide Mädels abwechselnd die alufarbene Tanzstange.

Nicht schlecht! Allerdings fehlte ihrer Darbietung die fröhliche Unschuld des Konkurrenzladens.

Die dunkelhaarige Schönheit im Leopardenoutfit auf der anderen Seite der Theke stöckelte zu Jensen heran. »Hallo!«

»Hallo«, beantwortete er die Begrüßung, orderte für schlappe dreizehn Euro einen Wodka Cola und ließ den Blick vorsichtig kreisen. Den Typ vom Foto aus dem *Pretty Vacant* entdeckte er nicht. Dafür bemerkte er das knappe Kopfnicken des roten Jacketträgers, woraufhin sich eine blonde, dünne Schönheit von ihrem Platz an der Theke löste und in seine Richtung glitt. Sie deutet auf einen freien Platz.

Jensen nickte. »Ja, ist frei.«

Sie glitt lächelnd auf den Stuhl und stellte sich vor: »Maja.«

»Willi«, blieb auch Jensen freundlich.

»Trinken?«

Sie deutete auf eine Flasche Prosecco, die auf der Theke stand.

Jensen überschlug kurz sein Budget und kam zu dem Ergebnis, dass er ohne gewisse Grundinvestitionen sicher nicht an brauchbare Antworten kommen würde. Und mit der kleinen Blonden war das Geld sogar im weitesten Sinne angenehm investiert. Die Leopardenfrau reichte die Flasche rüber und schenkte ein.

»Prost, Maja«, sagte Jensen.

»Danke, Willi«, erwiderte Maja.

Es folgte belangloser Smalltalk, an den sich Jensen am nächsten Tag nicht wieder erinnern würde. Er warf einen Blick auf seine Armbanduhr. Schon spät! Er zog das Foto aus dem Hemd und strich es auf der Theke glatt. Jensen nahm nicht an, dass Maja ihm würde weiterhelfen können und wurde nicht enttäuscht.

»Nein. Nicht kennen. Ich. Aber …«

Noch bevor Jensen reagieren konnte, hatte sie ihm blitzartig das Bild aus den Fingern gerissen, war flink vom Hocker gerutscht und verschwand hinter dem schwarzen Vorhang.

»Mist«, murmelte Jensen. Die Kleine war schnell. Weg war das Bild. Aber zur Not könnte Sonja bei Gelegenheit noch mal eines ausdrucken.

Jensen ließ sich von der Tierfrau das Gläschen neu füllen und erkannte einen alten Oldieklassiker von Donna Summer. Er wartete ab, was passieren würde. Irgendwer würde auf das Foto schließlich noch reagieren.

Ein Lichtblick. Dem hoffentlich ein weiterer folgen sollte, denn Maja kam in Begleitung einer weiteren Frau wieder hinter einem Vorhang hervor. Ebenfalls mit osteuropäischem Einschlag fragte sie: »Was ist mit dem Mann?«

»Kennst du den?«

»Kann sein.«

Aha, dachte Jensen, das Gespräch stand eindeutig unter dem Motto: Lange Absätze, kurze Hauptsätze.

»Ich schulde ihm was und würde das gerne begleichen.«

Sie grinste und glaubte offensichtlich nicht an Märchen. Sie warf einen weiteren Blick auf das Foto und runzelte die Stirn, sagte aber nichts.

»Wie heißt du denn?«, fragte Jensen.

»Ich bin mir nicht sicher.«

»Wie du heißt?«

»Ob ich den Mann kenne. Aber komm mit. Ich kenne jemand, der dir sicher weiterhilft.«

Sie führte beide in Richtung des Vorhangs zum Nebenraum, durch den sie gekommen war. Kurz vorher, den Stoff schon in der Hand, stoppte sie Maja, fauchte ihr in einer fremden Sprache einen knappen Befehl entgegen, woraufhin Maja schnell Richtung Theke summte.

»Die soll arbeiten«, zischte die Blonde grinsend und hielt Jensen den geöffneten Vorhang hin.

Der spannte sich an. Wo war übrigens der Typ mit der grünen Hochfrisur von der Theke hin? Okay. Jensen legte eine Hand auf die Börse, bereit seinen Dienstausweis zu zücken, als ihm einfiel, dass er ja gar keinen Ausweis dabei hatte. Er wollte hier aber sicherheitshalber niemanden in Unklarheit darüber lassen, dass man es mit einem Gesetzeshüter zu tun hatte.

Jensen kam nicht dazu.

Kaum hatte er den Vorhang passiert, wurde er grob von den Füßen gezogen. Ein behaarter Arm legte sich um seinen Hals, schnürte ihm die Kehle zu, bevor er auch nur einen Mucks machen konnte. Eine Faust bohrte sich in seinen

Magen. Gleichzeitig wurde er fliegend nach vorne durch einen dunklen Gang gezogen. Aus den Augenwinkeln erkannte Jensen eine Kamera, die das alles aufzeichnete. Was es nicht besser machte. Auch nicht den Haken, der ihn mitten auf die Leber traf. Jensen hustete und wurde grob in einen Stuhl gedrückt.

Endlich gelang es ihm, sich ein wenig umzusehen. Die beiden Typen, einer mit auffallend vorstehender Mundpartie und der grüne Irokese, hatten ihn zu beiden Seiten eingerahmt und boxten wahrscheinlich in der gleichen Gewichtsklasse wie ihr schwarzafrikanischer Kollege von der Eingangstür.

»Wir mögen keine Schnüffler«, behauptete scheppernd eine Stimme aus dem Off.

Jensen versuchte den Kopf zu drehen. Die rechte Kante mit den dicken Lippen klatschte ihm eine Handfläche ins Gesicht. Er sollte sich wohl nicht umgucken. Okay, verstanden.

»Durchsucht?«, fragte der Typ.

Jensen wurde nach oben gerissen. Geübte Finger strichen seinen Körper ab und zückten die Geldbörse. Jensen hörte es knistern und verabschiedete sich im Geiste von seinen knapp 100 Euro. Gäbe es für Maja eben kein Trinkgeld. Der Typ zur Linken schüttelte den Kopf.

Jensen sah jetzt erstmals den tonangebenden Wortführer dieser ungemütlichen Zusammenkunft, der von der Seite an ihn herantrat und ihn nun ausführlich musterte. Er trug eine auffällig breite, weiß gerahmte Brille.

»Und? Was hast du hier zu schnüffeln?«

»Das Foto. Ich bin ein alter Kumpel …«

Der Linke versenkte seine Faust in Jensens Niere.

»Nicht lügen. Wenn es dein Kumpel ist, wieso kennst du seinen Namen nicht? Was ist das für ein Foto?«

»Ich bin Polizist und das Foto …«

Na klar. Der nächste Hammer. Ein Vorhang raschelte.

»Scheiße, was ist hier los?«, fragte eine ihm unbekannte Stimme.

Jensen meinte einen schwachen, osteuropäischen Akzent zu erkennen.

»Verdammt, das ist ein Bulle«, fügte der Unbekannte hinzu.

Der Typ mit der Weißrandbrille knurrte. »Ein Bulle? Was schleppst du uns einen Bullen in die Hütte, du Arsch?«

»Ich schleppe den nicht an. Der war gestern mit Janek unterwegs. Wahrscheinlich hat ihn seine Tussi auf die Suche geschickt.«

»Ein Bulle«, knurrte der Alte.

Jensen konnte den Dazugetretenen hinter sich nicht sehen, aber das musste der Tscheche aus dem *Pretty Vacant* sein, der ihn wiedererkannt hatte. War das jetzt gut oder schlecht? Auf jeden Fall verzog der Linke der beiden Gorillas angewidert das Gesicht.

»Was für ein Bulle?«, fragte Weißbrille.

»Soviel ich verstanden habe, ist das ein Polizeischüler.«

»Also kein richtiger Bulle«, zischte der grüne Iro.

Der Alte überlegte. »Kein richtiger Bulle. Also können wir ihn töten.«

Jensen schluckte, der Linke grinste.

Der Tscheche räusperte sich. »He, langsam. Ich glaube …«

»Was du glaubst, interessiert hier keinen! Glaubst du nicht, dass du genug Scheiße gebaut hast, du Null? Ich sollte dich gleich mit umlegen lassen.«

Der Tscheche schwieg. Jensen fiel auch nichts ein. Der Linke zückte tatsächlich eine Waffe.

»Doch nicht hier, du Trottel. Bringt ihn nach hinten«, kommandierte der Chef.

Schon wieder raschelte es.

»Was willst du denn hier?«, knurrte Iro.

»Die von der Theke haben mich nach hinten geschickt«, meldete sich das schwarze Quadrat. »Soll Ärger geben.«

»Alles unter Kontrolle, Fleischberg. Kannst wieder abhauen.«

»Unter Kontrolle? Wozu braucht ihr dann eine Knarre?«

»Verpiss dich!«

»He, macht keinen Quatsch! Ich hab auf so eine Scheiße keinen Bock«, zischte der Türsteher giftig.

»Ich hab auf dich auch keinen Bock«, knurrte der Brillenträger und hatte plötzlich ebenfalls eine Knarre in seiner Hand.

»Was soll der Scheiß?«

»Ich hab keinen Bock, dass du bei deinem Medizinmann einen umfangreichen Bericht ablieferst. Wir sechs gehen dann mal nach hinten in den Schuppen.«

Einer der beiden weißen Quadrate öffnete eine Tür, Jensen wurde hinausgestoßen. Sie durchquerten einen Hinterhof mit bunten Plastikmülltonnen. Jensen blickte sich um, keine Chance irgendwie abzuhauen. Aber er rechnete nicht ernsthaft damit, dass man ihm hier das schicke Praktikantenlichtlein auspusten würde.

Oder doch?!

Und dem Türsteher gleich mit? Wohl kaum!

Die Tür zum Schuppen wurde aufgestoßen. Und das *Wohl kaum* blieb ihm im Halse stecken. Das hier war … klassisch. Wie hieß der Mafiafilm, an den er sich jetzt erinnert fühlte? Verdammte Kacke!

Der Raum war komplett in schwarzer Folie ausgeschlagen. Zum Einwickeln. Keine Flecken hinterlassend. Er blickte nach rechts in Iros Gesicht. Dumpf, mit einem lüsternen, wissenden Blick im hässlichen Gesicht.

»Verdammt!«, entfuhr es Jensen.

»Fuck«, flüsterte der Schwarze.

Alle anderen vier Personen schien das merkwürdig-gewalttätige Ambiente weniger zu überraschen. Das durfte doch alles nicht wahr sein!

»Macht voran!«, befahl der Boss und wollte offensichtlich keine Zeit verstreichen lassen.

* * *

»Komm rein«, grunzte der breite Typ und öffnete die schwarze Tür, als sich eine Frau im Leopardenkostüm durch den schweren Vorhang des Eingangsflurs drückte.

»Johnny? Geh mal nach hinten, ich glaub, die haben da Krempel.«

Der Breite grunzte eine Art Bestätigung und ließ den Neuankömmling im Eingang mit der Leopardenfrau zurück.

»Hallo«, grüßte Struller.

»Hallo«, grüßte die Frau fahrig zurück.

Struller schob sich an der Frau vorbei und sah, wie der schwarze Kerl auf der anderen Seite des Etablissements durch einen Vorhang verschwand.

Krempel, dachte Struller. Da mach ich mit! Zügig folgte er dem Quadrat.

»He, du kannst da nicht rein!«, pfiff ihn eine blonde Frau von der Theke an.

»Ich bin ein Geschäftsfreund«, keifte Struller zurück.

»Du, Komiker, pass mal auf«, trat ihm ein Kerl in rotem Jackett in den Weg.

»Ordnungsamt«, stellte Struller sich vor. »Wenn du dich bitte um meine Kollegen kümmern möchtest, die mir in wenigen Sekunden folgen werden. Such schon mal die Konzession raus!«

Schnell glitt Struller am geschockten Jacketträger vorbei durch den Vorhang und fischte seine Knarre aus dem Schulterholster. Irgendwie ahnte er, dass er seine süße Freundin würde gebrauchen können.

Der Türsteher war weg, der Gang war leer. Die Tür zu einem Hinterhof stand offen. Zügig schritt er voran. Die nächste Tür war angelehnt. Struller stupste sie einen Spalt weit auf und lugte hinein. Um die Situation zu erfassen, benötigte er nur Sekundenbruchteile. Er stieß die Tür ganz auf und richtete die Waffe auf den Kerl mit grünem Irokesenhaarschnitt, der einem Typen, der mit dem Rücken zu ihm saß, seine Knarre an den Kopf hielt.

»Polizei! Knarre runter!«

Struller hatte die ungeteilte Aufmerksamkeit aller sechs Personen im Raum. Er stutzte. In einem *mit schwarzer Folie ausgelegtem Raum!* Was ging denn hier ab? Kurz überlegte er, an welchen Mafiafilm ihn das Folienambiente erinnerte.

»Verdammt, was …?«, meldete sich ein Typ in Weiß.

»Schnauze! Knarre runter!«, bellte Struller. Sein Finger krümmte sich.

»Pattsituation!«, zischte der Iro und ruckelte am Kopf seines Opfers mit der Knarre.

»Nicht für dich, wenn ich dir ein Loch in den Schädel mache«, zeigte sich Struller mit gepresster Stimme unbeeindruckt.

Der Iro ließ die Knarre langsam sinken. Seinem kurzhaarigen Partner auf der anderen Seite fiel ein Totschläger aus dem Ärmel. Auch der in Weiß legte eine Knarre auf die Folie.

»Ablegen! Langsam! Vorsichtig! Alle Hände hoch!«

Struller hatte die Situation im Griff. Sehr gut. Der junge Typ, dem der Iro die Knarre an den Kopf gehalten hatte, drehte sich um. He, das war ja …

In diesem Moment spürte er den Pistolenlauf an seinem Hinterkopf.

»Pistole runter! Sofort!«

Scheiße, fluchte Struller innerlich und senkte den Lauf.

»Ich bin Polizist. Sie machen einen Fehler!«

Die Person lachte.

Person? Das war eine Frau, die ihm das runde Stück Eisen an den Kopf hielt. Und die jetzt bleckend lachte. »Ist klar. Und ich bin die Bundeskanzlerin.«

»Struller!«, grüßte ihn Jensen.

Der verzog die Mundwinkel, bemerkte aber seinerseits, dass das Erscheinen der Frau nicht dazu geführt hatte, dass sich die anderen Anwesenden entspannten. Nein, sie hielten brav ihre zehn Finger in den Himmel gereckt.

Struller drehte sich leicht nach hinten.

»Guck nach vorne!«, zischte die Frau, aber Struller hatte erstaunt festgestellt, dass es sich um eine der beiden schmallippigen Figuren handelte, die er im Vorbeigehen in einer Sitznische entdeckt hatte und denen er keine Aufmerksamkeit geschenkt hatte.

»Mein Dienstausweis steckt in der Hose«, versuchte es Struller noch mal.

»Ich hab selbst einen«, zischte die Frau mit ostdeutschem Akzent.

Struller tippte auf Thüringen, bezweifelte aber, dass es tatsächlich die Bundeskanzlerin war. Die Frau mit der Knarre hatte auch einen Dienstausweis? Eine Kollegin, dachte Struller und bemerkte aus den Augenwinkeln, wie Bewegung in die Szene kam. Er wollte die Frau warnen, aber da war es schon passiert.

Ein breiter Kerl ganz links hatte sich weggedreht. Iro griff nach der Waffe. Ein schmalerer Typ mit schwarzen, schulterlangen Haaren ganz außen drückte sich nach hinten durch einen Seiteneingang weg. Auch der Mann mit der großen, weißen Brille versuchte zu fliehen.

Die Frau hinter ihm riss die Knarre rum. Schoss aber nicht.

Weißbrille wollte fliehen, Jensen machte einen Ausfallschritt. Weißbrille stolperte über Jensens Bein und schlug der Länge nach hin.

Struller erkannte, dass ein zweiter Typ mit Knarre sich neben die Frau stellte.

»Polizei. BKA! Keiner bewegt sich!«

Iro hielt inne. Das schwarze Quadrat schlug ihm ansatzlos eine Faust mitten auf die Nase. So schnell konnte man gar nicht gucken, wie er dann beide Fäuste wieder gen Himmel streckte. Iro sackte vorne auf die Knie. Durch die Finger, die er sich gegen den Zinken drückte, spritzte Blut.

Klasse Schlag, dachte Struller und räusperte sich. »Ich bin ein Kollege, verdammt. Mordkommission! Da durch die Seitentür ist einer abgehauen!«

»Was gut ist, kommt wieder.«

»Scheiße ...« Der Mann, der dazugekommen war und Strullers Börse gefilzt hatte, war wohl auf dessen Dienstausweis gestoßen. »Kriminalhauptkommissar Struhlmann? Saskia, das scheint echt ein Kollege zu sein.«

Und ob, dachte Struller. Und verzichtete darauf, dem unbekannten Typ hinterherzuhecheln, der mittlerweile wahrscheinlich durch alle Hinterhöfe und über alle Berge war. Stattdessen zückte er sein Handy, wählte 110, um ein paar Streifenwagen anzufordern, die das ganze Gaunerpack ins Polizeipräsidium abtransportieren würden. Ach ja. Und einen Krankenwagen. Denn das schwarze Quadrat hatte seinem weißen Pendant offensichtlich die Nase gebrochen.

Richtig so.

»Scheiße, was machst du hier?«, fluchte die BKA-Kollegin.

»Menschenleben retten«, zischte Struller zurück. »Und du?«

»Wir ermitteln verdeckt. Na ja«, knurrte sie sauer. »Haben verdeckt ermittelt. Jetzt sind wir aufgeflogen, du Niete!«

Struller blieb gelassen. »Du kannst froh sein, dass die Niete dir nicht ein Auge bläut. Das mache ich nämlich für gewöhnlich mit einem Auge der Figuren, die mir eine Pistole an den Kopf halten. Darüber reden wir noch, du Opfer!«

Er nickte Jensen zu, der um die Nase herum ein wenig blässlich kopfschüttelnd die schwarze Folie unter seinen Schuhen musterte. »Na, Sportsfreund, alter Praktikant, alles klar?«

* * *

Jensen legte die Tür hinter sich in den Rahmen und erstattete seinem Ex-Tutor Struhlmann Bericht. »Alle gut verschnürt im Polizeigewahrsam. Sie warten jetzt drauf, vernommen zu werden.«

»Sehr gut«, knurrte Struller. »Ich werde mit dem schwarzen Kleiderschrank von der Eingangstür anfangen. Der war mir noch am sympathischsten. Aber vorher müssen wir beide uns noch auf Ballhöhe bringen, damit wir die Sache ganz prima gemeinsam angehen können.«

»Ich habe Urlaub«, gab Jensen zu bedenken, der ja auch eigentlich der Fachhochschule Duisburg zugeteilt war.

»Das ist gut. Dann hast du ja Zeit genug. Ich kann jemanden für die Laufarbeit gebrauchen. Du bist eingestellt«, sagte Struller und steckte sich eine Ernte 23 an. »Was hast du in dem Club gemacht? Bist du für so was schon alt genug? Und warum waren die Burschen so böse auf dich?«

Jensen ließ sich vorsichtig in einen der alten Bürostühle sinken und erklärte, warum er der Vermisstensache Janek Dobrovsky nachging und dass ihn bei der Suche nach dem unbekannten Tschechen aus dem *Pretty Vacant* eine entsprechende Visitenkarte vom *Club Jamaika* dort hingeführt hatte.

»Okay.« Struller nahm einen tiefen Zug auf Lunge und berichtete von Arielle, die auch noch keinen Namen hatte, und von dem verwischten Stempel des Clubs, der ihn in den gleichen Club gewiesen hatte.

»Wir haben folgende Gemeinsamkeiten. Du hast einen Tschechen, ich habe eine Tschechin. In beiden Fällen führt die Spur in den *Club Jamaika*. Ich geh freiwillig wieder Fußstreife am Fürstenplatz, wenn es da nicht einen Zusammenhang gibt.«

»Wir müssen die Verbindung zwischen deiner Toten und meinem Unbekannten finden. Dann sind wir einen guten Schritt weiter«, nickte Jensen.

»Die Verbindung finden wir mit Sicherheit. Früher oder später. Am ehesten im *Club Jamaika*.«

»Irgendwas ist dort passiert«, stimmte Jensen zu.

»Oder die beiden haben jemanden gesehen, den sie nicht sehen durften. Jemanden erkannt. Oder sonst wie eine Information bekommen, die sie nicht hätten bekommen dürfen. Aber es gibt auch zwei wesentliche Unterschiede.« Struller jagte einen grauen Rauchkringel unter die Decke. »Meine Tschechin ist laut Obduktion in der Nacht von Montag auf Dienstag ermordet worden. Spätestens in dieser Nacht hat sie ihre Beobachtung, Feststellung oder was auch immer gemacht. Dein Dobrovsky kommt erst in der Nacht von Dienstag auf Mittwoch abhanden.«

»Das spricht dafür, dass es wirklich etwas oder jemanden im Club gibt. Etwas, dass von ... Menschen aus Tschechien erkannt wird.«

Struller nickte und zerquetschte die Kippe im Aschenbecher. »So sieht das im Moment aus. Mal sehen, ob unsere Gefangenen da weiterhelfen können. Die Vernehmungen teilen wir auf. Du nimmst die Mädchen, ich die Jungs. Schick mir als Erstes den Boxer!«

Zehn Minuten später verdunkelte sich Strullers Büro. Der Viereckige trug Handschellen, die an seinen dunkel behaarten Gelenken allerdings wie billiger Modeschmuck aussahen. Waren das Pranken! Struller dachte an die Filmszene, in der King Kong einmal kräftig brüllte, an den Ketten ruckelte und aufs Empire State Building kletterte, um Flugzeuge vom Himmel zu pflücken. »Jonathan Baker junior, geboren in Freetown«, las Struller vom Pass ab. »Profiboxer?«

»Fast«, knurrte Baker junior.

»Dir hat ein Sportstudio gehört?«

»In Oberbilk.«

»Dann der Zwischenfall auf der Oststraße. Schädelbruch. Der Typ lag drei Wochen im Koma.«

»Der Kerl hatte ein Messer. Totale Scheiße. Ich verfluche den Tag. Seitdem stehe ich mir wieder als Türsteher drittklassig die Füße platt und ärgere mich mit Besoffenen rum.«

»Dumm gelaufen. Du sprichst sehr gut deutsch«, sagte Struller und nahm dem Kerl die Handschellen ab, die ja eh nichts gebracht hätten.

Dankbar rieb der sich die dicken Handgelenke. »Ich habe in der Schule immer gut aufgepasst. Ich bin mit sechs Jahren nach Deutschland gekommen und in Oberbilk aufgewachsen.«

»In Oberbilk aufgewachsen? Dafür sprichst du tatsächlich gut deutsch. Und jetzt diese Geschichte«, schüttelte Struller enttäuscht den Kopf.

»Ich hab nichts damit zu tun.«

»Außer, dass man dich erschießen wollte.«

»Spricht doch für mich«, gab Baker junior zu Bedenken.

»So kann man das auch sehen«, grinste Struller. »Du befandest dich beruflich allerdings in ganz, ganz schlechter Gesellschaft.«

Baker beugte sich nach vorne, der Bürostuhl knarrte. »Seine Gesellschaft kann man sich nicht immer aussuchen. Jetzt zum Beispiel. Ich habe Scheiße gebaut, meine Existenz verloren, aber diese gequirlte Kacke da im Schuppen lasse ich mir nicht an die Backen schmieren.«

Struller war sicher, dass sich an diesen Backen niemand zu schaffen machen würde. »Du stehst also an der Tür?«

»Richtig. Und was drinnen abgeht, kriege ich nicht mit. Verstanden?«

»Außer man gibt dir Zeichen, dass es im Laden Probleme gibt.«

»Ich helfe schon mal dabei, besoffene Typen freundlich hinauszukomplimentieren.«

»Am Kragen?«

Er richtete sich im Stuhl auf und pumpte Luft in seinen mächtigen Brustkorb. Es wurde im Zimmer noch eine Spur finsterer. »Das ist meist nicht nötig.«

Struller nickte. Mit so einem Brustkorb musste man kein famoser Überredungskünstler sein. Struller schob ihm das Foto der unbekannten Toten über den Tisch. »Kennst du die?«

Er nickte vorsichtig. »Hab ich schon mal gesehen. Kein schönes Foto.«

»Sie ist tot.«

»So sieht es aus.«

»Wo hast du sie gesehen? Bei euch im Laden?«

»Glaub schon«, nickte Baker und schniefte die Nase hoch.

»Ihr habt auch Frauen als Gäste?«

»Nicht oft, aber kommt vor.«

»Wann hast du sie gesehen?«

»Ist zwei oder drei Wochen her.«

»Geht das genauer?«

»Nein.«

»Ach?«

»Die Abende sind wenig abwechslungsreich. Da ist Zeit nicht so wichtig. In der Hauptsache stehe ich hinter einer geschlossenen Tür. Wenn einer klingelt oder klopft, gucke ich durch einen Schlitz und mache die Tür auf. Oder nicht.«

»Wem gehört der Laden?«

»Mich bezahlt der Reisinger.«

»Und wem gehört der Laden?«

»Würde Reisinger mich bezahlen, wenn ihm der Laden nicht gehört?«

»Vielleicht. Sag du es mir«, blieb Struller hartnäckig.

»Ich hab nicht viel zu sagen. Ich hab mit nichts was zu tun.«

Struller nickte und platzierte neben Arielles Foto die Aufnahme des flüchtigen Mannes aus dem *Pretty Vacant*.

»Kennst du den?«

Jonathan Baker junior strich sich übers dünne Oberlippenbärtchen. »Natürlich. Das ist der Typ, der eben durch den Seitenausgang abgehauen ist.«

»Name oder so was?«

»Kein Name, keine Adresse. Kann sein, dass der Typ ein paar Mal im Laden war. Die langen Haare … Ihr Weiße seht alle gleich aus.«

Struller pflückte die Fotos wieder vom Schreibtisch. Aus dem Burschen würde er nichts weiter rausbekommen, das war ein Profi. Drohungen würden nichts bringen. Er hatte sich okay verhalten, kein Grund nachtragend zu sein.

Struller stand auf. »Keine gequirlte Kacke! Deine Backen bleiben sauber. Vorerst bist du raus.«

»Das ist fair. Du sprichst übrigens auch gut deutsch. Wo bist du aufgewachsen?«

»Natürlich auch in Oberbilk. Wir sehen uns«, verabschiedete sich Struller.

»Ich denk, ich bin raus«, runzelte Baker die Stirn.

»Düsseldorf ist eine Stadt. Eine kleine Stadt. Irgendwie meine Stadt. Aber wenn es sein muss, mach ich sie ganz schnell zu einem Dorf. Wir sehen uns«, erklärte Struller.

Nur weil es nicht wie eine Drohung klang, ging das Quadrat. Struller war zufrieden. Starker Spruch zum Abschied. Hatte nicht auch John Wayne Ernte 23 geraucht?

* * *

Als Erstes hatte Jensen Maja vernommen. Tja. Draußen in Theklas Garten hätte diese kleine Biene keine zwei Tage überlebt. Maja sprach leidlich deutsch, war erst seit einem Monat in Deutschland und erklärte, dass sie demnächst mit einer Freundin in Prag eine Ballettschule aufmachen wollte. In der Sache brachte das Bienchen nichts Brauchbares zu Protokoll und summte schon zehn Minuten später aus dem Büro.

Danach saß Jensen die dunkelhaarige Leoparadenfrau gegenüber, die im *Club Jamaika* an der Theke gestanden und die Sektchen eingeschüttet hatte. Auch die Leopardenfrau hatte einen Vornamen.

Sie hieß Dieter.

Damit wäre sie beziehungsweise er gemäß Absprache eigentlich was für Struller gewesen, aber wo sie sich schon mal einander vorgestellt hatten, führte Jensen auch gleich eine kurze Vernehmung durch, die ebenfalls nichts Wichtiges zu Tage förderte. Außer der Tatsache, dass der in Korschenbroich aufgewachsene Dieter sein hautenges Kostümchen selbst genäht hatte und die größere Operation, die aus Dieter auch untenrum Petra machen würde, auf Ende September des nächsten Jahres terminiert war. Dieter war lediglich für die Drinks zuständig. Den Unbekannten von den Fotos gab er oder sie an, nicht zu kennen – und das war es dann auch schon.

Jetzt war als Drittes wieder zweifelsfrei eine Frau an der Reihe. Es war die große Blonde, der Maja das Foto gezeigt und die ihn in den Nebenraum geführt hatte.

Puh. Granate. Sie ließ sich lasziv auf dem Stuhl gegenüber nieder. Über ihren schwarzen Dessous trug sie inzwischen eine Jeans und einen gelben Winterpulli, ohne an erotischer Ausstrahlung verloren zu haben.

»Hallo …«, setzte Jensen heiser an.

»Hallo? Moment, kennen wir uns nicht?«, unterbrach die Dunkelhaarige ihn.

Jensen runzelte die Stirn. »Wir uns?«

»Ja. Du bist mir eben schon so bekannt vorgekommen. Warte, ich hab es gleich.«

Sie biss sich süß auf die Unterlippe. Jensen warf noch mal einen Blick auf den Personalbogen vor sich. Sabina Beilic, Jahrgang 90, geboren in Ostrau, Tschechische Republik, wohnhaft in Düsseldorf-Reisholz. Nicht verheiratet.

»Jetzt hab ich es. Ich tanze auch im *Solid Gold* auf der Mintropstraße. Da warst du vor ein paar Wochen mit deinen Kumpels.«

Oh. Der Junggesellenabschied.

»Klar«, fuhr sie fort. »Ihr hattet doch den südländischen Kerl dabei? Wie hieß der noch? Irgendwas mit N oder M. Hatte einen ganz guten Body. Der hat immer Jalla, jalla geschrien, den Leiter des Clubs geknutscht und ist später mit nacktem Oberkörper auf die Bühne gesprungen. Bevor man ihn rausgeworfen hat.«

Jensen räusperte sich. »Und wenn, tut das nichts zur Sache.«

»War einer der lustigeren Abende.«

»Äh. Ja. Dann erzähl mal. Was ist da los in eurem Club?«

»Was soll da los sein? Ist ein ganz normales Animier- und Tanzlokal.«

»Da werden die Gäste mit einer Knarre bedroht und sollen hinten im Schuppen erschossen werden.«

Sie beugte sich vor. »Was da hinten in den Zimmern vor sich geht, weiß ich doch nicht. Bin ich auch froh drüber. Und ich werde einen Teufel tun, mich da sehen zu lassen. Ist so eine Art Privatbereich, verstanden?«

»Seit wann arbeitest du in dem Club?«

»Seit knapp acht Monaten.«

»Hast du in Tschechien auch schon als … Tänzerin gearbeitet?«

»Die Kunstpause kannst du dir sparen. Ich arbeite als Tänzerin. Punkt. Ich habe eine klassische Ballettausbildung und verdiene hier im Monat ungefähr zehnmal so viel wie bei mir zu Hause. Ich spare das Geld und mache später in Prag eine Tanzschule auf.«

»Das hat mir eine deiner Kolleginnen eben auch schon erzählt. Ziemlich viele Tanzschulen in Prag.«

»Prag ist groß. Musst du dir mal angucken. Warst du schon mal dort?«

»Bis jetzt noch nicht.«

»Lohnt sich«, behauptete sie. »Darf ich rauchen?«

»Nein.« Jensen schob ihr das Foto aus dem *Pretty Vacant* vom großen Unbekannten rüber. »Wer ist das?«

»Ich kenne ihn kaum. Nur vom Sehen.«

»Einen Namen?«

»Hat er bestimmt, aber ich kenne ihn wirklich nicht.«

Ziemlich schlagfertig. Nicht auf den Kopf gefallen, die Kleine. Vielleicht gelang ihr tatsächlich der Absprung, und sie würde in Prag eine Tanzschule aufmachen. War ihr zu gönnen.

»Wer hat dich eingestellt?«

»Tommy Reisinger. Das ist der mit der weißen Brille.«

Jensen nickte. »Ist er der Chef ?«

»Tommy bezahlt mich. Somit ist er für mich der Chef.«

Zum ersten Mal hatte ihre Stimme leicht gekippelt.

»Wie bist du ausgerechnet an den *Club Jamaika* gekommen?«

Sie zögerte einen Augenblick. »Den Tipp habe ich bei mir zu Hause in Tschechien in einer Diskothek von einer Bekannten bekommen. Mit der Telefonnummer. Ich darf hier arbeiten. EU.«

»Nimmst du Drogen?«

»Muss ich das beantworten?«

»Nein.«

»Dann tu ich das auch nicht.«

Okay, dachte Jensen, doch keine Tanzschule in Prag.

»Weißt du, wo der Typ vom Foto wohnt?«

»Nein.«

Jensen zeigte ihr ein Foto der Toten aus dem Rhein. »Kennst du die?«

Sie wurde blass. Jensen sah, wie ihr Blick von einem Foto zum anderen sprang. Gab es da eine Verbindung? Hatte sie erkannt, dass die Frau auf dem zweiten Foto tot war?

»Ich hab damit nichts zu tun.«

»Womit?«

Sie tippte auf das Foto der Toten aus dem Rhein. »Ist sie tot?«

Jensen nickte. »Und wir versuchen, den Mörder zu fangen. Du weißt doch was! Das sehe ich dir an der Nasenspitze an. Los!«

Sie schüttelte die blonden Haare. »Ewa. Frag Ewa! Die ist

noch grün hinter den Ohren. Ich will damit nichts zu tun haben! Ewa! Die ist naiv genug, um deine Fragen zu beantworten.« Sie grinste. »Aber sie spricht kein deutsch.«

* * *

Der breite Kerl mit der grünen Irokesenbürste und der blutigen Nase war immer noch im Krankenhaus. So war sein baugleicher Partner aus dem Club der Vorletzte auf Strullers Vernehmungsliste.

»Guten Abend«, sagte Struller.

»Ich sag nichts«, grüßte der Typ zurück.

Struller schlug grinsend die Akte auf.

»Benjamin Beck, Jahrgang 83, geboren in Düsseldorf. Zur Abwechslung mal was Einheimisches. Beck? Beck? Heißt deine Mutter Silke? Ich kenne eine Silke Beck.«

Beck glubschte Struller inhaltslos an.

Struller blätterte weiter und fasste den Inhalt der Akte kurz zusammen. »Der Benni hat Probleme, Mein und Dein zu unterscheiden. Und seine Kräfte unter Kontrolle zu halten.«

Beck blieb stumm.

Okay, dann nicht, entschied Struller. In der nächsten Viertelstunde studierte Struller stattdessen eingehend die interessante, im unteren Bereich seines Gesichts offensiv nach vorne gerichtete Ausformung seines Schützlings. Becks verhunzte Physiognomie gipfelte in breit-wulstigen, glibberigen Lippen, die Struller an das spitze, pockige Hinterteil eines rasierten Hühnchens erinnerte. So, fand Struller, bot sich auch lange die Bezeichnung *Hühnerarschgesicht* für seinen stummen Gesprächspartner an. Das hätte allerdings die fischige Nuance in seinem Aussehen unterschlagen und so entschied sich Struller für *Karpfenkopf*.

Nachdem das geklärt war, ließ Struller die Plaudertasche gruß- und wortlos abführen. Leute, die nichts sagen, können sich auch nicht rausreden!

Die Tür seines Büros öffnete sich, Jensen lugte herein.

»Puh, schwierig, Pit. Wegen der Vernehmung von dieser Ewa. Unsere tschechische Polizeidolmetscherin ist nicht zu erreichen. Ich hab über Funk nachfragen lassen, es ist kein Kollege im Dienst, der tschechisch spricht.«

Struller hämmerte eine Faust auf die Schreibtischplatte. »Verdammt, kriegen die Anfänger auf der Polizeischule überhaupt nichts Vernünftiges beigebracht? Grundrechte, Menschenrechte, Bürgerrechte. Und dann fehlt es an allen Ecken und Kanten am Wesentlichen und keiner spricht tschechisch!«

»Äh, Pit, Grundrechte sind auch sehr wichtig.«

Struller knurrte eine bissige Bemerkung.

»Bestimmt kann die Beilic für ihre Kollegin dolmetschen«, schlug Jensen vor.

»Nee, nee. Da traue ich den Mädels nicht über den Weg. Wer weiß, was die Beilic sich zusammendolmetscht. Da will ich jemanden, der absolut vertrauenswürdig ist«, grollte Struller misstrauisch, fischte einen zerknitterten Papierstreifen aus seinem Zettelkasten und schmierte eine Telefonnummer darauf.

»Ruf den an!«

»Doc Stich? Spricht der tschechisch?«, fragte Jensen überrascht.

»Bestimmt nicht. Aber der kennt eine, die tschechisch spricht. Die soll herkommen.«

»Um diese Uhrzeit? Der wird schlafen.«

»Ja. Dann lass es mal so richtig schön lange durchklingeln, damit er auch wach wird. Den Leichen, an denen er rumschnibbelt, wird es egal sein, wenn er morgen früh ein paar Augenringe hat. Und lass mir jetzt den Geschäftsführer bringen, diesen Reisinger. Den mit dem weißen Nasenmoped!«

Jensen nickte und wenige Minuten später führten zwei uniformierte Kollegen den in Weiß gekleideten Geschäftsführer des Clubs herein, der sich mit lässigem Habitus in einen Bürostuhl fallen ließ.

Wenn du wüsstest, wie marode die Teile sind, würdest du deutlich weniger schwungvoll daherkommen, griente Struller amüsiert.

»Ohne meinen Anwalt sage ich gar nichts«, eröffnete der das Gespräch.

»Du guckst zu viel Werbung«, blieb Struller unbeeindruckt.

»Ich führe ein anständiges Etablissement. Und wenn du mir Ärger machst, bekommst du auch welchen, worauf du dich verlassen kannst. Ich habe einflussreiche Freunde.«

»Einflussreiche Freunde?«, fragte Struller.

»In jeder Hinsicht«, fügte der Typ breit grinsend hinzu.

Struller schüttelte den Kopf. »Bedrohung und Einschüchterung von Ermittlungsbeamten«, murmelte er, gerade noch so für Reisinger hörbar und zog dabei in gespielter Verärgerung die Augenbrauen kritisch zusammen. »Dabei habe ich noch nicht mal richtig mit der Vernehmung angefangen.«

Reisinger legte seine Stirn in Falten und ruckelte sich im Stuhl aufrecht.

»Thomas Reisinger. Genannt Tommy«, las Struller in dessen Akte und musterte den Mann, der seinem Ex-Praktikanten Jensen das junge Lebenslicht hatte auspusten lassen wollen.

Reisinger war Jahrgang 80, also knapp über 30. Groß, breit, Typ Bodybuilder. Kein Kraftpaket, sondern ein Schönling. Die Haare strähnig und einen Tick zu lang. Weißer Anzug, weißer Schal, Schuhe aus Krokodil und dann die weiße Brille. Breit gearbeitetes Gestell mit eingearbeitetem Brilli. Möglicherweise echt.

Hm. Wenn der ihm so richtig blöd kommen würde, könnte er ihm immer noch die Brille von der Nase zupfen und mit seinem Absatz mal ausprobieren, ob die Brillanten was aushielten.

»Jahrgang 80?«, fragte Struller und stellte fest: »Fallobst!«

»Bitte?«

»Fallobst! Pass mal auf, du Hosenscheißer. Als du geboren wurdest, hab ich mit deinen Rotlichtfreunden schon Fangen gespielt. Ich kenne die Jungs besser als ihre Ehefrauen es tun. Das sind echte Kerle, die sich niemals einen weißen Schal um den Hals wickeln würden. Bevor du einmal muckst, haben die dir die Birne von der Rübe getrennt und dich im Hafen mit Betonschuhen versenkt. Soviel zu deinen Drohungen, verstanden? Überspringen wir also den Teil, in denen du mir mit deinen müden Andeutungen Angst einjagen wolltest.«

Der Typ blinzelte irritiert.

»Du bist Deutscher. In deinem Club wimmelt es von osteuropäischen Angestellten. Wer ist dein Partner?«

»Ich habe keinen Partner.«

»Du sollst mich nicht anlügen!«

»Ich lüge nicht.«

»Doch. Du kommst nicht in den Himmel!«

»Hast du dahin auch Verbindungen?«, fragte Reisinger spöttisch.

»Mehrere. Sie haben Einschlusslöcher.«

Der Typ grinste knapp.

»Du kommst aus Freiburg«, fuhr Struller fort. »Lebst seit zwei Jahren in Düsseldorf, machst hier auf dicke Hose und einen Club auf.«

»Und?«

»Unüblich.«

»Ich bin kein üblicher Typ.«

Struller verdrehte die Augen. »Stimmt. Noch am Leben zum Beispiel. Ist schwierig für Männer, die sich von einem Tag auf den anderen ins Rotlichtmilieu drängeln.«

Der Typ grinste immer noch. Vielleicht Botox, mutmaßte Struller.

»Was sollte die Mafia-Show mit der schwarzen Folie?«

»Show ist genau richtig, Herr Kommissar.«

»So richtig unterhaltsam war das nicht für alle Beteiligten.«

»Ach, kommen Sie, wir wollten dem kleinen Polizeischüler doch nur einen Schreck einjagen. Den wollten wir doch nicht wirklich umlegen.«

»Und die schwarze Folie lag dort einfach nur so rum? Zufällig. Statt Teppich?«, wollte Struller wissen.

»Wir drehen da in der kommenden Woche eine Szene für einen Pornofilm. Hardcore. Gang Bang. Da möchten wir den guten Parkettboden nicht einsauen. Und schwarze Folie kommt immer gut.«

»Aha. Dann verrätst du mir bestimmt, wie die glückliche Schauspielerin heißt, damit sie mir das bestätigen kann?«

»Ich hab mich noch nicht festgelegt, wer die Hauptrolle spielen darf«, grinste Reisinger.

Struller verzog keine Miene. Aber die Antwort war gut. Reisinger sah scheiße aus, war sicher auch ein Arschloch, aber doof war er nicht.

»Die Knarre war scharf«, hakte Struller nach.

»Sind die Mädels in meinem Club auch. Und die schießen auch nicht.«

Struller präsentierte die beiden Fotos. »Kennst du die?«

Reisinger zog die Nase hoch. »Sollte ich?«

»Solltest du!«

»Das Mädel ... Kann sein. Ich glaube, die hat ein paar Wochen für mich getanzt. Und der Typ? Kommt mir auch bekannt vor.« Reisinger schlug sich mit gespielter Überraschung vor die Stirn. »Ach herrje! Jetzt hätte ich fast vergessen, dass ich ja gar nicht aussagen wollte. Gut, dass mir das gerade noch eingefallen ist, Herr Kommissar.«

Struller grinste. »Kein Problem. Ich bastle für die Staatsanwaltschaft ein schickes, versuchtes Tötungsdelikt zum Nachteil eines Polizeibeamten und dann gehst du ab, mein kleiner Freund.«

Der Weiße lachte. »Wohl kaum. Ich habe meinen Anwalt anrufen lassen. Das ist ein richtig guter. Da bin ich schneller draußen, als du furzen kannst.«

Struller klappte die Akte zu, erhob sich aus seinem Stuhl und bewies das Gegenteil.

* * *

Die Tür zu Strullers Büro öffnete sich vorsichtig und ein Engel blickte herein.

»Hallo? Bin ich hier richtig?«

Ja, wollten Struller und Jensen schreien. Okay. Natürlich kein Engel, aber eine bildhübsche Lena, die Assistentin von Doc Stich. Diesmal in Gänze – ohne Mundschutz. Jensen, der Lena nur vom Anruf vor einer guten halben Stunde her kannte, fielen fast die Augen aus dem Kopf. Meine Herren! Und so eine schnibbelt an Toten herum? Puh! Da mochte man sich ja beinahe auf die eigene Obduktion freuen.

»Lena, äh, Frau ...?«

»Radok.«

»Schön, dass Sie sich kurzfristig bereit erklärt haben, für uns zu dolmetschen.«

Struller deutete auf Ewa Czeck, die eingeschüchtert auf einem Stuhl Struller gegenübersaß. Jensen hatte sie als eine der beiden Damen an der Tanzstange wiedererkannt. Ihre blaue Unterwäsche hatte sie unter einer weißen Leggins und einem dunkelgrünen Wollpullover versteckt. Die blauen High Heels wollten optisch jetzt nicht mehr so recht passen.

»Das ist besagte Frau Czeck.«

Jensen half Lena höflich aus dem Wintermantel. Die beiden Frauen grüßten sich, und der jungen Tschechin war die Erleichterung darüber anzusehen, sich endlich mit jemandem in der Muttersprache unterhalten zu können. Jensen ließ sich von Doc Stichs Assistentin die erforderlichen Daten für die Formalitäten geben.

»Jahrgang 69?«, fragte Jensen überrascht.

»Haben Sie mich älter geschätzt?«

»N-Nein«, stotterte Jensen, verkniff sich ein *Im Gegenteil* und spürte sofort, wie er verlegen rot wurde. Das passierte ihm immer wieder. Peinlich.

Sie reichte ihm die Hand. »Die Ältere bietet das Du an. Ich heiße Lena.«

»Christian«, stellte Jensen sich vor und schüttelte eine kräftige Hand. Kräftig, klar! Brachte der Job wohl mit sich. Die großen Scheren, die scharfen Sägen …

Struller legte sofort, ganz seiner sensiblen Art entsprechend, Ewa das Foto der immer noch unbekannten Toten vor. Obwohl Ewa Czeck in einem Stuhl saß, wankte sie und rang sichtbar um Fassung.

»Darina Hasek«, flüsterte sie mit brüchiger Stimme.

Arielle heißt also Darina, freute sich Struller, dass die Tote endlich einen Namen hatte! Die Frage nach einer Adresse konnte Ewa allerdings nicht exakt beantworten.

»Irgendwo im Düsseldorfer Süden hat sie unter dem Dach

ein kleines Zimmer«, übersetzte Lena. »Ewa war nur einmal dort, hat aber keine genaue Adresse.«

Als Nächstes schilderte Ewa, wie ihr ein Mann in einer Prager Diskothek einen Job in einer Tanzbar angeboten hatte, wobei sie nur grobe Vorstellungen hatte, was eine Tanzbar war. Auf jeden Fall kein Bordell, deshalb sagte sie zu und landete vor knapp drei Monaten im *Club Jamaika* in Düsseldorf.

Hier wurde sie wie die meisten der Mädchen durch Sabina Beilic eingearbeitet. Genau wie diese, hatte sie eine abgebrochene Ballettausbildung.

Jensen machte sich eine Notiz. Zumindest was die Auswahl der Mädchen anging, war die Ballettschule eine Gemeinsamkeit. Vielleicht würde das noch mal wichtig werden. Da die Mädels später an der Tanzstange eingesetzt werden sollten, war eine Ballettausbildung natürlich hilfreich.

Ewa redete weiter, Lena fasste zusammen. »Die Mädchen wohnen anfangs in einem Hotel auf der Mintropstraße und in einem Haus auf der Scheurenstraße. Vor allem Tänzerinnen, die schon länger im Club arbeiten, haben später eigene Zimmer oder leben mit einem Mann zusammen. Die Appartements werden von einem Tommy Reisinger gebucht und bezahlt. Die Miete muss natürlich abgetanzt werden.« Lena hielt kurz inne, denn Ewas Tonfall wurde zornig. Sie übersetzte: »Der Mann mit dem grünen Haarstreifen hat den Auftrag, sich um die Mädchen zu kümmern, wenn sie nicht pünktlich zur Arbeit erscheinen oder rumzicken. Er soll nicht zimperlich sein.«

Struller nickte. Der mit der kaputten Nase! Schön, dass Jonathan Baker junior auch nicht zimperlich gewesen war, als er ihm die Nase zerdepperte.

Viel zu den Abläufen im Club konnte Ewa nicht sagen. Ihr

Chef war dieser bebrillte Elton-John-Verschnitt Tommy Reisinger. Sie selbst bewohnte zusammen mit einer Kollegin in dem besagten Hotel auf der Scheurenstraße ein kleines Zimmer.

Struller nickte. »Frag bitte nach Darina. Kam sie auch aus Prag? Seit wann arbeitete die im Club?«

Lena fragte Ewa und antwortete dann: »Sie kam vor ein paar Wochen auch aus Prag, ging noch zur Schule und ist von zu Hause weggelaufen. Die beiden, Ewa und sie, haben sich erst hier in Düsseldorf kennen gelernt und sich angefreundet.«

Jensen zeigte das Bild vom Tschechen aus dem *Pretty Vacant*.

Ewa nickte heftig. Lena übersetzte. »Das ist Pavel. Das ist der Freund von Darina Hasek gewesen.«

»Pavel. Gut. Kennt sie den Nachnamen?«

»Nein.«

Ewa redete wie ein Wasserfall und war nur schwer zu stoppen. Lena fasste zusammen. »Darina hat Ewa erzählt, dass es Pavel war, der sie nach Düsseldorf in den Club vermittelt hat. Das war vor ungefähr einem Monat. Pavel hat Darina die große Liebe vorgespielt, vom tollen Leben in Deutschland erzählt. Hier hat er sein wahres Gesicht gezeigt. Darina wollte so schnell wie möglich wieder zurück nach Prag. Aber wie alle anderen Mädchen auch hätte sich Darina das Geld für eine Rückreise erarbeiten müssen. Da sie gleichzeitig Geld zum Leben und für die Miete brauchte, war das gar nicht einfach.«

Ewa warf Struller einen abschätzenden Blick zu. Fragte sie sich, wie weit sie gehen, ob sie Struller trauen konnte? Sie flüsterte, Lena nickte und übersetzte schließlich: »Darina wollte unbedingt weg. Was ja nicht einfach war. Aber Darina hat Ewa erzählt, dass sie eine Lösung gefunden hätte.«

»Welche Lösung?«, fragte Struller.

Lena übersetzte die Frage, Ewa antwortete und Lena übersetzte wieder. »Einen zweiten Job. Oder eine zweite Einnahmequelle. Was genau, hat sie nicht erzählt. Aber Reisinger war nicht erfreut, als er von Darinas Abwanderungsplänen gehört hat. Darina war wohl eine der besten Tänzerinnen im Club.«

Eine zweite Einnahmequelle? Struller lies die Information sacken. Was sollte das sein?«

»Irgendwas in Richtung Prostitution?«, fragte Jensen.

Das Wort hatte Ewa wohl verstanden, denn sie schüttelte den Kopf.

Erpressung, fiel Struller noch ein. Aber er hing einem weiteren Gedanken nach, der ihm gerade durch den Kopf schoss. »Meint Ewa, dass Darina ermordet wurde, weil sie den Club verlassen wollte? Oder konnte das irgendwas mit ihrem unbekannten Nebenjob zu tun haben?«

Lena kniff die Augen zusammen. »Verstehe, das ist ein Unterschied.«

Struller nickte. Zwei verschiedene Motive, um die junge Frau zu ermorden, zwei verschiedene Täterkreise. Aber leider konnte Ewa nicht weiterhelfen. Darina hatte sich über ihre neue Tätigkeit nie konkret geäußert.

»Sie fürchtete, dass andere Kolleginnen ihr was wegnehmen würden«, fügte Lena Radok hinzu.

Vermutlich doch irgendwas in Richtung Rotlicht, Club, Tanzen oder Strippen. Aber was?

»Okay«, wollte Struller die Vernehmung beenden und stand auf, als Ewa noch einmal was zu Lena sagte.

Es ging hin und her. Schließlich sprach Lena:»Sie hat noch zwei Informationen, aber die nennt sie nur, wenn man sie in Sicherheit und zurück nach Tschechien bringt.«

Struller runzelte die Stirn. »Wieso in Sicherheit bringt? Fühlt sie sich jetzt besonders gefährdet? Sie ist nur eine normale Zeugin, hat niemanden konkret belastet.«

Lena antwortete. »Darina war Ewas Freundin. Sie haben sich oft und sehr lange unterhalten. Nun ist Darina tot. Jetzt diese Vernehmung. Die Männer werden denken, dass Ewa mehr weiß, als sie tatsächlich weiß. Mehr ausgesagt hat, als sie tatsächlich aussagen konnte. Sie fürchtet um ihr Leben.«

Jensen nickte.

Struller strich sich durchs Haar. Streng genommen konnte an dieser Betrachtungsweise was dran sein. Außerdem formte sich in einem besonders düsteren Teil seines Hinterkopfes gerade eine Idee. »Okay. Da lässt sich was machen«, erklärte Struller.

Ewa flüsterte eindringlich. Lena hinterfragte erst mehrmals die Antwort, stellte Struller interessiert fest und spannte sich an. Da kam noch was!

Schließlich räusperte sich Lena: »Es gibt noch einen Mann, der in den letzten Wochen mehrmals im Club war, und wenn sie eben gesagt hat, dass Reisinger der Chef war, dann stimmt das nicht ganz. Dieser andere Mann war auf jeden Fall Reisingers Boss und hat ihm gesagt, was er zu tun hat. Was auch immer der Mann gesagt hat, es ist Reisinger ganz schön auf die Stimmung geschlagen.«

Struller fühlte sich darin bestätigt, dass der Schaumschläger Reisinger einen Hintermann hatte. »Wie heißt der Mann?«

»Einen Namen hat sie nicht. Aber sie würde ihn wiedererkennen.«

»War es ein Tscheche oder ein Deutscher?«

»Ein Tscheche. Sie kann nicht genau sagen, was gesprochen wurde, hat ihre Sprache allerdings erkannt.«

Lena fragte, Ewa nickte und flüsterte noch mal. Lena blinzelte. Und als Doc Stichs Assistentin schwieg, stupste Ewa sie fordernd an.

»Außerdem soll es eine Frau geben, die Ewa allerdings noch nie gesehen hat. Von ihr hat sie vor Kurzem eher zufällig gehört. Im Club wurde getuschelt. Die Frau soll viel Einfluss haben. Ewa hat Angst. Die Verbrecher scheinen überall ihre Quellen zu besitzen.«

Ewa wandte sich jetzt direkt an Struller: »Was ist jetzt mit ich?«

»Wir überlegen uns eine Lösung, Frau Czeck«, antwortete Struller.

»Zeugenschutzprogramm?«, fragte Jensen.

Struller schüttelte den Kopf. »Für das klassische Programm haben wir nicht genug Fakten. Das ist zu vage, da kriegen wir das Mädchen nicht unter. Und das dauert auch zu lange. Wir brauchen was Unkonventionelles. Und es muss schnell gehen.« Struller beugte sich rüber zu Jensen und flüsterte. »Aber es ergeben sich natürlich ganz tolle, taktische Möglichkeiten, wenn die Täter *glauben*, dass Ewa vielleicht einen Namen hat nennen können.«

»Du willst aus ihr einen Köder machen?«, fragte Jensen entsetzt.

»Köder klingt so nach Angeln. Aber ich finde es nicht verkehrt, wenn unser unbekanntes Gegenüber mal kurzfristig ein wenig ins Schwitzen kommt. Leute, die schwitzen, machen Fehler!«

Jensens Blick verriet, dass er das so in dieser Form noch nicht gehört hatte, aber er nickte.

»Wir brauchen eine unkonventionelle, schnelle Lösung«, murmelte Struller nachdenklich.

Da würde ihm schon was einfallen. Unkonventionelle, schnelle Lösungen waren seine Spezialität!

»Ich bin mit der Bahn hier«, meldete sich Lena Radok und fragte: »Die dürften um diese Uhrzeit nicht mehr fahren. Könnt ihr mir ein Taxi besorgen?«

Struller winkte ab. Die Tschechin hatte gut gearbeitet, die wollte er sich warm halten.

»Jensen, ich werde mir den Kerl mit der grünen Bürste vornehmen, dem das schwarze Quadrat eins auf die Nase gegeben hat. Der Kerl muss ja irgendwann vernehmungsfähig sein. Dann lass ich ihn mir vom Krankenhaus hier ins Büro bringen und dreh ihn auf links, bis er mir was Gescheites zuflüstert. Er hat eins auf die Nase bekommen, also kann er reden. Schließlich soll er nicht riechen. Ich werde nicht zimperlich sein. So hat er es ja am liebsten.«

Jensen nickte fragend in Richtung Ewa.

»Die wird den grünen Lump nicht zu sehen bekommen«, erklärte Struller. »Ewa verstecke ich solange in Spurtmanns Büro und spendiere ihr Snickers und Mars. Bring du die nette Frau Radok nach Hause!«

»Mach ich«, erklärte Jensen ein bisschen auffällig hastig, wie Struller fand, und pflückte deren Wintermantel vom Haken. Sie schlüpfte hinein.

* * *

Jensen führte Lena die breite Steintreppe runter durchs kühle Polizeigebäude. Im großen Eingangsrondell kamen ihnen zwei Polizisten der Polizeiwache Bilk entgegen, die einen hackendudeldichten Hooligan ins Polizeigewahrsam brachten.

»For-tu-na!«, dröhnte es durch das leere Polizeipräsidium.

Lena hielt sich die Ohren zu.

»Und?«, fragte Jensen neugierig einen der Polizisten.

»3-0 gewonnen«, grinste der Kollege breit.

»Sehr gut.«

»For-tu-na!«, grüßte auch der Hooligan.

Kaum ließ Jensen sich draußen in den Dienstwagen fallen, da knurrte sein Magen. Der Lärm blieb der hilfsbereiten Medizinerin nicht verborgen. »Hunger? Muss ich jetzt Angst haben?«

Jensen lachte auch. »Rein essenstechnisch stehe ich weniger auf Tschechisch, mehr auf Italienisch oder Türkisch.«

»Ich auch. Am Bahnhof gibt es eine ziemlich gute Döner-Bude, die noch auf hat. Was meinst du?«

Jensen willigte ohne zu zögern ein. Mit einem gemeinsamen Happen zu zweit hatte er überhaupt nicht gerechnet.

Ausgesprochen angenehm, die Lena, stellte er wenig später am Worringer Platz fest, als er den Döner in seinen Fingern hielt und kräftig hineinbiss. Lena schnackte zwei Dosen Cola zum Nachspülen auf. Jensen aß wie ausgehungert. Das Fleischbrot war überfällig.

»Nicht schlingen«, mahnte Lena lachend.

Jensen grinste mit soßenverschmiertem Gesicht. Nachdem er fertig war, beobachtete er sie. Es sah irgendwie ... zivilisierter aus, wie sie den Döner aß. Ein bisschen weiblicher Einfluss könnte ihm sicher nicht schaden. Und Lena, also jetzt ehrlich ... Dann auch noch dieses neckische Muttermal auf der linken Wange. Hinreißend! Speedy kam ihm kurz in den Sinn, und er versuchte sich wieder auf den Fall zu konzentrieren.

»So nachdenklich?«, fragte sie leise.

»Äh, nein, ich meine ja, verdammt, es ist schon halb drei. Geht's gleich wieder zur Arbeit?«

»Ja, aber das ist okay. Sollte ich zwischendurch gähnen, wen soll das stören?«

Jensen lachte. »Gut, dass wir dich bei den Vernehmungen dabei hatten. Hast du schon mal gedolmetscht?«

»Nein. War aber interessant. Wenn ihr in der Sache noch mal jemanden braucht, meldet euch! Meine Telefonnummer habt ihr ja.«

»Wenn es nur immer so einfach wäre, an Handynummern zu kommen«, grinste Jensen.

»Christian, das ist für dich doch kein Problem. Du siehst aus wie dieser Sänger von Oasis. Hast du eine Freundin?«

»Nein«, antwortete Jensen, vielleicht einen Tick zu schnell, aber so war es doch. Er hatte eine Ex-Freundin, und die erfüllte sich gerade in Indien.

»Apropos Essen. Darf ich dich mal zu einem richtigen Essen einladen, so mit Kerze auf dem Tisch und Stühlen zum drauf Sitzen?«

»Ah. Womöglich noch mit Besteck?«, lachte Lena.

Jensen wischte sich über den Mund. »Und Stoffservietten!«

Sie lachte. »Kann sein. Das lass ich mir mal durch den Kopf gehen, Herr Kommissar. Und werde es wohlwollend prüfen.«

»Mehr kann ich nicht erwarten. Außer eine sofortige Zusage.«

Sie schüttelte den Kopf. »Man muss die Männer erst mal hinhalten. Nie sofort zusagen! Sonst meinst du vielleicht, ich hätte sonst keine Dates!«

»Vielleicht hast du welche, aber nicht so ein tolles!«

»Du flirtest mit mir! Ich werde aufpassen, Christian!« Sie deutete über den Worringer Platz. »Ich wohne da drüben. Den Rest kann ich laufen.«

»Ich kann dich noch bringen.«

Sie lachte. »Heute gehe ich alleine. Und beim nächsten Mal nehme ich dich vielleicht mit zu mir. Machs gut, du Supercop!«

Jensen lachte. Und blickte ihr hinterher. Verdammte Axt, die hatte es aber drauf!

»Klasse.«

Als sie sich noch mal umdrehte, winkte er ihr zu. Sie lachte. Jensen konnte sich ein Grinsen nicht verkneifen. »Cool.«

In diesem Moment störte das Handy, Jensen ging dennoch ran.

»Struller? ... Ganz schlechte Verbindung! ... Dir ist was eingefallen, wo wir die Czeck unterbringen können? ... Ach? Ja. Warum nicht? Gute Idee!«

* * *

»Kein Problem«, freute sich Oma Jensen. »Ich hab Platz satt und kann Unterhaltung gebrauchen. Da können wir beide in Ruhe ein bisschen plaudern.« Oma Jensen im geblümten Bademantel rieb sich eifrig die Hände und wandte sich Ewa zu. »Was, Mädchen, da kannst du mir ja mal erzählen, ob ihr im Ostblock jetzt endlich fließend Wasser habt.«

»Sie spricht kaum deutsch, Oma«, erklärte ihr Enkel hastig und war sich nicht sicher, ob das für Ewa gut oder schlecht war. Wahrscheinlich gut.

»Das lernt sie schnell«, war sich Oma Jensen sicher.

Struller und Jensen wechselten einen Blick. Wird schon gut gehen. Ewa hatte ein wenig sparsam geguckt, als sie mit dem Dienstwagen die Autobahn verlassen hatten und es auf der Landstraße immer einsamer wurde. Um eine Zeitlang in Düsseldorf von der Bildfläche zu verschwinden, war sie hier allerdings genau richtig. Bei Christians Oma Jensen in Herongen am Niederrhein würde sie niemand vermuten. Da hatte Struller, der alte Fuchs, mal wieder eine gute Idee gehabt.

Unkonventionell und schnell!

Oma Jensen hatte in ihrer kleinen, abgelegenen Kastelle ein schmuckes Gästezimmer, das auch Jensen bei seinen Heimatbesuchen immer nutzte. Optimal für eine tschechische Austauschpolizistin, in deren Hotel es leider gebrannt hatte. So hatten sie Oma Jensen die spontane Unterbringung erklärt, damit die nicht schon am nächsten Tag sämtliche Einwohner von Herongen unter dem Siegel der strikten Vertraulichkeit umfassend über Ewa aufklären konnte.

Obendrein, fand Struller, konnte Ewa ein bisschen Fleisch auf die Knochen gebrauchen, und Oma Jensens Kochkünste, das wiederum konnte Christian bestätigen, waren legendär.

Und Oma war begeistert. »Man hilft doch, wo man kann!«

Tschechische Austauschpolizistin – das klang spannend! Und so hübsch war die. Das wäre doch eine für Christian …

»Christian, ich kann dir doch auch noch das kleine Zimmer von Onkel Herbert fertig machen. Das Gästebad könnt ihr euch teilen.«

»Lieb gemeint, Oma, aber wir haben da so einen Fall.«

»Jetzt? In der Vorweihnachtszeit? Da passiert doch nichts! Die Bösen haben doch auch Weihnachten!«

Struller verdrehte vorsichtig die Augen. Ha, das hatte Oma Jensen genau gesehen. Diesen Struhlmann konnte sie sowieso nicht leiden! Wie der schon aussah! Wurde langsam Zeit, dass ihr Enkel den Kerl entließ und sich einen neuen Partner suchte. Oder eine Partnerin. Vielleicht so eine wie die Furtwängler.

»So. Ich habe Erbsensuppe im Gefrierfach.«

»Oma, es ist gleich vier. Das ist definitiv nicht die richtige Zeit für eine Ebsensuppe.«

»Ach ja.« Sie drehte sich zu der Tschechin. »Ist Tschechien eigentlich noch in der gleichen Zeitzone?«

»Ist es, Oma, ist es. Mein Kollege und ich, wir lassen euch dann wieder alleine. Am besten legt ihr euch direkt hin und geht schlafen. War für alle ein harter Tag.«

»Für mich nicht«, korrigierte Oma Jensen ihren Enkel.

»Aber gut. Dann zeige ich der kleinen Ewa mal ihr Zimmer. Hinterm Bett habe ich neulich übrigens einen BH gefunden, Christian, da müssen wir noch mal drüber reden!«

Jensen wurde schon wieder rot. Struller drehte sich weg. Hastig drückte Jensen seiner Oma einen Kuss auf die Wange, und bevor sie weitere Interna ausplaudern konnte, verließen die beiden Polizisten das Haus.

Struller rutschte zum Fahrzeug. »Mann, ist das glatt hier! Wird hier nicht gestreut?«

»Erst morgen wieder. Da kommt Hans mit dem Traktor vorbei. Der hat so einen Spezialstreusand. Der kümmert sich.«

»Spezialstreusand? Aha.«

»So ist das halt hier«, erklärte Jensen.

»Tolle Zustände! Außerdem ist es hier ja noch kälter als in Düsseldorf«, fluchte Struller.

»Das ist das Land. Aber Ewa ist hier sicher. Dass die hier ist, da kommt keiner drauf.«

»Hoffentlich wird sie nicht von mutierten Einheimischen überfallen«, unkte Struller und öffnete die Wagentür.

»So schlimm sind die Einheimischen gar nicht«, protestierte Jensen leicht angesäuert. Für Struller, das wusste er inzwischen, war die Welt an den Außengrenzen Düsseldorfs zu Ende. Jenseits gab es nichts.

Außer Köln.

Und da war die Hölle.

»Komm, steig ein! Mach die Knöpfe runter. Da hinterm Busch hab ich einen Werwolf gesehen! Ich will nach Hause ins Bett. Wir haben noch viel zu tun!«

Jensen warf einen letzten Blick hinter sich auf das einsame Gebäude. Oben links war das Licht angegangen, er meinte einen Schatten erkennen zu können.

Schön war es hier am Niederrhein!

Werwölfe …

Struller fuhr ruckelnd los.

* * *

Blinzelnd öffnete er die Augen. Sein Kopf dröhnte. Überall Schmerzen.

Was? Und … wo war er überhaupt?

Verdammt. Das … Das hatte er sich anders vorgestellt. Ganz anders.

Und es war kalt. Eiskalt.

Er fühlte fast nichts mehr, die Finger waren taub. Seine Stirn schmerzte. Er versuchte, sich den Kopf zu halten, die Schläfen zu massieren, was auch immer, aber ... das gelang ihm nicht. Linke Hand, rechte Hand. Nichts. Seine Hände ließen sich nicht bewegen. War das die Kälte, die ihm schon so stark in den Knochen steckte, dass er seine Gliedmaßen nicht mehr bewegen konnte?

Es schnürte ihm die Kehle zu. Er drehte vorsichtig den schmerzenden Kopf zur Seite und sah: Schwarzes Packband umschloss seine Handgelenke, hielt seine Arme nach oben und außen gestreckt.

Verdammt! Was war hier los?

Er folgte seinen Armen, den Fesseln. Zwei weiße, eiserne Pfosten mit abschließendem Knauf, oben links und rechts, hielten seinen schmerzenden Körper auf Spannung. Reflexartig zog er an den Armen, aber das scharfe Paketband schnitt sich hart in seine Haut.

Er versuchte, ruhig zu bleiben. Ruhig. Ruhig!

Einatmen! Ausatmen!

Sein Körper entspannte sich wieder ein wenig. Er spürte einen bitteren Geschmack im Mundwinkel.

Er schob vorsichtig seine Zungenspitze zwischen die Lippen und tippte die angetrocknete Flüssigkeit an. Er hatte es geahnt. Der Geschmack ließ ihn wieder aufschrecken, seine gerade mühsam erkämpfte Ruhe wieder verlieren.

Blut. Er schmeckte sein eigenes Blut.

Die schmerzende Stirn!

Warum, zum Teufel, blutete er? Was war passiert?

Langsam kehrten nach und nach seine Lebensgeister in den Körper zurück. Alarmiert blickte er sich um, versuchte in seiner Umgebung irgendetwas zu erkennen. Irgendwas, das ihm weiterhelfen könnte. Damit er verstehen konnte, was … was hier los war!

Viel gab es jedoch nicht zu sehen. Kalte Wände. Aus Versehen geriet sein Blick in die einsame Lichtquelle, da oben an der Decke. Schmerzvoll schloss er die Augen. Eine nackte Glühbirne.

Als das Brennen nachließ, öffnete er sie vorsichtig wieder. Er lag auf dem Rücken. Er konnte sich nicht zur Seite drehen. Seine Hände waren gefesselt, seine Beine … ebenfalls. Er spürte die gleichen, klebrigen Schlingen um seine Fußgelenke.

Rechts von ihm befand sich eine grob gearbeitete Holzwand. Vielleicht Sperrholz?

An den anderen Wänden: nur Beton. Grauer Beton. Der kahle Raum, die fast leere Kammer, war vielleicht zwei mal zweieinhalb Meter groß. In einer der Ecken stand ein alufarbener Blecheimer.

»Verdammt«, murmelte er heiser.

Lag er in einem Keller? In einem unbeheizten Keller? Das würde diese bestialische Kälte erklären. Nein. Für einen Keller waren die Wände zu hoch.

Nach einer unendlich erscheinenden Kraftanstrengung gelang es ihm, seinen Rücken und sein Gesäß leicht zu heben.

Unter ihm knirschte und quietschte es. Die Pfosten ... Oben zwei, unten zwei. Seine Arme und Beine waren an diesen Pfosten gefesselt, verwandelten seinen Körper in ein gestrecktes X.

»Ein Bett«, murmelte er.

Er lag in einem Bett. Was da quietschte und leicht nachwippte, war ein metallener Lattenrost. Keine Matratze, nur das eiserne Metallgeflecht.

Wieder spürte er diesen Geschmack im Mund. Ihm wurde übel. Nur nicht übergeben! Ihm war klar, dass das seine Situation nicht angenehmer machen würde.

Er war nicht geknebelt. Also konnte er schreien.

»Hallo?«, rief er vorsichtig.

Krächzen. Er räusperte sich. Noch mal.

»Hallo?«

Fragend! Etwas lauter.

»Hallo?«

Kräftiger.

»Hallo! Hallo! Hallo?«

Panik ergriff ihn. Was, wenn man ihn einfach abgelegt hatte? Abgelegt zum Sterben. Wenn ihn keiner hören würde. Weil es ringsum niemanden gab, der ihn hätte hören können. Hier. Wo immer dieses furchtbare, unbekannte Hier auch sein mochte.

»Hallo!«, brüllte er, das Kratzen in seinem trockenen Hals ignorierend. Immer lauter! Immer wieder!

»Hallo!«

Da! Ein Geräusch!

Er hörte ... ein Kratzen. Ein Schleifen? Das Holz zu seiner Rechten! Täuschte er sich? Nein, nein. Das Holz bewegte sich. Ganz deutlich. Das braune Holz war eine Tür. Jemand hatte ihn gehört!

»Gott sei Dank! Hallo! Hier!«

Ein Spalt tat sich auf, ein heller Ritz fiel in sein Verließ. Draußen war es hell. Oder leuchtete eine stärkere Lichtquelle. Der Spalt verlief hochkant, öffnete sich immer weiter, breiter. Er spannte sich an, spürte jeden seiner Atemzüge, hörte sein Herz rasen. Er hielt die Luft an.

Er wagte es nicht, sich zu rühren.

Immer größer wurde der Spalt zwischen dem grauen Mauerwerk und der Holztüre, die, wie er feststellte, keine Klinke hatte. Zumindest nicht hier auf dieser Seite.

Ihm stockte der Atem.

»Wie in einem Gefängnis«, flüsterte er.

Was, wenn ihn jetzt keiner befreien wollte, sondern … wenn das sein … sein Wärter war?

Alles überschlug sich in seinem Kopf. Sein Atem dröhnte laut, sein Herzschlag raste knallend, schien alles andere zu übertönen.

Im Spalt wurde ein Schatten sichtbar.

Ein Gesicht …

Das war …

»Ja!«, jubelte er, als er das vertraute Gesicht erkannte.

Kein Wärter! Keiner, der ihm … Böses wollte. Ein Freund.

»Gott sei Dank! Du!«, krächzte er vor lauter Glück. Seine Stimme überschlug sich.

Vor ihm zeichnete sich das Gesicht immer deutlicher ab. Nein, diesen Anblick würde er nie wieder in seinem Leben vergessen. Dieses vertraute Gesicht. Er würde dieses Gesicht lieben.

»Hosianna!«, schrie er.

Das Gesicht über ihm lachte. »Dir geht es ja gut. Verdammt, du blutest ja immer noch. Ich bin so froh, dass du lebst, glaub es mir!«, beruhigte ihn seine tiefe Stimme.

»Was ist passiert?«, fragte er dagegen und schluckte eine ekelerregende Blutlache herunter, die schon auf dem Weg dorthin seinen Magen Kapriolen schlagen ließ.

»Das erklär ich dir. Aber nicht jetzt. Später. Jetzt muss ich erst zusehen, dass du nicht schreist.«

Wieso?, wollte er fragen, aber da drückte ihm sein Freund blitzschnell mit festen Griff einen breiten, ledernen Knebel in den Mund, den er mit geübten, harten Zügen festzurrte.

Mit grobem Ruck kontrollierte der Mann den Lederriemen, drehte sich weg und verschwand wortlos wieder durch den Spalt zwischen Holz und Beton. Knirschend wurde das Holz wieder an die alte Stelle gerückt.

Er selbst … blieb zurück.

Sagte nichts. Sondern starrte nur entsetzt mit weit aufgerissenen Augen gegen die kalte, graue Decke. Als die Panik sich ihre wehrlose Beute holte, verschwommen Kalt und Grau ineinander. Wie in einem Strudel zog ihn eine kräftige, dumpfe Ohnmacht zu sich auf die tiefschwarze Seite.

4. Tag

Als Jensen am nächsten Morgen frisch geduscht und voller Elan die ausgetretenen Steinstufen zum Eingang des Düsseldorfer Polizeipräsidiums hochsprang, spürte er überrascht, dass sein kleines Praktikantenherz vor Aufregung bullerte. Dabei war es erst knappe drei Monate her, seit er mit Struller hier den spektakulären Teufelshaken-Fall gelöst hatte. Und jetzt trieb ihn ein neuer Fall wieder ganz offiziell und dienstlich in den dunklen Steinbau. Herrlich!

»Morgen, Didi«, grüßte er den Pförtner in seinem Glaskasten, der lässig eine Hand hob und mit der anderen den Türöffner betätigte.

Jensen betrat das Rondell und lugte nach rechts in die Kantine, in der er Speedy kennen gelernt hatte. Er seufzte. Eine nett aussehende, junge, dunkelhaarige Frau hatte ihren Platz eingenommen.

Der Paternoster am anderen Ende des Foyers war mal wieder außer Betrieb, und Jensen kraxelte die Stufen hoch in die dritte Etage. 1321 war Strullers Büro. Er klopfte kurz an und stieß die Tür auf. Struller saß schon an seinem Schreibtisch.

»Morgen. Du bist schon da?«, fragte Jensen.

»Nein, aber ich müsste jeden Moment kommen. Der frühe Vogel pickt den Wurm. Mein junger Freund, ich hab schon das zweite Hemd durchgeschwitzt.«

»So riecht es auch.«

»He, so redet man nicht mit seinem Chef«, mahnte Struller.

»Du bist nicht mein Chef. Ich habe Urlaub und helfe dir aus«, erklärte Jensen halbernst und ließ sich vorsichtig in einen wackeligen Bürostuhl sinken.

Struller tippte auf einen vollgeschriebenen Zettel vor sich

auf dem Tisch. »Ich habe beim Einwohnermeldeamt die Adresse von Arielle ermittelt.«

»Arielle?«, fragte Jensen.

»Hasek. Darina Hasek, die Tote. Die kleine Klitsche unterm Dach, von der die Czeck sprach, auf der Posener Straße, kleine Hausnummer. Die Hütte wirst du dir gleich mal angucken.«

»Okay«, erklärte Jensen und besah sich den Fotoausdruck des Meldeamtes, den Struller ihm über den Tisch reichte.

Da sah Darina Hasek natürlich deutlich attraktiver aus, als auf dem Foto vom Rhein. Nettes Mädchen. Jahrgang '93, gerade 18 Jahre alt geworden, die langen, blonden Haare brav geglättet. Etwas blass, aber das Foto hatte schließlich auch kein Starfotograf geschossen, sondern war, wie es aussah, im Automaten des Amtes geknipst worden.

»Ich habe einen Termin bei der Staatsanwältin.«

»Yvette de Baron?«, fragte Jensen, der sich gut an die patente und zugleich sehr attraktive Staatsanwältin mit den hochgesteckten, blonden Haaren erinnern konnte. An sie konnte er sich erinnern und an ihr faszinierendes Tattoo, auf das er beim letzten Fall einen schnellen Blick hatte werfen können.

»Du wirst begleitet von ...«

In diesem Moment wurde die Türe aufgestoßen.

»Guten Morgen, Pit. Ach? Guten Morgen!«, flötete Bertie Spurtmann aufgeräumt, der wie immer seinen zeitlosen, grauen Pullunder über seinem grünen Hemd und dunkle Ringe unter den Achseln trug.

»Morgen!«, grüßten Struller und Jensen.

»Albertstraße 175«, sagte Bertie.

»Was ist da?«, fragte Struller.

»Das Containergeschäft. Beziehungsweise, äh, genau genommen ist es gar kein Containergeschäft, sondern ein

Logistiker. Containergeschäfte gibt es nämlich gar nicht. Auf die Geschäftsidee ist vor mir wahrscheinlich noch keiner gekommen.«

Jensen runzelte fragend seine Stirn.

Struller nickte einfach nur. Bertie war dämlich, aber immerhin kam er schon wieder mit einem Ergebnis zurück. Erstaunlich. »Okay. Bertie. Ich habe eben mit Hengstmann telefoniert. Mir will er keinen Dienstwagen geben, aber dir ist einer zugeteilt. Den Fahrzeugschlüssel musst du nur bei ihm abholen.«

»Mach ich! Ein eigener Dienstwagen.«

Struller pikste mit dem Zeigefinger auf Jensen. »Der Anfänger hier mit den langen Haaren heißt Christian Jensen und gehört jetzt auch zum Team. Ich hab ihm einen frischen Auftrag gegeben. Du wirst ihn fahren, begleiten und aufpassen, dass er keinen Unsinn macht.«

»Geht klar, Kollege«, knurrte Spurtmann und warf einen abschätzenden Blick auf den Neuling im Team. Hm. Unrasiert, lange Haare, Turnschuhe, die Jeans hatte Löcher. Hoffentlich taugte der Typ was!

»Dann hol schon mal den Wagen, Bertie, und lass die Adresse von der Logistikfirma hier! Da kümmere ich mich drum. Bis gleich!«

Bertie marschierte zackig aus dem Büro.

Jensen beugte sich nach vorne. »Bertie Spurtmann ist dein Partner?«

»Ja. Und?«

»Der ist bekloppt«, erklärte Jensen.

Struller räusperte sich und schlug ruhig eine Kippe aus der Zigarettenschachtel. »Ich habe mir das lange und ganz genau überlegt. Pass auf! Natürlich ist Spurtmann bekloppt. Ich arbeite aber nicht mit Bekloppten zusammen. Also ist Spurtmann *nicht* bekloppt. Ich werde im Rahmen dieser Ermittlungen den Nachweis führen, dass Bertie Spurtmann nichts anderes ist, als das ewig unterschätzte, kriminalistische Juwel. Ich mache aus Spurtmann den besten Kriminalisten seit Sherlock Holmes. Denn, mein kleiner Sportsfreund: Nur der Beste von allen ist gut genug, um mit Pit Struhlmann zusammenzuarbeiten.«

»Interessant«, sagte Jensen und fragte sich, ob Spurtmann sich immer noch in den Mittagspausen auf der Reichsstraße bei einer Domina namens Lady Pia auspeitschen ließ, wie sie es bei ihren Ermittlungen im Stückwerk-Fall festgestellt hatten.

Als hätte Struller Jensens Gedanken erraten, fügte er hinzu. »Die Mittagspausen habe ich ihm gestrichen.«

* * *

Krake liebte diese späten Vormittage, wenn seine Kneipe noch nicht geöffnet war und er in seinem Lokal ein bisschen herumkrautern konnte. Hier mal was abgestaubt, dort mal was hin und her geschoben. Herrlich.

Oh ja. Er war gut drauf. Gut gelaunt summte er mit zu einer wirklich großartigen Coverversion von *White Christmas*. Da hatte sein Idol Elvis Presley, basierend auf einer Version des Drifters Covers, wirklich eine großartige Scheibe rausgebracht. Aufgenommen und auf Vinyl gebrannt schon in den Fünfzigern. Ah … Elvis!

»Zeitlos!«

Umständlich pulte er jetzt eine weitere, rote Tannenbaumkugel aus der Verpackung. Die letzte. So. Hängt. Krake trat einen Schritt zurück und musterte den stattlichen Baum, den er zu einem Horrorpreis auf dem Weihnachtsmarkt am Rathausplatz erstanden hatte. Aber: ein Prachtexemplar.

»Ha. Wie ich«, brummte Krake zufrieden und hätte am liebsten vor Freude in die Hände geklatscht.

Sollten sie doch alle meckern und nörgeln. Alles Ignoranten! Er fand Weihnachten klasse. Nicht nur wegen der Musik.

Am Baum fehlte nur noch das I-Tüpfelchen. Die Krone. Das ultimative Highlight.

Fast ehrfürchtig entnahm er einer dunkelblauen Schachtel, innen mit Samt ausgeschlagen, eine rot-golden funkelnde Christbaumspitze. Krakes Augen glänzten. Ein sagenhaftes Teil, das in allen Farben der Welt im Kneipenlicht funkelte. Das Schmuckstück hatte Krake seinerzeit für eine Schwindel erregende Summe im Internet erstanden. Wenn die Legende stimmte – und davon ging Krake aus –, dann hatte dieses Stück Weihnachten '87 den Christbaum von Prinz Charles und Lady Diana geziert. Dann hatten die Kleinen, William und Harry, unter dem Baum gesungen. Prachtburschen. Damals war die Welt noch in Ordnung gewesen.

»Santa Claus is coming home«, sang Krake mit und brachte die klapprige Aluleiter in Position, um nun sein weihnachtliches Kunstwerk zu vollenden und dem fantastischen Baum die blitzende Spitze aufzusetzen.

Vorsichtig, mit balancierendem Griff, erklomm er Stufe um Stufe. Fast hatte er die Spitze erreicht.

»Hoppla«, sagte Krake.

* * *

Oha. Yvette de Baron hatte sich aber fein gemacht. Sie trug ein dunkelblaues, eng anliegendes Kostüm, die langen Haare ungewohnt offen. Struller rümpfte misstrauisch die Nase. Auf einem kleinen Beistelltischchen stand ein schmuckes Kaffeekännchen, links und rechts zwei Tassen. Sogar mit

Untersetzer. »Guten Morgen, Sie wollten mich sprechen?«

»Nehmen Sie doch Platz. Ich möchte mich auf den neuesten Stand bringen lassen.«

Struller nahm Platz.

Sie schenkte ein und deutete auf eine Tageszeitung vor sich: »Die Schlagzeile ist ja nicht so toll!«

Struller warf einen Blick aufs Blatt und las laut vor: »*Lange, schwarze Nasenhaare sind out*. Ach? Waren die mal in?«

»Der Artikel daneben natürlich, Herr Struhlmann!«

»Ach so«, gab sich Struller unschuldig. »*Polizei ahnungslos! Keine Spur im Fall Arielle!* Na ja. Spuren haben wir satt und genug!«

»Dann schießen Sie mal los!«

Struller gab einen knappen, zackigen Überblick über die Fakten und schloss mit den Ergebnissen der ersten Vernehmungen. Die Staatsanwältin nickte nachdenklich. Struller bemerkte unter ihrem dezenten Make-up dunkle Ringe unter ihren Augen. Hatte wohl schlecht geschlafen, die Gute.

»Diese Ewa gehört in ein Zeugenschutzprogramm, aber so ganz kurzfristig wird das schwierig.«

»Wir haben da eine Lösung gefunden«, erklärte Struller.

»Sie haben sie nicht mit nach Hause genommen?!«, fragte de Baron entsetzt, und Struller fragte sich einen Moment, ob ihr entsetzter Blick privat oder dienstlich begründet war.

»Nein, nein. Bei mir ist doch gar nicht aufgeräumt. Nein, wir haben eine kleine, privat geführte Pension außerhalb Düsseldorfs gefunden.« Struller erklärte ihr das Oma-Jensen-Arrangement.

Sie lächelte. »Die patente Oma vom Niederrhein. Fürs Erste eine gute Idee. Und wie wollen Sie weiter vorgehen?«

»Spurtmann und Jensen schauen sich die Bude der Toten an. Sie heißt übrigens Darina Hasek, kommt aus Tschechien und wohnte in Lierenfeld auf der Posener Straße. Möglicherweise ergeben sich in der Wohnung weitere Ermittlungsansätze. Dann haben wir noch eine Containerspur, aber da möchte ich Sie mit den Details verschonen, bis wir was Genaues haben.«

»Sehr gut. Sobald Sie weitere Neuigkeiten für mich haben, melden Sie sich umgehend bei mir. Ich möchte da wirklich auch der Presse gegenüber auf Ballhöhe sein. Rotlichtkriminalität ist immer so ein Thema, da stürzt sich, wie Sie wissen, die Presse gerne darauf. Und wenn dann noch irgendein Promi mit drinhängt – und das ist ja schließlich meistens der Fall –, dann haben wir sofort riesige Schlagzeilen.« De Baron zeigte an, wie groß die Buchstaben sein würden. Sehr groß. »Und dann habe ich noch eine Art Beschwerde bekommen. Von, äh, einer Kollegin aus dem Bundeskriminalamt, Kriminalhauptkommissarin Saskia Baumeister.«

Struller verdrehte die Augen. Saskia …

»Sie wären *verbal* ausfällig geworden, als diese Festnahme im *Club Jamaika* etwas unrund verlaufen ist.«

»Sie soll froh sein, dass ich nur verbal ausfallend geworden bin. Die Niete hat mir eine Knarre an den Hinterkopf gedrückt. Mit meinem Hinterkopf bin ich pingelig. Außerdem hat sie einem Hauptverdächtigen die Flucht ermöglicht, indem sie alles durcheinander gebracht hat, die Pfeife.«

»Na ja. Ich habe die Wogen leidlich geglättet.«

»Sehr gut«, knurrte Struller.

Struller nippte noch mal an der Tasse und rutschte unruhig im Stuhl hin und her. Da lag noch was in der Luft. Was Unangenehmes.

Yvette de Baron räusperte sich.

Na also, dachte Struller.

»Dann wollte ich Ihnen noch mitteilen, dass ich die vorläufig Festgenommenen vom *Club Jamaika* aus der Untersuchungshaft entlassen habe.«

Struller verschluckte sich und hustete ihr ein paar Kaffeetröpfchen entgegen. »Was?«

»Ich habe die Sachlage geprüft, sehe natürlich die im Raum stehenden Vorwürfe, kann aber keine Fluchtgefahr erkennen«, sagte sie bestimmt und wischte sich ein braunes Tröpfchen vom dunkelblauen Kostüm.

»Die wollten einen Kollegen erschießen!«, rief Struller, dessen Magen sich gefährlich verkrampfte.

»Ich räume ein, dass eine konkrete Straftat im Raum steht, aber ich glaube nicht, dass es in dem Anbau eine Hinrichtung hätte geben sollen. Das gibt es doch nur im Film.«

Strullers Pulschlag hämmerte Blut durch seinen Körper. »Die Folie!«

»Sie kennen die Aussage des Herrn Reisinger.«

Struller lachte sarkastisch. »Nee, nee. Da sollte keine ... Da sollte eine Leiche drin eingewickelt werden, damit man später bei Untersuchungen keine Blutspritzer hätte finden können. Himmel!« Struller beugte sich über das Tischchen und stach mit seinem Zeigefinger dolchartig durch die Luft. »Wir haben es hier nicht mit einem Nubsipupsi-Mörder zu tun. Das ist organisierte Kriminalität, erste Liga. Der Reisinger ist eine bessere Luftpumpe. Typen wie der werden im Düsseldorfer Rotlichtmilieu zum Frühstück vernascht. Das Großmaul ist erst seit zwei Jahren hier in Düsseldorf und nur noch am Leben, weil er erstens so ein kleines, erbärmliches Würstchen ist, das niemandem gefährlich werden kann. Und zweitens, weil jemand seine mächtige, starke Hand über ihn hält. Und dieser unbekannte Jemand, das ist einer, der sich einen solchen Blödmann als Strohmann leisten kann. Also einer, der wirklich was in der Hose hat. Um mal im Milieu zu bleiben!«

Yvette de Baron war blass geworden. Dabei hatte Struller für seine Verhältnisse human und gelassen reagiert. Er hatte nicht mal nach der Knarre gegriffen.

»Verdammt!«, fluchte Struller und knallte die Tasse aufs gestickte Deckchen.

»Ich werde die Männer wegen Nötigung anklagen. Mehr war nicht drin. Kein Richter der Welt hätte da mitgespielt«, behauptete die Staatsanwältin heiser.

Das wollte Struller ihr nicht abnehmen. »Wir haben auch noch die Aussagen vom Türsteher, diesem Baker junior.«

»Ein vorbestrafter Totschläger«, erinnerte ihn Yvette de Baron.

Struller blinzelte sie an. »Selbst vorbestrafte Totschläger sagen ab und an die Wahrheit.«

Yvette de Baron stand auf. »Sie müssen mich nicht belehren. Ich gebe Ihnen als leitende Staatsanwältin und Herrin des Verfahrens die aktuelle Entwicklung lediglich zur Kenntnis.«

Struller schnaubte. »Na toll. Von dem Verfahren ist für die Herrin ja nicht allzu viel übrig geblieben. Über Nötigung lachen die Typen sich doch kaputt. Gut, dass wir die Zeugin vernünftig untergebracht haben, sonst hätte man die Czeck sicher längst schon aus dem Leben genötigt. Schwarze Folie haben die ja noch übrig.«

Yvette de Baron faltete die Hände vor ihrem Gesicht. »Pit, mir ist die Entscheidung wirklich schwer gefallen.«

Struller grunzte. Jetzt sollte sie ihm nicht mit dem Vornamen und ihren dunklen Augenringen kommen. Er war bedient. Aber so was von! »Sonst noch eine Horrormeldung?«, ranzte er. »Ich kann dann wieder gehen, ja?«

Sie nickte und drehte sich weg. »Halten Sie mich auf dem Laufenden!«

»Sicher«, versprach Struller und verließ ohne weiteren Kommentar ihr Büro.

* * *

»Soll ich besser fahren?«, fragte Jensen besorgt, als Berti Schwierigkeiten hatte, mit der Fernbedienung die Türen des Dienstwagens zu öffnen.

»Um Himmels willen! Das ist das erste Mal, dass ich einen eigenen Dienstwagen habe. Ich musste unterschreiben, dass ich niemand anderen hinters Steuer lasse«, schrie Bertie entsetzt und ein wenig lauter, als es vielleicht nötig gewesen wäre.

Jensen seufzte. Bertie zerrte aus den Tiefen seines grünen Bundeswehrparkas einen kleinen Kratzer ans trübe Tageslicht und brauchte nur eine knappe halbe Stunde, um den Wagen von seiner Eisschicht zu befreien. Es war jetzt wirklich kein Fitzelchen mehr auf den Scheiben zu entdecken. Vorbildlich!

Aber richtig: Jensen wusste ja seit Neuestem, dass er es hier nicht mit einem Trottel zu tun hatte.

Schließlich saßen sie im Wagen, und Spurtmann gelang es, das Auto heil vom Parkplatz zu bringen, was schon mal nicht so ganz einfach war, da die Parktaschen zu eng und der Platz überhaupt viel zu voll war.

Jensen blinzelte. Fehlte dem Pferd am Husarendenkmal der grüne Kopf? Wie auch immer … Die verbeulte, gelbschwarze Schranke, an der jedes Jahr mehrere Kandidaten für einen Führerscheinentzug übel scheiterten, brachte Bertie ebenfalls ohne Unfall hinter sich.

In diesem Moment rauschte die Straßenbahn knapp hinter ihnen am Fahrzeug vorbei.

»Du fährst ja noch besser als Struller«, lobte Jensen und wischte sich eine erste Schweißperle von der Stirn.

»Danke. Dabei fahre ich gar nicht so oft. Wo ist denn hier der Scheibenwischer?«

»Das Modell hat keinen.«

»Ach? Doch. Guck hier«, fand Bertie überraschenderweise einen Hebel und ließ das Gummi des Wischers über die blanke Windschutzscheibe kratzen, auf die sich immer mal wieder eine vorlaute Schneeflocke oder ein Wassertropfen verirrte.

»Ach, das muss das ganz neue Modell sein«, summte Jensen. »Was treibt dich denn in die Mordkommission?«

Bertie blinzelte. »Ganz genau weiß ich es auch nicht. Aber ich bin so froh. Und Struller ist wirklich in Ordnung. Der behandelt mich wie einen ...« Da fehlten selbst Bertie die Worte. Er musste sich aber auch konzentrieren, denn ein flotter Krankenwagen schoss vor ihnen mit Blaulicht durch den Kreuzungsbereich. »Ich hatte in der letzen Zeit nicht soooo viel Glück. Also, jetzt beruflich. Privat habe ich ja jetzt meine Doris.«

»Du hast in der Waschstraße gearbeitet?«

»Ja, eine Zeitlang. Fahrzeugmanagement. Das war ganz okay, aber puh. Hast du eine ungefähre Ahnung, wie viele verschiedene Fahrzeugmodelle es bei der Polizei gibt?«

»Nee, keinen Schimmer.«

»Wahnsinn. Ich habe immer Schwierigkeiten mit den vielen Knöpfen gehabt. Ich kann nämlich nur eine Sache auf einmal machen.«

Sprechen oder Fahren, dachte Jensen, denn sie hätten hier rechts abbiegen müssen.

»Und die Reihenfolge bringe ich auch immer durcheinander. Na ja. Mit Doris wird alles besser.«

»Wer ist Doris?«, fragte Jensen jetzt endlich nach und bereute seine Frage schon nach Sekunden.

»Ein Engel, eine Heilerin. Eine Göttin! Ich will nicht übertreiben. Sie hat mir Türen geöffnet. Ich weiß heute zum Beispiel gar nicht, wie mein Leben ohne Böörn hat funktionieren können?«

»Böörn?«

»Eine Lavalampe von Ikea. So was von gut für mich.«

»Hier müssen wir links.«

Bertie bog ab. Er hatte wirklich üble Schwierigkeiten mit den richtigen Reihenfolgen. Zuerst Schulterblick, dann abbiegen. Aber der andere Verkehrsteilnehmer konnte ausweichen.

Erfolgreich fuschte Bertie sich durch die zahlreichen Baustellen am neuen Düsseldorfer Amtsgericht und bog nach rechts auf die Erkrather Straße ab. Jensen war sich nicht sicher. Waren das gleich zwei Fahrradfahrer gewesen, die voll in die Bremsen gehen mussten, weil Bertie ihnen die Vorfahrt nahm?

»Doris gibt mir die nötige Ruhe. Ich habe doch vorher von Reiki, heilenden Klängen und dynamischer Lichtarbeit gar keine Ahnung gehabt. Oder über die gemeinsame Heilkraft von Engeln und Steinen vor dem Hintergrund des schamanischen Heilwissens der Pflanzen. So was bekommt man heute auf der Polizeischule doch gar nicht beigebracht. Und das ist so wichtig!«

»Hier hätten wir links gemusst!«

»Ja. Wichtig, weil der innere Ausgleich fließen muss, wie ein Fluss. Hast du schon mal ein Lichtbad genommen?«

»Nein«, räumte Jensen ein und war froh, als sie endlich ihr Ziel erreichten.

Die Parklücke war riesig. Mit einem glitschigen Wutsch und einem Gummifomp ratschte Bertie die Reifen gegen die Bordsteinkante.

»Da sind wir ja schon!«

Jensen knurrte. Er wäre anders gefahren. Kürzer, schneller, weniger Ampeln, weniger Verkehr, aber er wollte nicht meckern: Er lebte noch.

Das braune Mehrfamilienhaus war fünf Etagen hoch. Im Erdgeschoss befand sich ein türkischer Kiosk mit Gemüsekisten davor. Ein roter Vesparoller ohne Kennzeichen stand neben der Haustür auf dem Gehweg. Die Klingeln am Eingang waren nur teilweise beschriftet.

»Hasek steht hier nirgends. Wir sind falsch«, erklärte Bertie.

»Nicht unbedingt«, erklärte Jensen und drückte die Klingel unten rechts.

Es dauerte einen Moment, aber dann meldete sich eine ältere Dame. »Hier ist niemand.«

Jensen runzelte die Stirn. »Äh …« Und klingelte noch mal.

»Kommen Sie morgen wieder, dann ist wieder jemand da«, knarrte die Gegensprechanlage.

Jensen schüttelte den Kopf und versuchte es unten links. Hier wurde sofort aufgedrückt. Sie gingen rein. Der Türöffner stand unten vor seiner Wohnungstür und roch streng nach Altbierfahne. Er trug eine graue Jogginghose mit schickem Pinkelfleck und ein ärmelloses T-Shirt. Das war auch irgendwie grau. Auf der Brust prangte der ausgeblichene, lilafarbene Schriftzug: *In Eller stirbst du schneller.*

Seinem Geruch nach zu urteilen, hatte er selbst den Prozess der Verwesung bereits zu Lebzeiten begonnen.

»Wat is?«

Jensen zeigte seinen Dienstausweis. Bertie hatte Schwierigkeiten, unterm grünen Parka seine Kriminalmarke aus der engen Hose zu fischen.

»Bullen? Soso. Und?«

»Wir suchen …«, setzte Jensen an.

»Kenn ich nicht!«

»Wir suchen eine Frau Hasek.«

»Hasek? Kenn ich nicht.«

»Das ist eine junge Dame aus Tschechien.«

»Sehe ich aus, als würde ich Tschechinnen kennen?«

Jensen zeigte auf den Pinkelfleck und erklärte: »Du siehst aus, als wärst du Linksträger.«

Der Typ blickte an sich runter und grinste schief. »Macht dich das an?«

Jensen schmunzelte zurück. »Ich kann größere Flecken machen als du!«

Der Typ verzog verwirrt sein Gesicht. Offensichtlich war er auf Krawall aus und jetzt überrascht, hier ganz unverhofft auf eine Art Partner im Geiste gestoßen zu sein.

»Kollege« wisperte Jensen jetzt vertraulich. »Wo wohnt jetzt die Hasek?«

»So 'ne Kampflesbe?«

»Oh. Sie ist lesbisch?«, fragte Jensen.

Der zeitlose Typ beugte sich nach vorne. Durch die Alkoholfahne erschnüffelte Jensen notgedrungen auch Knoblauch. »Ich hab die mal zusammen mit ihrer Nachbarin oben im Flur gesehen. Beim Rumkichern. Das ist 'ne Asiatin, die Nachbarin. Die hab ich mal angemacht, aber die hat mich abblitzen lassen.«

»Klarer Fall«, verstand Jensen. »Wer so einen Prachtkerl wie dich ablehnt, muss lesbisch sein.«

Offensichtlich hatte Jensen genau den richtigen Tonfall getroffen und wurde vom Prachtkerl als Kumpel anerkannt. »Genau. Und gleich und gleich gesellt sich gerne! Die Hasek wohnt unterm Dach. Links. Rechts wohnt die mit den Schlitzaugen. Hab ich ja nichts gegen, wenn die Weiber nach Deutschland kommen, um sich deutsche Männer zu angeln, aber wenn die lesbisch sind, macht das ja gar keinen Sinn. Da muss man an die Wohnungstür klopfen, die Hasek hat keine Klingel. Die Asiatin hab ich eben beim Müll gesehen. Die stecken unter einer Decke. Verstehst du? Höhö. Was haben die denn ausgefressen?«

Jensen beugte sich verschwörerisch nach vorne. »Hier in der Gegend sind mehrere Hunde weggekommen. Muss ich mehr sagen?«

»Ach?«

Der Mann war sichtlich entsetzt. Bertie auch. Den zog Jensen jetzt hastig die Stufen hinter sich nach oben. Sie erreichten die oberste Etage. An der Türe links befand sich kein Namensschild. Hier waren sie richtig. Jensen musterte die Wohnungstür. Pressholz. Würde für den Schlüsseldienst kein Problem werden, die Tür zu öffnen.

Er blickte nach rechts und las: »*Kim Schoo*. Ah, die Asiatin.«

Hm. Wenn die beiden Frauen befreundet waren, hatte sie vielleicht Wohnungsschlüssel getauscht. Und überhaupt würde sie vielleicht ein paar Fragen beantworten können. Jensen betätigte die Klingel. Wenige Sekunden später öffnete eine große, schlanke Frau mit frecher, blonder Kurzhaarfrisur in einem dunkelblauen Kimono mit goldfarbenen Halbmonden. Jensen blinzelte. Die Frau war zwei oder drei Zentimeter größer als er. Jensen hatte etwas Kleineres erwartet. Nur ihre Augenpartie verriet einen asiatischen Einschlag.

»Hallo?«

»Jensen. Polizei.«

Jensen zeigte seinen Dienstausweis. Bertie wühlte hektisch unter seinem Parka und hatte wieder Schwierigkeiten, die Dienstmarke aus seiner engen …

»Worum geht's?«

»Sie sind Frau Kim Schoo?«

»Ja.«

»Es geht um Ihre Nachbarin«, erklärte Jensen.

»Ach. Ist sie wieder aufgetaucht? Ich habe sie schon vermisst. Haben Sie schon geklopft? Ist sie nicht da? Um diese Uhrzeit ist sie eigentlich immer zu Hause.«

Jensen räusperte sich ungeschickt.

Sie schlug sich eine Hand vor den Mund. »Um Himmels willen. Polizei ... Ist ihr etwas zugestoßen? Kommen Sie rein!«

Sie führte sie in eine schöne Wohnung. Eine solch nette, kleine Bleibe hatte er hier in der Gegend nicht erwartet. Das waren zwar alles keine Designermöbel, mehr schwedischer Stil, die Kunstdrucke an den Wänden waren vermutlich nicht echt, aber alles war sauber und aufgeräumt. Große Fenster tauchten die Wohnung in ein angenehm helles Licht. Nach hinten raus erkannte er eine große, hell geflieste Dachterrasse.

»Ich habe die Kleine schon vermisst. Ich meine, wir sehen uns nicht allzu oft, das hier ist meine Zweitwohnung, ich wohne in Wuppertal, aber ...«

Jensen nickte ernst. »Am besten nehmen Sie kurz Platz.«

Was sie tat. Vorsichtig erklärte Jensen ihr, was nötig war.

Kim Schoo blieb einigermaßen gefasst. »Wir waren jetzt nicht direkt miteinander befreundet, kannten uns kaum, aber ... mein Gott. Das arme Mädchen. Sie hat nachts gearbeitet, ich kam meist erst nach Hause, wenn sie schon weg war. Meine Wochenenden verbringe ich in Wuppertal. Ist es nebenan in ihrer Wohnung passiert?«

Jensen räusperte sich. »Genau das wissen wir nicht. Deshalb bestellen wir gleich einen Schlüsseldienst, der uns die Tür öffnen wird.«

»Moment«, sprang sie auf. »Das ist nicht nötig. Ich habe einen Notfallschlüssel, den sie mir mal gegeben hat.«

Sie ging mit wehendem Morgenrock ins Nebenzimmer

und händigte Jensen einen Schlüssel aus, der sich bedankte. »Wir kommen gleich noch mal vorbei. Vielleicht haben wir noch Fragen.«

»Gut. Ich, ich warte solange und ziehe mir was Vernünftiges an«, antwortete sie.

Jensen und Bertie öffneten die Tür zu Arielles Bleibe. Holla, was für ein Unterschied! Das war nicht wie nebenan eine schicke Dachgeschosswohnung, sondern eher ein kleines Abstellzimmer mit Dusch- und Kochecke. Sehr spartanisch eingerichtet. Nur ein schmales Bett. Viel zu verstecken gab es nicht.

Zusammen mit Bertie durchsuchte er das Zimmer. Beim Blick in eine große Kommode stellten sie fest, dass Darina Haseks Kleidung in der Hauptsache aus Unterwäsche bestand.

»Arbeitskleidung«, grinste Spurtmann und fuhr sich über die Lippen.

Sie fanden nichts, was ihnen irgendwie weiterhelfen würde. Insbesondere sah es nicht so aus, als ob hier ein Kampf stattgefunden und jemand von hinten eins auf die Schädeldecke bekommen hätte. Vermutlich war Darinas Wohnung nicht der Tatort.

»Bertie, ruf du trotzdem die Spurensicherung an. Haralds Leute sollen mit der dicken Lupe noch mal drübergucken, ob die noch irgendwas an Spuren sichern können.«

»Mach ich. Äh, wäre es sinnvoll, mal den Anrufbeantworter abzuhören? Der blinkt, da ist ein Anruf drauf.«

Jensen nickte heftig. »Klar. Gute Idee, hab ich übersehen. Gut, Kollege.«

Bertie drückte die entsprechende Taste.

»Hallo«, ertönte eine männliche Stimme. »Ich möchte mich noch mal ausdrücklich und persönlich bei Ihnen bedanken.

Wir waren sehr ... beeindruckt. Das schließt mich ausdrücklich mit ein. Ich, äh, bin quasi sprachlos und möchte fragen, ob Sie vielleicht auch ... äh, Einzeltermine, äh, quasi, wahrnehmen würden. Bitte rufen Sie mich doch kurz zurück. Äh, tagsüber. Meine Handynummer lautet ...«

Jensen nestelte hastig seinen Block aus der Jacke und schrieb die Telefonnummer mit.

»Äh, ich hoffe, wir werden uns einig. Äh, danke. Horst.« Gerumpel, Geknister, dann ein Pfeifton als Signal für das Ende der Aufzeichnung.

»Eine Spur?«, fragte Spurtmann aufgeregt.

»Kann gut sein. Kriegen wir raus.«

»Sehr gut«, war Bertie begeistert, als Jensen die Wohnungstür hinter sich zuzog.

Dann klingelten sie wieder bei Schoo, die öffnete und mittlerweile eine Blue Jeans und ein gelbes Hemd trug.

»Ein paar schnelle Fragen hätte ich noch.«

»Möchten Sie reinkommen?«

»Möchte schon«, konnte Jensen es sich nicht verkneifen. »Aber das geht auch so ganz schnell.«

»Ganz schnell. Soso«, spielte Kim Schoo mit.

Puh, dachte Jensen und spürte, dass er mal wieder rot im Gesicht wurde. Er zwang sich zur Konzentration. »Wann haben Sie Darina Hasek das letzte Mal gesehen?«

»Vergangene Woche. Moment. Mittwoch. Im Flur. Wir haben uns kurz gegrüßt, sie war auf dem Sprung.«

»Was hatte sie an?«

Kim Schoo legte den Kopf schräg und grinste. »Wie meinen Sie das?«

»Parka, Wintermantel? Hell, dunkel?«

»Ach so. Ich kann mich kaum erinnern, aber sie wird ihren dunklen Wintermantel getragen haben. Schwarz ist der.«

Jensen kniff die Augen zusammen. »Wieso haben Sie … so nachgefragt.«

»Na ja. Interessanter wäre natürlich gewesen, was sie *unter* dem Mantel getragen hat. Aber dazu kann ich nichts sagen.«

»Sie wissen, womit Darina ihr Geld verdient hat?«

»Sie strippte.«

Jensen lachte verhalten. »Na ja. Sie tanzte.«

Kim Schoo lachte mit. »Ja. Aber dabei zog sie sich aus. Das nennen wir doch Striptease, oder?«

Jensen wollte die Bemerkung mit einem Grinsen schon abtun, hielt aber inne. »Darina Hasek machte Tabledance. In einem Club am Bahnhof. Das ist was anderes.«

»Also, in der Tabledancebar tanzte sie auch, ja. Aber außerdem ging sie mit ihrem Freund doch auf diese Strippartys.«

»Strippartys?«, fragte Jensen interessiert.

»Ja.« Sie drehte sich zu einer Kommode, öffnete die oberste Schublade und erkramte einen Werbeflyer, den sie Jensen aushändigte.

»*Mobile Striptease-Show*«, las Jensen und reichte den Wisch weiter an Spurtmann. »Mit ihrem Freund?«

»Ja. Oder Manager. Er hat sie immer abgeholt.«

»Können Sie den Mann beschreiben?«, mischte sich Spurtmann ins Gespräch, dem es endlich gelungen war, ein Notizbuch aus dem Parka zu porkeln.

»Tut mir leid. Ich habe die beiden manchmal im Flur zusammen sprechen gehört, wenn er sie abgeholt hat, aber gesehen habe ich den Mann nur ein einziges Mal und da war er dick eingepackt mit Mütze und Schal. Nettes Gesicht, so weit ich mich erinnere. Kann sein, dass ich ihn erkenne, wenn ich ihn sehe. Aber beschreiben? 1,80 groß und schlanke Statur. Das ist alles.«

Jensen nickte. Die Beschreibung war mehr als vage.

Kim Schoo sah ihm die Enttäuschung an. »Ich bin zwar ein ausgesprochen neugieriger Mensch, aber durch den Spion geblinzelt habe ich nicht.«

»Das ist schon okay«, räumte Jensen ein. »Neugierig bin ich übrigens auch. Deshalb bin ich Polizist geworden. Und dieser Mann war ihr Freund?«

»Freund ... Das weiß ich natürlich auch nicht genau, aber so wie sie vom Hinhören miteinander umgegangen sind, gehe ich mal davon aus.«

»Dann war Darina nicht lesbisch?«

Kim Schoo lachte. »Lesbisch? Wie kommen Sie denn darauf? Ach, Sie haben den verblödeten Nachbarn von unten links getroffen? Der glaubt, wenn zwei Frauen sich kichernd im Flur unterhalten und nebeneinander wohnen, müssen sie lesbisch sein. Hätte die Natur nur solch famose Meisterwerke zustande gebracht, würde ich vielleicht drüber nachdenken, aber nein, ich stehe ganz klassisch auf Männer«, erklärte sie mit weichem Schmollmund und Jensen glaubte ihr jedes Wort.

Ohne zu zögern.

»Der ist total behämmert. Weil ich eine japanische Mutter habe, denkt der auch bestimmt, dass ich nachts Hunde klauen geh, um sie zu essen.«

»Das hat er nicht von mir!«, beeilte sich Jensen zu sagen.

Bertie verschluckte sich.

Dann konnte Jensen sich eine weitere Frage nicht verkneifen. »Arbeiten Sie auch, ich meine ... als Tänzerin?«

Sie lachte. »Sehe ich so aus?«

Jensen biss sich auf die Zunge und wurde knallrot. Wie konnte ihm nur so eine blöde Frage rausrutschen?

»Ich werte das mal als Kompliment. Nein, ich bin die Leiterin der Städtischen Bücherei Unterbach. Ich tanze nur privat. Dann aber sehr gerne. Die ganze Gurkerei durch den Berufsverkehr aus dem Süden Wuppertals war mir auf die Dauer zu stressig. Deshalb hab ich mir hier ein Zimmer genommen und muss nur dreimal fallen, um in der Bücherei sein zu können.«

»Okay, dann, äh, danke. Und, vielleicht hab ich noch mal ein paar Fragen, dann melde ich mich wieder.«

»Sehr, sehr gerne. Sie wissen ja, wann und wo Sie mich erreichen können«, sagte sie.

»Genau«, gab Jensen zurück.

Auf dem Weg nach unten flüsterte Jensen. »Bertie, wir haben eine Stripteaseshow, einen Flyer mit Telefonnummer und einen Mann namens Horst auf dem Anrufbeantworter. Tolle, neue Spuren!«

Auch Bertie war begeistert. Jensen hatte unten die Haustür schon in der Hand, als er innehielt. Spurtmann war stehen geblieben und hatte beim Unterhemdtyp geklopft.

»Was willst du von dem?«, fragte Jensen, als sich die Tür auch schon öffnete und ein Schwall schlechter Luft in den Flur waberte.

»Wat is?«

»Äh, nur eine kleine Rückmeldung. Wegen der vermissten Hunde in der Nachbarschaft. Frau Schoo scheidet aus. Sie ist Vegetarierin.«

»Ach so. Hätte ich mir an und für sich gut vorstellen können.«

»Das dachten wir uns! Tschüss«, verabschiedete sich Spurtmann, folgte Jensen nach draußen und flüsterte, als er versuchte, sich den Schlüssel aus der Hose zu friemeln: »Ich kann den Idiot nicht leiden!«

Dann rutschte er ins Auto.

Als Jensen ihm folgte, fiel ihm zum ersten Mal auf, dass Bertie Spurtmann eigentlich ein richtig sympathischer Kerl war.

* * *

Struller sprang an der Kettwiger Straße aus der U-Bahn. U-Bahn war keinen Deut besser als Straßenbahn. Er fing an, Ferdinand Hengstmann wegen des Dienstwagenverbots zu hassen. Wahrscheinlich würde er sich demnächst einfach ein Auto klauen. Gute Idee!

Er war immer noch sauer, dass die de Baron die verfluchten Strauchdiebe nicht in den Bau geschickt hatte. Außerdem war es schweinekalt.

Die Logistikfirma lag nur eine Seitenstraße entfernt auf der Albertstraße. Mit großen Schritten überquerte er einen grau gepflasterten Vorplatz. Schwungvoll warf er eine gemaserte Eingangstür auf.

»Den ganzen, verfickten Scheißweg bin ich umsonst gefahren«, krakeelte ein Mann, Ende vierzig mit haarlosem Knie auf dem Hinterkopf und knetete mit seinen riesigen, ölverschmierten Pranken eine unschuldige Wollmütze zu Tode.

»Was lässt du dich auch abwimmeln, du Anfänger!«, entgegnete ihm auf der anderen Seite des Empfangstresens ein gleichaltriger Mann mit knallrotem Kopf, der sogar noch weniger Haare als sein Gegenüber hatte.

»Weil er recht hatte, du Null. Da standen keine Schilder. Das haben deine Flaschen verbockt, weil sie zu dämlich sind, an der richtigen Stelle ein paar Halteverbotsschilder aufzustellen, die blöden Armleuchter!«

»Moment mal!«

»Das *Moment mal* kannst du dir in den Hintern schieben. Und zwar quer rein!«

»In meiner Firma arbeiten keine Armleuchter, Günther!«

»Scheiß Firma! Brehmstraße 47. Zwei Halteverbotsschilder.« Der Mann, der Günther hieß, schwenkte einen zerknitterten Fetzen Papier über die Theke. »Und wo haben die Pflaumenköpfe die Schilder aufgestellt, mein lieber Ernst? Hausnummer 74. Zu dämlich, um zwei Zahlen in der richtigen Reihenfolge zu lesen. Und ich komme mit meinem 12-Tonner extra aus Niederkassel hier rüber.«

»Wärst du mal da geblieben. Falsche Rheinseite! Da wohnen sowieso nur Schnösels!«

Struller verdrehte die Augen und öffnete den Mund.

Der Haarlosere der beiden riss seinen Kopf in Strullers Richtung, zog seine auffällig buschigen Augenbrauen zusammen und fuhr Struller an: »Du machst den Mund auf, wenn du dran bist, sonst kannst du gleich wieder abziehen!«

Oha, dachte Struller. Krawall. Ja! Er war genau in der richtigen Stimmung und zückte seine Dienstmarke. »Ich bin genau *jetzt* dran, du Knallkopf! Wenn du mich noch einmal anbrüllst, zieh ich meine Knarre und schieß dir ein Loch in die Decke, kapiert?« Struller sah seine beiden Gegenüber herausfordernd an.

Die zogen interessiert die Augenbrauen hoch … und waren sich augenscheinlich sofort einig.

»Was willst du Komiker denn von uns?«

»Dicke Backen oder was?«

Hoppla. Da waren die aber schnell wieder die dicksten Freunde. In diesem Arbeiterviertel Düsseldorfs schien Strullers übliche Einschüchterungsmasche offensichtlich nicht zu ziehen. Da galt es besser, verbal leicht zurückzurudern. »Keine dicken Backen, ihr Torfnasen! Aber die könnt *ihr beide* gleich gerne haben. Dicke Backen! Ich hab meine Zeit nicht gestohlen. Ich bin von der Kriminalpolizei, ich brauche eine Liste, und die brauche ich zügig!«

Das schien sie doch irgendwie zu überraschen. Dieses kleine Kerlchen mit der triefenden, frostroten Nase, das jetzt vor ihnen mit einem Dienstausweis rumwedelte, blähte sich ja ganz schön auf.

»Hast du einen Clown zu Mittag gegessen?«

»Dem geht's wohl zu gut, Ernst!«

»Mittagessen ist ein gutes Stichwort. Hab schon lange keinen Bullen mehr verspeist, Günther.«

Der Typ hinterm Tresen krempelte sich die Hemdsärmel hoch. »Die Einzigen, die hier im Laden rumbrüllen dürfen, sind der Günther und ich!«

»Der Einzige, der sein Gehirn eingeschaltet hat, bin dann wohl ich, du Feuerlöscher«, erwiderte Struller. »Du bist Günther? Dann pass mal auf, du Fruchtzwerg. Du willst mit deinem 12-Tonner irgendwo anfahren und dort ist kein Halteverbot eingerichtet. Okay. Und wer kann da helfen? Kommst du selber drauf?«

Günther glotzte wortlos. Und kam nicht drauf.

»Ich. Weil ich nämlich ein Polizist bin. Ansonsten tuckerst du mit deinem großen Auto nämlich wieder ab und kannst morgen noch mal über den breiten Fluss zu uns auf die richtige Seite kommen, wenn das Halteverbot eingerichtet ist.« Struller drehte sich Ernst zu. »Und du, mein feuerroter Sportsfreund, willst mir die Liste, von der du gar nicht weißt, was das für eine ist, nicht freiwillig rausgeben. Das ist nicht nett. Und lästig. Denn dann müsste ich morgen mit einem richterlichen Beschluss wiederkommen. Na, fällt euch was auf?«

Günther und Ernst wechselten einen fragenden Blick.

»Wir kürzen das jetzt ab!« Struller zog das Handy aus der Tasche und drückte 110. »Klaus? Ich bin es, Struller. In der Brehmstraße 47 wohnt meine jüngere Schwester ... Natürlich habe ich eine Schwester! Bildhübsch ... Wusstest du nicht? Du weißt so vieles nicht! ... Kollege, da kommt gleich ein LKW, der muss da parken. Kannst du da mal einen Kradfahrer vorbeischicken, der sich die unglückliche Verkehrssituation mal wohlwollend prüfend anguckt? ... Natürlich stehen da keine Verkehrszeichen. Würde ich dich sonst belästigen? ... Klasse. Danke. Hast einen gut!« Struller versenkte das Handy im Mantel und nickte Günther zu. »Kannst schon mal den Motor starten.«

Ernst krempelte sich die Ärmel wieder runter und beugte sich über die Theke. »Was soll das für eine Scheißliste sein, Bulle?«

Struller lächelte zufrieden und flüsterte: »C 38/5 Firma Greis.«

* * *

Kaum saß Struller wieder im Büro am Schreibtisch, da wurde die Tür mit einem Ruck geöffnet. Hengstmann strahlte ihn an, stellte Struller besorgt fest. Der Rittmeister in aufgeräumter Stimmung? Ein schlechtes Zeichen!

»Guten Tag, aha. Da ist er ja. Ich suche Sie schon den ganzen Tag.«

Struller knurrte. »Ich habe einen Job. Kriminalpolizei.«

»Aha. Äh. Gut. Ich habe genau das Richtige für Sie!«

»Was Blondes? 1,75?«, fragte Struller.

»Äh, nein. Ich habe genau die richtige Fortbildungsmaßnahme für Sie gefunden!«

»Ich brauche keine Fortbildungsmaßnahme. Ich kann alles.«

Hengstmann blinzelte. »Ja. Vielleicht. Sicher. Außer Rückwärtsfahren. Und da wird gerade ein Seminar angeboten. In Rheinberg. Rückwärtsfahren.«

Struller schnappte nach Luft. Das durfte doch nicht wahr sein!

»Ich hab Sie gleich für den nächsten Monat angemeldet. Die Plätze sind heiß begehrt. So, ich muss auch gleich wieder. Ich lasse Ihnen die Unterlagen schon mal hier.« Hengstmann legte ein in der Mitte gefaltetes, ausgedrucktes Schreiben auf Strullers Schreibtisch, grüßte fröhlich und verschwand.

Struller schüttelte den Kopf und entsorgte das eng bedruckte Stück Papier hastig in die unterste Schublade seines Schreibtischs. »Rückwärtsfahrseminar …« Für so einen Quatsch hatte er aber mal überhaupt keine Zeit. Er hatte einen Mörder zu fangen! Rückwärtsfahrseminar! Er würde sich mit so einer Kacke doch nicht zu Gespött seiner Kollegen machen. Niemals! Da würde ihm beizeiten schon was Passendes einfallen.

Das Telefon klingelte. Struller ging ran. »Krake, alter Tintenfisch. Wo bist du?« Struller stutzte. Und fragte: »Wieso das denn? … Oh. Verdammt.«

Hastig legte er auf, schnappte sich den Mantel vom Kleiderhaken und rannte die Stufen runter. Einmal rechts zum Taxistand.

Der Taxifahrer, der ihn neben dem Wagen eine Kippe rauchend erwartete, grüßte: »Hallo, Boss! So eilig unterwegs? Wo soll es hin gehen?«

»Augusta Krankenhaus!«, keuchte Struller.

»Entbindung?«, hakte der dunkelhäutige Taxifahrer neugierig nach und schaltete die Uhr an. Außer einem breiten Grinsen im Gesicht, trug er eine Frisur, die wie eine übergroße Afro-Perücke aus dem Karnevalsshop aussah. Schien aber echt zu sein, denn da verrutschte nichts, wenn die Haarspitzen sich oben gegen das Wagendach drückten.

»Unfall«, erklärte Struller und verbrachte den Rest der Fahrt schweigend, denn die rasante Fahrweise des Mannes raubte ihm den Atem.

Krake wartete vor dem Krankenhaus. Den Arm trug er in Gips. Der Taxifahrer half ihm beim Einsteigen.

Struller schüttelte den Kopf und fragte vorwurfsvoll: »Du bist beim Schmücken des Tannenbaums von der Leiter gefallen? Ich fasse es nicht.«

Krake zuckte mit den Schultern. »Kommt vor!«

»Weihnachten ist gut«, erklärte der Taxifahrer. »Ich heiße Jay Kay!«

Sagte es, und George Michael schwubberte sein unverwüstliches *Last Christmas* aus dem CD-Player. Struller verdrehte einmal mehr seine Augen und gab das Ziel ihrer Fahrt an. Jay Kay brachte sogar bei minus drei Grad die Reifen seines Gefährts zum Quietschen. Respekt! Struller war mit Jay Kays fahrerischer Gesamtleistung sehr zufrieden. Und wo er grad kein Auto hatte, ließ er sich eine Visitenkarte geben.

Jetzt hatte er einen Stammtaxifahrer!

Vor dem *Aquarium* ließ der seine beiden Gäste, die die Fahrt schweigend verbracht hatten, wieder raus. »Boss, das macht für dich dann 8,40 Euro«.

Struller bezahlte mit einem 10-Euro-Schein. »Rest ist Trinkgeld. Ich würde mal was Neues mit den Haaren ausprobieren.«

Jay Kay zeigte eine beeindruckende Zahnreihe, auf die Stefan Raab neidisch gewesen wäre. »Du meinst blond färben?«

Struller grinste. »Ich ruf dich an!«

»Okay, Boss.«

Krake seufzte. »Mein Schlüssel steckt vorne rechts in der Hose. Wenn du so gut wärst, zu öffnen.«

Struller pulte den Schlüssel aus Krakes Hose. Eine vorbeigehende Passantin murmelte, sich selbst fragend, ob die beiden geilen Lustkerle wohl kein zu Hause hätten. Endlich sprang die Tür auf und die beiden gingen rein.

»Hast du meine SMS nicht gelesen?«, fragte Krake.

»Hä?«

»Ich könnte tot sein!«

Hastig ging Krake zum Tatort. »Na, Gott sei Dank!«

Der Tannenbaum lag zwar auf der Seite, aber die wertvolle Tannenbaumspitze steckte unbeschädigt in einem Tannenzweig. Hatte sich sein das spitze Teil rettender Einsatz also gelohnt. Für dieses Zeitdokument, dessen einzigartiger, ideeller Wert kaum zu beschreiben war, konnte man schon mal ein paar Schmerzen ertragen. Keine Frage!

»Und was jetzt?«, fragte Struller. »Was wird aus der Kneipe?«

»Keine Ahnung. Das ist echt ein Problem. Ich bin die kommenden Tage total ausgebucht. Weihnachtsfeiern. Und da muss ich kochen.«

»Kochen ohne Arme geht ja schlecht. Tja, kann man nichts machen«, knurrte Struller.

»Dann bleibt die Kneipe zu«, seufzte Krake.

»Was?«, rief Struller entsetzt. »Wie lange?«

»Na, drei bis vier Wochen wird das wohl dauern.«

»Drei bis vier Wochen? Und ich?«

»Was? Denkst du schon wieder nur an dich, du Soziopath?«, wurde Krake richtig sauer. »Ich bin es doch, der hier am Arsch ist. Ich werde Stammkunden verlieren und die Weihnachtseinnahmen sind fest eingeplant. Verdammte Kacke.«

»Tja«, murmelte Struller ratlos.

»Kannst du nicht 'ne Woche Urlaub nehmen?«, fragte Krake plötzlich

»Ich? Und dann?«

»Die Kneipe machen.«

»Äh, würde ich machen, aber ich hab da einen üblen Kriminalfall am Sack. Stell doch jemanden ein!«

»Gutes Personal ist schwer zu kriegen.«

»Wem sagst du das?«, murmelte Struller und dachte kurz an Spurtmann.

Krake ließ sich deprimiert auf einen Hocker plumpsen.

»Vielleicht fällt mir ja was ein«, murmelte Struller, um zu trösten, hatte aber keinen blassen Schimmer. Und – richtig – im Moment wirklich Wichtigeres zu erledigen!

* * *

Bertie Spurtmann nickte bedeutsam. »Und deshalb ist es so wichtig, die durch unsere Erfahrungen verhärteten körperlich-geistigen Fehlstellungen wieder in ein harmonisches, tiefgreifendes Gleichgewicht zu führen.«

»Genau«, kommentierte Jensen, der seit ein paar Minuten nicht mehr richtig hingehört hatte. Doris ist eine Göttin. Das war hängen geblieben.

Jensens Blick fiel auf die Uhr im Armaturenbrett. Viertel nach zehn. Er hatte die Telefonnummer vom Werbeflyer angerufen. Dort ertönte allerdings nur eine Bandansage, die die mobile Stripshow als erotischen Event der Extraklasse anpries, ohne Hinweis auf eine Adresse. Deshalb hatte er über die Einsatzleitstelle beim zuständigen Handyprovider den Anschlussinhaber ermitteln lassen. Dem würde die Kollegin der Leitstelle eine Adresse zuordnen, und dorthin ging dann die Reise. Mal sehen, was der Freund von Darina Hasek zu erzählen hatte.

»Der so entstehende Lichtfluss zwischen den Elementen einerseits und dem eigenen, inneren Licht bildet einen feinstofflichen Heilungskanal, der sogar Narben entstören kann.«

»Genau«, sagte Jensen.

Das Handy. »Patti?«

»Ja, wer sonst? Also, dein Teilnehmer ist Verona Pooth.«

»Nein!!«, staunte Jensen.

»Hättest du gerne, was? Er ist männlich, heißt Jirko Sverak und wohnt auf der Behrenstraße 33a.«

»Du bist klasse!«

»Stimmt.«

Bertie startete den Wagen. »Behrenstraße 33a. Das ist in Flingern. Find ich.«

Tat er auch. Sie trafen nur knapp fünfzehn Minuten später ein, und Jensen hatte gar nicht so viel an Berties Fahrstil zu meckern. Sie stiegen aus und erreichten die 33a über einen Hinterhof mit Torbogen. Es war rutschig-glatt und ging leicht abwärts.

»Da vorne ist es«, meldete sich Bertie, der das graue, eingeschossige Flachdachhaus auf der rechten Seite des von hohen Mauern umschlossenen Innenhofs entdeckt hatte. Auf der linken Seite stapelten sich blaue Müllsäcke. Es roch übel und wimmelte hier sicherlich von Ratten.

Jensen merkte, wie sich sein Magen mit einem Mal zusammenzog. Irgendetwas stimmte nicht. Aber er wusste nicht, was. Es lag nicht nur am beißenden Müllgestank, das war mal klar!

Sie erreichten die Haustür.

»Verschlossen.«

Der einfache Briefkasten aus schwarzem Blech mit der Aufschrift *Sverak* war unbeschädigt, keine Post hing heraus, aber …

»Komisch. Das Fenster steht weit auf«, brummte Spurtmann.

»Aufpassen«, knurrte Jensen alarmiert.

Ein weit offen stehendes Fenster? Bei diesen Temperaturen? Hatte er es doch geahnt. Hier stimmte was nicht! Langsam zog er die Knarre aus dem Holster, glitt an die Wand und wagte einen schnellen Blick ins Wohnungsinnere. Auch Bertie brachte seine Waffe ungelenk in Position. Jensen sah, wie sein Partner sich angespannt und fahrig über die Lippen leckte.

»Ich geh vorsichtig rein! Du sicherst! Pass auf, dass keiner durch die Tür abhaut.«

»Sollen wir nicht besser Verstärkung holen?«, schlug Spurtmann vor.

Jensen schüttelte den Kopf, wischte mit seiner Knarre eine feuchtnasse, graue Gardine zur Seite und setzte einen Fuß auf das Fensterbrett. Schwungvoll wuchtete er sich hoch und verschwand ins Innere des Gebäudes.

Er stand in einem Wohnzimmer. Couch, Tisch, Schrankwand aus Pressspan und ein Fernseher. Nicht erste Klasse, aber auch nicht so runtergekommen und verwahrlost, wie es der graue Innenhof draußen hatte vermuten lassen.

In der Ecke des Raums befand sich eine kleine Kochzeile, ungespültes Geschirr. Essensreste. Hier war es kalt. Es roch muffig nach Feuchtigkeit. Das Fenster hatte schon einige Zeit offen gestanden. Unwahrscheinlich, dass sich noch jemand …

Halt! Jensen hielt inne. Da war was!

Auf jeden Fall hatte sich im Zimmer nebenan etwas bewegt. Es raschelte. Kratzte? Wühlte dort jemand in einer Schublade? Jensen rümpfte die Nase. Vielleicht wäre es doch besser gewesen, weitere Einsatzkräfte hinzuzuziehen.

Zu spät jetzt. Er brachte die Waffe in Anschlag. Das Hinterhaus war klein. Nebenan wäre vielleicht noch ein Zimmer. Wahrscheinlich das Schlafzimmer. Lautlos setzte er einen Fuß vor den nächsten. Die Zimmertür stand einen kleinen Spalt offen.

Da war es wieder, das Geräusch.

Kein Zweifel! Er war hier nicht allein.

Blätter? Wurden dort Unterlagen durchstöbert?

Jetzt musste es schnell gehen! Er gab der Tür einen Stoß, sie schwang aber nur halbweit auf. Schlechtes Licht! Die Rollläden ließen nur schmale Lichtstrahlen ins Innere. Durch den Spalt suchte seine Knarre den Raum ab. Das Geräusch. Dort auf der Kommode, bei der Wäsche.

Seine Knarre fand das Ziel ... eine Katze.

Im allerletzten Moment glitt Jensens Finger vom Abzug. Mann, fast hätte er im Halbdunkel auf das Tier geballert! Die Katze allerdings hatte nun auch ihn bemerkt und schoss fauchend auf ihn zu. Wie ein Geschoss jaulte sie ihm durch die Beine, ab ins Nebenzimmer. Jensen wirbelte herum und sah noch, wie das haarige, graue Vieh mit einem Satz durch das geöffnete Fenster hechtete.

Auf der anderen Seite schrie Spurtmann.

Ein Schuss! Verdammt. Noch einer! Jensen stürzte ans Fenster. Vorsichtig blickte er um die Ecke. Quickpeak. Was er sah, sah nicht gut aus. Er sah in eine Mündung. Die Knarre zur Mündung zitterte in Spurtmanns Händen.

»Tu die Knarre runter!«, brüllte Jensen.

Zitternd gehorchte Spurtmann. »Ich hab auf die Katze geschossen!«

Jensen nickte. Hatte er sich schon gedacht. Scheiße! »Und getroffen?«

»J-Ja«, stotterte Spurtmann. »Nicht die Katze. Aber die Müllsäcke. Tut mir leid.«

Jensen atmete durch. Besser, als wenn er eine unschuldige Katze umgelegt hätte! Jensen warf einen Blick in die Runde, aber nirgendwo öffnete sich ein Fenster. Konnte natürlich sein, dass trotzdem irgendwer die Schüsse gehört hatte und gerade dabei war, die Polizei anzurufen. Berties überhasteten Schusswaffengebrauch zu Papier zu bringen, würde nur unangenehme Fragen nach sich ziehen und lästige Zeit kosten, die sie nicht hatten.

Sicherheitshalber zückte er das Handy und wählte 110.

»Leitstelle …«

»Ich bin es, Jensen von der Mordkommission. Wie sind auf der Behrenstraße 33a …«

»Habt ihr da was gehört? Wir haben gerade zwei Anrufe rein bekommen, da soll geschossen worden sein.«

Also doch! Aufmerksame Nachbarn.

»Deshalb ruf ich an. Ich musste ein paar leere Ölfässer umstapeln, die mir aber umgekippt sind. Klang wie zwei Schüsse, war aber nur ich. Dachte mir schon, dass jemand anruft.«

»Alles klar, Kollege. Gut, dass du anrufst. Dann pfeif ich mal flott die Streifenwagen zurück. Hau rein! Und lass die Ölfässer in Ruhe!«

Jensen legte auf.

Spurtmann hatte die Waffe zurück ins Holster gezittert und flüsterte: »Danke.«

»Alles klar. Ich durchsuche noch schnell zu Ende und mach dir die Haustür auf.«

Jensen verschwand wieder ins Gebäude. Mal sehen, was Sveraks Hütte außer Katzen sonst noch zu bieten hatte. Er durchquerte das Wohnzimmer. Wieso ließ sich eigentlich die Tür zum Schlafzimmer nicht ganz öffnen?

Er quetschte sich durch die nur halb geöffnete Tür ins dunkle Schlafzimmer. Seine Finger ertasteten neben dem Türrahmen einen Lichtschalter. Eine einzelne, armselige Glühbirne warf einen Lichtkegel auf ein ungemachtes Doppelbett. Überall lagen Kleidungsstücke rum. Leere Flaschen.

Er warf einen Blick hinter die Zimmertür. Auch da lag was. Keine Kleidung, keine Flasche.

»Scheiße«, flüsterte Jensen.

Schien eine raue Gegend zu sein, in der wohl regelmäßig rumgeballert wurde. Der Typ, der ihn dort hinter der Zimmertür mit leblosem Blick anstarrte, hatte zwei blutrot umrandete Löcher in seiner Brust.

* * *

Eine Viertelstunde später warf Struller im Hinterhof stehend einen abschätzenden Blick in das blasse Gesicht des Toten, der gerade durch zwei Angestellte eines örtlichen Bestattungsunternehmens auf einer Bahre aus dem Hinterhaus getragen wurde.

Jensen verglich des Toten Aussehen mit Kim Schoos Beschreibung von Darina Haseks Partner. »Das ist sicher nicht der Kerl, den die Schoo beschrieben hat. Keine normale Statur. Ausgesprochen dick. So ein richtig nettes Gesicht hat er auch nicht.«

»Da sind die Geschmäcker zwar verschieden, aber da gebe ich dir recht«, kommentierte Struller. »Und, Harald?«

Faserspuren-Harald, der gerade hinzutrat, schüttelte mit bitterer Miene den Kopf. »Kein Ausweis.«

Dann grinste er und ließ einen Klarsichtbeutel, den er hinter seinem Rücken versteckt gehalten hatte, vor Strullers Nase hin und her baumeln. »Aber das hübsche Teilchen haben wir gefunden. Der Tote saß drauf. Eine Smith&Wesson, Kaliber .44er Magnum. Scharfes Teil. Macht riesige Löcher. Dirty Harry hat so ein Ding in seinen Filmen ein paar Mal abgefeuert. Das da vorne, was da aufgeschraubt ist, ist ein Schalldämpfer. Der Tote hatte offensichtlich Böses im Sinn, als er umgenietet wurde.

Denn so viel kann ich sagen: Mit dieser dicken Knarre ist der Bursche nicht gekillt worden. Die eigentliche Tatwaffe fehlt.«

»Suchen!«, kommandierte Struller.

»Natürlich, du Anfänger. Erklär mir nicht, wie ich meine Arbeit zu machen habe.«

»Äh«, räusperte sich Jensen. »Wenn ihr bei den Müllsäcken sucht, werdet ihr zwei 9mm Kugeln finden. Die gehören Spurtmann. Wäre hilfreich, wenn die im Tatortbefundbericht nicht auftauchen würden.«

Faserspuren-Harald blickte Struller fragend an.

Der nickte. »Die irritieren nur.«

»Okay«, sagte der Chef der Spurensicherung, um dann verwirrt an Struller ranzurücken und leise zu fragen. »Spurtmann darf eine Waffe tragen?«

»Ich klär das ab«, knurrte Struller kurz.

Harald ging wieder zurück in die Wohnung. Sein junger Kollege dagegen, der mit dem Rosinenwitz, verließ die Wohnung und strahlte Struller an.

»Was grinst du so?«, fragte Struller. »Hast du einen neuen Weihnachtswitz auf Lager?«

»Ich habe den Eindruck, dass meine Witze dich überfordern. Aber wir haben das Handy des Toten an uns genommen. Das lassen wir auslesen, die Liste maile ich dir zu.«

»Gut.«

»Und ich habe gute Neuigkeiten für deine Nussplantage. In der linken Jackentasche des unbekannten Toten haben wir die gleichen Pinienkerne gefunden, wie du sie am Tatort auf der Südbrücke im Schnee gefunden hast.«

Jensen klatschte in die Hände.

Struller schnalzte mit der Zunge. »Pinienkerne! Das ist gut. Das bedeutet, dass Mondgesicht dabei war, als Darina Hasek im Container in den Rhein geworfen wurde.«

»Und Mondgesicht hat irgendwas mit dem Verschwinden von Dobrovsky zu tun. Mondgesicht ist das Verbindungsglied, von dem wir immer geahnt haben, dass es eines zwischen den beiden Fällen gibt. Jetzt haben wir es«, freute sich Jensen.

»Wir sind einen großen Schritt weiter! Und die Mörder bringen sich gegenseitig um. Sehr gut. Eigentlich. Aber: Wir müssen unser Tempo erhöhen, sonst verhageln uns noch mehr Tote die komplette Jahresstatistik.«

»Struller!«, brüllte Faserspuren-Harald aus dem Inneren des Gebäudes.

Jensen, Spurtmann und Struller eilten ins Gebäude. Im Wohnzimmer standen der Chef der Spurensicherung und ein Kollege im weißen Spurensicherungsanzug vor einer braunen Schrankwand, die beide im spitzen Winkel von der Wand weggezogen hatten.

Harald deutete auf den blanken Fußboden. »Da waren Kratzer. Wir ziehen das Möbelstück weg und finden das da!«

Der Weiße betätigte einen Lichtschalter, der ebenfalls von der Schrankwand versteckt war und tauchte ein etwa zwei mal zweieinhalb Meter großes Zimmer in das trübe Licht einer 40-Watt-Birne, die nackt in der Fassung von der Decke baumelte. Die Männer versenkten vorsichtig ihre Köpfe in den Raum.

»Leer. Ein Eisenbett ohne Matratze, eine fast leere Flasche Wasser«, murmelte Faserspuren-Harald, der den Raum im Uhrzeigersinn erfasste.

In einer Zimmerecke stand ein Blecheimer, dessen unschwer zu erratender Inhalt für den übel beißenden Gestank verantwortlich war, der den Männern in die Nase stieg.

Der Mann in Weiß stieg vorsichtig über die Schwelle und

deutete auf das Bett. Jensen und Struller hatten es auch gesehen. An den vier Pfosten des Eisengestells hingen Reste von schwarzem Klebeband.

»Da lag jemand. Gefesselt an Armen und Beinen.«

»Verdammt, das war hier ein Gefängnis«, zischte Struller.

»Vielleicht hat der Gefangene sich befreien können und dann den Dicken da draußen erschossen und ist geflohen«, schlug Jensen vor.

Der Weiße schüttelte den Kopf. »Glaub ich nicht. Das Klebeband wurde an allen vier Endstücken durchgeschnitten. Da ist nichts gerissen. Den hat jemand befreit.«

Struller nickte. »Befreit. Oder verlegt. Der Besitzer der Wohnung bekommt Besuch, erschießt ihn und weiß, dass dem Dicken da draußen weitere Besucher folgen werden. Also packt er das Notwendigste und haut ab. Das Notwendigste hat dann seinen Gefangenen beinhaltet.«

Jensen nickte. Konnte gut so gewesen sein. »Deshalb stand der Schrank auch wieder an der Wand. Den hätte ein Killer nicht wieder zurück an die Wand geschoben.«

Harald nickte. »Wir ziehen hier jede Faser unters Mikroskop, das verspreche ich dir! Irgendwo finden wir ein bisschen DNA. Wäre gelacht, wenn wir nicht rauskriegen, wer hier gefangen gehalten wurde.«

Jensen nickte wieder. »Vielleicht Dobrovsky, mein Vermisster.«

»Das wäre gut«, erklärte Struller logisch. »Dann wäre er jetzt nämlich höchstwahrscheinlich noch am Leben. Bertie, du klapperst die Anwohner ab. Frag sie, ob sie irgendwas gehört, gesehen oder gerochen haben! Frag sie, was dieser Jirko Sverak für ein Typ war!«

»Mach ich. Wenn ich nur schon aufhören würde zu zittern«, murmelte Spurtmann.

»Das wird schon! Und du, mein junger Kollege Jensen, hast du den Typen ermittelt, der Haseks Anrufbeantworter bequatscht hat?«

* * *

»Hallo. Wir müssten mit dem Herrn Horst Wegener sprechen«, grüßte Jensen freundlich.

Die schneeweiße Dame im schneeweißen Büro auf der anderen Seite des schneeweißen Tresens antwortete mit einem schneeweißen Lächeln, das ihre makellosen, schneeweißen Zähne zeigte: »Haben Sie einen Termin?«

»Nein. Wir müssen sofort ...«

»Haben Sie starke Schmerzen?«

»Gar keine. Wir sind von der Polizei«, erklärte Jensen.

»Das ist Freie Heilfürsorge. Grundsätzlich kein Problem. Aber wenn es kein Notfall ist, brauchen auch Sie einen Termin.«

Struller schob sich ungeduldig an Jensen vorbei. »Das kann aber schnell ein Notfall werden! Gehen Sie zum Doc und sagen Sie ihm, zwei Herren der Kriminalpolizei möchten ihn sofort sprechen. Es geht um einen Tanzevent vom Montagabend.«

Zuerst verschwand das schneeweiße Lächeln in ihrem Gesicht, dann die Dame gleich komplett nach hinten, um wenige Sekunden später wieder am Empfangstresen der Zahnarztpraxis Dr. Wegener zu erscheinen.

»Sie möchten durchkommen.«

»Das möchten wir tatsächlich«, knurrte Struller schräg.

Dr. Wegener stand am Waschbecken und rieb sich die Hände sauber. Als er sich den beiden Polizisten zuwandte, wirkte sein Blick leicht gequält. »Ich bin gerade mitten in einer Wurzelbehandlung Ich habe nichts Verbotenes gemacht.«

»Sagt das wer?«

»Nein, aber Kriminalpolizei bedeutet nie was Gutes.«

»Wir kommen wegen Darina Hasek. Das ist die Tänzerin vom Montag.«

Dr. Wegener machte einen großen Schritt zur Tür, um schnell zu kontrollieren, ob Jensen sie wirklich fest hinter sich zugezogen hatte. »Äh. Ja. Äh. Nette Dame. Sehr hübsch. Und sehr talentiert.«

»Erzählen Sie doch mal!«

Wegener wand sich noch ein bisschen. Das war ihm unangenehm. »Also. Wir haben uns mit ein paar Zahnärzten zusammengeschlossen und veranstalten regelmäßig in der Vorweihnachtszeit eine kleine Weihnachtsfeier. In diesem Jahr hat Kollege Dr. Dr. Nießen die Party ausgerichtet. Wir waren im Z., das ist eine sehr schicke Kneipe im Zoo-Viertel. Hervorragende Küche, gute Musik. Hinten ein Raum, den man anmieten kann.«

Struller seufzte. Zahnärzte waren gründliche Menschen, da ging offensichtlich alles der Reihe nach. Von oben links nach unten rechts.

»Als Nachtisch hat sich Kollege Nießen etwas Besonderes einfallen lassen.«

»Eine Stripperin«, beschleunigte Jensen.

»Äh. Genau. Das muss aber unter uns bleiben. Meine Frau und die Kunden. Äh. Ja. Eine total … also, wirklich gut. Mal was anderes.«

»Wie genau lief die Show ab? Auch zeitlich!«

»Essen war bis 22 Uhr. Dann sitzen wir zusammen. Dr. Engels hält eine kleine, charmante Rede. Sehr gelungen. Gegen 23.30 Uhr schiebt ein junger Mann eine Holzkiste in den Raum. Wir gucken gespannt, wusste doch keiner, was kommt. Und dann springt die Dame heraus. Im Krankenschwesterkostüm. Nicht besonders originell, aber immerhin sind wir Ärzte. Also war es passend.«

»Und alle waren begeistert?«

»Ja. Sogar Dr. Claudia Tücking. Ich meine, als Frau jetzt. Das war nämlich nicht ordinär oder billig, sondern richtig gut. Das junge Mädchen konnte wirklich … tanzen. Ihr Partner hat im Hintergrund eine Tanzstange aufgebaut und da hat sie dann … getanzt. Poledance heißt das, glaube ich. Meine Herren«, schwärmte Dr. Wegener und knetete seine frisch getrockneten Hände.

Und bremste sich wieder. »So. ich muss aber jetzt wieder an die Wurzel. Die liegt offen.«

»Ja. Das sehen wir uns dann mal an.«

»Die Wurzel?«, fragte Dr. Wegener.

»Herr Doktor, die Weihnachtsfeier. Da hat man doch seine Kamera dabei. Und diesen Film müssen wir unbedingt sehen.«

»Äh, ich weiß nicht, ob …«

»Sicher. Bleibt auch unter uns, kein Thema. Und ich brauche eine Liste aller Ärzte, die auf dieser Feier dabei waren.«

»Also, das geht wirklich nicht.«

»Sicher geht das.«

»Ich muss wieder an meine Wurzel.«

»Natürlich. Dann nur noch ganz kurz«, blieb Struller unbeirrt. »23.30 Uhr. Das war sicher nicht der erste und der letzte Auftritt der jungen Dame.«

»Woher soll ich denn das wissen?«, fragte Dr. Wegener, aber sein Blick flackerte.

Verraten, dachte Jensen. Klassisch.

Struller blickte ihn scharf an.

»Ich weiß, dass sie und ihr Partner danach für einen Auftritt in Unterrath gebucht waren«, stotterte Wegener. »Das muss etwas ganz Schräges gewesen sein. Hab ich zufällig aufgefangen, als ich mir von dem jungen Mann nach der Show eine Visitenkarte habe geben lassen.«

»Der junge Mann ist auch auf dem Video zu sehen?«, fragte Jensen.

»Keine Ahnung. Ich habe auf die Tänzerin geachtet. Muss das wirklich sein, mit der Liste?«

»Es reicht, wenn Sie sie morgen im Präsidium vorbeibringen. Den Film müssten wir wohl gleich mitnehmen.«

Jensen stellte überrascht fest, dass Dr. Wegener sofort eine Schublade in seinem Schreibtisch öffnete und Struller mit besorgtem Blick einen Stick in die Finger drückte.

»Ich bitte um größtmögliche Diskretion. Glaube aber gleichwohl, dass es die letzte Weihnachtsfeier in diesem Rahmen gewesen ist.«

Struller schob den Stick in seine Jackentasche und zuckte mit den Schultern. »Gab es rund um die Show noch irgendein Vorkommnis, das für uns interessant sein könnte?«

»Vorkommnis?«

»Streit? Unmutsbekundungen? Irgendwelche Auffälligkeiten. Alles kann wichtig sein.«

»Nein. Nein, das war ein sehr harmonischer Abend. Die Einlage ist sehr gut angekommen, alle waren sehr angetan. Deshalb habe ich mich ja auch noch mal bei der Frau gemeldet. Das war alles sehr gut.«

Er strich sich mit den Fingern über die Nase. Und endlich stellte der Arzt die Frage, die längst überfällig war. »Was ist denn mit der Frau … äh. Um Himmels willen, die war doch nicht etwa minderjährig?« Dr. Wegener ließ sich entsetzt in seinen Drehstuhl fallen.

»Nein. Da kann ich Sie beruhigen. Sie war nicht minderjährig. Aber sie wurde ermordet. Deshalb bringen Sie die Liste bitte gleich zur mir ins Büro. Struhlmann, Mordkommission.«

Von einer Sekunde auf die andere sah der Zahnarzt Dr. Wegener so aus, als ob er sich selbst einer Wurzelbehandlung unterziehen müsste.

* * *

Struller löste seinen Blick vom Bildschirm des PC und warf einen auf die Uhr. 19.30 Uhr war es schon wieder geworden. Dann einen weiteren Blick auf Bertie Spurtmann, der aufgehört hatte zu zittern, aber immer noch blass wie die Wand war. »Bertie, krieg dich ein. Ist doch gut gegangen.«

»Ich hätte fast jemanden erschossen!«

»Eine Katze«, erinnerte ihn Struller.

»Ich glaube, ich hätte auf alles geschossen, was da das Haus verließ. Ich bin ein potentieller Killer.«

Struller nahm einen tiefen Lungenzug und ließ das mal so im Raum stehen. Das Telefon klingelte. Die Jungs von der Technik hatten Darina Haseks Telefonverbindungen ausgelesen und würden sie gleich noch rübermailen.

»Na prima, das ging ja mal richtig schnell, Jungs. Gute Arbeit!«

Weil Strullers unerwartetes Lob den Kollegen am anderen Ende der Telefonleitung sprachlos machte, legte er einfach auf.

»Na, prima. Mensch, Bertie. Das ist doch alles in allem nicht schlecht gelaufen heute. Wir haben einen neuen Toten, also neue Ermittlungsansätze und ein halbes Dutzend neuer Spuren.«

Bertie nickte vorsichtig.

Struller stockte und räumte ein: »Okay, wir haben heute auch wieder ein paar neue Fragen dazubekommen, aber wo gefragt wird, wird auch irgendwann geantwortet.«

»So was Ähnliches sagt Doris auch immer.«

»Ich glaube, Doris ist eine sehr, sehr weise Person«, lobte Struller, der fand, dass ein depressiver Spurtmann noch schlimmer war als ein … Spurtmann.

Die Tür öffnete sich, Jensen kam herein und ließ sich auf die Heizung fallen. »Ich komme gerade von den Kopeckys. Die sind immer noch total fertig. Es bestand ja noch die Möglichkeit, dass Janek Dobrovsky aus irgendeinem Grund nach Tschechien abgereist ist, aber das haben die Kollegen dort überprüft. Negativ. Milos und seine Tochter Jara haben ihren Aufenthalt in Düsseldorf jetzt verlängert. Die Kleine ist total am Ende. Ich habe ihnen vom Zimmer in der Behrenstraße erzählt, was wir als Zeichen werten, dass Dobrovsky noch lebt, aber die Vermutung, dass Janek dort an Beinen und Armen als Gefangener gelebt hat, wirkte auch nicht wirklich erbauend auf die beiden. Milos hat mir seine Handynummer gegeben, für den Fall, dass es neue Entwicklungen gibt oder wir Hilfe von ihm brauchen. Welcher Art auch immer.«

Struller nickte Bertie zu. »Jetzt erzähl du von deinen Ermittlungen!«

Bertie räusperte sich und kramte mehrere Karteikarten hervor, die er nun anfing abzulesen. »Ich habe insgesamt 29 Anwohner befragt. Davon 17 Frauen und 11 Männer. In einem Fall war ich mir nicht ganz sicher.«

»Was machst du da?«, fragte Struller irritiert.

»Ich habe Karteikarten beschriftet, damit ich nichts vergesse und der Vortrag flüssiger rüberkommt.«

»Lies die letzte vor!«, knurrte Struller, um das abzukürzen.

Bertie friemelte die unterste Karte des Packens nach oben. »Verbeugen. Applaus!«

Jensen fiel prustend von der Heizung. Selbst Struller grinste. »Okay. Erzähl einfach!«

»67 Prozent der Befragten konnten zu Jirko Sverak keine Angaben machen. Alle anderen beschrieben ihn als einen unauffälligen, freundlichen Herrn. Beim Stichwort ›unauffälliger Herr‹ wurde ich stutzig und ließ mir den Mann beschreiben.«

Kartenwechsel.

»Es handelt sich demnach um einen ca. 70 bis 80 Jahre alten Mann, der auffallend gebückt läuft. Außerdem wurde dieser Mann seit circa zwei Monaten nicht mehr gesehen.«

Während Bertie die Karten wechselte, blickten Struller und Jensen sich fragend an. Was hatte das zu bedeuten?

»Ich habe dann eine Überprüfung beim Einwohnermeldeamt gemacht. Die Sachbearbeiterin dort heißt Heidemarie Haak, geborene Naujoks, und wohnt in Ludenberg auf der …«

Struller hustete.

Bertie unterbrach sich selbst und fuhr mit der nächsten Karte fort. »Diese teilte mit, dass Jirko Sverak 76 Jahre alt ist. Er wohnt dort seit sieben Jahren. Weil er aber seit zwei Monaten von seinen Nachbarn nicht mehr gesehen wurde, habe ich die Krankenhäuser abtelefoniert. Seit zwei Monaten wohnt Sverak im Martinushospital, Gladbacher Straße. Da bin ich gewesen. Es geht ihm gut und er hat keine Ahnung, wer das sein könnte, der sich da in seiner Bleibe eingenistet hat. Der Stationsarzt hat bei Sverak von einer fortgeschrittenen Demenz gesprochen.«

Bertie kam zur vorletzten Karte. »Die Katze gehört ihm nicht. Sie ist ein Drecksstück. Er wünschte, sie wäre tot.«

Die letzte Karte: Er verbeugte sich.

Struller und Jensen klatschten tatsächlich.

»Super Arbeit, Bertie. Alle Achtung!«, lobte Jensen und meinte es ernst.

»Da stimme ich meinem unerfahrenen Kollegen zu. Super, Bertie. Das qualifiziert dich für weitere Aufgaben!«

Spurtmann strahlte seine Kollegen an.

»Wir haben es also mit einem Unbekannten zu tun, der Darina Haseks Partner ist und sich unter Sveraks Handynummer Flyer für eine Stripshow hat drucken lassen. Und in seiner Wohnung einen Gefangenen gehalten hat. Der ist ebenfalls unbekannt, aber es könnte sich um Dobrovsky handeln. Und einen weiteren Unbekannten haben wir dort erschossen aufgefunden. Verdammt viele Unbekannte«, grollte Struller.

Jensen zuckte ratlos mit den Schultern.

Struller fuhr fort. »Und wir haben die Containerspur. Bertie?«

»Ja, Chef?«

»Um die kümmerst du dich morgen als Allererstes.«

»Alleine?«

Struller reichte ihm die Liste, die er auf der Albertstraße bekommen hatte. »Klar. Ist eine wichtige Spur. Gib alles! Ich möchte wissen, welcher Container fehlt. Und wo er fehlt. Da setzen wir mit den Ermittlungen neu an.«

»Mach ich!«

Jensen räusperte sich. »Ich gehe gleich ins Intranet.«

Er sah Bertie Spurtmanns fragenden Blick. Intranet? Ihm hatte man die ermittlungstechnischen Errungenschaften der letzten Jahre augenscheinlich vorenthalten. Aus welchen guten Gründen auch immer.

»Das ist ein polizeiinternes Informationssystem. Da gebe ich die Gesichter und Personalien aller Personen aus unserem Fall mal ein, insbesondere ein Foto vom dicken, unbekannten Toten aus der Behrenstraße.«

»Gut«, knirschte Struller. »Für den hatten wir keinen Treffer in der Datenbank, Fingerabdrücke negativ. Mann, und dabei besaß der eine fette Smith&Wesson. Den muss doch jemand kennen!« Er deutete auf den PC. »Das Video von der Zahnarztparty habe ich mir zwanzig Mal angesehen. Gute Qualität, aber es ist wie verhext. In keinem einzigen Moment ist das Gesicht des Begleiters von Darina Hasek vernünftig zu erkennen.«

»Als sei es Absicht«, mutmaßte Jensen grimmig.

»Scheint beinahe so«, stimmte ihm Struller zu. »Die Show selbst ist okay. Die letzte Hülle fällt. Alle Zahnärzte hatten Spaß, aber es waren keine Auffälligkeiten festzustellen. Neunzehn Personen waren anwesend. Und Stunden später, auf dem hinteren Teil des Videos, waren immer noch alle neunzehn jeweils mehrmals zu sehen. Keiner von denen hat die Party vorzeitig verlassen. Wir werden noch jeden Einzelnen nach und nach vernehmen, es sieht aber so aus, als ob die Zahnärzte als Täter ausscheiden und sich in Zukunft auch weiterhin ihren Wurzeln widmen können.«

Im Faxgerät ratterte die angekündigte Liste.

»Christian, du erkundigst dich gleich mal telefonisch bei deiner Oma, ob es der Czeck gut geht.«

Struller ging ans Faxgerät und studierte die Anschlüsse. »Und wenn ihr dann Feierabend macht, kümmere ich mich noch um diese Liste. Ich verwette meine letzte Schachtel Ernte, dass wir Darinas letzten Abend rekonstruieren können. Sie wird noch mindestens zwei, vielleicht drei Auftritte gehabt haben.« Struller kniff die Augen zusammen. »Und bei einem ihrer Auftritte ist irgendwas passiert, hat sie irgendwas gesehen, was sie das Leben gekostet hat. Alles in allem sind wir heute einen großen Schritt weitergekommen.«

Jensen fiel die Buchstaben- und Zahlenkombination in ihrer Leiste wieder ein. »4A2 4766.«

»Genau«, knurrte Struller. »Das hat bestimmt was damit zu tun!«

»Kein Schimmer, was das bedeuten könnte«, räumte Jensen ein.

Auch Bertie zog ratlos die Schultern hoch.

Struller pulte eine neue Zigarette aus der Packung, überflog die Liste, hielt inne – und ein breites Grinsen überzog sein Gesicht. »Und ich trete vor dem Schlafengehen einem ganz heißen Kandidaten für die scharfe Stripshow auf die Füße.«

»Du erkennst eine Telefonnummer auf der Liste?«, fragte Jensen ungläubig.

»Oh ja. Mir wird direkt richtig warm ums Herz.«

* * *

In Düsseldorf führten die Beamten des Kriminalkommissariats 11, dem Kommissariat für Todesermittlungen, auch die Brandermittlungen durch, weshalb sie oft mit den Brandsachverständigen der Feuerwehr zusammenarbeiteten. Struller hatte die Telefonnummer auf der Liste sofort erkannt, auch wenn es die eines Nebenanschlusses war, also nicht die 112.

Das rote Gebäude der *Feuerwache 10* befand sich in Oberbilk. Strullers neuer Stammtaxifahrer hatte ihn dort abgesetzt. Er hatte sich zum Schichtleiter durchgefragt, einem kräftigen, kurzhaarigen Mann mit ausladendem Oberlippenbart, dessen eingesticktes Namensschild an der Uniform verriet, dass Struller es mit einem T. Fuchs zu tun hatte.

»Das war unsere Schicht. Vergangenen Montag. Weihnachtsfeier. Hinten im Sozialraum.«

Struller nickte. »Dann erzähl mal!«

Der Feuerwehrmann räusperte sich. »Das war eine sehr schöne Feier.«

»Geht es ein bisschen ausführlicher?«

»Wieso sollte ich dir von unserer Weihnachtsfeier erzählen?«

»Weil es im Umfeld eurer Weihnachtsfeier einen Todesfall gegeben hat.«

»Wer ist tot?«

»Erzähl ich dir gleich!«

T. Fuchs nippte am Kaffeebecher. »Okay. Die Feier fing um 18 Uhr an. Es gab lecker was zu essen. Und dann wurde richtig gefeiert. Also, keine Feier mit Schlips und Kragen, sondern richtig gefeiert. Kurze, launige Begrüßungsrede am Anfang. Um 21 Uhr kam eine Tanzeinlage. Um 23 Uhr haben wir unsere neuen Kameraden getauft. Das ist so ein Ritual, bei dem ...«

»Erzähl mir von der Tanzeinlage!«

»Ist die Stripperin tot?«, fragte Fuchs, hellwach.

»War es eine Stripptanzeinlage?«, fragte Struller.

»Ja. Und was für eine! Meine Güte, war das ein knackiges, geiles Teilchen. Nicht mehr als 65 Kilo, klein, aber lange Beine, lange, blonde Haare. Oben. Untenrum komplett rasiert.«

»Genau die ist tot«, stoppte Struller die Euphorie.

Der Mann sprang auf. »He, verdammt. Warum sagst du das nicht gleich, du Sack? Streich den Satz von vorhin, ich wollte nicht respektlos sein! Verdammt, tut mir natürlich leid, wenn die Kleine tot ist.«

Okay. Da hatte er jetzt übertrieben, aber Struller wollte von dem Dienstgruppenleiter eine authentische Schilderung des Abends und erst möglichst spät damit rausrücken, wer gestorben war. »Sorry, war nicht fair«, räumte er schnell ein. Das sehr gute Verhältnis zur Feuerwehr wollte er nicht mit seinen kleinen Tricks belasten. Auch wenn möglicherweise ...

»Das Mädchen ist die Tote aus dem Container im Rhein.«

»Oh. Hab ich von in der Zeitung gelesen. Scheiße.«

»Wir versuchen, den Abend zu rekonstruieren.«

Fuchs erzählte, wie Darina Haseks Begleiter eine Kiste reingefahren hatte und sie daraus hervorgesprungen war. Die gleiche Show wie bei den Zahnärzten. Tanzstange und alles. Dann fügte der Feuerwehrmann allerdings hinzu: »Wir hatten noch ein Geburtstagskind, Manni Rauscher. Für den hat die Kleine dann einen Lapdance gemacht.«

»Was ist das denn?«

»Das war unser Geschenk für Manni. Sie tanzt dann quasi nur für ihn. Zwischen seinen Beinen, setzt sich auf seinen Schoß. War eine ganz scharfe Nummer.«

»Kenne ich aus dem Fernsehen«, erklärte Struller. »Gab es irgendwie Streit?«

Der Feuerwehrmann zögerte. »Was heißt Streit?«

»Na ja, die aufgeheizte Stimmung, der Alkohol ...?«

Fuchs nickte vorsichtig. »Der Begleiter der Tänzerin, das war ein komischer Typ. Wir hatten ja wirklich alle schon getrunken. Und dann ... Aber am besten lässt du dir das direkt von Manni erzählen. Der kommt mit seiner Truppe gerade rein. Aber ...« Er stach einen dicken Zeigefinger auf Strullers Brust »Aber keine linken Tricks, mein Freund. Wir sind eine gute Truppe, das ist ein guter Kamerad, klar?«

»Guter Kamerad, ist klar.«

Fuchs deutete durch das große Fenster der Wache nach draußen, wo sich gerade das grüne Schiebetor geöffnet hatte und ein Feuerwehrwagen in den Innenhof gefahren wurde. Männer sprangen aus dem Fahrzeug. Fuchs drückte auf eine Sprechtaste.

»Manni. Manni Rauscher, bitte mal kurz auf die Wache. Hier will dich jemand sprechen.«

Durchs Fenster konnte Struller erkennen, wie sich ein junger Mann von seinen Kollegen löste und direkt auf die Wache zusteuerte. In einer Hand einen Helm, in der anderen eine Atemschutzmaske.

»Kommen direkt vom Einsatz. Zimmerbrand auf der Aachener Straße.«

»Kann ich mit ihm alleine sprechen?«

»Klar. Ist ein Guter«, gab Fuchs ihm noch auf den Weg, als er das Büro verließ und Rauscher das Zimmer betrat.

Manni Rauscher war Mitte zwanzig, fast zwei Meter groß, kräftig und roch stark nach Rauch. Struller erklärte ihm kurz, um was es ging, und hustete.

Rauscher war sichtlich geschockt. »Tot? Verdammt.«

Schnell brachte Struller seine Befragung auf den Streit.

»Nichts Dolles. Die Tänzerin und ich, also, das hat mir schon gefallen. Natürlich. Und dann bin ich ihr noch hinterhergegangen zum Fahrzeug. Ich wollte mich bedanken. Da bekomme ich mit, wie der Typ ihr eine Ohrfeige verpasst. Das geht ja mal gar nicht! Und ich hatte auch was getrunken. Bin gleich hin und habe ihm eine getafelt. Eine Lasche, nichts Gefährliches. Das Mädchen hat geschrien. Eh der sich aufrappeln konnte, sind schon ein paar Kameraden gekommen. Der Bereich ist videoüberwacht und auf der Bereitschaftswache hatten das alle mitgekriegt.«

»Und dann?«

»Nix. Ich meine, der war ja jetzt nicht verletzt oder so. Hat nix geblutet. Aber ich glaube, das Mädchen hat sich bei mir bedankt. Ich konnte ihre Sprache ja nicht verstehen, aber sie hat was gesagt und mich so angeguckt. Irgendwie dankbar.«

»Die sind dann gefahren?«

»Ja. Die hatten einen Opel Vectra. Kombi. Düsseldorfer Kennzeichen. Und ich bin mit meinen Jungs wieder rein, weiterfeiern.«

»Gibt es von der Weihnachtsfeier Fotos oder Videos?«

Rauscher lachte schief. »Grundregel Nummer eins. Keine Beweisfotos. Und Filmaufnahmen gehen schon überhaupt nicht. Nee, definitiv nicht.«

»Wann haben Sie die Party verlassen?«, fragte Struller.

»Bin ich etwa verdächtig?«

»Nein«, log Struller, der sich so schnell nicht festlegen wollte. »Aber wir schließen gerne alles aus.«

»Kann ich nicht genau sagen. Wir haben noch die Neuen getauft und dann alle zusammen noch bestimmt zwei oder drei Stunden gefeiert. Es ist früh geworden.«

»Okay.« Struller schüttelte seine Hand.

»Tut mir echt leid, um die Kleine. War eine Nette«, flüsterte Rauscher.

Das mochte wohl stimmen, dachte Struller, sagte aber nichts und ging. Nach Hause war es nicht weit. Auch wenn es nicht ganz so kalt war wie in den vergangenen Tagen, schlug er sich schnell den Kragen seines Mantels hoch.

Während er durch die menschenleeren Straßen Oberbilks und Bilks lief, brachte er in seinem Kopf ein paar Gedanken in die richtige Reihenfolge. Als er einiges hintereinander geschoben hatte und sich das Ergebnis betrachtete, seufzte er tief. Denn er war sich sicher, dass ein paar entscheidende Puzzleteile noch fehlten. Und nicht nur das: Er hatte keinen Schimmer, nach welchem Puzzleteil er suchen musste, denn er wusste nicht, was das Puzzle am Ende einmal darstellen sollte.

»Himmel hilf«, flüsterte Struller.

Es fing an zu schneien.

»Danke«, zischte er grimmig und vergrub sauer die Hände in den Taschen.

»Nicht dafür«, sagte der liebe Gott.

5. Tag

Fump, glitsch, fump, glitsch …
Während die hübsche Lena Radok vor sich auf der Bahre mit geübtem Kreuzstich den kalten, nackten Körper des Mannes schloss, rupfte Doc Stich sich die blutverschmierten Einweghandschuhe von den Fingern. Jensen gruselte es bei jedem Geräusch, das entstand, wenn Lena ihre große Nadel in die tote Haut senkte. An diese Situationen würde er sich nie gewöhnen. Jensen war froh, noch nicht gefrühstückt zu haben. Alleine der Gedanke an ein fettiges Mettbrötchen …

»Diesmal können wir es kurz machen«, eröffnete Doc Stich seinen Bericht und deutete auf die beiden Projektile, die er zuvor mit einer langen Pinzette aus Mondgesichts Körper geborgen hatte.

»Kurz ist gut«, ächzte Jensen.

Lena machte fump, glitsch, fump, glitsch …

»Die beiden Schüsse waren tödlich. Beide gut platziert im Brustbereich. Ein glatter Herztreffer, deshalb das Spurenbild mit wenig Blutaustritt. Das Herz hat sofort aufgehört zu schlagen, er war in Sekundenschnelle tot. Ich bin jetzt nicht von der Kriminaltechnik, aber die Schüsse waren so gut gesetzt, der Mörder hat nicht zum ersten Mal geschossen.«

»Du meinst, eine Dublette?«

»Was weiß ich, wie ihr das nennt.« Er spreizte Daumen und Zeigefinger der rechten Hand zur Waffe und rief »Bam-bam.«

Jensen nickte. Ja. Dublette. Typisch für Profis.

Fump, glitsch, fump, glitsch, fump, glitsch …

»Zur Person selbst. Männlich, das war unschwer zu erkennen, hehe.«

Jensen fragte sich einen Moment lang, ob Doc Stich es genoss, ihn, den Praktikanten, bis an den Rand der nicht zu kontrollierenden Übelkeit zu führen, ließ sich aber nichts anmerken.

»Etwa Ende dreißig, 116 Kilo, deutlich zu viel Pfunde auf den Rippen. Zu Lebzeiten hätte ich ihm eine Abnehmwette empfohlen. Jetzt wird sich das von alleine regeln.«

Fump, glitsch, fump, glitsch …

»Aufschlussreich war, wie so oft, der Blick auf das Gebiss unseres toten Freundes. Ich fühlte mich an das arme Mädchen erinnert, das neulich hier gelegen hat. Die durchgeführten Zahnbehandlungen waren osteuropäisch. Man könnte meinen, sie hätten den gleichen Zahnarzt gehabt. Was aber natürlich nicht so sein muss, ist klar. Da sie aber zum selben Ermittlungsverfahren gehören, geh ruhig davon aus, dass der Tote ebenfalls aus Tschechien stammt.«

Fump, glitsch, glitsch, glitsch, zing. Lena hatte den letzten Stich getan und schwungvoll den Faden mit einem Skalpell gekappt.

Jensen nickte. »Diesmal keine Tätowierungen, nichts?«

»Richtig. Er schien was gegen Nadeln gehabt zu haben. Jetzt konnte er sich ja nicht mehr wehren«, grinste der Pathologe schief.

»Schade. Das hätte die Identifizierung einfacher gemacht.«

»Ihr wisst immer noch nicht, wer das ist?«

»Keinen Schimmer. Die Fingerabdrücke sind zumindest hier in Deutschland nicht erfasst. Alles Weitere läuft übers Bundeskriminalamt und dauert seine Zeit.«

Jensen sah, dass Lena sich der Leiche mit einem Wasserschlauch näherte. Er und Doc Stich traten einen Schritt zur Seite.

»Wie weit seid ihr eigentlich mit der Frau aus dem Rhein?«, fragte der Doc neugierig.

»Sie heißt Darina Hasek und wohnte auf der Posener Straße. Gearbeitet hat sie in einem Tabledanceladen und sich mit Striptease-Shows ein wenig dazuverdient.«

»Klingt gut. Ihr kommt zügig voran?«

»Wir haben eine Zeugin, ein Mädchen aus dem Club, die eine Menge aussagen konnte. Hat man im Rotlichtmilieu nicht oft, dass die Mädchen plaudern.«

»Weil sie Ärger kriegen«, bestätigte Doc Stich.

»Ärger, genau. Wir haben sie in Herongen bei meiner Oma untergebracht. Da ist sie sicher. Meine Oma ist besser als ein Zeugenschutzprogramm.«

»Ich hörte davon«, lachte Doc Stich.

»Tja. Bekommen wir noch einen Bericht von dir?«, fragte Jensen zum Abschluss.

»Klar. Und wie immer war der schon vorgestern fertig. Ich fax ihn nachher rüber.«

»Danke.« Jensen wollte gehen und klappte sein gelbes Notizbuch zusammen.

»Du denkst an unsere Verabredung?«, sprach Lena ihn plötzlich an, mit beiden Händen den Wasserschlauch umschlossen, dessen Ende auf den Toten gerichtet war.

»Klar. Zum Essen«, strahlte Jensen. »Ich wollte dich hier in der Atmosphäre aber nicht drauf ansprechen.«

»Och.« Sie deutete auf die Leiche. »Er wäre ja sowieso nicht mitgekommen.«

»Äh, nein. Auf jeden Fall gehen wir essen, Lena. Sobald uns der Fall ein bisschen Luft lässt, meld ich mich bei dir.«

»Ich freu mich«, summte sie, betätigte einen Kipphebel und begann mit geübten Bewegungen, den nackten Leichnam zu säubern.

Das Letzte, was Jensen vor dem Verlassen der Pathologie sah, war das Blut des Toten, das sich kreiselnd in einen Abfluss des Obduktionstisches ringelte. Nein, daran würde er sich nie gewöhnen.

* * *

Freitag. Struller gönnte sich zum Wochenende mal wieder einen frischen Kaffee in der Polizeikantine. Das schwarze Getränk gluckerte friedlich in den weißen Porzellanbecher, als er die Frau neben sich erkannte. Die doofe BKA-Tussi, Saskia Baumeister, zapfte sich neben ihm eine Latte Macchiato und erkannte ihn.

»Na, hat Ihre Chefin sich schon mit Ihnen über Ihren Auftritt unterhalten?«

»Wir hatten eine nette Tasse Kaffee zusammen, ja. Sie hätten mich ruhig direkt ansprechen können, wenn Sie was zu kacken haben«, beschwerte sich Struller grantig.

»Ich kacke, wie ich es für richtig halte. In Wiesbaden beim BKA pflegen wir Hierarchieebenen einzuhalten. Sie sind nicht meine Preisklasse.«

»Das stimmt wohl. Hier in Düsseldorf machen wir das anders. Wir sprechen auch mit Flachpfeifen anderer Hierarchieebenen. Mach ich ja gerade.« Struller versenkte einen Löffel im Kaffee und rührte um.

»Tja. Ich werde oft dämlich von der Seite angequatscht. Sie haben Mist gebaut«, zeigte sie sich wenig beeindruckt.

»Hätte ich Sie gleich erschießen sollen? Okay. Guter Ansatz, aber da kannte ich Sie ja noch gar nicht.«

»Bilden Sie sich nichts ein! Sie werden mich nie kennen lernen. Sie haben durch Ihre unprofessionelle Einlage eine von uns lang vorbereitete Aktion kaputtgemacht.«

»Sie haben einen Gauner abhauen lassen«, konterte Struller.

»Was hatten Sie in dem Laden zu tun?«, fragte die Baumeister.

»Einen Gauner ... fangen. Und Sie?«

»Ich war dienstlich da«, erklärte sie, hielt seinen Blick und schob ebenfalls einen Löffel in den Becher.

Jetzt rührten sie beide.

»Dienstlich. Das ist mir klar. Sie, Ihr Körper und erotischer Stangentanz, das bringe ich beim besten Willen nicht übereinander. Also müssen Sie zweifelsohne dienstlich dort gewesen sein.«

»Sie bringen so einiges nicht übereinander. Außer schlaffe Haut in Falten. Ich brauche zügig eine Abschrift aller Vernehmungen.«

»Die werde ich Ihnen zukommen lassen.«

»Na prima«, sagte sie.

Zeitgleich zogen sie ihre Kaffeelöffel aus den Bechern, klopften sie im gleichen Takt dreimal auf dem Rand ab und legten sie zurück ins Spülfach am Kaffeeautomaten.

Sie deutete auf Strullers Gefäß. »Latte Macchiato geht, aber selbst der Kaffee schmeckt in Düsseldorf scheiße.«

»Wenn er ein wenig nach Fäulnis schmeckt, kann das auch am Eigengeruch liegen«, erklärte Struller höflich.

Sie beugte sich zu ihm rüber, roch an seinem Jackett und verzog ihr Gesicht. »Oh, ja, jetzt rieche ich es auch.« Sagte sie, drehte sich um und verließ ohne weitere Worte die Kantine.

Struller blickte ihr nach.

Natalie, die neue Kantinenangestellte, hatte mitgehört, denn sie kommentierte unschuldig: »Freunde werdet ihr beide wohl nicht.«

»Wohl kaum«, antwortete Struller und blickte der Baumeister nach.

Allerdings war sie eine der coolsten Gesprächspartnerinnen, die er seit Langem gehabt hatte. Das wusste er durchaus zu schätzen und musste einräumen, dass er ehrlich beeindruckt war. Dieser Frau war einiges zuzutrauen.

Vorsichtig den Becher in seinen Fingern balancierend stieg er die Treppen hoch in die dritte Etage, erreichte sein Büro und schnappte sich die Liste mit Arielles Stripshow-Telefonverbindungen.

Zehn Minuten später legte sich ein zufriedenes Lächeln in seine Mundwinkel.

Dr. Horst Wegener hatte von einem »schrägen« Termin gesprochen, den Darina Hasek und ihr Partner vor sich hatten. Struller hatte einen entsprechenden Anschluss in Unterrath gefunden und schnappte sich den Mantel vom Haken. Tatsächlich: Viel schräger ging es nicht.

* * *

Oma Jensen ließ ein Spiegelei aus der Pfanne auf Ewas Toast rutschen. »Spiegelei. Das ist ein Spiegelei. Spie-gel-ei.« Wäre doch gelacht, wenn sie der netten Polizistin nicht auch noch ein paar Brocken deutsch beibringen könnte. Die Kleine war ganz fix. *Bauer sucht Frau* hatte sie ihr gestern beim Fernsehen schon beigebracht.

Ewa deutete auf ihren Magen, um zu zeigen, dass sie bereits satt war.

»Ist noch Platz drin? Noch ein Spiegelei? Ja, sicher. Ess dich mal richtig satt. Du kannst noch was auf die Rippen gebrauchen. Wer weiß, wann du bei euch zu Hause wieder richtige Eier zu essen kriegst«, deutete Oma Jensen die Geste anders, drehte sich zum Herd um und schlug ein neues Ei in die Pfanne.

Ewa Czeck seufzte. Sie wollte nicht meckern, aber das war

der Fürsorge schon ein bisschen zu viel. Gestern hatten sie gemeinsam von Omas selbstgemachtem Johannisbeer-Aufgesetzten getrunken. Nach dem dritten Gläschen konnte sie das Wort *Aufgesetzten* aussprechen. Nach dem sechsten konnte sie allerdings fast gar nicht mehr sprechen. Verflixt, konnte die liebe Oma Schnaps verpacken! Sie selbst war anschließend kaum die Treppe zu ihrem Zimmer hochgekommen.

Im Flur schrillte das Telefon.

Ewa zuckte erschreckt zusammen und musste sich eingestehen, dass es um ihre Nerven noch nicht zum Besten stand. Dann war sie wieder froh, hier untergekommen zu sein und biss brav in das Toastbrot.

Oma Jensen ging ran: »Jensen, hallo?«

Sie horchte in den Hörer. Nichts.

»Hallo? Ist da jemand?«

Es meldete sich niemand, aber die Leitung stand noch. Wahrscheinlich Kinder, die ihr einen Streich spielen wollten.

»Hallo? Lasst das! Ich sag das euren Eltern! Ich hab eine Fangschaltung laufen! Die Polizei kommt euch holen. Dann kommt ihr ins Kindergefängnis!«

Am anderen Ende wurde aufgelegt.

»Na also.«

Sie schritt zufrieden zurück in die Küche. Ewa blickte sie fragend an.

»Nichts, Kindchen. Telefonstreich, wahrscheinlich. Die können es nicht lassen.«

Oma Jensen widmete sich wieder dem brutzelnden Frühstück ihres Gastes. Hm, es machte Spaß für zwei zu kochen. Und so ein gemeinsames Frühstück war wirklich was Feines. Die Ewa hatte aber auch Appetit wie eine Raupe.

Sie überlegte. War das nicht schon der zweite anonyme

Anruf? Sicher. Sie gab Salz aufs Ei und drückte einen Spritzer Curryketchup ins Eiweiß. Der hatte auch nichts gesagt. Der? Kann natürlich auch eine Frau gewesen sein, war ja anonym. Oder ein Kind. Obwohl die sonst immer am anderen Ende kicherten. Nun ja, sie würde sich eine Trillerpfeife zulegen.

»Trillerpfeife«, sagte Oma Jensen und schwuppte das Spiegelei mit Elan auf Ewas Teller. »Auch ein ganz wichtiges Wort. Trillerpfeife. Tril-ler-pfei-fe.«

Ewa nickte und hatte wieder was gelernt.

»Trillerpfeife.«

* * *

Struller öffnete die Eingangstür des Ladens mit kräftigem Ruck, ein Bimmelchen ertönte. Aus dem Nichts erschien ein smart aussehender, ganz in Schwarz gekleideter, junger Mann von vielleicht 35 Jahren, der ein bisschen Ähnlichkeit mit dem Tatortkommissar aus Münster hatte, der ja eigentlich keiner war, sondern in der Gerichtsmedizin arbeitete.

»Ah, die Mordkommission. Herr Struhlmann, oder? Kommen Sie rein«, wurde Struller begrüßt, als sei es das Normalste der Welt, wenn die für Tötungsdelikte zuständigen Kriminalbeamten plötzlich im Laden standen.

Nun ja. War es irgendwie ja auch. In diesem Fall.

Angenehm warm war es hier. Struller rieb sich wohlig die Hände und sah sich im Ausstellungsraum um. Schlichte Dekoration, hauptsächlich in Schwarz und Weiß. Gedeckt, gediegen, dem Anlass entsprechend. Teure Särge, feinste Intarsien, edle Blumenarrangements und ein ganzes Regal voller Urnen. Und mittendrin ein aufgeräumt-vornehm lächelnder Martin Weyler, der Inhaber des Bestattungsunternehmens Weyler & Weyler im Kleinschmitthauser Weg in Unterrath.

»Struhlmann ist richtig. Ich habe da ein paar Fragen.«

»Ich hoffe nicht, dass es Grund zur Klage gab«, fragte Martin Weyler, der das Familienunternehmen mit Tradition von seinem Vater übernommen hatte.

»Bei uns hat sich keiner beschwert. Das tun die wenigsten«, lächelte Struller.

Martin Weyler grinste zurück. »Darf ich Ihnen eine Tasse Kaffee anbieten?«

Struller erlauschte sein Ohrensausen. Er hatte sich in der Kantine noch einen Latte Macchiato gegönnt, der tatsächlich besser schmeckte als sein üblicher Kaffeepot. Das Gebrumme im Schädel hielt sich im für den Blutdruck vertretbaren Rahmen. Deshalb nahm er das Angebot an.

Nachdem Martin Weyler in seinem ordentlichen Büro mit gespreiztem Finger Kaffee in zwei zerbrechlich aussehende, blau-weiße Porzellantassen geschüttet hatte, kam Struller gleich zur Sache. »Ich bin hier wegen eines Toten.«

»Das dachte ich mir. Tapeten und Gardinenstoffe gibt es nebenan«, scherzte der Bestatter.

»Wegen einer Party«, fuhr Struller fort.

»Wir nennen das Beerdigung. Oder Verabschiedung«, korrigierte ihn Weyler dezent.

»Wir nennen das Orgien.«

Jetzt wurde Weylers Blick doch nachdenklich. »Orgien?«

»Ich rede von der Stripperparty am vergangenen Montag.«

Martin Weyler wurde schlagartig so weiß wie das gestickte Deckchen auf dem Tisch zwischen ihnen. Blinzelnd schnappte er nach Luft.

»Wo hat die kleine Party denn stattgefunden?«, fragte Struller schnell.

»Äh ... Hinten im ... Woher?«

»Und wer war alles dabei?«

Weyler strich sich über die Lippen. »Äh, unsere ganze Belegschaft. Herr Hauptkommissar, das ist eine Katastrophe.«

»Die Belegschaft?«, fragte Struller.

»Nein. Wenn sich das mit der Feier rumspricht. Wir sind ein seriöses Unternehmen. Unsere Kunden sind …« Weyler rang nach Worten.

»Tot?«, schlug Struller vor.

»Auch. Bestattungen sind ein ganz sensibles Thema. Da wimmelt es von Tabus. Wenn rauskommt, das wir hier bei uns in der Abschiedshalle ein Betriebsfest gefeiert haben, dann kann ich das Geschäft dichtmachen.« Weyler rang wirklich um Fassung.

»Na ja, noch kam es ja nicht in den Nachrichten. Herr Weyler, am besten erzählen Sie mir alles der Reihe nach.«

Weyler zitterte die Tasse Kaffee an seine Lippen und nippte. Klappernd setzte er dann das edle Stück Porzellan einer ostdeutschen Firma wieder in die Untertasse. »Das war eine spontane Idee. Von mir. Klang doch ganz witzig. Ich meine, hier arbeiten wir doch nur mit Männern. Und die Birgit Jepkens aus dem Verkauf, aber die ist ja auch für jeden Spaß zu haben.«

»Deshalb arbeitet sie ja bei einem Bestatter.«

»Äh. Ja. Und wir machen im Dezember doch immer unser Betriebsfest. Da wollte ich mal was Neues machen. Wo es bei uns doch sonst eher ernst und seriös zugehen muss, hab ich gedacht, ich lockere die Feier mal mit was Modernem auf.«

»Mit einer Stripperin?«

»Einer Tänzerin. Was Exotisches. Was Modernes. Normalerweise wird die Dame von einem Mitarbeiter in einer Kiste reingerollt, aber das … also, wir haben ja hier selbst genug … äh, Särge. Wir haben da was vorbereitet. Die Birgit und ich. Ich meine, das war natürlich ein großes Hallo, dann. An dem Abend. Als sie aus dem Sarg sprang.«

Struller nickte, innerlich grinsend. Ein großes Hallo? Das konnte er sich leicht vorstellen. Normalerweise dudelte hier aus den Boxen *Time to say goodbye*. Und jetzt: *You can leave your hat on*.

»Nach einer guten halben Stunde war alles vorbei. Da waren die beiden wieder weg. Meine Güte, das ist doch nichts Schlimmes! Das Mädchen war ja noch nicht mal ganz nackt. Praktisch im Bikini. Äh, untenrum.«

Struller schüttelte den Kopf. »Verstehe. Der ein und der andere Kunde sieht das vielleicht anders.«

»Oh Gott, bitte hören Sie auf«, stöhnte Weyler.

»Dem ist das sicher egal. Aber ich bin nicht aus moralischen Gründen hier. Mir geht es um die Feier selbst. War die ganze Belegschaft da?«

Weyler nickte.

»Wie viele sind das?«

»Mit Birgit 14.«

»Dann brauche ich eine Liste.«

»Selbstverständlich.«

»Gab es irgendwelche Vorkommnisse?«

Weyler hielt inne. Und überlegte. Heftig. Immer heftiger. Mit seiner rechten Hand trommelte er plötzlich rhythmisch auf den Tisch, wobei er immer ganz knapp das Untertellerchen mit der exklusiven Kaffeetasse verfehlte.

»Jetzt weiß ich, wer uns verraten hat!«, rief er.

Struller zuckte zusammen.

»Genau. Es war der Mann, ja. Sicher. Hab ich es doch gewusst. Ich hab ihn sofort gesehen. Und die Birgit. Durch eines der Fenster in der Abschiedshalle hat er gestarrt. Und der hat sich beschwert? Der Voyeur. Dieser Spanner!« Seine Hand fuhr zum Tisch. Diesmal traf er genau den Untertellerrand und katapultierte blau-weißes Meissen hoch durch die

Luft. Blitzschnell fing Struller die Tasse auf und setzte sie zurück auf das kreiselnde Untertellerchen.

»Was für ein Spanner?«

»Äh. Danke«, sammelte sich Weyler. »Durchs Fenster hat während der Show ein Mann zugeguckt. Nehme ich mal an. Gesehen habe ich ihn erst nach der Show. Den hab ich sofort der Birgit gezeigt, die ihn dann auch gesehen hat. Wir beide sind sofort durch die Seitentür nach draußen gerannt, aber da war der Mann schon weg.«

»Können Sie ihn beschreiben?«

»Nicht so gut. Die Scheiben waren von innen beschlagen. Es war sehr heiß hier im Raum ... Äh. Nach der Show. Zuerst. Aber das war ein junger Mann. Mitte zwanzig. Kein Bart, keine Brille, aber mehr kann ich nicht sagen.«

»Würden Sie den wiedererkennen, wenn Sie ihn sehen?«

»Kann sein.«

Struller nickte. »Wann war die Feier zu Ende? Sind alle Angestellten bis zum Schluss geblieben?«

»Ende war gegen zwei und es sind alle bis zum Schluss geblieben. Die Feier war ein voller Erfolg. Wir planen im nächsten Jahr etwas Ähnliches. Äh. Natürlich was ganz anderes, also ... Sie wissen schon.«

»Was Modernes«, half Struller.

»Genau.«

»Wissen Sie, wohin die Künstler nach ihrer Show gegangen sind?«

»Nein. Wieso sollte ich?«

»Das wäre hilfreich.«

»Nein. Da habe ich nichts mitbekommen. Ich weiß nur, dass sie vorher bei den Tennisspielern gewesen sind.«

»Bei den Tennisspielern?«, fragte Struller interessiert.

»Ja. Die Birgit und ich, wir haben doch den ... äh, Sarg vorbereitet, wo dann die Tänzerin raus … Sie wissen schon. Und da hat die nette, junge Dame in einer fremden Sprache geflucht, und das Einzige, was ich verstanden habe, war immer wieder *Schöne Tennisspieler, schöne Tennisspieler.* Das hat sie eine ganze Zeitlang vor sich hingeknurrt. Da scheint es Ärger gegeben zu haben oder so was.« Er hielt inne. »Äh. Ärger? Ich meine, Mordkommission? Worum geht es hier überhaupt?«

»Die junge Frau ist in der besagten Nacht ermordet worden.«

Weylers Hand fiel wie vom Blitz getroffen kraftlos herab. Genau auf die Tasse. Da konnte jetzt auch Struller nichts mehr ausrichten. Die Tasse zersplitterte in tausend kleine, blau-weiße Stücke.

»Tot? Unsere Tänzerin? Das darf doch nicht wahr sein! Das gibt uns den Rest.«

»Gibt es Foto- oder Filmaufnahmen von dem Abend?«

»Nein. Nicht auszudenken, was passiert, wenn die in falsche Hände geraten würden. Ich hab beides streng untersagt, und alle haben sich dran gehalten.«

Martin Weyler entdeckte eine kleine Schnittwunde am Handballen und führte ihn in seinen Mund. Unter der Handhälfte im Mund litt die Deutlichkeit seiner Sprache und wurde etwas nuschelig. »Herr Hauptkommissar. Ich meine, die ganze Sache, die kann doch unter uns bleiben. Wenn sich das alles rumspricht, kann ich den Laden dichtmachen.«

»Ich brauchte dann die Liste der Partygaste.«

Hastig stellte Weyler ihm mit zittriger Schrift eine zusammen. Struller ließ ihn noch drei lange Sekunden zappeln, dann verabschiedete er sich und fügte hinzu. »Von mir erfährt erst mal keiner was. Vielleicht können Sie im nächsten Jahr Dolly Buster und Gina Wild einladen. Fände ich cool.«

Martin Weyler lachte erlöst.

Struller verließ den Laden und stellte fest, dass es mit der

Straßenbahn nur ein Katzensprung bis in Krakes *Aquarium* war. Er entschloss sich, diesen Tag mit einem freundschaftlichen Krankenbesuch friedlich abzurunden.

Aber …

Man soll den Tag ja nicht … Genau.

* * *

Im fernen Herongen verstaute Oma Jensen ein dünnes Tellerchen mit Blümchenmuster im Küchenschrank und blickte auf die Uhr. 22.30 Uhr. Sie war mit ihrem Gast sehr zufrieden. Ewa hatte fünf Reibekuchen gegessen, drei Schnäpschen gekippt und das Wort *Pfarrgemeinderat* gelernt. Sie lag oben in ihrem Zimmer, im Haus war es mucksmäuschenstill. So schön friedlich konnte es auf dem Land sein.

Herrlich.

»Och.« Schon oben in der ersten Etage angekommen fiel ihr ein, dass sie ganz vergessen hatte, unten im Wohnzimmer die Rollläden runterzulassen. »Das muss ich aber noch machen«, mahnte sie sich. Friedlich her, friedlich hin. Man musste die gemeinen Einbrecherlumpen ja nicht herausfordern. Außerdem war das Heizöl teuer, und die Rollläden dämmten zusätzlich. Das hatte im Fernsehen neulich noch dieser nette Inder in seiner interessanten Wissenschaftsshow erklärt. Wie hieß der noch gleich? Kaya Yanar? »Nein, das ist ja der andere. Der Lustige. Der mit der Kuh.« Der war auch gut.

Weil Ewa die Angewohnheit hatte, beim Schlafen die Tür ihres Zimmers offen zu lassen, ließ Oma Jensen das Licht aus und tastete sich vorsichtig im Dunkeln die alte, knarrende Holztreppe nach unten. Durch das gläserne Oberlicht an der Haustür fiel weichmildes Mondlicht in den Flur. Der Duft der leckeren Reibekuchen hing immer noch in der Luft. Es hatte am frühen Abend erstmals richtig heftig geschneit und der reflektierende Schnee machte die kalte Nacht noch heller. Sie stupste die Tür zum Wohnzimmer auf.

Und merkte sofort, dass irgendwas nicht stimmte. Da war was! Am Fenster. Eindeutig.

»Ein Einbrecher«, flüsterte sie vom Donner gerührt.

Ihr Zeigefinger glitt Richtung Lichtschalter. Licht! Dann hielt sie inne. Was, wenn das Licht ihn nicht verscheuchen, sondern erschrecken würde? Wenn er in Panik geriet? Womöglich hatte er eine große, schwere Taschenlampe bei sich.

Sie hielt die Luft an.

Denn in diesem Moment entdeckte sie am bodentiefen Fenster auf der gegenüberliegenden Seite des Raumes einen Schatten. Einen großen Schatten. Einen Mann. Ganz deutlich zeichnete sich sein mächtiger Körper vor der weißen Schneelandschaft draußen ab.

Sie wagte nicht zu atmen.

Kein Licht!

Dann hörte sie, wie der Mann irgendetwas auf den Holzrahmen aufsetzte. Ein kurzer Schlag. Es knirschte, es knisterte. Das Holz des Fensterrahmens ächzte.

Mit entsetzt aufgerissenen Augen erkannte sie, dass der Mann da draußen einen Spalt in den Fensterrahmen gehebelt hatte …

* * *

Jensen ließ sich in einen Bürostuhl fallen, der gefährlich quietschte. In Strullers Büro roch es stickig wie tagelang nicht gelüftet. Er war doch nicht gleich nach Hause gegangen, sondern hatte sich Doc Stichs letzten Obduktionsbericht durchgelesen und den Bericht der Spurensicherer von der Behrenstraße durchgeackert, ohne allerdings auf eine neue Information gestoßen zu sein. Der Besuch bei Vater und Tochter Kopecky hing ihm immer noch nach. Meine Güte, waren die fertig gewesen. Diese Ungewissheit.

Jensen überlegte hin und her und stolperte heftig über eine ihrer vielen unbeantworteten Fragen, die sich im Zuge des Falls aufgetan hatten. Er hatte befürchtet, dass sie nach Darina Haseks Leiche irgendwann auch auf einen toten Janek Dobrovsky stoßen würden. »Warum haben die Mörder Darina getötet, aber Janek am Leben gelassen?« Jensen kratzte sich am Kopf und spürte, wie ihm eine bleierne Müdigkeit in die Knochen fuhr. »Zeit fürs Bett.«

Er stand auf und warf noch einen letzten Blick aufs Faxgerät, das ihm ein vor wenigen Minuten eingetrudeltes Blatt Papier mit Namen und Zahlen anpries. »Okay«, murmelte er und zupfte das Blatt vor sich auf den Schreibtisch.

Der Druck war schlecht, die Patrone fast leer. Er knipste Strullers Nachkriegsverhörlampe an und tauchte das Fax in gleißendes Licht. Was er in Händen hielt, war die von den Technikern ausgelesene Liste mit den Telefonnummern aus Mondgesichts Handy. Müde ratterte er die Namen und Nummern runter.

Der letzte Eintrag traf ihn wie ein Faustschlag.

* * *

Mit zittriger Hand fuhr sich Oma Jensen durch das schweißkalte Gesicht. Sie zuckte zusammen. Der Mann auf der anderen Seite der Terrassentür hatte ein weiteres Mal die Eisenstange durch das Holz gerammt. Sie erkannte, dass die ganze Terrassentür wackelte. Noch zwei bis drei Mal ruckeln, dann würde die Tür aus dem Rahmen schwingen.

Sie riss sich zusammen.

»Lieselotte, mach was!«, mahnte sie sich still.

Polizei! Natürlich. Vorsichtig glitt sie im Dunkeln zurück. Das Telefon stand im Flur. Die nächste, zuständige Wache war zwar in Geldern, das war nicht gerade um die Ecke, aber vielleicht hatte sie Glück und ein Peterwagen stand in der Nähe. Sie hatte das Telefon fast erreicht, da schlug sie sich vor die Stirn. »Polizei.« Wieso denn anrufen? Sie hatte die Polizei doch im Haus! Meine Güte, Lieselotte, wie konnte man nur so tüddelig sein! So schnell es ihre Beine erlaubten, huschte sie lautlos die Stufen hoch. Hinter sich hörte sie ein böses Knacken. Der kam voran, der Dreckskerl!

Sie rannte durch den Flur und fiel über die schlafende Ewa her. Mann, schlief die fest. Oma rüttelte heftiger. Die können aber auch schlafen, die Tschechen. Endlich wurde Ewa wach und richtete sich sofort kerzengerade im Bett auf.

Oma Jensen fragte sich, wie sie der Kleinen jetzt klarmachen sollte, dass von unten Gefahr drohte? Wo sie doch kein Deutsch verstand.

Idee!

Oma Jensen sah sie streng und böse mit zusammengezogenen Augenbrauen an, fuhr sich mit der Handkante über die Kehle. Das internationale Zeichen für Hals durchschneiden. Dann zeigte sie über die Treppe nach unten und flüsterte mit drohender Stimme: »Hitler!«

Ewa zuckte zusammen. Irgendwie hatte sie verstanden. Böser ging es nicht! Vielleicht auch, weil in diesem Moment in der Etage unter ihnen mit einem lauten Wusch offensichtlich eine Tür aufsprang.

Blitzschnell griff Ewa unters Kopfkissen und hielt plötzlich ein langes Küchenmesser in ihrer Hand.

»Huch!«, entfuhr es Oma Jensen. Wo hatte die denn den

Zochel her? Ach, das war das schicke Brotmesser aus Solingen, das Christian ihr letztes Jahr … egal. Aber klar! Sie hatte es hier mit einer allzeit bereiten, gewieften und natürlich mit allen Wassern gewaschenen Polizistin zu tun!

Schade, dass die offensichtlich keine Knarre dabei hatte, um dem hinterhältigen, feigen Gauner da unten das trübe Lebenslicht auszupusten!

Keine Zeit für weitere Gedanken.

Im roten Slip und im hellblauen Pyjamaoberteil von Opa Jensen sprang Ewa aus dem Bett, packte Oma Jensen fest an der Hand und zog sie hinter sich aus dem Zimmer.

Fußtritte!

Auf der Treppe!

»Der kommt«, zischte Oma und wurde den Flur entlang nach hinten gerissen.

Woher kannte sich die Ewa so gut aus? Wahrscheinlich hatte sie sich bei Gelegenheit genau umgeguckt. Polizisteninstinkt! Denn richtigerweise wählte Ewa ihre einzige Fluchtmöglichkeit. Über die Tenne gab es eine zweite Treppe, die wieder runter ins Wohnzimmer, in den Flur und dann zur Haustür führte.

Der Mann auf der Treppe schien zu ahnen, dass sein Einbruch bemerkt worden war, denn ohne weiter auf Geräusche zu achten, stürzte er mit polternden Schritten die Treppe hinauf. Oma warf einen Blick zurück, konnte im Schatten aber nur einen Kopf erkennen, den eine unförmige Frisur zierte, die im Lichteinfall des Oberlichtes schemenhaft zu erkennen war.

»Stehen bleiben!«, rief der Mann.

Und dann noch was in einer Sprache, die Oma Jensen nicht verstand. Woraufhin Ewa aber das Tempo beschleunigte.

Sie hasteten ihre Treppe runter, waren wieder im Wohnzimmer, hinter sich die Schritte des Verfolgers.

Durch den Flur!

Raus! Raus auf die Straße!

Sie erreichten den Hausflur, um …

»Nein!«, schrie Oma Jensen.

Es gab einen zweiten Täter! Verdammt. Auch Ewa hatte das gesehen. Die Haustür. Mit einem Ruck wurde sie aufgestoßen. Ewa ging in Position, das Messer zum Stoß erhoben! Ja, dachte Oma Jensen, stech ihn ab, den Kerl!

In der Tür wurde ein Gesicht erkennbar. Ein Körper, eine Brust. Ewas Messer rauschte nieder. Der Mann …

»Christian!«, schrie Oma Jensen entsetzt.

Der machte einen Schritt nach vorne, blockte den Messerhieb mit seinem Unterarm ab und schlug Ewas Arm zur Seite. Das Messer segelte im hohen Bogen durch die Luft. Hinter ihrem Enkel drückte sich ein weiterer Mann an den beiden vorbei. Oma Jensen erkannte diesen Struhlmann und in dessen rechter Hand eine Pistole. Sehr gut!

»Er ist hinter uns!« Sie zeigte in die Richtung der zweiten Treppe.

Struhlmann raste an ihnen vorbei. Ihr Enkel folgte.

Ewa hatte ihn erkannt und hielt nun Oma umschlungen. Warum auch immer! Sie selbst hatte schon wieder Oberwasser.

Deutlich war ein Klirren zu hören.

»He, der springt über die Balkonseite nach draußen. Der macht alles kaputt. Legt ihn um!« Oma Jensen löste sich aus der Umklammerung und ging Richtung Wohnzimmer. Durch die offen stehende Terrassentür konnte sie sehen, wie ihr Enkel und sein Gehilfe durch den schneebedeckten Garten rannten.

Dann hörte sie ein Brummen, ein klatschendes Geräusch, einen aufheulenden Motor und quietschende Reifen.

»Schießt doch endlich!«, schrie Oma, auf einen lauten Pistolenknall wartend, aber kein Schießeisen wollte ihr den Gefallen tun.

Stattdessen kehrten ihr Enkel und der Mann zurück. Christian riss sein Handy aus der Hosentasche.

Sein Kollege legte ihm eine Hand auf den Arm. »Was willst du machen?«

»Eine Fahndung nach dem Wagen auslösen«, antwortete Jensen überrascht.

»Keine Fahndung!«

»Aber …« Jensen steckte sein Handy weg.

Struller strich sich grimmig durchs Haar. »Ich erkläre es dir später. Verdammt, die haben unser Versteck gefunden!«

Es folgten ein paar Flüche, deren harmlosere Varianten Oma Jensen aus dem letzten Krieg kannte. Und Strullers daraus resultierende, fragende Schlussfolgerung. »Wie kann das sein? Wer hat da gequasselt?«

Jensen blickte Ewa fragend an, die ihm zunickte. Alles klar so weit. Seiner Oma … ging es gut. Klar. »Wir brauchen eine neue Bleibe für die beiden«, erklärte Jensen.

»Stimmt«, knurrte Struller, der ebenfalls befürchtete, dass der Einbrecher und der Kerl, der draußen im Wagen auf ihn gewartet hatte, einen zweiten Versuch starten könnten.

»Wir brauchen ein absolut sicheres Versteck. Wo die beiden keiner vermutet!«

»Was heißt hier die beiden?«, mischte Oma Jensen sich ein.

Struller und Enkel Jensen blickten sich an. Natürlich, jetzt stand auch Oma Jensen als Mitwisserin auf der Liste. Bei wem auch immer.

Jensen zog Struller leicht zur Seite und flüsterte. »Du bist mir noch eine Erklärung schuldig. Wieso sollte ich keine Fahndung auslösen?«

Strullers Augen verengten sich zu Schlitzen, in denen es

heftig blitzte. »Ist so ein Gefühl. Nur wenige Leute wissen, dass wir Ewa bei deiner Oma untergebracht haben. Die meisten werden weiter davon ausgehen, dass sie immer noch dort ist. Bei einer offiziellen Fahndung hätten früher oder später alle mitbekommen, dass Ewas Versteck verbrannt ist. Jetzt weiß es nur der Verräter. Und vielleicht verplappert er sich.«

»Du meinst, es gibt einen Verräter?«, fragte Jensen geschockt.

»Ich fürchte, ja. Was Ewa und deine Oma angeht, habe ich noch eine Idee«, zischte Struller.

»So gut wie deine letzte?«, zankte Jensen.

»Der Plan, Ewa hier zu verstecken, war genial. Jemand hat einen Fehler gemacht. Wahrscheinlich du! Aber jetzt, jetzt gehe ich auf Nummer Sicher.«

* * *

Nach dem zwanzigsten Schellen warf Struller genervt einen Blick auf die Armbanduhr. »Viertel vor eins. Was macht der denn um diese Zeit?«

»Schlafen?«, mutmaßte Jensen.

Aber in diesem Moment rasselte auf der anderen Seite der Tür ein Schlüssel, wurden Schließriegel geschoben und öffnete sich die Kneipentüre langsam einen Spalt weit. Ein schlafgerötetes Augenpaar fragte: »Wer ist da?«

»Post«, brummte Struller.

Krake erkannte seinen späten Gast. »Um Himmels willen, Struller. Was willst du?«

»Einen Absacker«, knurrte Struller, winkte den anderen dreien, ihm zu folgen, und schob sich am verdutzten Krake vorbei ins *Aquarium*.

»Es ist fast eins, fast schon Morgen«, protestierte der Wirt.

»Dann nehme ich mal besser einen Starter«, zeigte sich Struller flexibel.

»Guten Abend«, blieben Oma und Enkel Jensen freundlich.

»Ahoj«, grüßte Ewa höflich.

Krake stupste hinter ihnen die Kneipentür wieder zu. Würde mir jetzt bitte jemand erklären, was das hier soll? Ich habe schon geschlafen. Ist geschlossen.« Er nickte auf seinen in Gips gelegten Arm. »Unfall.«

»Wir kommen als Freunde«, erklärte Struller.

Krake raffte ungelenk seinen dunkelblauen Frotteebademantel vorne enger zusammen. Seine Haare standen wild vom Kopf, eine tiefe Schlaffalte durchfurchte seine rechte Gesichtshälfte. Er war auf Damenbesuch nicht eingestellt.

Oma Jensen sah sich derweil aufmerksam und mit geübtem Blick in der Gaststätte um. Eindeutig, hier fehlte die ordnende und pflegende Hand einer liebevollen Frau mit Gespür fürs optische Detail. Das sah sie sofort.

Struller pflanzte sich auf einen Barhocker und kam zur Sache. »Das ist Frau Lieselotte Jensen.«

»Sehr angenehm«, versuchte Krake ein Lächeln. »Ich habe schon viel von Ihnen gehört.«

»Oh«, freute sich Oma Jensen. Der Mann sah furchtbar angeschlagen aus, war aber nett. Gut, er hatte nur einen Arm, aber dieses unsymmetrische Phänomen hatte es gleich nach dem Krieg häufiger gegeben. Ein bisschen gefiel ihr dieser Krake, von dem ihr Enkel schon viel erzählt hatte.

»Und das ist Frau Ewa Czeck«, fuhr Struller fort. »Sie ist eine junge Dame aus Tschechien, die in einer Gaststätte gearbeitet hat. Diese Gaststätte ist aufgrund polizeilich-organisatorischer Probleme vorübergehend geschlossen. Frau Czeck befindet sich in einem speziellen Zeugenschutzprogramm. Man ist hinter ihr her.«

»Man?«, fragte Krake interessiert.

»Wir wissen noch nicht genau, wer. Die junge Dame und Frau Jensen müssen von der Bildfläche verschwinden. Wir haben einen Ort gesucht, wo man eine römisch-katholische Dame vom Land und ein junges, gut aussehendes Mädchen am wenigsten vermuten würde. Und deshalb sind wir hier.«

»Hier?«, fragte Krake, dem Übles schwante und der argwöhnisch beobachtete, wie Oma Jensen jetzt mit dem Zeigefinger über die Bilderrahmen strich. »Da ist schon alles sauber, gute Frau.«

Oma blies über ihre Zeigefingerspitze. »Können Sie mich noch sehen?«

»Die Staubschicht schützt das Holz«, erklärte Krake gefährlich leise.

Enkel Jensen zog seine Oma hastig von den Bildern weg.

»Ist nicht für lange«, erklärte Struller. »Der Fall ist so gut wie aufgeklärt.«

Krake schüttelte den Kopf. »Wo soll ich die beiden denn verstecken? Im Kühlschrank?«

Struller grinste und unterbreitete den Plan, den er auf der Fahrt zurück nach Düsseldorf bereits Ewa und den beiden Jensens erläutert hatte. »Was heißt hier verstecken? Ewa Czeck kommt ja quasi aus der Branche. Und wegen deines dämlichen Unfalls brauchst du doch eine Fachkraft für den Thekenbereich, bis dein Ärmchen wieder verheilt ist. Und wegen der Essen für deine zahlreichen Weihnachtsfeiern möchte ich dir eine absolute Koryphäe am Herd vorstellen: Frau Lieselotte Jensen.«

6. Tag

Müde schleppte Struller sich am nächsten Morgen im Präsidium die Steinstufen hoch in die dritte Etage. Allerhöchste Zeit, dass die Hausarbeiter den Paternoster wieder in Gang brachten. Als er in seinen Flur einbog, entdeckte er vor sich eine angenehm wohlgeformte Rückansicht, die vor seinem Büro wartete. Hoppla, das war aber ein Figürchen! Weiße Bluse, Blue Jeans. Und in der Jeans ein knackiges Gesäß. Der scharfe Hintern drehte sich um.

»Verdammt«, erschreckte sich Struller. »Saskia Baumeister.«

»Guten Morgen, Kollege«, grüßte ihn die BKA-Tussi.

Struller grunzte eine Antwort und schob den Schlüssel ins Schloss.

»Schön, dass Sie auch noch kommen. Ich warte schon seit über einer halben Stunde.«

»Das wäre aber nicht nötig gewesen. Sie hätten sich von mir aus auch in Luft auflösen können.«

»Ich habe die Akte *Arielle* studiert. In Ihren Berichten wimmelt es von Rechtschreibfehlern.«

»Die Rechtschreibfehler, die Sie gefunden haben, können Sie alle behalten.« Struller schob die Tür auf.

»Eine Tüte Kommas würde der Aktenlage auch gut tun«, setzte die Baumeister nach.

»Ihrem Gesicht würde auch so einiges gut tun«, knurrte Struller, der keine Lust hatte, sich um diese Uhrzeit doof anmachen zu lassen. »Dafür habe ich mir ein paar hübsche Adjektive einfallen lassen und auf Seite 17 sogar was gereimt. Aufgefallen?«

Saskia Baumeister verzog spöttisch das Gesicht und kam zur Sache. »Ich muss die Zeugin Czeck sprechen.«

»Warum?«

»In meiner Sache.«

»Welche Sache?«, fragte Struller.

»Das ist geheim.«

»Das trifft sich ja gut. Der Aufenthalt der Zeugin Czeck ist nämlich auch geheim.«

Saskia Baumeister verdrehte die Augen. »Natürlich. Und deshalb warte ich hier. Ich bin nicht hier, weil ich Sehnsucht nach Ihnen hatte. Ich muss die Kleine vernehmen.«

»Wir haben sie an einem geheimen Ort untergebracht.«

»Es gibt offizielle Zeugenschutzprogramme«, belehrte sie ihn.

»Ja. Und die Czeck befindet sich in einem inoffiziellen Zeugenschutzprogramm. Und das ist geheim. Schicken Sie ihr eine Vorladung! Sie wird bestimmt kommen«, schlug Struller böse vor.

»Scherzkeks. Ich kenne ja nicht ihren Aufenthaltsort.«

Struller strich sich süffisant übers Kinn. »Hm. Das ist in der Tat ein Problem. Übrigens: Ihr Problem!«

Struller schickte sich an, die Bürotüre hinter sich zu schließen und die BKA-Tante auf dem Flur stehen zu lassen.

»Dann werde ich mich wieder an Ihre Chefin wenden müssen.«

»Tun Sie das«, erklärte Struller, schloss die Tür nun endgültig und meinte vom Flur her ein vollkommen undamenhaftes »Arschloch« vernommen zu haben.

Er grinste zufrieden, ließ sich dann aber nachdenklich in seinen Bürostuhl sinken. Was machte die Baumeister eigentlich hier in Düsseldorf? Was führte das Bundeskriminalamt in den *Club Jamaika*? Und warum wollte die Baumeister jetzt mit der Czeck sprechen?

»Na ja.«

Ging ihn ja eigentlich nichts an. Aber neugierig war er schon. Das war immerhin sein Präsidium. Er nahm sich vor, bei Gelegenheit mal ein bisschen blöd nachzufragen. Das Telefon auf seinem Schreibtisch durchkreuzte weitergehende Gedanken, indem es bimmelte.

»Struhlmann?«

»Sarah Hillers, von der Wache Bilk.«

»Morgen!«

»Ich rufe an, wegen der Person im Intranet.«

Struller runzelte die Stirn. Dann fiel es ihm ein. Es ging um die Fotos, die Jensen dort eingestellt hatte.

»Ja?«

»Ja. Ich kenne den Toten von der Behrenstraße 33a.«

Struller setzte sich und kramte Kuli und Block aus der obersten Schublade. »Erzähl!«

»Mein Kollege und ich haben in der Nacht zum Mittwoch auf der Bachstraße einen Mann festgenommen, der dort aus einem PKW ein Navigationsgerät ausgebaut hat.«

Struller erinnerte sich an die Dienstbesprechung. Die mit den lustigen Särgen im Hafenbecken. Die Navigationshydra.

»Und der Mann, das ist der Tote von der Behrenstraße.«

»Klasse«, grinste Struller. »Namen und Adresse habt ihr?«

»Klar. Ich hab mir die Anzeige noch mal ausgedruckt. Der Mann heißt Petr Valova. Jahrgang 1975. Gewohnt hat er im Hotel Schaubzeck auf der Burghofstraße.«

»Kenne ich. Hör mal, Kollegin, danke. Super. Astrein«, warf Struller ungewohntes Lob wild um sich und legte auf.

Das brachte sie wirklich weiter. In der Nacht zum Mittwoch? Deswegen hatte der Computer auch nichts ausgespuckt. Die Info war noch nicht eingespeist gewesen.

»Morgen, Struller«, grüßte ihn Jensen, der das Büro betrat.

Und wieder klingelte das Telefon. Auf dem Display

erkannte Struller Bertie Spurtmanns Handynummer. Genervt lüftete er den Hörer. Hoffentlich war dem nicht nur Lavalampe Böörn vom Nachttisch gefallen. Oder wollte er kundtun, dass er sein Butterbrot mit Halbfettmargarine zu Hause vergessen hatte, das Doris ihm mit warmer, liebender Hand gestrichen hatte …?

»Bertie! Du bist schon auf? … Hier war besetzt? Ja, weil ich telefoniert habe. Was? … Wo? … Ausgezeichnete Arbeit, Kollege. Du hältst die Stellung. Jensen und ich kommen sofort!«

Struller legte auf. Na sieh mal an. Da hatte der Bertie ihn schon wieder überrascht.

* * *

Während der Fahrt berichtete Struller, dass die Kollegin der Wache Bilk Mondgesicht als Petr Valova identifiziert und ihm sogar eine Adresse gegeben hatte. Jensen freute sich darüber, dass seine Idee, Mondgesichts Foto im Intranet zu veröffentlichen, erfolgreich gewesen war. Struller schüttelte nachdenklich den Kopf.

»Was stört dich?«, fragte Jensen.

»Mich stört diese Aktion bei euch in Herongen. Da müssen wir mal in uns gehen. Ganz gründlich. Ich frage dich, woher, zum Teufel, haben die Kerle gewusst, wo sie die Czeck finden können?«

»Wir haben es nicht an die große Glocke gehängt.«

»Genau. Nur das hat ihren Aufenthalt sicher gemacht. Ich schließe einfach aus, dass das stinknormale Einbrecher waren, die es auf den Sparstrumpf deiner Oma abgesehen hatten. Die wollten die Czeck!«

»Sehe ich auch so«, murmelte Jensen und bog in die Grafenberger Allee.

Es hatte leicht angefangen zu schneien. Feine, kleine Kristalle rieselten vom Himmel, die sich auf der Straße sofort auflösten. Noch. Die Temperaturen sanken nachts schon deutlich unter null Grad. Irgendwann würden die Flocken liegen bleiben und Düsseldorf in ein Schneechaos stürzen.

»Ein Verräter? In unseren Reihen?«, fragte Jensen vorsichtig.

Struller schwieg und schien auf der Frage herumzukauen, wie auf einem trockenen Streifen Bauchspeck, das zu lange auf dem Grill gelegen hatte.

»Vielleicht hat auch jemand einfach nur dumm rumgequatscht«, brummte Struller, aber Jensen erkannte mit einem schnellen Seitenblick in seines Partners Mimik, dass in dessen Innerem ein hässlicher Zweifel keimte. »Auf jeden Fall müssen wir aufpassen«, sagte er.

»Das ist sicher«, knirschte Struller. »Mehrere Personen haben gewusst, dass Ewa bei deiner Oma ist. De Baron, Hengstmann, Spurtmann.«

»Ich hab es auch erwähnt. Beim Doc Stich in der Gerichtsmedizin«, ergänzte Jensen.

»Die Baumeister vom BKA ist auch an dem Mädchen interessiert. Vielleicht hat Ewa heimlich telefoniert. Wie dem auch sei, wir halten das nach. Aber jetzt ist sie bei Krake. Das weiß außer uns beiden keiner. Und das muss so bleiben. Auch Spurtmann, den neuen Stern am Ermittlerhimmel, werden wir mit dieser Information nicht belasten. Wenn jetzt was rauskommt, bist du die undichte Stelle. Das ist übersichtlich. Ich werde dich umlegen.«

»Nachvollziehbar«, gab ihm Jensen grinsend recht und bog in Höhe des Staufenplatzes mit seinem Mustang von der Grafenberger Allee nach links in die Ernst-Poensgen-Allee ab.

»Jetzt direkt noch mal links und ganz hinten durch«, dirigierte Struller, aber da hatte Jensen Bertie Spurtmann am Anfang einer Auffahrt schon entdeckt. Wie immer im grünen Parka, ein braunes Wollmützchen auf dem Kopf, einen dicken, roten Stoffschal um den Hals gewickelt und sich mit rhythmischen Bewegungen die Arme um den Körper schlagend.

Jensen flutschte den Wagen in eine rutschige Parkbucht und drehte der einzigartigen, unvergleichlichen Beverley Knight mitten in einer erstklassigen Funknummer, die ihn an *Nutbush City Limits* von Ike & Tina Turner erinnerte, die Stimme weg.

»Hier ist überhaupt nicht gestreut«, stellte Struller beim Aussteigen fest, um es sich zu merken.

Bertie kam zitternd mit tropfender, roter Nase auf sie zu.

»Mensch, Bertie, wie lange stehst du denn hier schon draußen in der Kälte?«, fragte Jensen entsetzt.

»S-Seit ich angerufen habe. Der Typ kann mich n-nicht leiden.«

»Ich ihn auch nicht«, knurrte Struller.

»D-du kennst ihn doch noch gar nicht, oder?«, fragte Spurtmann.

»Er hat meinen Kollegen bei diesen Temperaturen draußen in der Kälte stehen lassen. Was ist das denn für ein Benehmen? Glaub mir, Bertie, ich kenne den gut genug«, grollte Struller.

Bertie Spurtmann gelang ein dankbares Strahlen, und er wuchs um zehn Zentimeter. »Hier lang. August Wiesengräber wohnt im letzten Haus links.«

Bertie führte sie die verschneite Auffahrt entlang durch einen kleinen Vorgarten an eine Haustür mit blinkendem Weihnachtsschmuck. Ein Rentier mit bunter Lichterkette.

Es öffnete ihnen einen Mann mit blutdruckrotem Kopf und

einer Zigarre im Mund. Er war unrasiert und hatte kleine Knopfaugen. Seine gelben Zähne umwehte ein süßlicher Schweineduft. Kurze, schwarze, an den Enden schweißnasse Löckchen gaben der Gestalt im grauen Kittel ein leicht verwegen-verkommenes Aussehen.

»Tag.«

»Tag auch. Struhlmann, Mordkommission. Können wir kurz reinkommen.«

»Nö.« Wiesengräber deutete auf die schneenassen Schuhe. »Is frisch gewischt.«

»Ach, Sie sind verheiratet?«, fragte Struller.

Wiesengräber kniff die Augen zusammen.

»Sie haben mir eben ges-sagt, dass Ihnen ein silberfarbener Müllcontainer der Firma Greis abhanden gek-kommen ist«, stotterte Spurtmann.

»Von was für eine Firma der is, weiß ich nicht. Den Rollcontainer hat man mir in der Nacht von Montag auf Dienstag geklaut.«

»Sie sind also Eigentümer dieses Containers.«

»Quasi.«

»Nur quasi?«

»Ich bin hier der Hausmeister.«

Das hatte Struller sich schon gedacht. Und gehofft. »Was heißt jetzt genau: hier?«

Wiesengräber rollte die Zigarre in seinem Mund von links nach rechts. Er machte eine alles umfassende Geste. »Wie Sie vielleicht wissen, gibt es hier einen Sportverein, einen Hundeverein, einen …«

»Ich kenne mich hier aus«, unterbrach ihn Struller, dem die Kälte langsam durch die Schuhsohlen kroch.

»Und ich mache für alle den Hausmeister. Viel Müll, viel Abfall. Deshalb brauche ich große Container.«

»Wir ermitteln in einer Mordsache und überprüfen in Düsseldorf alle Besitzer eines Containers der Firma Greis.«

»C 38/5«, ergänzte Spurtmann.

»Tja. Meinen Container können Sie nicht überprüfen, denn der ist ja weg. War es das?«

Wiesengräber paffte eine dicke Zigarrenwolke Richtung Struller.

»Wo hat der Container gestanden?«

Wiesengräber nickte nach rechts. Zwei Garagen bildeten wenige Meter weiter einen rechten Winkel. Dort standen noch zwei grüne und ein brauner Abfalleimer.

»Der fehlende Container war aus Eisen. Jugendliche Scheißkerle haben mir vorher die Plastikdinger angezündet. Da hab ich auf Eisen umgestellt.«

»Bestimmt konnten die Sie nicht leiden«, mutmaßte Struller und erntete einen schrägen Knopfaugenblick. »Essen Sie eigentlich Schweinefüße zum Frühstück?«

»Ja. Wieso?«, fragte Wiesengräber überrascht.

»Nur so. Wann haben Sie den Container zuletzt gesehen? Wann haben Sie bemerkt, dass er entwendet worden ist?«, fragte Jensen.

»Montag, 21.30 Uhr. Dienstag, 6.30 Uhr. War es das?«

»Fast«, erklärte Struller. »Ihre kompletten Personalien haben Sie ja schon meinem Kollegen Spurtmann gegeben. Dann müsste ich jetzt nur noch schnell wissen, welche Gebäudehaftpflichtversicherung Sie haben.«

Wiesengräber zog die buschigen, schwarzen Augenbrauen zusammen. Äuglein hatte er jetzt gar keine mehr. »Wofür das denn?«

»Wegen des Mannes«, erklärte Struller.

»Was für ein Mann?«

»Der Einarmige. Der dort in der Einfahrt gestürzt und gerade mit einem Rettungswagen abtransportiert worden ist.«

»Was für ein Rettungswagen?«

»So ein großer. Mit Blaulicht. Ja, ich fürchte der Mann hat sich den Arm gebrochen. Und er hatte nur einen. Sie sagten, Sie sind der Hausmeister? Dann müssen Sie dort ja auch streuen. Deshalb brauche ich die Versicherung.«

»Moment mal ...«

Struller stupste Spurtmann an. »Da war der arme Kerl aber froh, dass er mit dir einen unabhängigen Zeugen hatte. Wegen der Schmerzensgeldansprüche.«

Spurtmann nickte reaktionsschnell. Wiesengräbers Mund klappte auf, der dunkelbraune Zigarrenstumpen klebte an seiner feuchten Unterlippe.

»Gut«, fuhr Struller fort, »dass du draußen am Staufenplatz gestanden hast.«

»P-provinzial.« Nun war es an Wiesengräber, zu stottern.

»Sehr gut. Dann brauchen wir keine weiteren Kollegen mehr zu bemühen. Der Mann, beziehungsweise sein Rechtsanwalt wird sich bei Ihnen melden. Sicher aber erst nach Weihnachten. Das wird bestimmt teuer. Kleiner Tipp: Wenn Sie noch keine Weihnachtsgeschenke für Ihre Frau haben, sparen Sie die lieber! Ein frohes Fest wünschen wir«, verabschiedete sich Struller.

Jensen und Spurtmann winkten freundlich. Wiesengräber klappte seinen Mund zu. Die Zigarre war ihm ausgegangen.

Die drei gingen ein paar Schritte.

»Prima!«, lobte Jensen.

Spurtmann kicherte. »Wenn ich die Geschichte Doris erzähle, wird sie ihr nicht gefallen. Aber ich find sie klasse. Das war böse.«

»Böse kann ich gut. Ich werde Krake bitten, mir seine Röntgenbilder zur Verfügung zu stellen. Die kopiere ich und schick sie ihm zu«, feixte Struller zufrieden und stoppte vor dem nächsten Gebäude.

»Hätten wir den nicht intensiver befragen müssen? Immerhin ist der fehlende Container der, in dem Darina Hasek gefunden wurde. Vielleicht hat Wiesengräber was damit zu tun«, fragte Jensen und klopfte sich Schneeflocken von den Schultern, denn es hatte ein wenig intensiver angefangen zu schneien.

»Das ist nur der Hausmeister. Den Diebstahl kaufe ich ihm ab. Nein, ich glaube eher, dass man uns hier weiterbringen wird«, erklärte Struller und deutete auf ein blau-rotes Vereinsschild über ihren Köpfen. Durch Schneeflocken besprenkelt verriet der weiße Schriftzug, dass hier der Tennisclub Blau-Rot Ludenberg mit seinen Filzkugeln residierte. »Ich könnte wetten, dass die letzten Montag eine Weihnachtsfeier hatten«, griente Struller.

Er wischte ein paar vorlaute, weiße Kristalle von der Scheibe eines Schaufensterkästleins mit Speisekarte und Vereinsinfos. »*Öffnungszeiten: 16.00 Uhr bis 24.00 Uhr*. Bertie, du fährst rein ins Büro und wärmst dich auf. Trink ruhig mal einen Schnaps. Das wärmt und macht dich locker. Dann bringst du in Erfahrung, um was für einen Club es sich hier handelt. Sportler oder reiche Knilche. Ist ein schöner, ordentlicher Sport, aber die Grenzen sind beim Tennis fließend. Am besten machst du mit dem Vorsitzenden des Vereins und dem Wirt dieser Gaststätte einen Termin.«

»M-mach ich.«

»Und wir beide, mein jugendlicher Freund, wir machen einen Ausflug in ein ganz schickes, komfortables Wellnesshotel in Bilk.«

»In Bilk gibt es ein Wellnesshotel?«, fragte Jensen ungläubig.

»Ja. Das Hotel Schaubzeck.«

* * *

»Cooles Auto«, lobte Struller, als er sich wieder in Jensens Wagen fallen ließ. Er wusste, dass der den 68er Ford Mustang selbst restauriert hatte und über alles liebte. Zurecht. Sogar die Heizung tat es.

»Kriegst du nur sehr schwer Winterreifen für«, räumte Jensen ein und rutschte auf den immer noch glatten Straßen Düsseldorfs Richtung Burghofstraße. Es war lausig kalt, leichter Schneefall setzte ein. »Vielleicht haben wir Glück«, murmelte er.

»Dass wir ankommen?«, fragte Struller entsetzt.

»Nein, dass wir in der Bude vom Valova, unserem toten Mondgesicht, neue Hinweise bekommen.«

Struller knurrte eine Zustimmung. Das Hotel Schaubzeck kannte er. Es war natürlich kein Wellnesshotel, sondern als Herberge vielleicht gerade mal Durchschnitt. Es wurde preisgünstig an Monteure vermietet, diente als Anlaufstelle für heranwachsende Jugendliche, die nicht in einem städtischen Heim untergebracht werden konnten, und immer wieder sickerten dort üble Straftäter aus aller Herren Länder und sogar aus Köln ein.

»Wir sind da«, meldete sich Jensen und parkte den Wagen am Straßenrand.

Zusammen stiegen sie zwei Stufen hoch und machten sich an einem Empfangstresen bemerkbar.

Eine Dame mit Kippe im Mundwinkel erschien von hinten. »Wir sind voll.«

»Zum Saufen war es uns noch zu früh«, grüßte Struller freundlich zurück und schob ihr seinen Dienstausweis unter die Nase.

Sie musterte die beiden. »Der Ausweis soll echt sein?«

»So echt wie deine Haarfarbe.«

Das schien sie zu überzeugen.

Struller beugte sich über die Theke. »Wir suchen einen jungen Mann. Den Herrn Petr Valova.«

»Polizei? Ich hätte eher mit einem Krankenwagen gerechnet.«

Struller schaute sie fragend an.

»Na, wo es einem seiner beiden Freunde doch so schlecht geht.«

Struller und Jensen erstarrten und fragten unisono: »Welche Freunde?«

»Na, die mit ihm dort wohnen. Der eine war ja vorhin noch hier und hat telefoniert, aber der andere, der stöhnt sich seit gestern die Seele aus dem Leib. Ich hab denen ja schon gesagt, dass sie einen Arzt holen sollen, aber …«

»Welches Zimmer?«, unterbrach Struller.

»Erste Etage, Zimmer 13. Die Treppe rauf und dann rechts.«

»Wir brauchen den Generalschlüssel!«

Sie legte die Kippe in den Ascher, pflückte einen Schlüssel aus der Regalbox hinter sich und reichte ihn Jensen. Schnell hasteten Struller und Jensen die Stufen hoch. Rechts. Sie zogen die Knarren ans Tageslicht. An der 13 legte Struller vorsichtig ein Ohr auf die Tür und schüttelte den Kopf.

Nichts.

Jensen schob den Schlüssel vorsichtig ins Schloss und drehte ihn um. Mit einem leisen Klicken sprang die Tür auf. Eine braune Steppdecke verdunkelte das einzige Fenster. Eine schwache Glühbirne flackerte lose in einer schmucklosen Fassung, setzte hin und wieder aus und setzte so das Appartement in ein fast unwirkliches Stakkatolicht.

Das Appartement bestand nur aus einem kleinen Zimmer.

Rechts ging ein Bad ab. Das Zimmer war vollkommen leer. Neben dem zerknautschten Bett lagen auf dem Boden zwei weitere, unbezogene Matratzen, in deren muffigem Inneren sich sicher allerhand Leben vergnügte.

»Ausgeflogen«, murmelte Jensen enttäuscht.

»Abwarten«, knurrte Struller und öffnete mit einem Ruck einen Wandschrank.

Seine Knarre suchte das Innere ab, wurde aber nicht fündig. Dann stieß Struller vorsichtig die Badezimmertür auf. Das Bad war fast leer. Bis auf einen Mann, der an Händen und Füßen mit Kreppband gefesselt vor einer weißen Rippenheizung auf dem Boden saß. Ein dicker Knebel steckte in seinem Mund.

Jensen schob Struller zur Seite. »Scheiße, das ist Janek Dobrovsky!« Der Kopf des jungen Mannes, den Jensen im *Pretty Vacant* zuletzt gesehen hatte, war kraftlos nach links auf die Schulter gekippt. »Mist!« Jensen beugte sich über den Körper.

»Das wird der Typ sein, für den die Frau da unten am liebsten einen Krankenwagen bestellt hätte. Scheint eher ein Fall für Doc Stich zu sein«, brummte Struller gallig.

Jensen griff ihm an den Hals und riss sofort sein Handy aus der Tasche. »Jensen hier. Einen Notarzt, schnell.« Er fügte die Adresse hinzu und erklärte Struller. »Puls. Nicht gerade Paukenschläge, aber regelmäßig. Der lebt!«

»Gut«, kommentierte Struller und machte auf dem Absatz kehrt. Sekunden später stand er am Tresen. »Sie sagten, einer der Männer aus 13 hätte vorhin telefoniert?«

»Ja«, erklärte sie gelangweilt. »Die Zimmer haben keinen eigenen Anschluss. Sie benutzen ihr Handy. Wenn sie keins haben, müssen sie von hier aus telefonieren.«

Struller schnappte sich den Hörer.

»He«, protestierte sie.

Struller brachte sie mit einem Blick zum Schweigen.

»Is ja gut«, fuhr sie sich runter.

Struller drückte die Wahlwiederholungstaste und stellte die zuletzt gemachte Verbindung noch mal her.

»Czech Airlines, wie kann ich Ihnen helfen?«, meldete sich eine angenehme Telefonstimme am anderen Ende.

Struller legte auf. Er wusste genug. Draußen näherte sich lärmend ein Martinshorn, der dazugehörige Krankenwagen stoppte vor dem Hotel. Die waren schnell, die Jungs. Den beiden Sanitätern, die Sekunden später ins Hotel hasteten, rief er zu: »Zimmer 13!« Er rannte hinterher und traf mit den Sanitätern auf Jensen und einen Dobrovsky, den sein Praktikant von der Heizung gelöst und in die Stabile Seitenlage gebracht hatte. Die Sanis nahmen ihn in Empfang.

Jensen holte tief Luft. »Gut, dass ...«

»Los«, unterbrach ihn Struller. »Flughafen! Wer auch immer hier unseren Freund vor die Heizung gelegt hat, versucht jetzt mit einem Flugzeug nach Tschechien abzuhauen. Komm, den schnappen wir uns!«

Jensens Mustang gab sein Bestes, sie erreichten den Flughafen in Rekordzeit. Taxihalteplatz. Und los. Eine Durchsage knarrte durch die in diesem Teil des Terminals fast leere Abflughalle. Im Vorbeirennen erkannte Jensen einen blinkenden Punkt hinter der Abflugzeit einer Czech Airlines Maschine nach Prag, der von Weiß auf Grün wechselte. Verdammt, das wurde knapp.

»Rechts rum«, kommandierte Struller und deutete auf ein Gate.

»Tut mir leid«, versuchte sie eine Flughafenangestellte zu stoppen.

Vergeblich. Allerdings schrillten am Terminal jetzt die Alarmglocken.

Scheiße, dachte Struller, die Knarren. Er zückte seinen Ausweis. »Mordkommission. Wir verfolgen einen Verdächtigen, der das Flugzeug nach Prag nehmen will.«

»Die Maschine hat vor einer Minute abgehoben«, erklärte die Dame.

»Mist«, fluchte Jensen.

»Wann fliegt die nächste Maschine?«, erkundigte sich Struller.

»Czech Airlines?«

»Irgendeine!«

»In einer halben Stunde. Haben Sie Tickets?«, fragte die Dame.

»Gleich. Halten Sie zwei Plätze frei!« Struller deutete auf das Telefon an der Wand. »Wie ist die Nummer vom Sicherheitschef?«

Sie nannte sie.

»Herrmann. Ich bin es, Struller. … Genau. Ja. War doch damals gar nicht ernst gemeint. … Klar! Wir sind hinter einem Verdächtigen her und müssen die nächste Maschine nach Prag nehmen! … Weiß ich. Deshalb rufe ich dich an, alter Kumpel! … Ja? Gut. Was ist mit den Knarren? … Klar. Kannst du haben, hole ich nachher wieder bei dir ab! Danke. Verdammt, dafür hast du wirklich einen gut, Kollege.«

Struller atmete tief durch.

Jensen fragte: »Und?«

»Er besorgt uns zwei Plätze. Notfalls müssen wir stehen. Biegt er irgendwie als Amtshilfe oder so was hin. Die Knarren müssen wir hier lassen, klar. Aber den flüchtigen Deckskerl überwältige ich auch ohne Ballermann!«

»Wem müssen wir die Aktion hier jetzt melden?«, fragte Jensen.

Struller schüttelte heftig den Kopf. »Keinem, du Amateur!

Die Verfolgung ins Ausland kriegen wir offiziell niemals genehmigt.«

»Ach so. Ich dachte, wenn wir die Kollegen in Prag vorab informieren …«

Struller schüttelte wieder den Kopf. Er dachte an den Zwischenfall mit Oma Jensen und Ewa in Herongen. Da war er noch nicht mit fertig. Nein, das würden sie erst mal alleine durchziehen.

»Der Kerl hat eine knappe Stunde Vorsprung. Höchstens. Wenn der Typ in Prag auscheckt, dauert das auch seine Zeit. Mit ein bisschen Glück erwischen wir den, bevor er den Flughafen verlassen hat. Dann schnappen wir ihn uns und kümmern uns um alles Weitere. Aber erst mal haben wir den.«

»Wie willst du ihn erkennen?«

Struller zog eine Grimasse. »Ich bin mir sicher, dass wir ihn erkennen, wenn wir ihn sehen. Das ist kein Unbekannter! Da wette ich meinen Pepitahut drauf!«

Jensen horchte auf. Der Pepitahut. Struller schien sich *sehr* sicher zu sein.

»Leih mir mal dein Handy. Nur dem Spurtmann werde ich Bescheid sagen, dass er hier die Stange hält und keinen Unsinn anstellt.«

»Spurtmann«, meldete sich Bertie.

Struller sprach sehr langsam und sehr deutlich. Er erklärte dem Kollegen die Lage. »Und informiere Milos Kopecky, dass wir den verschwundenen Freund seiner Tochter gefunden haben. Er lebt und wird gerade in ein Krankenhaus eingeliefert. Kopeckys Telefonnummer steht in den Akten.

»Äh …«, stöhnte Bertie. »Der Hörer stand auf laut. Jetzt möchte die Staatsanwältin dich sprechen.«

»Was?«, schrie Struller.

»Herr Struhlmann?«, meldete sich Yvette de Baron.

»Was machen Sie denn beim Spurtmann im Büro?«

»Ich bringe mich auf den neusten Stand der Ermittlungen. Ist ja wohl nötig. Sie wollen nach Prag fliegen? Das ist doch nicht Ihr Ernst?«

»Äh …«

»Das geht auf keinen Fall. Herr Struhlmann, da gibt es einschlägige Abkommen, die genau solche Fälle abschließend regeln.«

»Brrrr … zzzzp … ganz schlecht … sssttt«, geräuschte Struller ins Handy.

»Struhlmann, hören Sie mit diesem Unsinn auf!«

»Brrrrrrrp … noch mal … sssst.«

»Das nehme ich Ihnen auf keinen Fall ab. Ich warne sie! Wehe, Sie steigen in den Flieger. Ich untersage es Ihnen ausdrücklich, in dieses …«

Struller klappte das Handy zu. Die Stewardess vom Schalter und Jensen blickten ihn fragend an.

»Schlechte Verbindung. Liegt bestimmt am ollen Flughafengebäude«, erklärte Struller achselzuckend.

Der Kollege vom Sicherheitsdienst erschien und nahm ihre Schusswaffen an sich. Jensen drückte ihm den Autoschlüssel vom Mustang in die Finger, der immer noch auf dem Taxihalteplatz stand.

Kurz drauf stiegen Jensen und Struller in den Flieger. Nur wenige Schritte später wies eine hübsche Stewardess ihnen die Plätze zu. Sie streckten in der Ersten Klasse der Lufthansa ihre Beine aus. Wenn Yvette de Baron womöglich Streifenwagen auf sie gehetzt hatte, um sie zu stoppen, nun, dann würden die zu spät kommen.

* * *

Siebzig Minuten später waren sie die beiden ersten, die das Flugzeug in Prag verließen. Zügig, aber ohne Aufmerksamkeit zu erregen, umkurvten sie die anderen Passagiere und kamen schnell voran. Weit vor ihnen konnte der Unbekannte nicht sein. Die Durchsagen der Flughafenleitung knarrzten von der Decke, ohne dass sie etwas verstanden. Sie waren in Tschechien.

»Viel los hier«, stellte Jensen erstaunt fest, der nicht mit der Größe des Flughafens und der dazugehörigen Hektik gerechnet hatte. Außerdem war es noch ein halbes Dutzend Grad kälter als beim Abflug.

»Kein Zoll. EU«, kommentierte Struller die Tatsache, dass sie direkt in eine große, mit Menschen gefüllte Halle gelangen konnten.

Mist, fügte er in Gedanken dazu. Ein erforderlicher Aufenthalt beim Zoll oder im Transitbereich, den ihr Mann hätte hinter sich bringen müssen, hätte weitere, kostbare Minuten gebracht.

»Er muss noch hier sein«, hoffte Struller. Sein Blick flog über die Köpfe hinweg. »Erkennst du irgendwen?«

In diesem Augenblick entdeckte Jensen auf der anderen Seite der Halle einen Mann. Er kniff die Augen zusammen, spürte wie sein Pulsschlag beschleunigte und seine Zunge sich zwischen die Lippen schob.

»Pit! Der Typ, der da hinten am Pfeiler lehnt, in der schwarzen Lederjacke.«

Jensen nickte unauffällig in die Richtung. Struller folgte seinem Wink und entdeckte den jungen Mann, der sichtlich entspannt an einer Zigarette zog.

»Ich bin mir fast sicher. Das ist der Tscheche, den Janek Dobrovsky im *Pretty Vacant* getroffen hat.«

Struller nickte. »Scheiße, ja. Der Typ vom Computerausdruck. Das ist unser Mann. Er hat keinen Koffer dabei. Das passt auch. Los, schnappen wir ihn uns. Aber vorsichtig! Nicht, dass er uns erkennt, Lunte riecht und abhaut. Der hat hier Heimvorteil.«

Langsam glitten sie los. Der Mann blieb am Pfeiler stehen, zog an der Zigarette und dann ein Handy aus seiner Tasche. Irgendwer schien ihn angerufen zu haben. Er hörte zu.

Struller kniff misstrauisch die Augen zusammen. Ein fieser Verdacht schoss ihm durchs Gehirn. Aber das konnte doch nicht sein?

Und tatsächlich! Der Mann warf plötzlich einen suchenden Blick durch die Halle, checkte die Gesichter. Struller und Jensen duckten sich weg. Vergeblich. Der Mann schnippte jäh die Kippe weg und rannte blitzartig los.

»Der haut ab!«, schrie Struller.

Jensen und er spurteten los. Der Kerl war gut hundert Meter von ihnen entfernt und zwischen den aufgeregten Reisenden nur schwer im Auge zu behalten. Als Struller und Jensen den Ausgang erreichten, den der Mann genommen hatte, war er nicht mehr zu sehen.

»Scheiße!«, fluchte Struller.

»Wieso rennt der denn plötzlich los?«, keuchte Jensen.

»Der Anruf. Er ist angerufen worden. Irgendwas stimmt hier schon wieder nicht!«

»Ich versuche einfach mal was. Immerhin ist das ein markanter Typ. Und vermutlich ist es der, der als Letzter ein Flugticket gekauft hat«, blieb Jensen optimistisch, fischte das Foto aus dem *Pretty Vacant* aus seiner Innentasche und begab sich an den Schalter von Czech Air, an dem eine junge, dunkelhaarige Angestellte saß.

Struller beobachtete seinen jungen Kollegen bei einem Gespräch, das wie heftiges Flirten aussah. Schließlich präsentierte Jensen ihr das Foto. Sie nickte und tippte im PC herum. Und lächelte. Dann bedankte Jensen sich und kehrte schnell zu Struller zurück.

»Hat geklappt. Jetzt haben wir einen Namen. Pavel Slezak. Geburtsdatum habe ich auch.«

»Was hast du der Frau erzählt? Was hast du ihr versprochen?«

»Ewige Liebe.«

Struller schniefte. »Ewige Liebe ist gut. Aber: Pavel. So heißt auch der Kerl mit Vornamen, der Darina Hasek nach Düsseldorf gelotst hat. Das kann natürlich ein Zufall sein. Muss aber nicht. Das werden wir nachhalten!«

Jensen zog das Handy aus der Jackentasche, denn er hatte noch eine Idee. Milos Kopecky, der tschechische Kollege, hatte ihm »für alle Fälle« seine Handynummer gegeben. Man konnte ja nie wissen, hatte er gesagt.

»Na, dann«, murmelte Jensen und wählte die Nummer, die er in seinem Handy abgespeichert hatte.

Struller hatte einen Würstchenstand ausgemacht und sich in eine Schlange Ausgehungerter eingereiht. Seine Hände tief in den Manteltaschen vergraben, hauchte er am Stand wartend seinem Vordermann weiße Kältewölkchen in den Nacken.

»Milos Kopecky? Christian Jensen hier. Hat mein Kollege dich angerufen? ... Gut. Wird wieder? Das ist ja super! ... Kein Problem, haben wir gerne getan! Sieh zu, dass sich dein zukünftiger Schwiegersohn wieder erholt und pass ein bisschen auf den Kerl auf! Wir brauchen ihn als Zeugen ... Wenn wir zurück sind, können wir das gerne machen. Aber jetzt rufe ich aus Prag an ... Ja. Dorthin haben uns die Ermittlungen ganz kurzfristig verschlagen ... Nein, nicht nötig, aber ich habe eine dringende Bitte. Mein Kollege und ich, wir brauchen hier in Prag einen Ansprechpartner. Einen flexiblen Ansprechpartner. Damit meine ich, dass wir wahrscheinlich einige ungewöhnliche Ansinnen stellen werden, die … heimlich und sensibel bearbeitet werden müssten … Nicht direkt illegal, nein. So halb vielleicht? … Wie? Karel Skupa? Ein Polizist? … Aber flexibel? … Cooler Hund? Spricht fließend deutsch. Sehr gut … Ja, kündige uns an, wir nehmen ein Taxi … Okay, nicht im Präsidium, sondern? Im Stadthaus? Das kennen die Taxifahrer? Sehr gut. Wir können sofort dorthin kommen, kein Problem. Und: ganz wichtig! Zu niemandem ein Wort. Wir sind quasi in geheimer Mission unterwegs … Okay, ich melde mich wieder!«

Struller erschien mit zwei Würstchen, die in jeweils einem Brötchen steckten. Er hatte noch gar nicht angefangen zu essen, schon zierte ein fetter Senfklecks seinen Wintermantel. »Und?«

»Kopecky hat uns einen flexiblen Kollegen empfohlen, den er als coolen Hund bezeichnet.«

»Cooler Hund ist gut«, nuschelte Struller mit vollem Mund, reichte Jensen eine Wurst und fügte dem Senffleck auf seinem Mantel einen zweiten hinzu.

* * *

Mit dem Taxi in die Stadt brauchten sie 15 Minuten und 650 tschechische Kronen, die Struller in einer Wechselstube am Flughafen getauscht hatte. Das Stadthaus lag direkt am berühmten Rathausplatz, war aber eine eher kleinere Gaststätte. Zu Hause hätte man das lichtarme Etablissement eine schäbige Kaschemme genannt. Es lief tschechischer Pop, den Jensen nicht kannte, und nur wenige Gäste hatten sich in die Räumlichkeiten verloren. Da Karel Skupa ein cooler Hund sein sollte, kam nur ein ungefähr vierzigjähriger Typ mit scharfer Kurzhaarfrisur infrage, der in einer zerknautschten, schwarzen Lederjacke ganz hinten im Lokal an einem Tisch saß und in einer Zeitung blätterte, die wie die *Bild* aussah und *Blesk* hieß. Struller und Jensen blieben vor dem Tisch stehen.

Er blickte auf. »Kollegen? Setzt euch! Ich heiße Karel. Karel Skupa. Du hast da was auf deinem Mantel.«

»Scheiß Service im Flieger.«

»Lufthansa?«, riet Skupa.

Struller nickte.

»Milos Kopecky hat mich angerufen. Ich stecke zwar mitten in einer komplizierten Observation, aber wir sind mehr als gut befreundet. Ich bin im Bilde, was in Deutschland passiert ist. Ich war derjenige, der für Milos überprüft hat, ob Janek Dobrovsky zwischenzeitlich hier in Prag wieder aufgeschlagen ist. Was genau kann ich tun?«

»Es geht um einen Mann namens Pavel Slezak …«

»Pavel Slezak?«, rief Skupa halblaut und kramte eine grünweiße Schachtel Zigaretten aus seinem Jackett. »Den kenne ich.«

»Ach?«, wunderte sich Struller.

Jensen strich auf dem Tisch das Foto von Pavel glatt. Karel Skupa tippte drauf und nickte. »Prag hat über 1,2 Millionen Einwohner. Ich kenne sie nicht alle. Aber Pavel, den Windhund, den kenne ich gut.«

Jensen erklärte dem Polizisten kurz, wie es kam, dass sie hinter Pavel hergeflogen waren und wie er ihnen am Flughafen entkommen konnte.

»Pavel ist nicht dumm. Ich habe ihn Windhund getauft. Er ist schnell und intelligent.« Er zückte ein Handy. »Aber ich ahne, wo er sich aufhält. Ich checke das.«

Während Skupa ein Telefonat auf Tschechisch führte,

blickten Struller und Jensen sich verstohlen an. Der hatte es drauf, keine Frage! Die richtige Wahl.

Skupa tauschte das Handy wieder gegen die Kippe. »Mein Kollege meldet sich. Soweit, so gut.«

Struller räusperte sich und erklärte: »Ich möchte ihn vernehmen. Natürlich nicht erst, wenn ein entsprechender Antrag über alle Landesgrenzen hinweg schon Schimmel angesetzt hat, sondern am liebsten sofort.«

Skupa nickte. »Verstehe.«

Als er seine Zigarettenkippe im Ascher zerdrückte, meldete sich das Handy. Skupa grunzte drei- bis viermal ins Gerät und legte wieder auf. Er sah Struller fest an und schob sich eine neue Zichte zwischen die Lippen. »Er ist ein Windhund, aber auch ein Windhund hat Bäume, an die er besonders gerne pinkelt. Ich weiß, wo er sich aufhält.«

»Sehr gut.«

Skupa bestellte quer durchs Lokal auf Tschechisch Getränke und hielt dabei drei Finger in die Kneipenluft. Jensen fürchtete das Schlimmste, als der Wirt hinter sich ins Regal griff, zwei Flaschen herauszog und drei kleine Gläschen vorsichtig füllte.

Skupa hatte sich die neue Kippe angesteckt und strich über seine kurzen Haare. »Gute Idee, den Burschen sofort zu vernehmen. Was du hast, hast du! Ich erkläre dir mal was zu Pavel Slezak. Er ist nicht nur ein Windhund. Er ist sogar ein ganz besonders beliebtes Exemplar. Ich habe ihn persönlich schon zweimal eingebuchtet. So richtig knackig mit Beweisen, die von hier bis Ostrau reichten. Beide Male hat ein Ermittlungsrichter ihn laufen lassen. Das hat mich geärgert.«

Struller genehmigte sich ebenfalls eine Zigarette. Der Wirt stellte die drei kleinen Getränke auf ihren Tisch. Jensen bestellte vorsorglich ein Wasser. Für alle Fälle. Und gegen das zu erwartende Raucherkratzen im Hals sowieso.

»Anfangs hat es mich geärgert. Dann hat es mich stutzig gemacht. Ich bin heute sicher, dass es hier in Tschechien jemanden gibt, der ein schützendes Händchen über unseren gemeinsamen Freund gehalten hat und es immer noch tut.« Skupa deutete auf das Gläschen vor ihnen. Unten hatte sich rote Flüssigkeit abgesetzt, oben war die Flüssigkeit klar. »Das ist ein Ertrunkener Kommunist. Prost!«

»Prost! Schützendes Händchen? Ein Grund mehr, den flinken Burschen schnellstmöglich in die Mangel zu nehmen«, brummte Struller.

Skupa kniff die Augen zusammen. »Du hast mir von diesem Anruf auf dem Flughafen erzählt, nach dem Slezak losgerannt ist. Ich glaube nicht an Zufälle. Ihm hat einer gesteckt, dass ihr ihm auf den Fersen seid.«

Jensen hielt die Luft an. Struller nickte. Das deckte sich mit seiner Einschätzung, dass irgendetwas faul war. Ihm lag die Oma-Jensen-Ewa-Czeck-Sache noch immer unverdaut im Magen.

»Ein Maulwurf?«, fragte Struller und es klang weniger wie eine Frage, mehr wie eine Feststellung.

Skupa lachte eine Qualmwolke über den Tisch.

Jensen nippte angespannt am Wasser.

»So nennt ihr das bei euch wohl. Richtig.« Skupa hielt inne. »Vielleicht gibt es für Slezak ja auch in Deutschland ein schützendes Händchen.«

Struller strich sich durchs Haar. »Aber ich glaube nicht, dass Slezak in Deutschland die ganz große Nummer eins in unserer Geschichte ist.«

Skupa nickte nachdenklich. »Ist das bei euch eine große Sache?«

Struller und Jensen tauschten einen Blick.

Struller nickte. »Es gibt ein totes Mädchen, einen entführten Mann und einen toten Mann. Der Vorname Pavel taucht immerhin zweimal auf. Pavel Slezak kannte vielleicht alle drei. Ich blicke noch nicht den Hintergrund, aber ich bin mir sicher, dass da was ganz Großes abläuft.«

»Das könnte dann wieder für mich interessant sein. Hast du Namen?«

Jensen nannte einige der Namen, die im Spiel waren, aber diesmal klingelte es nicht bei Karel, der sich nachdenklich am Kopf kratzte.

»Pavel ist nicht eure Nummer eins. Dann würde mich sehr interessieren, wer diese Nummer eins ist. Denn wenn er sich in Deutschland um Pavels Wohlbefinden kümmert, kennt er vielleicht denjenigen, der das gleiche hier in Prag tut. Und diesen Hund würde ich nur zu gerne an den Eiern zu packen kriegen. So könnten eure Ermittlungsergebnisse für mich sehr interessant sein.«

»Der Deal steht also?«, fragte Struller.

»Ho«, grinste Skupa. »Kapitalismus! Hier in Tschechien ist nichts mehr umsonst! Du bekommst Slezak zur Vernehmung und ein schönes Büro dazu, aber ich hab euch doch gesagt, dass in unserer kleinen, schönen Stadt jeder jeden kennt. Euch kennt hier keiner! Außer Pavel vielleicht. Aber so dumm kann es eigentlich nicht laufen, dass der euch sieht, bevor ihr ihn. Wobei … Wenn doch, wäre das natürlich sehr schlecht. Und sehr gefährlich. Also: für euch.«

Jensen und Struller wechselten einen sparsamen Blick.

Skupa bestellte noch drei Ertrunkene Kommunisten. »Wenn ich mir euch beide so anschaue … Ja, ihr könntet sehr gut durchgehen. Als notgeile Sextouristen.«

* * *

Der Taxifahrer ließ das berühmte Botschaftsviertel Prags hinter sich und bog von der verschneiten Hauptstraße in eine breite Auffahrt ein. Das Herrenhaus am Ende der mit schneegepuderten Kandelabern gesäumten Allee wirkte wie aus einem Inspector-Barnaby-Krimi. Südengland, alter Adel. Struller zog beeindruckt die Augenbrauen hoch. Jensen war schon weiter und versuchte sich zu erinnern, welche Farbe seine Unterhose hatte.

Der beleuchtete Schriftzug über dem Eingang war auf Tschechisch. Da die wenigen Buchstaben aber neonrot blinkten, hieß es wahrscheinlich *Club*. Zusatz: *Prince*, wenn Struller Skupa richtig verstanden hatte.

Der Fahrer drehte den Sender mit klassischer Musik im Radio leiser, der sie bis hierhin heroisch beschallt hatte, und nannte einen erstaunlich stattlichen Fahrpreis, der eine breite Bresche in Jensens Portemonnaie schlug.

»Nun ja, junger Kollege. Dienst ist Dienst«, frohlockte Struller gleichwohl und betätigte eine neonrote Klingel rechts der Eingangstür.

Nein, das war keine Angehörige des englischen Landadels, die schnell öffnete und die beiden mit einem verheißungsvollen Lächeln hineinließ.

Jensen schluckte. Sagenhaft.

Auch Struller war angetan. Es roch nach Gegrilltem.

Alles geht, nichts muss war kurz zusammengefasst das ihnen in gebrochenem Englisch vorgestellte Leitmotiv des Clubs, mit dem die beiden Düsseldorfer Cops sehr gut leben konnten.

Gerne nahmen sie am Empfang die bauschigen, weißen Bademäntel entgegen. In einer kleinen, gefliesten Kammer legten sie schnell die Kleidung ab, verstauten sie in schmale Schränke, schlüpften in ihre Mäntel und in blaue Badelatschen und begaben sich ins Innere des Clubs.

Die Wände waren mit Gemälde nackter Frauen behangen, der rote Teppich wies den Weg in den Clubraum. Jensen blieb die Spucke weg.

»Sehr gute Empfehlung von unserem Kollegen Karel«, flüsterte Struller. »Man muss sich auch mal entspannen können.«

»Ich freue mich am meisten auf eine heiße Dusche«, flüsterte Jensen, deutete nach links, wo ein Schild den Nasszellenbereich auswies. »Ich bin dann auch mal weg.«

»Beeil dich! Ich probier erst mal ein Bier«, entschied sich Struller anders und grinste, als sich sofort zwei hübsche, weibliche, nur sparsam bekleidete Angestellte von einem Nebentisch erhoben und Jensen mit naheliegender Absicht in den Duschbereich folgten.

Struller ließ sich auf einem Barhocker nieder und warf einen Blick in eine Art Speisekarte, die in verschiedenen Sprachen die verschiedensten Dienste auswies. Neben fabulösem Essen und exquisiten Getränken gab es das erotische Rundumverwöhnprogramm für den gestressten Manager, eine Massageinsel für den müden Mann, ein Kaminzimmer mit Großleinwand, eine Sauna zum Relaxen. Irgendwo hatten sie im Erdgeschoss ein Schwimmbecken mit Wellness-Oase versteckt. Alles in allem stellte sich Struller in etwa so das Leben nach dem Tod vor.

»Ein Bier, bitte«, bestellte Struller bei einer Thekendame, die problemlos seine Enkelin hätte sein können, um das perfekte Ambiente mit einem kühlen Getränk abzurunden. Fehlte nur noch, dass Fußball im Pay-TV angeboten wurde.

Struller blickte sich um. Angenehmer Laden, angenehme Musik.

Angenehm, dass eine Uhr über der Theke ihm zeigte, dass er noch fünf Minuten Zeit hatte. Er erkannte kein bekanntes Gesicht.

»Gut so.«

Schnell trank er das Bier sofort aus. Eine Frau auf der anderen Seite der Theke suchte Blickkontakt. Struller bestellte ganz schnell noch ein Bier.

Und stand auf.

Jensen erschien mit einer der beiden Damen im Eingangsbereich. Struller lachte und hatte sich schon gedacht, dass es nicht einfach werden würden, die beiden weiblichen Schatten schnell von der Seite zu bekommen.

Jensen nickte ihm zu. Erwartete er Hilfe oder Unterstützung? Nun ja, die würde er nicht bekommen, grinste Struller in sich rein. Stattdessen schritt er langsam ans Ende des Raums und entdeckte einen roten, schweren Vorhang, der bodentief bis auf den dunklen Veloursteppich hing.

Die Uhr hatte er noch im Blick. Struller fragte sich, wie lange es wohl dauern würde, bis den Betreibern dieses schwülwarmen Clubs auffallen würde, dass diese beiden Neuankömmlinge keine Sextouristen von der Stange waren.

Hinter Jensen öffnete sich eine Tür und eine krakeelende Gruppe englisch sprechender Männer ergoss sich in den Raum. Da sie alle tätowiert waren und sich gleich an der Theke lautstark ein Bier bestellten, tippte Struller auf Australier.

Ihm fiel plötzlich ein über der Theke flackerndes Licht auf, das einen muskulösen Kerl am Ende des Tresens nötigte, sich erstmals zu bewegen und sein breites Kreuz durchzudrücken.

22.30 Uhr sagte die Digitaluhr über der Bierschubse.

Struller griff langsam hinter den Vorhang. Er sah, wie Jensen sich am anderen Ende des Raums anspannte. Der breite Kerl hatte mit ernstem Blick ein Telefon erreicht.

Verdammt. Da schien was schiefzugehen. Das dauerte zu lang.

Was machte Jensen da? Er ging zu dem Kerl und sprach ihn

an. Der Typ reagierte unwirsch, wollte telefonieren. Jensen blieb hartnäckig.

Strullers Hand ergriff hinterm Vorhang den Hebel, den Karel Skupa ihm beschrieben hatte. Mit festem Ruck bog er ihn zur Seite und löste die Verriegelung des Notausgangs.

Der Kerl war jetzt sauer und stieß Jensen zur Seite.

Die Australier lärmten.

In diesem Moment wurde die von Struller gerade geöffnete Notausgangstür aufgestoßen. Hastig zog Struller den roten Vorhang zur Seite, damit die Männer des tschechischen Spezialeinsatzkommandos, die sich in getarnten Fahrzeugen oder zu Fuß verdeckt an den Club heranpirscht hatten, schneller ausschwärmen konnten.

Ein Mann mit Sturmhaube packte ihn am Arm. »Struhlmann?«

»Ja«, bellte Struller, denn irgendwo explodierte eine Knallgranate. Struller deutete auf Jensen. »Und den da!«

Der Mann riss Struller mit sich, packte Jensen und zog beide hinter sich in den Umkleideraum zurück. Die Australier amüsierten sich prächtig und leerten unbeirrt ihre frischen Biere.

Hastig zogen Struller und Jensen sich wieder an.

»Schnell!«, zischte der Mann.

Dann zog er sie hinter sich her nach draußen. Auf dem verschneiten Vorplatz standen mehrere Fahrzeuge, unter ihnen ein Pritschenwagen, dessen Schiebetür rechts durch einen Polizisten geöffnet wurde. Sie ließen sich in den Rücksitz fallen. Der Mann bellte was auf Tschechisch.

Struller und Jensen schwiegen beeindruckt. Der Einsatz lief wie am Schnürchen.

Die Schiebtür des Wagens wurde aufgerissen. Ein Mann hereingeschubst. Er hatte eine schwarze Stofftüte über dem

Kopf und war auf dem Rücken gefesselt. Ein Polizist in Uniform rief dem Fahrer etwas zu und sprang in den Wagen. Der Fahrer fuhr los.

Struller konnte es nicht lassen. Mit spitzem Finger lupfte er die Kapuze des Gastes.

Jensen sah in das unförmig entstellte Gesicht von Pavel Slezak. Ein Auge war geschwollen, die Lippe zerplatzt. An der Wange Blut. »Meine Güte«, flüsterte Jensen.

»Wo gehobelt wird, fallen Späne«, blieb Struller gelassen, denn es hatte ja keinen Falschen getroffen.

»Gefangene jetzt ins Präsidium«, erklärte ihnen der Fahrer in gebrochenem Deutsch.

Struller stellte sich amüsiert Pavels Gesichtsausdruck vor, wenn der merken würde, dass es zum Präsidium rechtsrum ging, der Fahrer mit seinem Wagen aber nach links abbiegen und in eine abgelegene Tiefgarage fahren würde.

»Hilfe«, flehte Pavel plötzlich unter seinem Sack.

»Was?« Jensen beugte sich näher heran.

»Hilfe! Ich darf nicht in den tschechischen Knast. Da überlebe ich keinen Tag! Ich flehe euch an: Nehmt mich mit nach Deutschland.«

Struller runzelte die Stirn.

Pavels Stimme drohte zu ersticken. »Verdammt, ihr habt ja keine Ahnung!«

* * *

Zwanzig Minuten später schraubte sich der VW Transporter mit kreischenden Reifen tiefer in das dritte Untergeschoss eines Parkhauses. Im flackernden Leuchtstoffröhrenlicht des menschenleeren Parkdecks stoppte der Wagen hinter einem weißgekalkten Betonpfeiler.

»Wo sind wir?«, zitterte Pavel.

In diesem Moment schoss ein Skoda-Kastenwagen mit abgedunkelten Scheiben ebenfalls von oben kommend quietschend neben sie. Karel Skupa stieg aus. Struller ebenfalls.

»Lass uns ein paar Schritte gehen«, forderte Karel seinen deutschen Kollegen auf.

Sie gingen um einen Pfeiler herum. Karel lupfte eine zerdätschte Schachtel *Viceroy* aus der schwarzen Lederjacke und steckte sich eine Kippe an. Struller tat es ihm gleich. Mit einer Ernte. Sogar beim Anzünden der Zigaretten ähnelten sich ihre Bewegungsabläufe, stellte Struller interessiert fest.

»Sehr gut gelaufen«, sagte Skupa und jagte einen Kringel an die Decke. »Wir haben die ganze miese Koks-Truppe mit heruntergelassener Hose erwischt. Danke. Ohne den heimlichen Zugriff über den Notausgang hätten die Kerle die Gelegenheit gehabt, ihr weißes Zeug in aller Ruhe die Toilette runterzuspülen. So haben wir sie mit unserer Geschwindigkeit ein bisschen überrascht.«

»Den geilen Sextouristen nehme ich dir aber immer noch übel«, frotzelte Struller.

»Hat doch geklappt«, lachte Karel, Rauch hustend. »Jeden von uns hätten die sofort als Cop erkannt. Eure Gesichter hatten sie natürlich nicht auf dem Radar. Dein Kollege hat den Security-Mann hinter der Theke daran gehindert, Alarm zu schlagen, als das rote Signal blinkte. Ist ein verfluchter Bewegungsmelder, den wir nicht auf der Liste hatten. Hat er gut gemacht, der Herr Jensen.«

»Aus dem Jungen wird was«, stimmte Struller zu.

Skupa nahm einen Zug auf Lunge. »Wir observieren den Club seit mehreren Monaten. Wir wissen, dass dort Drogen gestreckt und umgesetzt werden. Wie? Frag mich nicht. Aber das werden wir jetzt bei den Vernehmungen ermitteln, da bin ich sicher. Slezak hängt häufig im Club ab und ist meinen Kollegen natürlich bekannt. Er gehört zum erweiterten Kreis, ohne direkt in den Drogenhandel verstrickt zu sein. Sein Ding ist die Prostitution. Er hat ein Händchen dafür, junge, naive Dinger aufzureißen und in Clubs unterzubringen.«

Wie Arielle, dachte Struller.

»Heute Nachmittag ist er dort aufgetaucht. Eine Hand wäscht die andere. Ihr zwei Deutsche wart genau die Richtigen, um uns im Club die Türchen zu öffnen.«

»Gern geschehen«, grinste Struller.

Skupas Blick verfinsterte sich. »Tja, Slezak sieht nicht so gut aus.«

Struller grinste schief. »Wo gehobelt wird, da fallen Späne.«

Skupa schüttelte ernst den Kopf. »Nix da. Der sah schon so aus, als ihn unsere Kollegen unten in einem Kellerloch gefunden haben. Unser geliebter Windhund ist offensichtlich in Ungnade gefallen.«

»Ach so«, sagte Struller. »Deshalb hat er uns auf der Fahrt hierher angefleht, ihn nach Deutschland zu bringen. Er fürchtet hier im Knast um sein Leben.«

»Hat er gefleht?«, murmelte Skupa fragend. »Vielleicht gar nicht die schlechteste Idee.«

Struller hob überrascht die Augenbrauen. Was? Slezak nach Deutschland zu fahren? Da taten sich ja ungeahnte Möglichkeiten auf. »Du sagtest was von einem schützenden tschechischen Händchen? Ich meine, wenn er freiwillig mit uns rüberfährt, könnten wir ihn sogar tatsächlich mitnehmen. Vielleicht spuckt er als Gegenleistung was Brauchbares aus. Fragen habe ich genug. Wenn ich weiß, wer in meinem Fall welche Strippen zieht, sag ich es dir und du kommst mit der Info vielleicht demjenigen drauf, der bislang so gut zu Slezak war.«

Skupa nickte. »Genauso machen wir es! Du nimmst den Skoda. Ist ein Dienstwagen, aber ein guter. Den Wagen stellst du einfach irgendwo ab. Ich finde jemanden, der ihn abholt. Du fährst mit deinem neuen Freund Pavel nach Deutschland und bringst ihn dort zum Quatschen. So sind wir sicher, dass er uns hier nicht wieder durch die Maschen geht, weil er irgendwie wieder aus der Untersuchungshaft entlassen wird.«

»Oder dass man ihn tatsächlich im Knast umlegt.«

»Oder das.«

»Wir fahren gleich los. Jensen und ich wechseln uns mit dem Fahren ab, der andere pennt. Dann sind wir in acht Stunden wieder in Düsseldorf.«

Struller streckte ihm die Hand entgegen, in die Karel bereitwillig einschlug.

»Es ist mir eine Ehre, mit dir zusammengearbeitet zu haben«, erklärte Struller feierlich und meinte es tatsächlich so.

»Angenehm. Sehr gerne wieder.«

Sie blickten sich in die Augen. Struller schickte sich an zu gehen, aber Skupa hielt ihn plötzlich fest. Seine Stimme wurde wieder ernst und eindringlich. »Noch was. Ich habe von Slezaks guten Kontakten gesprochen und dass hier jemand in Tschechien eine Hand über ihn hält. Pit, ich habe ein bisschen rumtelefoniert. So jemanden gibt es auch bei euch in Düsseldorf. Ich weiß nichts Genaues, kenne keinen Namen. Ich weiß aber, dass euer Maulwurf … eine Frau ist.«

»Eine Frau?«, murmelte Struller nachdenklich. »Und woher weißt du das?«

Skupa winkte ab. »Frag mich nicht. Eine Frau. Mehr weiß ich nicht. Ich halte aber die Augen und Ohren offen.«

»Danke, Kollege.«

Skupa und Struller gingen zurück zu den Autos.

»Jensen, umsteigen!«, kommandierte Struller. »Du fährst die erste Strecke.«

Skupa drückte dem verdutzten Jensen zum Abschied die Hand und sah ihnen nach, als sie die Tiefgarage verließen.

* * *

Jensen brannten mehr als ein Dutzend Fragen heiß auf der Zunge, aber da der mit einer Hand an den Rücksitz gefesselte Pavel Slezak hätte mithören können, verkniff er sie sich. Es ging ihm eine Menge durch den Kopf. Schon alleine der Umstand, dass sie Pavel jetzt über die Grenze nach Düsseldorf brachten. Immerhin hatte Struller kurz erklärt, dass Pavel freiwillig mitkam, was der Mann, der bis vorhin eine schwarze Tasche über dem Kopf getragen hatte, bestätigte. Dann war Slezak auf dem Rücksitz nach rechts gekippt und eingeschlafen. Eine Idee, die Struller wenige Sekunden später schnarchend aufgriff.

Jensen war froh, dass er vor ein paar Tagen eine Fünfer-CD-Box mit dem Frühwerk der einzigartigen Chaka Khan erstanden hatte und im Laufe der folgenden Stunden feststellen durfte, dass eine Scheibe besser als die nächste war.

Nach vier Stunden weckte er Struller und rutschte auf den Beifahrersitz. Da Pavel hinten immer noch selig schnörkelte, wäre jetzt fast die Zeit für ein paar Fragen gewesen, aber leider fiel Jensen selbst sofort in ein tiefes Schlafloch. Und er wurde erst wach, als Struller auf dem Parkplatz im Innenhof des Präsidiums den Motor des Skoda abwürgte.

7. Tag

Aufstehen, Pavel, mein geschundener Freund!«, brüllte Struller und rüttelte den Mann auf dem Rücksitz hin und her.

Jensen rieb sich die müden Augen und wunderte sich, wie viel Energie sein alter Mentor schon wieder in der Lage war aufzubringen. Er rieb sich ächzend das Kreuz. Struller, der nahm doch heimlich Tabletten. Anders ging das doch gar nicht!

Es war Sonntag. Jensen warf einen Blick auf die Uhr im Armaturenbrett. 13.30 Uhr. Mittags. Parkplätze rund ums Präsidium gab es reichlich, weil der Bürodienst sich noch im Wochenende aalte. Pavel Slezaks Blaufärbung um die Augen herum war einen Tick dunkler geworden. Dafür hatte die Schwellung der linken Gesichtshälfte zugenommen. Slezak ginge mühelos als Opfer willkürlicher Polizeigewalt durch.

Nach dem Aussteigen warf Jensen einen letzten, dankbaren Blick auf den braven Skoda, der sich auf der harten Nonstop-Tour von Prag nach Düsseldorf von seiner besten Seite gezeigt hatte. Einen Blick auf den Skoda und …

»Nein!«

Jensen schlug sich vor die Stirn und wollte seinen Augen nicht trauen. Das durfte doch nicht wahr sein? Aber natürlich!

»Was is, Kollege?«, fragte Struller.

Jensen schüttelte den Kopf. Nicht, wenn Slezak mit seinen Löffeln lauschte.

»Schon gut. Gleich.«

Jensen schüttelte den Kopf. Aber klar. Mann, Mann, Mann. Da hätten sie beide allerdings schon deutlich früher drauf kommen müssen.

Auf dem Weg in Strullers Büro hielt sie niemand auf.

Struller drückte Slezak in einen Bürostuhl. »So. Erst mal eine schnelle Vernehmung.«

»Erst mal brauche ich was zu trinken«, stöhnte Slezak.

Struller öffnete seinen Schreibtisch und drückte ihm eine Flasche Mineralwasser in die Finger.

»Habt ihr nichts anderes?«, maulte Slezak.

»Champagner ist alle. Terpentin biete ich dir erst nach der Vernehmung an. Das ist hier kein Hotel, mein Freund.«

Slezak trank die Flasche in einem Zug leer. »Kein Hotel? Nicht schlimm. Ich habe sowieso nicht vor, lange zu bleiben.«

»Das ist ganz in unserem Interesse«, knurrte Struller gefährlich.

»Kann ich mir vorstellen. Aber ich sag es dir besser gleich: Auf der Fahrt habe ich mir was überlegt.«

Jensens Haare richteten sich auf.

»Danke für das kostenlose Taxi. Aber ich werde hier lieber doch keine Aussage machen. Ich möchte einen Richter sprechen und ihm ein Geschäft vorschlagen.«

»Was für ein Geschäft?«, zischte Struller, in einer derart gefährlichen Tonlage, dass Jensen schnell den Kopf einzog.

»Ein gutes«, erklärte Pavel grinsend.

»Ein gutes Geschäft wäre, wenn ich dich am Leben lasse!«

Pavel Slezak lachte. »Glaub mir. Ich habe gerade eine deutlich gefährlichere Situation überlebt, als die Bullen mich aus dem Keller befreit haben.«

Struller beugte sich tief runter. Seine Nase berührte Pavels. »Du ahnst ja nicht mal, was wir für tiefe, dunkle Keller anbieten können.«

»Willst du mir drohen?«

»Nein«, flüsterte Struller. »Ich erkläre dir nur mal was. Es ist Sonntag. Das Präsidium ist so gut wie menschenleer. Uns hat hier niemand kommen sehen. Es fällt gar nicht auf, wenn mein junger Kollege und ich dich packen, verschnüren, knebeln und in einem unserer Keller verschwinden lassen. Glaube es mir: Du wärst nicht der Erste, der dort für eine Weile verschwindet!«

Für Jensen hätte das gereicht. Er strich sich eine Gänsehaut von den Armen. Auch wenn ihm klar war, dass es im Düsseldorfer Präsidium gar keine Keller gab, in denen man auch nur einen Kasten Leergut unbemerkt hätte abstellen können. Aber das konnte Slezak nicht wissen …

Jedoch sprach ein Blick in dessen Augen eine deutliche Sprache.

»Versuch es erst gar nicht. Wir sind hier in Deutschland. Das hat Vorteile, das hat Nachteile. Für mich hat es den Vorteil, dass ich weiß, dass du bluffst. Ich werde aussagen. Aber bei einem Richter und nachdem ich mit dem einen Deal ausgehandelt habe. Ich habe einen ganz interessanten Namen zu präsentieren.« Der Tscheche lehnte sich in seinem Sessel zurück und verschränkte die Hände vor der Brust. Struller trat einen Schritt zurück. Als Pavel sich hinten gegen die Rücklehne legte, gab das marode Teil nach und der Kleingauner fiel hinten rüber zu Boden.

»Wenigstens das, du Arschloch!«, grunzte Struller, griff zum Telefon und kündigte im Polizeigewahrsam ganz offiziell den Zugang einer festgenommenen Person an.

* * *

»Wichtigtuer«, murmelte Jensen, als der Tscheche endlich im Polizeigewahrsam saß, die kurz gehaltenen Schreibarbeiten fertig waren und er mit Struller wieder alleine im Büro war. Er strich das Foto aus dem *Pretty Vacant* von Pavel Slezak glatt und pappte es mit einem Pin an Strullers Magnetwand.

»Kann sein«, entgegnete Struller und hatte erst jetzt Gelegenheit, Jensen über das zu informieren, was Skupa ihm vor der Abreise anvertraut hatte.

»Eine schützende Hand über Slezak in Tschechien, ein weiblicher Maulwurf hier bei uns?«

»So sieht es aus, Kollege. Und jetzt orakelt der Idiot mit einem Namen rum«, schniefte Struller sauer und schnappte sich das Telefon.

»Spurtmann? … Wir sind zurück. Komm ins Präsidium, wir stimmen die nächsten Ermittlungen ab … Spaziergang mit Doris? Schön. Bei dem herrlichen Winterwetter eine gute Idee! Verschieb ihn auf nächste Woche. Wir sehen uns in einer knappen Stunde. Bis gleich!«

Struller legte auf.

Jensen räusperte sich. »Und ich hab was. Ich weiß, was 4A2 4766 bedeutet.«

Struller zog die Augenbrauen hoch.

»Ich habe eben im Gehen noch einen Blick auf unseren braven, tschechischen Skoda geworfen. Und auf sein Kennzeichen. 4A2 4766 könnte ein amtliches Kennzeichen sein. Und ich möchte wetten, dass es eines ist.«

»Verdammt. Das kann sein. Prüf es nach. Ruf Karel an. Er hat gesagt, wir sollen uns melden, wenn wir ihn brauchen.«

Struller diktierte Jensen die Telefonnummer in die Tastatur und drückte den Lautsprecher auf Mithören.

»Hallo?«

»Karel? Ich bin es, Jensen. Wir bräuchten deine Hilfe.«

»Ah. Seid ihr mit der Kiste liegen geblieben? Habt ihr euch verfahren?«

»Nein, wir sind schon in Düsseldorf angekommen. Alles klar bei uns. Ich hab da mal eine Buchstaben- und Zahlenkombination. Kannst du mal checken, ob das ein Kennzeichen ist?«

»Klar.«

»4A2 4766«, diktierte Jensen.

Am anderen Ende blieb es ein paar Sekunden ruhig. Jensen hörte Karels Atem. Er wollte gerade nachfragen, da …

»Verdammt«, zischte der tschechische Kollege. »Das ist ein Kennzeichen. Ich kenne es.«

»Du kennst alle Kennzeichen in Tschechien?«

»Das A steht für Prag. Und auch in Prag kenne ich nicht alle Kennzeichen, aber hier bin ich mir sicher. Selektive Wahrnehmung. Ich bin mir fast sicher, werde das aber checken: Das Kennzeichen gehört zu einem LKW. Zu einem LKW, der einem meiner allerwertesten Freunde gehört, wenn du weißt, was ich meine. Wie kommt ihr an das Kennzeichen?«

Jensen erklärte es ihm.

»Alles klar, Kollege. Ich werde das überprüfen und mir den LKW vielleicht mal ansehen. Oder auch nicht. Ich überlege noch. Ich melde mich morgen Vormittag!«

Skupa und Jensen legten auf.

Struller leckte sich über die Lippen. »Es geht in kleinen Schritten stetig voran, Sportsfreund. Und was unseren weiblichen Maulwurf angeht, mache ich mich mit dem scharfen Spaten auch mal auf die Suche. Ich habe da nämlich einen Kollegen beim Bundeskriminalamt in Wiesbaden.«

Jensen hob überrascht die Augenbrauen. »Du meinst Saskia Baumeister ist unser Maulwurf?«

Struller kniff die Augen zusammen. »Es muss eine Frau mit weitreichenden Kompetenzen sein, sonst wäre sie nicht so einflussreich. Dann: Was will die Baumeister eigentlich hier? Sie hat mir da nichts erklärt. Drittens: Saskia Baumeister war im *Club Jamaika*. In eigener Sache, klar. Aber: schon sehr viel Zufall. Ausgerechnet als wir dort ermitteln mussten.«

»Da kommen noch andere Frauen infrage«, gab Jensen zu bedenken, dem es nicht behagte, in den eigenen Reihen nach einem Verräter zu suchen.

»Kommen alle dran. Eine nach der anderen. Aber bei der Baumeister hab ich was im Bauch. Ein Gefühl. Ich kann es nicht richtig deuten. Könnte Misstrauen sein.«

Struller klickte sich im Computer über die Seite des Bundeskriminalamtes.

»Teppen.«

Genau. Teppen hieß der Kollege, mit dem er vor gefühlten hundert Jahren den Kommissarslehrgang in Duisburg gemacht hatte und den es dann ziemlich schnell nach Wiesbaden zum Bundeskriminalamt gezogen hatte, um dort Karriere zu machen. Wie hieß der noch mal mit Vornamen? Martin? Ingo? Na ja. So zehn Jahre lang hatte er sich nicht mehr bei ihm gemeldet. Hieß der Tim?

»Zehn Jahre. Dann wird es ja Zeit.«

Er rief das interne Telefonverzeichnis des BKA auf, überflog die Anschlüsse und fand ihn.

»Aha. S. Teppen. Das ist er. S.? Vorname mit S. Wofür stand das noch mal?«

Viel zu tun hatten sie dort wohl nicht, denn sein ehemaliger Klassenkamerad hob nach dem dritten Klingeln ab.

»Teppen?«

»Teppi, altes Haus. Du errätst nie, wer dich da anruft.«

»Äh. Kann sein.«

»Ich bin es, Pit Struhlmann.«

»Struller. Verdammt, du Hund. Wie komme ich denn zu der Ehre? Ach! Warte! Du organisierst ein Klassentreffen? Super Idee. Ich komme!«

Struller verdrehte die Augen. Klassentreffen kamen gleich nach Fronleichnam und waren dämlicher als Weihnachtsfeiern.

»Ist in der Mache, ist in der Mache. Wir treffen uns gerade im kleinen Kreis und bereiten da was vor.«

»Super! Wer organisiert alles mit? Ist Menke, der verrückte Hund, mit dabei?«

»Menke macht mit.«

»Dann kann ja nichts mehr schiefgehen! Habt ihr schon einen Termin?«

»Nichts Spruchreifes. Aber wo du schon fragst. Ja, ich hab noch was anderes. Ich bräuchte eine schnelle Auskunft. Ganz vertraulich.«

»Ganz vertraulich«, flüsterte Teppen, »ist hier beim BKA immer schlecht, Struller.«

»Da sagst du was. Deshalb bin ich ja so froh, dass ich in dir einen direkten Ansprechpartner habe.«

»Das hast du jetzt falsch verstanden. Ich meinte …«

»Du hast recht. Am Telefon ist immer schlecht. Ich halt mich kurz. Es geht um eine Kollegin. Saskia Baumeister. Die ist mir hier in einer Sache über den Weg gelaufen. Sehr suspekt. Dem Akzent nach kommt die aus dem ehemaligen Osten. Kannst du die mal für mich grob abklopfen? Ob die Verbindungen nach Tschechien hat? Läuft da was? Ist die koscher? Hatte die mal Dreck am Stecken? Ich nehme auch Gerüchte. Müssen nicht alle stimmen.«

»Also …«

»Du musst ihr ja nicht gleich ein Observationsteam auf die Hacken jagen. Allerdings … Wenn du zufällig eines übrig hast …«

Teppen hustete. »Okay. Ich werfe mal einen vorsichtigen Blick in die Akten. Aber das bleibt unter uns.«

»Klar. Wie früher … Teppi.«

»Ich meld mich morgen Vormittag wieder.«

»Sehr gut. Kram schon mal die Fotos von den Studienpartys raus. Die soll jeder mitbringen.«

»Mach ich, Pit. Mach ich.«

Struller legte auf und drückte eine Ernte aus der Packung.

»Maulwurf, mein Maulwurf. Die feiste Schlinge zieht sich immer enger und enger um dein dünnes, schwarzes, pelziges Maulwurfhälschen.«

Ein nettes Bild. Musste auch Jensen zugeben. Und warf nachdenklich noch mal einen Blick auf Pavel Slezak an der Magnetwand.

»Hm. Ein gut aussehender Kerl, der Pavel. Kein Wunder, das der Schlag bei Frauen hat.«

»Schlag bei Frauen?«, murmelte Struller in Gedanken.

»So hat Karel Skupa ihn doch beschrieben«, erinnerte sich Jensen nachdenklich. »Und er hat gesagt, dass Pavel fürs Rotlichtmilieu die jungen Mädels ranschleppt. Frage: Ist Pavel Slezak der Pavel von Darina Hasek?«

»Schlag bei Frauen. Schlag bei den Frauen? Kommt mir bekannt vor. Nettes Gesicht ...«

Ihre Blicke trafen sich.

»Kim Schoo!«, riefen Struller und Jensen gleichzeitig.

»Der Begleiter von Darina Hasek!«, ergänzte Jensen. »Wie hat sie sich ausgedrückt? Wenn sie das Gesicht sieht, würde sie es vielleicht wiedererkennen. Ich hab die Telefonnummer von unserer asiatischen Nachbarin.«

Jensen kramte in seinen Taschen und zog einen Zettel ans Neonlicht. »Die hat gesagt, ich soll mich melden, wenn ich was habe. Ein Versuch ist es wert. Das wäre ja ein Ding, wenn wir jetzt auch noch Darinas mysteriösen Begleiter hätten.«

Er tippte die Nummer ins Telefon und drückte den Lautsprecher, damit Struller gleich mithören konnte.

»Kim Schoo.«

»Hallo! Jensen, von der Kripo Düsseldorf. Ich war neulich mit meinem Kollegen bei Ihnen. Wegen der Nachbarin.«

»Ich erinnere mich«, schrie Kim Schoo gegen einen lärmenden Hintergrund an.

»Ich habe jetzt noch eine Frage. Können wir uns sprechen? Ich möchte Ihnen was zeigen.«

»Sie möchten mir was zeigen? Was denn?«

»Ein Foto.«

»Natürlich.«

»Äh. Gut. Können Sie ins Polizeipräsidium kommen?«

»Jetzt?«

»Ja.«

»Nein.«

»Es wäre dringend«, blieb Jensen hartnäckig.

»Ich bin mit Freundinnen auf dem Düsseldorfer Weihnachtsmarkt und hab schon was getrunken. Wenn Sie mir was zeigen wollen, müssen Sie schon herkommen. Wir sind auf dem Pavillon am Carschhaus.«

Jensen überlegte kurz. Okay. Das war ein reiner Glücksschuss. Gut aussehende Tschechen gab es sicher wie Sand am Meer. Aber schließlich hatten beide, Pavel Slezak und Darina Hasek, ihre Verbindungen in den *Club Jamaika*. Das war wirklich einen Versuch wert.

»Okay. Ich komme. Bis gleich!«

Jensen legte auf und sagte: »Sollten wir versuchen.«

Struller riss entsetzt die Augen auf. »Wir? Was heißt hier ›wir‹? Da gehst du ganz alleine hin. Weihnachtsmarkt ist das Allerletzte. Schlimmer als Altweiber! Gepanschter Glühwein, stinkende Kerzen aus Bienenwachs. Zimtsterne, deren ausgetrocknete Zacken sich schon im vorherigen Jahr aufgerollt haben. Hemmungslose, angetrunkene Hausfrauen mit blinkendem Rentiergeweih auf dem Kopf rammen sich rücksichtslos durch die überfüllten Gassen des Markts. Marodierende Horden aus Holland! Klaukids aus Köln ziehen dir grinsend das Portemonnaie aus der Gesäßtasche. Dazu *Last Christmas* bis zum Abwinken. Niemals!«

»Äh. Ja, kann ich machen. Alleine. Ich find das gar nicht so schlimm. Und mit der Schoo werde ich fertig«, stammelte Jensen überwältigt.

In diesem Moment flog die Bürotür auf. Bertie Spurtmann stolperte herein. Auch am heiligen Sonntag zierte ein hellgrauer, am Bauch etwas stramm sitzender Pullunder seinen Astralkörper. Was Farbiges wäre mal gut, dachte Jensen, wo die Doris doch Lichtheilerin war.

»Hallo, Kollegen. Da bin ich. Spazieren war schweinekalt. Die Ideen von Doris sind nicht immer gut. Ich wollte euch sowieso anrufen. Ich habe einen Termin mit dem Vorstand des Tennisclubs Blau-Rot Ludenberg gemacht.« Er blickte auf die Uhr. »Den hatte ich fast vergessen. Wenn wir uns beeilen, könnten wir noch pünktlich sein.«

Struller sprang auf. »Sehr gut. Bertie, da fahren wir beide hin. Jensen, du gehst zu den Bekloppten auf den Weihnachtsmarkt. Lass dir keinen Schrott andrehen und bleib nüchtern!«

* * *

Der eisige Wind pfiff Struller und Spurtmann um die Nasen, als sie auf der verschneiten Auffahrt zum Clubhaus liefen.

»Muss ich mir eigentlich Sorgen machen?«, fragte Struller mit entsprechendem Augenaufschlag. »Wieso machst du vormittags in aller Herrgottsfrühe bei dieser Lausekälte mit Doris einen Spaziergang?«

»Doris geht sehr gerne spazieren.«

»Aber in dieser eisigen Schweinekälte? Um diese Uhrzeit?«

»Doris liebt die frühen Morgenstunden in der reinen Natur. Und nimmt die machtvolle Energie des beginnenden

Tages in ihren Körper auf. Das gibt ihr Kraft, die wirklich wichtigen Dinge des Tages anzugehen«, erklärte Spurtmann.

»Aha«, sagte Struller. Jetzt wusste er Bescheid.

Sie erreichten den Eingang des Tennisheims. Neben der Tür hingen zwei gekreuzte Tennisschläger, die Struller bei ihrem ersten Besuch übersehen hatte. Er rappelte am Eingang des Clubheims, aber die Tür war verschlossen. Auf mehrmaliges Klingeln reagierte niemand.

»Ich denke, du hast einen Termin abgesprochen?«, fragte Struller.

»Halb zehn war ausgemacht«, versicherte Spurtmann.

»Heute?«

»Sicher. Gestern haben wir gesagt morgen, dann ist das heute.«

Struller verdrehte die Augen und ging weiter, um wenige Schritte weiter links über ein Metalltor in einen Hinterhof zu blicken. Zumindest wollte er das. Aber selbst auf Zehenspitzen war das Tor zu hoch.

»Los, Bertie, mach einen Buckel, Räuberleiter!«

Bertie Spurtmann ging in die Hocke, Struller setzte gerade zum Schwung an, als ein Spaziergänger mit Hund oberhalb der Einfahrt um die Ecke bog.

»Hey, Sie da!«

Bertie machte erschreckt einen Schritt zur Seite, Struller schwang ins Leere, landete krachend vorm Eisentor und rutschte von da aus der Länge nach runter in den Schnee.

»Sorry«, wisperte Bertie.

»Was machen Sie da?«, brüllte der ältere Mann, dessen Gesicht eine wild geaderte Knollennase zierte, die rot glänzte und ganz vorne tropfte. Der schwarz-weiße Mischlingsterrier von der Größe eines Turnschuhs zu seinen Füßen schwoll auf die gefühlte Größe einer ausgewachsenen Kampfdogge an und begann, wie verrückt zu kläffen.

Spurtmann ruckelte verlegen die Wollmütze gerade.

Struller rappelte sich fluchend auf und klopfte sich den Schnee von den Klamotten. Nicht schon wieder so ein keifender Vierbeiner wie in der Straßenbahn! »Kripo Düsseldorf«, grollte er und präsentierte seine Dienstmarke.

»Kripo? Wurde ja auch Zeit, dass endlich mal die Polizei kommt, dieser verdammte Tennisverein«, fluchte der ältere Mann.

Sein hysterisches Wollgemisch an der Leine kläffte immer noch. Hell und aufdringlich.

»Wieso wurde es Zeit? Was meinen Sie?«, fragte Struller und klopfte weiter hartnäckige Schneeflocken von der Jacke.

»Ich wohne um die Ecke auf der Geibelstraße, mein Schlafzimmer geht nach hinten raus. Hier in dem verfluchten Vereinsheim wird ständig irgendwas gefeiert – und zwar so laut, dass man kaum ein Auge zukriegt.«

»So wie letzten Montag?«

»Da war es besonders schlimm! Ein Geschrei, ein Gejohle. Furchtbar! Und dann noch das Kreischen dieser betrunkenen Ziege! Asozial!«

Struller wurde hellhörig. »Betrunkene Ziege?«

»Fast hätte ich die Polizei angerufen«, erboste sich der Anwohner. »Halb zwei war das schon! Aber dann kam ja dieser Kerl in Uniform, und es war Ruhe.«

»Ein Polizist?«, fragte Struller und warf einen misstrauischen Blick auf den Köter zu seinen Füßen. Der hatte aufgehört zu kläffen und angefangen zu knurren. Wahrscheinlich hatte das größenwahnsinnige Vieh vor, ihn umzureißen, totzuschütteln und zu fressen.

»Keine Ahnung, auf jeden Fall einer in Uniform. Hauptsache, da war es endlich leise. Irgendwann stecke ich das Vereinsheim in Brand.«

»Auch eine Idee. Dann haben Sie natürlich Ruhe. Was war das für ein Mann? Groß, breit, klein, dick?«

»Eher groß, aber mehr kann ich nicht sagen, denn ich kann schlecht gucken.«

»Aha«, sagte Struller und deutete auf die aufgebockte Ratte. »Wenn das monochrome Vieh mich beißt, wird mein Kollege das Tier erschießen. Er schießt sehr gerne auf kleine Tiere!«

Der Mann legte den Kopf schief und forderte misstrauisch: »Darf ich die Dienstmarke noch mal sehen?«

»Nein. Aber Sie dürfen jetzt gehen.«

Das taten Herrchen und Hundchen dann auch. Letzteres nicht, ohne noch einmal nach Strullers Hosenbein zu schnappen. Struller verkniff sich einen Dropkick.

Spurtmann räusperte sich. »Du musst das mit dem Schießen und dem Kätzchen nicht immer erwähnen. Ich versuche, das zu verdrängen. Doris meint, das wäre wichtig.«

»Ich werde versuchen, dran zu denken. Los, mach wieder einen Buckel!«

»Soll ich mal oben und du unten?«, fragte Bertie.

»Stell die Frage deiner Doris! Los, Buckel!«

Spurtmann ging filigran in die Hocke, und Struller nahm zum zweiten Mal Schwung, ohne jedoch die charismatische Eleganz seines Partners an den Tag zu legen.

»Hallo!«, wurden sie wieder erschreckt.

Bertie zuckte erneut, aber diesmal hielt Struller seinen Körper schwankend in der Senkrechten.

Der Mann, der sie angesprochen hatte, trug einen schweren, dunkelblauen Wintermantel, schwarze Lederhandschuhe, die sehr teuer aussahen, und stellte sich eilig vor: »Mein Name ist Stefan Reuter, Zweiter Vorsitzender dieses Tennisclubs. Wir sind, glaube ich, verabredet.«

»Wir hatten halb zehn abgemacht«, mahnte Spurtmann.

»Ich arbeite im Vorstand einer großen, renommierten Privatbank und hatte einen kurzfristigen, ungemein wichtigen Termin.«

»Ungemein wichtiger als ein Termin mit uns?«, schnaufte Struller.

Reuter lachte. »Ganz bestimmt. Sie wollten doch nicht wirklich über das Tor klettern? Ohne einen Durchsuchungsbeschluss?«

Struller entschied, die Sache kurz und übersichtlich zu machen, und schoss wild ins Blaue. »Letzten Montag ist hier eine Frau getötet worden, auf Ihrem Clubgelände. Anwohner haben die Hilferufe einer Frau gehört. Wir können derzeit nicht ausschließen, dass sie mit einem Tennisschläger erschlagen wurde. Wenn Sie morgen nicht in der Zeitung lesen möchten, dass der ungemein wichtige Vorstandsjuppi einer großen, renommierten Düsseldorfer Bank wegen Verdunkelung in einer Mordsache in Untersuchungshaft sitzt, sagen Sie uns besser, was hier los war und zwar sofort.«

Eine leichte Blässe legte sich um Reuters Nase. Er schnappte kurz nach Luft und fiel fast hörbar von seinem hohen Ross auf den Boden der Tatsachen. Quasi in den Pulverschnee zu ihren Füßen. Fast hätte er eine erste Entgegnung über seine Lippen gehaspelt, als zwei weitere, gut gekleidete Männer in der Einfahrt erschienen.

Richtig. Spurtmann hatte den Termin ja gleich mit dem kompletten Vorstand des Tennisvereins gemacht.

»Können wir vielleicht helfen?«, fragte ein übergewichtiger Mann mit Brille eilfertig beim Heranschreiten, der ob seiner

Leibesfülle sicher nicht für die flotten Spurts über den Platz berühmt war.

»Wir kooperieren natürlich in vollem Umfang«, stotterte der Banker schnell.

»Mein Name ist Burghard Backhaus. Ich bin der Vorsitzende des Vereins. Ich schlage vor«, jappste der Dicke, »dass wir doch reingehen, meine Herren. Wie sich das gehört.«

Das fand nicht nur allgemeinen Anklang, sondern wurde auch gemacht. Der Dicke schloss auf, knipste das Licht an und forderte alle auf, sich an einem runden Holztisch mit blaurotem Wimpel zu setzen, der in einer Ecke des sportlich eingerichteten Tennisheims stand. An den Wänden um sie herum hingen Fotos mit Spielszenen, Urkunden, und es zeigten sich Vereinsmitglieder stolz neben den Größen des internationalen Tennissports. Ohne sich wirklich in der Sportart auszukennen, erkannte Struller Boris Becker, Ivan Lendl und Roberto Blanko.

»Darf ich Ihnen etwas zu trinken anbieten?«, fragte der Dicke.

»Nein, danke. Mir würde es reichen, wenn Sie mir ein paar Antworten anbieten. Mein Name ist Struhlmann, Kripo Düsseldorf. Letzten Montag fand hier eine Feier statt. Was war das für eine Feier?«

»Wir hatten mit unseren beiden Seniorenmannschaften eine kleine Weihnachtsfeier«, machte sich der Dicke zum Hauptredner des Vorstandstrios.

»Mit einer Stripeinlage.«

»Und wenn?«, bellte der Juppi dazwischen und hatte wieder ein wenig Oberwasser im Tonfall.

Der Dicke legte beruhigend eine Hand auf seinen hitzigen Tennispartner. »Wir haben etwas getrunken und gegessen. Und tatsächlich hatten wir zur Auflockerung der Feierlichkeit gegen 23 Uhr eine kleine Stripteaseeinlage, die bei unseren Sportskameraden sehr gut angekommen ist.«

Der Dicke schilderte mit bewegten Worten und breiter Gestik ausführlich den Ablauf der Stripshow, die sich wie gehabt darstellte; mit Holzkiste, Tanzstange und wie am Schluss der Tänzerin letzte Hülle erotisch zu Boden fiel.

Struller hörte genau zu und musterte dabei das Tennistrio, das unterschiedlicher nicht sein konnte. Der aufgeräumte, um gute Stimmung und Ausgleich bemühte Dicke, der hitzköpfige, unruhige Juppi mit aggressivem Blick und der dritte Mann, der mit starrem, stahlblauem Blick und ohne Mimik stumm dem Gespräch folgte.

Der Dicke schloss mit einem blumigen, zur Weihnachtszeit passenden Schlusssatz.

Jetzt war wieder Struller dran. »Seniorenmannschaften, also Männer. Waren die Gattinnen dabei?«

»Nein, wir waren unter uns. Sonst wäre die Tanzeinlage auch wohl etwas unpassend gewesen.«

»Gekellnert haben der Wirt und seine Wirtin?«

Der Juppi gluckste.

Der Dicke warf ihm einen mahnenden Blick zu. »Unserem Wirt ist auf der letzten Osterkirmes am Staufenplatz die Frau weggelaufen. So waren wir ganz unter uns Männern!«

»Ist auch mal schön«, fügte Reuter schräg hinzu.

Der aufgeblasene Jungbanker ging Struller gehörig auf die Eier.

»Welche Frau ist denn hier überhaupt getötet worden?«, fragte Backhaus. »Bei uns waren ja gar keine Frauen dabei.«

»Doch«, widersprach Struller. »Die Stripperin.«

Gemurmel.

»Die hat so um die zwanzig Minuten getanzt und ist dann wieder gefahren. Die hatte einen Mann dabei, der sie begleitet hat. Und als die beiden wieder fuhren, hat sie noch gelebt.«

»Sie ist hier ermordet worden. Der Täter oder die Täter haben die junge Frau in einen Müllcontainer gelegt, ihn in einen Transporter gepackt und den Container samt Frau von der Südbrücke in den Rhein geworfen.«

»Der Container war ein Greis C 38/5«, ergänzte Spurtmann.

Stefan Reuter schüttelte unwillig den Kopf. »Ich habe von der Sache in der Zeitung gelesen. Wenn das die Tänzerin war, dann tut mir das leid. Aber, wie gesagt, sie hat noch gelebt, als sie gegen 23.30 Uhr mit ihrem Kollegen hier abgezogen ist. Sie sind hier auf dem Holzweg.«

»Ich bin hier richtig. Kam es zu irgendeinem Zwischenfall auf der Feier?«

Reuter setzte zur Antwort an, aber der Stumme ging dazwischen und ergriff erstmals das Wort: »Das war eine ganz normale, ganz harmonische Weihnachtsfeier. Allen hat es sehr gut gefallen. Die Showeinlage war für meinen Geschmack etwas gewöhnlich, aber sie kam bei den meisten sehr gut an. Wir haben bar bezahlt, es gibt keine Quittung. Die junge Frau und ihr Manager waren ebenfalls sehr zufrieden. Wir hätten die beiden bei Bedarf weiterempfohlen. Ansonsten ist hier rein gar nichts Bemerkenswertes passiert.«

Struller registrierte erstaunt, dass der Stumme da jetzt aber mächtig was an Wortbeitrag aufgeholt hatte. Ohne seinen Namen zu sagen. »Wie heißen Sie?«

»Johannes Brezina. Ich bin der Kassierer des Vereins.«

»Wie lange ging die Feier?«

»Kurz nach eins sind die Letzten gegangen«, antwortete wieder Burghard Backhaus.

»Wer waren die Letzten?«

Reuter und Backhaus blickten Brezina an.

»Ich war der Letzte. Ich habe noch die Kasse gemacht und bin um kurz nach eins gegangen.«

»Alleine?«, fragte Struller.

Brezina blickte ihn an.

Es gibt diese Momente, in denen man ganz genau merkt, dass etwas passiert ist. Man weiß gar nicht genau, was. Aber da ist nichts wie vorher. Exakt so einen Moment traf Struller wie eine Keule, wie ein Faustst0ß. Alles in seinem Körper schrie: Aufpassen!

Brezina hielt den Blick noch zwei, drei Sekunden. Am Tisch schwiegen alle. Sie alle merkten, dass irgendetwas in der abgestandenen Kneipenluft hing. Es war greifbar. Und es war nicht gut.

Plötzlich verzog Brezina sein Gesicht zur lächelnden Maske. »Natürlich war ich alleine, Herr Hauptkommissar Struhlmann. Was ich übrigens sehr bedauere. Schon seit Jahren fordere ich einen zweiten Kassierer im Verein, aber Ehrenamtler sind schwer zu finden. So blieb es mir alleine überlassen, das bei mehreren Gewinnspielen eingenommene Geld zu zählen, die Gaststätte zu verschließen und am nächsten Tag den Betrag aufs Vereinskonto zu überweisen.«

Struller stand mit einem Ruck plötzlich und ohne Ankündigung auf, was alle anderen überraschte. »Tja, meine Herren Tennisfreunde. Dann gehe ich mal weiter meinen Mörder suchen.«

»War es das schon?«, fragte Stefan Reuter.

Auch Bertie Spurtmann blickte so, als ob ihm die gleiche Frage auf der Zunge gelegen hatte.

»Ja«, antwortete Struller. »Heute kann ich den Mörder der jungen Dame leider nicht festnehmen. Aber ich bin sehr, sehr zuversichtlich.«

Struller hatte jeden neuen Blickkontakt mit Brezina vermieden. Stattdessen beugte er sich in Richtung eines gerahmten, vergilbten Schwarzweißfotos an der Wand. »Herr Brezina, der junge Mann neben dem jungen Ivan Lendl, das sind doch Sie, oder?«

Brezina blieb stumm.

»Schönes Foto. Ich habe Sie gleich erkannt. Die kleine Zahnlücke zwischen Ihren Schneidezähnen. Dann der Schläger in der linken Hand, am Handgelenk das Schweißband. Sie sind Linkshänder. Im Tennissport doch gar nicht so häufig, oder? Herrlich, solche alten Erinnerungsstücke. Ich habe ein Foto mit Michael Holm und eines mit Jürgen Zeltinger bei mir im Büro hängen. Danke, meine Herren, für die Auskünfte.«

Bertie verabschiedete sich ebenfalls. Burghard Backhaus begleitete sie mit salbungsvollen Worten nach draußen. Dort schnappte Struller gierig nach Frischluft. Er war mit seinem spektakulären Abgang sehr zufrieden.

Spurtmann räusperte sich. »Das war aber eine merkwürdige Vernehmung.«

»Ich weiß alles, was ich wissen muss«, knurrte Struller.

»Echt?«

»Na ja, fast«, räumte Struller ein und schlug sich auf dem Weg zum Auto eine Kippe aus der Schachtel. »Da waren nur Männer auf der Party. Darunter der Reuter. Die Hasek strippt. Kannst du dir vorstellen, dass dieser überhebliche, neureiche und von sich selbst vollkommen überzeugte Vollhonk nicht versucht hat, die Kleine anzugrabschen? Ich kann mir das *nicht* vorstellen. Danach kann ich mir eine Menge vorstellen. Insbesondere eine Menge lautstarken Ärger.«

Spurtmann nickte.

Aber Struller hing noch einem anderen Gedanken nach.

Dieser Johannes Brezina hatte als Erster weggeguckt, aber

Struller hatte das Spiel nicht gewonnen. Das war klar. Er, Struller, hatte sich nicht als Hauptkommissar vorgestellt, aber Brezina hatte ihn richtigerweise als solchen bezeichnet. Johannes Brezina hatte auf seine Art und Weise gesagt: Stuhlmann, du Hauptkommissar, ich weiß, wo ich dich finden kann und pack dich bei den Eiern, wenn mir danach ist.

Als er sich zu Bertie ins Auto fallen ließ, war er sicher, eiskalte, stahlblaue Blicke in seinem Rücken zu spüren. Er drehte sich ruckartig um, konnte aber niemanden erkennen, der ihnen hinterherschaute.

Nur um sich abzulenken, lobte er Bertie Spurtmann, der gerade den Wagen startete. »Mir ist bei der Hinfahrt aufgefallen, dass du sehr gut Auto fahren kannst.«

»Danke, Pit«, freute sich Spurtmann. Und würgte den Wagen ab.

* * *

Um Jensen herum war es offenbar schon richtig dunkel geworden. So genau konnte er das nicht erkennen. Mit unsicherem Ruck stellte er den Glühweinbecher mit lustigem Weihnachtsbaummotiv auf die Theke. Das Getränk war fast genauso leer wie die sechs Glühweinbecherchen davor. Glühwein mit Schuss.

»Das haut aber auch rein!«, stöhnte Jensen.

Kim Schoo räkelte sich in seinem Arm und grinste wissend. »Lecker!«

Kims Freundinnen waren lange schon weitergezogen, Jensen und sie sich dafür näher gekommen. Sehr nahe. Ihre linke Hand zum Beispiel steckte knietief in seiner Winterjacke. Da wurde sie nicht kalt.

»Noch einen schaffe ich aber nicht mehr«, behauptete Jensen.

»Och?«, lachte Kim und hauchte ihm einen Kuss auf die Wange. »Gehört alles noch zur Belohnung!«

Jensen grinste. Zur Belohnung dafür, dass Kim Schoo tatsächlich Pavel Slezak mit seinem netten Gesicht als den Begleiter und Freund von Darina Hasek identifiziert hatte. Verdammt, ein Volltreffer. Kurz hatte Jensen versucht, die Information gleich in ihrem Fall unterzubringen. Was das bedeutete?

Dann waren ihm Kim und ihre Freundinnen und die ersten drei Runden Glühwein dazwischengekommen. Und jetzt, ehrlich, interessierte ihn dieser verschisselte Slezak einen feuchten Irgendwas. Jetzt interessierte ihn nur noch die netteste, lustigste, schärfste, schlagfertigste und asiatischste Leiterin einer Städtischen Bücherei, die er jemals in seinem Leben kennen gelernt hatte.

»Keinen mehr, Süßer?«, schubberte sie sich noch mal ganz eng an ihn heran.

»Keinen mehr«, blieb Jensen standhaft.

»Okay.« Kim zog ihre Hand entschlossen aus Jensens Wintermantel und schnaufte. »Okay. Dann würde ich mir gerne zur Sicherheit noch mal den verdächtigen Kerl vom Foto ansehen.«

Jensen stockte irritiert. »Äh. Ja.« Er öffnete den obersten Knopf seiner Jacke und griff in die Innentasche, um das Bild herauszuziehen.

Kim Schoo legte ihm eine Hand auf seinen Arm. »Christian. Nicht hier! Den würde ich mir gerne noch mal bei Licht ansehen.« Sie kniff ihm ein Auge. »Im Licht meiner gedimmten Schlafzimmerlampe.«

Jensen schluckte.

»Geht das?«, fragte sie.

»Wenn wir ein Taxi kriegen …«, murmelte Jensen.

Es war viel einfacher, ein Taxi zu bekommen, als Jensen es sich hätte vorstellen können. Es ging auch viel schneller mit dem Taxi nach Lierenfeld, als Jensen es sich hätte vorstellen können …

Und wie sich Kim Schoo dann schon im Wohnzimmer an ihn schmiegte, sich um ihn drehte, sich in ihn drehte … Das hätte Jensen sich in seinen allerkühnsten Träumen *nicht* vorstellen können.

8. Tag

Strullers erster Gang führte ihn am nächsten Morgen ins Düsseldorfer Polizeigewahrsam. Aber auch nach einer unbequemen Pritschennacht auf Staatskosten blieb Slezak bei seinem Entschluss, erst bei einem zuständigen Richter Angaben machen zu wollen. Und erst dann, wenn ein Deal ausgehandelt war. Struller warf ihm zwei, drei wenig originelle Beschimpfungen an den Kopf und ließ ihn dort sitzen, wo er war.

Auch anderswo in der weiten Welt wurde bereits gearbeitet, denn als er als Erster ins Büro trat, bimmelte auf seinem Schreibtisch bereits das Telefon.

»Struhlmann?«

»Teppen hier«, flüsterte am anderen Ende Strullers ehemaliger Studienkollege leise.

»Ah. Sehr gut, dass du anrufst. Und?«, fragte Struller neugierig.

Teppen am anderen Ende holte tief Luft. »Du hattest Tschechien gesagt, richtig?«

»Richtig.« Struller leckte sich die Lippen. Das klang gut!

»Volltreffer«, erklärte der BKA-Mann.

Pause.

Struller verdrehte ungeduldig die Augen. »Was heißt Volltreffer?«

»Saskia Baumeister, geboren Juni '73 in Dresden, war die jüngste informelle Mitarbeiterin des Staatssicherheitsdienstes der DDR. Deckname IM Shirley.«

»Shirley?«

»Shirley.« Teppen machte wieder eine Pause. Er atmete schwer. »Im Alter von gerade mal drei Jahren verzinkte sie ihre Kindergärtnerin an die Stasi, weil diese im Kindergarten westdeutsches Knetgummi verwendete und den ihr anvertrauten Kindern kapitalistische TKKG-Kassetten zum Einschlafen vorspielte.«

Struller kniff die Augen zusammen. »Willst du mich verarschen?«

»Natürlich, Struller. Du bist unverbesserlich. Immer noch voller Vorurteile. Für dich hat jeder, der in der DDR aufgewachsen ist, für die Stasi gearbeitet und beim Begrüßungsgeld beschissen. So ein Quatsch. Furchtbar! Saskia Baumeister ist eine ganz normale Kollegin. Ziemlich clever, gut drauf. Sie macht ihren Job richtig gut. So wie ich das sehe, ist die – übrigens im Gegensatz zu dir – über jeden Zweifel erhaben.«

Strullers Augen waren Schlitze. Wie kam der Idiot dazu, so mit ihm zu reden?

»Übrigens habe ich den Menke angerufen. Der hat seit der Abschlussfeier, nach der er dich dudeldick nach Hause gebracht hat und du ihm ins Auto gekotzt hast, nichts mehr von dir gehört. Außer, dass du noch immer in einem verschisselten Kommissariat in Düsseldorf rumgammelst. Das zum Thema Klassentreffen.«

Struller verstand. Und legte kommentarlos auf. Was für ein Arsch! Kein Wunder, dass er ihn zehn Jahre lang nicht angerufen hatte. Doofmann. Was gingen den seine Vorurteile an? Und was war überhaupt schlecht an dem ein und dem anderen Vorurteil? Das machte vieles übersichtlich. Und führte dazu, dass man hin und wieder angenehm überrascht wurde. Er, Struller, hatte ein Recht auf seine Vorurteile! Das war mal sicher. In diesem Moment kam Jensen die Tür rein. Gerade richtig.

»Jensen, habe ich ein Recht auf Vorurteile?«

Jensen blinzelte irritiert. »Guten Morgen. Vorurteile?«

»Vorurteile. Der Schotte ist geizig, der Finne ist tückisch, blond fickt gut? So aus'm Grundgesetz. Du kennst dich mit den Paragrafen da doch aus.«

»Im Grundgesetz sind es Artikel.«

»Auch gut. Und? Gibt es ein Grundrecht auf Vorurteile?«

»Vorurteile sind nichts Gutes«, murmelte Jensen vorsichtig.

»Die Todesstrafe ist auch nichts Gutes und steht trotzdem im Grundgesetz.«

»Ja. Dass sie abgeschafft ist. Artikel 102. Äh, Vorurteile könnten unter gewissen Umständen unter Meinungsfreiheit fallen.«

Struller schlug mit der Faust auf den Tisch. »Dachte ich doch. Ich hasse es, wenn irgendwelche Klugscheißer mir an die Grundrechte wollen.«

»Ja, Pit«, bestätigte Jensen und verstand kein Wort. »Aber mal was anderes.«

»Du siehst müde aus«, stellte Struller fest.

Jensen wurde rot. »Ich habe der Schoo das Foto vom Slezak gezeigt. Slezak ist nicht nur der Mann, der Dobrovsky entführt hat, er ist tatsächlich auch der Begleiter von Darina Hasek.«

Struller nickte. »Verdammt. Der Junge ist vielseitig beschäftigt. Nach Mondgesicht die zweite direkte Verbindung zwischen den Fällen. Augenscheinlich hat der noch mehr Finger in der Sache drin, als ich dachte.«

Jensen beugte sich über Strullers Schreibtisch. »Er könnte zum Beispiel auch Darinas Mörder sein und deshalb eisern zur Sache schweigen, weil er sich nicht selbst belasten will.«

Das Telefon klingelte.

»Struller hier!«

»Tag, Struller, hier ist Karel.«

Struller konnte hören, dass sein tschechisches Pendant einen tiefen Lungenzug hinlegte, und machte sich auf einen längeren Satz gefasst. Damit Jensen direkt mithören konnte, schaltete er den Lautsprecher ein.

»Jensen hatte gestern das Kennzeichen ins Spiel gebracht. 4A2 4766. Ich lag richtig, ich kenne es. Es ist das LKW-Kennzeichen, das zu einem unserer Problemfälle gehört. Eine Firma. Die haben sicher Dreck am Schuh, aber bisher konnten wir denen nichts Krummes nachweisen.«

»Was ist das denn für eine Firma?«, fragte Struller. »Nicht zufällig Mädchen Im- und Export?«

»Im- und Export ist schon sehr gut. Die Firma heißt SDW. *Special Delivery around the World.*«

»Nie gehört«, sagte Struller.

»Das ist englisch«, erläuterte Jensen vorlaut.

Am tschechischen Ende der Leitung lachte Skupa. Im Düsseldorfer Büro schwieg Struller seinem Ex-Praktikanten mit deutlichsten Blicken eine Beleidigung entgegen.

Skupa räusperte sich. »Aber ich habe noch mehr Neuigkeiten. Ich hab ein Team zur Firma geschickt. Sie liegt ein wenig außerhalb, mitten in einem eher mittelmäßigen Industriegebiet. Alle Tore waren zu, keine Menschenseele zu sehen. Meine Kollegen wollten gerade wegfahren, als ein dreckiger, weißer LKW, besetzt mit zwei Personen, vorfuhr. Am Fahrzeug genau das besagte Kennzeichen. Der Wagen hielt gar nicht an. Kurz bevor er das Gittertor zum Gelände erreichte, fuhr das Teil zur Seite und schloss sich anschließend sofort wieder. Der LKW wurde direkt in eine Lagerhalle gefahren. Hier das Gleiche. Das Rolltor fuhr hoch, der Wagen fuhr rein, das Tor senkte sich.« Karel machte eine kurze Nikotinpause. »Schicke Technik. Nicht billig. In diesem Industriegebiet wird üblicherweise nicht besonders viel Geld in die Technik gesteckt. Da wurden meine Leute natürlich neugierig. Und stellten bei genauerem Hinsehen fest, dass das Gelände mit diversem Sicherheitsschnickschnack ausgestattet ist. Schwenkbare Kameras zum Beispiel. Auf das Gelände zu kommen, ohne gesehen zu werden, war deshalb zu gefährlich.«

»Klar«, stimmte Struller zu.

»Also warteten meine Kollegen. Nach ungefähr einer Stunde verließen die beiden Typen durch einen Seiteneingang das Gelände. Der Klein-LKW stand noch in der Halle. Das ganze Gelände wird jetzt durch zwei Teams observiert.«

»Hervorragend«, lobte Struller und war zum wiederholten Mal sehr froh, dass Kopecky ihnen diesen alten Fuchs empfohlen hatte.

»Wir haben keine Möglichkeit, in die Halle zu kommen. Früher wäre das möglich gewesen, aber heute ... Die Zeiten sind vorbei. Gott sei Dank eigentlich. So bleiben wir aber bis auf Weiteres vor Ort, mal sehen, was sich tut.«

»Sehr gut. Wer weiß, wohin der LKW uns führt. Ich bin ganz kribbelig. Die Karre ist heiß. Ich hab aber noch was«, legte Struller schnell nach.

»Klasse. Wir haben hier nämlich sonst nichts zu tun, als deutschen Kollegen bei was auch immer zu unterstützen«, knurrte Skupa.

»Du kennst Ivan Lendl?«

»Den Tennisspieler? Ist hier nicht so richtig beliebt, weil er damals nach Amerika gezogen ist. So was konnte damals nicht jeder.«

»Ja. Genau den meine ich. Ich bin über ein altes Foto von ihm gestolpert. Das zeigt ihn mit ungefähr 17 bis 18 Jahren. An seiner Seite ein sehr stolz drein blickender Doppelpartner. Johannes Brezina. Linkshänder. Über den müsste ich mal was in Erfahrung gebracht haben.«

»Sammelst du Autogramme?«

»Nur von Playmates. Mich interessiert eigentlich alles. Der Kerl ist unvermittelt in unseren Ermittlungen aufgetaucht – er ist mir nicht geheuer.«

»Johannes Brezina. Sagt mir so auf Anhieb nichts, aber ich höre mich um und melde mich, wenn ich was Neues habe.«

»Danke«, beeilte sich Struller, denn er hörte am anderen Ende schon das Klackern des Hörers. Karel Skupa war wirklich einer von der ganz eiligen Sorte.

Aber auch Jensen hatte es eilig. »Pit, ich verzieh mich mal in Berties Büro. Ich möchte ein wenig an Darinas letztem Abend rumfeilen. Ich glaube, es bringt uns weiter, wenn wir den Abend so genau wie möglich rekonstruieren. Ich werde das Ganze für uns mal visualisieren.«

Struller verdrehte die Augen. »Visualisiere du mal. Ich weiß, was mich weiterbringt. Ich brauch ein gutes Frühstück. Kommst du mit?«

Weil Jensens Magen immer noch mit den zahlreichen Glühweinen vom Weihnachtsmarkt zu kämpfen hatte, signalisierte der dem Großhirn durch mehrmaliges Grollen: besser nicht! Großhirn reagierte mit einem Kopfschütteln und Struller knurrte: »Dann nicht.«

* * *

Er, Struller, hatte sich auf jeden Fall ein ausgiebiges Frühstück verdient. Vielleicht war es ja gar nicht schlecht, sich die Brötchen einsam und alleine reinzudrücken. Das würde ihm Gelegenheit geben, sich die ein oder andere Facette des Falls in Ruhe durch den Kopf gehen zu lassen.

Deshalb ließ Struller jetzt auch die Kantine im Erdgeschoss des Polizeipräsidiums kurz entschlossen links liegen und entschied sich, stattdessen das Kasino im nahe gelegenen Innenministerium aufzusuchen. Dort kannte er keinen, dort würde ihn niemand belästigen, gut so!

Struller schlidderte die vierhundert vereisten Meter zum

Ministerium seines obersten Dienstherrn und stieg dort die Treppe runter ins Untergeschoss, wo sich der Speiseraum befand. Erfreut stellte er beim Öffnen der Tür fest, dass sich kaum eine Handvoll Leute zum späten Frühstück eingefunden hatte und fast alle Tische unbesetzt waren.

»Prima.«

Er schnappte sich ein dunkelbraunes Tablett mit Serviette und trat hinter die Sichtschutzwand, die den Speiseraum von der Essensausgabe trennte.

Hoppla. Der nette Hintern vor ihm kam Struller aber bekannt vor. Den hatte er neulich schon mal bewundert. Dann fiel ihm ein, wo. Vor seiner Bürotür ...

»Oh Gott!«

Struller erkannte die sportliche Frau, die vor ihm in die Auslage griff, um sich ein belegtes Brötchen mit gekochtem Schinken, Salat und Ei aufs Tablett zu laden. Er dachte kurz an Flucht, aber die Frau drehte sich genau in diesem Moment um und erkannte ihn ebenfalls.

»Struhlmann? Sie? Hier?«, fragte Saskia Baumeister überrascht.

»Ja. Ich. Hier. Und wieso sind Sie nicht in Wiesbaden oder Dresden, wo Sie hingehören?«

»Was wissen Sie schon, wo ich hingehöre. Laufen Sie mir nach?«

»Bin ich blind? Mir vergeht glatt der Appetit!«

Sie musterte ihn kühl. »Zwei, drei Kilo weniger würden Ihnen gut tun. Ist das da eine Serviette auf Ihrem Tablett? Sie benutzen Servietten? Sie überraschen mich. Ich war mir sicher, Sie benutzen zum Abwischen den Ärmel.« Saskia Baumeister zapfte sich einen Kaffee.

Struller lud sich zwei Lachsbrötchen aufs Tablett. »Mit der Serviette mache ich mir vor dem Essen die Fingernägel sauber. Das sollten Sie auch mal wieder tun.«

»Danke. Freundlich wie immer! Nur gut, dass es belegte Brötchen gibt. Dann müssen Sie nicht lernen, wie man das Besteck benutzt.« Sie hielt inne. »Besteck. Sie verstehen? Messer und Gabel.«

Struller gönnte sich ebenfalls einen Becher Kaffee. »Ja, kenne ich. Ach, eine Frage: Gab es bei euch drüben vor der Wende eigentlich auch Besteck?«

»Wir brauchten kein Besteck. Wir hatten nur Bananen, Kollege. Was denken Sie denn?«

»Bananen? In der DDR?«

»Struhlmann, war doch damals alles nur Show von uns, damit wir ordentlich Begrüßungsgeld abgreifen konnten. So lautet doch in etwa eines Ihrer zahlreichen Vorurteile, nicht wahr?«

Struller nickte. »Genau! Dieser Kosmonaut war nie im Weltraum, das Eins-zu-null bei der WM '74 war gekauft, und alle Olympiasieger waren gedopt!«

Saskia Baumeister lächelte milde. »Und ist es da nicht toll, wie schön zusammengewachsen ist, was zusammengehört?«

»Ja. Ganz toll«, zischte Struller.

Saskia Baumeister ging ein paar Schritte weiter zur Kasse. Der Mann im weißen Kittel hackte zwei Posten in seine Registrierkasse und fragte: »Wie immer zum Mitnehmen?«

»Ja, bitte.«

Sie zahlte und drehte sich Struller zu. »Machen Sie sich keine Sorgen, Herr Struhlmann, ich werde Sie nicht in Verlegenheit bringen. Ich frühstücke in meinem Büro. Lassen Sie sich beim Verspeisen Ihrer Lachsbrötchen ruhig so richtig schön gehen. Verschlabbern Sie ungestört Ihren Kaffee. Hier in der Nähe ist doch das Neandertal, oder?«

Struller schlug sich mit der freien linken Faust vor die Brust. »Ja, Weib. Neandertal ganz nah!«

Sie verdrehte die Augen. »Das machen Sie toll, Kollege. So authentisch!«

»Immer gerne. Für die doofen Touristen. Da sind wir Düsseldorfer ganz brav, denn hier in meiner schönen Stadt bekommt man die guten Manieren bekanntermaßen schon mit der Muttermilch eingeflößt.«

»Dann waren Sie aber ein Flaschenkind. Wie schade.«

Struller grinste. »Schade ist nur, dass sich unsere Wege jetzt trennen und Sie nicht in den Genuss kommen werden, mich beim filigranen Frühstück bewundern zu können.«

Saskia Baumeister lachte. »Das soll ich schade finden?« Sie schnaufte höhnisch, hatte sich schon fast zum Gehen umgedreht, machte aber plötzlich auf dem Absatz kehrt und baute sich vor dem überraschten Struller auf. »Sie geben also damit an, Tischmanieren zu besitzen, die mich beeindrucken könnten? Soll das eine Einladung sein?«

»Nein«, antwortete Struller.

»Okay. Ich bin kein Unmensch. Es ist Weihnachtszeit, das alte Jahr ist bald rum. Und damit Sie nicht weiter mit dem Trauma leben müssen, wieder ein ganzes Jahr lang mit keiner attraktiven Frau ausgegangen zu sein, erbarme ich mich. Ich erwarte Sie um 18 Uhr in der Lobby meines Hotels auf der Münsterstraße. Es ist das NH-Hotel.«

»Äh …«, sagte Struller.

»Ich werde meinen begehrenswerten Körper in einen vorzeigbaren Fummel schwingen. Wenn Sie mich erblicken, bitte nicht anfangen zu sabbern! Das wäre mir peinlich. Ich bin gespannt, welche Pommesbude Sie für uns beide aussuchen werden.«

Sie drehte sich grinsend um und verließ die Kantine. Ungläubig starrte Struller ihr mit offenem Mund hinterher. Den er dann hastig schloss, weil ihm einfiel, wie dämlich das aussehen musste.

»Was war das denn?«

Benommen wankte er zum nächsten Tisch, setzte sich und schüttelte den Kopf. Er hatte ein Date mit Saskia Baumeister! Mit dieser BKA-Tussi, die ihm vor fünf Tagen den Lauf einer Knarre an den Hinterkopf gedrückt hatte. Er nippte am Kaffeebecher und bemerkte, dass er vergessen hatte, Milch in den Kaffee zu kippen.

»Au Backe.«

Andererseits. Mein Gott … Schlagfertig war sie ja. Und eigentlich auch witzig. In einer anderen Welt hätte er sich über ihre scharf-schräge Konversation gerade wegschmeißen können vor Lachen. Hübsch war sie auch. Sportlich. Attraktiv. Aber …

Er hatte ein Date. Mit Saskia Baumeister. Und, wie ihm jetzt gerade schlagartig bewusst wurde, mit einer der Frauen, die als Maulwurf infrage kamen. So konnte er, genau, das Nützliche mit dem Angenehmen verbinden. Quasi. Und ihr bei einem gemeinsamen Häppchen ganz nebenbei und unauffällig auf den Zahn fühlen.

»Clever, Pit, clever«, lobte er sich selbst und tunkte eines der beiden Brötchen in den schwarzen Kaffee. Erst dann fiel ihm auf, dass es kein trockenes, sondern ein mit Lachs belegtes Brötchen war, das er gerade in die schwarze Flüssigkeit tauchte.

* * *

Als er gestärkt den bläulichen Glaskasten an der Haroldstraße hinter sich ließ, atmete er erst mal tief ein. Struller seufzte. Yvette de Baron. Okay, das war er ihr schuldig. Die leitende Staatsanwältin vor dem Abflug nach Prag mit seiner Krächzshow so hoch zu nehmen, war nicht in Ordnung.

Wenn auch der Zweck auf jeden Fall die Mittel geheiligt hatte. Nein, er musste jetzt ein bisschen gutes Wetter machen und ihr ausführlich und unaufgefordert Bericht erstatten, um sie nicht zu vergrätzen. Das Wohlwollen einer Leitenden Staatsanwältin konnte man immer noch mal gebrauchen.

Entschlossen bog er nach links Richtung Rhein ab und schlenderte auf der Rheinuferpromenade Richtung Altstadt.

Wettermäßig hatte es noch mal angezogen. Zwar war mit Eisschollen auf dem Rhein noch nicht zu rechnen, aber gab es jetzt Regen, würden sich die Straßen und Gehwege Düsseldorfs in gefährlich-rutschige Schlitterbahnen verwandeln.

Struller versenkte seine Hände tief im dunklen Wintermantel und schritt zügigen Schrittes voran, um seinen Körper ein wenig auf wärmende Temperatur zu bringen. Der Sitz der Staatsanwaltschaft befand sich in der Fritz-Röber-Straße. Ein eindrucksvoller, schwerer Altbau, der sagte: Hier bin ich, Gauner, aufgepasst, mit wem du dich anlegst!

Struller kannte sich im Gebäude aus, stieg die ausgetretenen Steinstufen hoch und ging zügig in de Barons Vorzimmer, wo ihn die patente Frau Schramm erwartete.

»Guten Morgen, Herr Struhlmann. Sie haben sich aber rar gemacht.«

»Guten Morgen. Ich war viel in ganz Europa unterwegs.«

Frau Schramm ruckelte die Lesebrille von der Nase, ließ sie an einem dünnen Goldkettchen um ihren Hals baumeln und sagte vorwurfsvoll: »Ich hörte davon.«

Struller grinste entschuldigend. »Und da habe ich mal gedacht, ich schaue in der Sache mal bei meiner Herrin des Verfahrens vorbei, um ein bisschen gutes Wetter zu machen.«

Frau Schramm seufzte. »Gutes Wetter könnte die Frau de Baron wirklich gebrauchen, aber sie ist nicht da.«

»Ach«, ärgerte sich Struller. »Unterwegs? Lohnt es sich zu warten?«

Frau Schramm im eleganten blauen Kostüm zog ihre breiten Schultern hoch. »Kann ich nicht sagen.«

Struller erkannte, dass sie zögerte. Die liebenswerte Endfünfzigerin und Struller kannten sich seit ewigen Zeiten und hatten in den Jahren so manchen Leitenden Staatsanwalt mehr oder weniger unbeschadet überstanden. Sie beide schätzten die jetzige Amtsinhaberin sehr.

Frau Schramm gab sich einen Ruck. »Sie hat ein paar Probleme, die sie im Moment ein wenig aus der Spur bringen«, sagte sie schließlich mit besorgtem Gesichtsausdruck.

Struller lehnte sich gegen eine mit roten Aktenordnern überfüllte Regalwand. »Macht einer ihrer Fälle fiese Zicken?«

Frau Schramm schüttelte ihren flotten, grau-schwarzen Kurzhaarschnitt. »Nichts Dienstliches. Was soll es dienstlich geben, dass ihr Sorgen bereitet? Nein, es ist was Familiäres.«

»Ist ihr Vater mal wieder verschwunden?«, riet Struller, der Yvettes de Barons Vater bei einem vergangenen Fall persönlich hatte erleben dürfen. Vater de Baron lehrte an der Düsseldorfer Uni und leistete sich immer mal wieder verdeckte Milieustudien, um eine seiner zahlreichen, sozialen Thesen im richtigen Leben bestätigt zu finden. Oder eben nicht. Struller hatte ihn als stummen Thekenschläfer Vokuhila getarnt in Krakes Aquarium kennen gelernt.

»Nein, es ist das Sorgenkind der Familie. Yvettes jüngere Schwester Monic, die wieder an den falschen Kerl geraten ist«, verriet Frau Schramm flüsternd. »Oder die falschen Männer. Es können manchmal auch gleich mehrere sein«, fügte sie mit spitzer Zunge hinzu.

Struller lachte. »Nur kein Neid. Aber die ist doch auch schon über dreißig und sollte auf ihren eigenen Füßen stehen.«

Die Sekretärin verdrehte die Augen, nahm ein holzgerahmtes Schwarzweißfoto von der Anrichte und reichte es Struller, der Monic und Yvette erkannte, die auf einer Parkbank im Grünen sitzend ihren stolz und breit grinsenden Vater lachend einrahmten.

»Wie soll man auf so dünnen Beinchen vernünftig stehen können? Sie macht immer wieder Schwierigkeiten«, giftete sie böse.

»Man kann sich seine Familie nicht aussuchen. Monic sieht nett aus.«

»Teil des Problems«, knurrte die Schramm spitz und nahm Struller das Bild aus den Fingern. »Auf jeden Fall kann ich wirklich nicht sagen, wann Frau de Baron wieder im Haus ist.«

Struller strich sich durchs Haar. Im Grunde genommen war er nicht unglücklich, um das unangenehme Gespräch in Sachen Auslandseinsatz herumgekommen zu sein. »Tja, dann bin ich mal wieder weg. Bestellen Sie bitte ganz liebe Grüße und sagen Sie ihr bitte, dass ein Mann manchmal tun muss, was ein Mann tun muss.«

Frau Schramm lachte. »Sind Sie sicher, dass ich ihr *das* ausrichten soll?«

Struller klopfte mit dem Knöchel auf den Türrahmen. »Es darf auf keinen Fall so aussehen, als hätte ich einen Fehler gemacht und würde mich womöglich dafür entschuldigen wollen.«

»War es denn ein Fehler?«, fragte sie unschuldig.

»Auf keinen Fall«, antwortete Struller.

»Dann ist ja alles gut.«

Alles gut? Puh. So weit würde Struller nun nicht gehen, aber er winkte trotzdem zum Abschied und verließ das Büro. Familiäre Probleme? Die hätte er der netten Staatsanwältin sowieso nicht abnehmen können.

* * *

Für seinen nächsten Termin brauchte er dringend einen fahrbaren Untersatz. Und nach den jüngsten Erfahrungen musste das nicht unbedingt eine überfüllte Straßenbahn sein. Er wollte zur Uni-Klinik und sich bei Dobrovsky sehen lassen, um eventuell kurz mit einem Arzt zu sprechen. Das große Krankenhausareal befand sich am anderen Ende der Stadt. Zu Fuß zu gehen, kam daher nicht infrage. Er befand sich in der Altstadt. Auf der Heinrich-Heine-Allee. Was tun?

»Die Altstadtwache«, frohlockte Struller. Vielleicht hätten die Kollegen dort Zeit, ihn schnell zur Uni zu fahren.

Struller grüßte die vor dem Eingang stehenden, rauchenden Kollegen, betrat die Wache und zückte am dortigen Wachtresen seinen Dienstausweis.

»Morgen! Struhlmann, vom KK 11. Ich bin zu Fuß hier und habe einen dringenden Termin in der Uni. Habt ihr ein Auto frei, das mich da schnell hinbringen kann?«, fragte Struller und wunderte sich über die zahlreichen Polizisten in Einsatzanzügen, die sich entschlossenen Schrittes an ihm vorbei nach draußen drängelten.

»Hallo, Kollege. Ist im Moment schlecht. Viel zu tun«, erklärte jemand auf der anderen Seite des Tresens.

»Läuft was Dickeres?«, fragte Struller und nickte den Leuten der Einsatzhundertschaft hinterher.

»Nee, der normale Wahnsinn. Der Weihnachtsmarkt lockt wie üblich alles Mögliche hinterm Ofen hervor, Fortuna hat ein Heimspiel gegen irgendwas aus'm Süden. Deren Hooligans haben auf der Fahrt nach Düsseldorf schon eine Tankstelle auseinandergenommen.«

»So eine Busfahrt kann sich ziehen und verdammt langweilig werden«, zeigte Struller Verständnis.

»Stimmt«, grinste der Kollege. »Wir haben auf der Bolker Straße siebzehn krakeelende Junggesellenabschiede gezählt, dazu zwei Kundgebungen auf dem Schadowplatz. Eine gegen rechts, eine gegen links. Veganer demonstrieren auf der Flinger Straße, dazu die aktuelle Terrorwarnung. Hinten in den Gewahrsamszellen sitzt einer, der meint er wäre Jesus. Eine Entenfamilie blockiert die Maximilian-Weyhe-Allee, und wir stellen sechs Mann fürs Konzept *Sichere Altstadt*. Richtung Bahnhof sind vor einer halben Stunde die Ampeln ausgefallen, da müssen wir den Verkehr regeln, und der Chef ist krank. Also, ein ganz normaler Spätdienst.«

Struller lachte und wunderte sich wieder mal, mit welcher Engelsgeduld die meisten seiner uniformierten Kolleginnen und Kollegen gesegnet waren, um den Laden trotz allem halbwegs am Laufen zu halten. »Mir würde auch ein Halbtoter mit Fußleiden reichen!«, rief er.

»Die Halbtoten besetzen die Streifenwagen, die ohne Füße nehmen die Anzeigen auf.«

»Es ist dringend, ein Kollege wartet schon da, es geht um Mord.«

»Wir haben jeden Tag Mord und Totschlag in der Altstadt und brauchen in den verwinkelten Gassen des Grauens jeden Mann«, erklärte der Kollege schulterzuckend.

Zwei Beamtinnen führten vorsichtig eine Frau auf die Wache, die selig lächelte.

»Was hat sie?«, fragte der Wachdienstführer die beiden.

»Die Dame stand im Hofgarten, hat gepredigt und behauptet, sie sei die Mutter Gottes.«

»Gepriesen seiest du«, segnete ihn die Dame mit weicher Stimme und demütigem Augenaufschlag.

»Danke. Bringt sie gleich nach hinten! Ihr Sohn ist schon da.«

Der Wachdienstführer hielt den dreien eine Schwingtür auf

und die beiden Kolleginnen geleiteten die Mutter Gottes nach hinten in den Gewahrsamstrakt.

»Aber … Ich könnte dir aber unseren Peripheriewagen anbieten. Der steht zurzeit am Karlsplatz, aber es muss schnell gehen, den Wagen brauchen wir wieder. Am besten wartest du hinter der Wache.«

Struller wunderte sich mit hochgezogenen Augenbrauen. Peripheriewagen? Na, Hauptsache, der Streifenwagen hatte einen Motor, einen Rücksitz und vier Reifen, die sich gleichzeitig in die gleiche Richtung drehten.

»Peripheriewagen? Nehme ich!«, sagte Struller erfreut. Er bedankte sich, verließ die Wache und hielt sich rechts, um dort wie geheißen auf den Streifenwagen zu warten. Er ruckelte sein Handy aus dem Mantel und erreichte Bertie Spurtmann in dessen Büro.

»Bertie. Ein ganz dringender Auftrag. Ich fahre jetzt in die Uni-Klinik. Da holst du mich mit deinem schicken Dienstwagen in eineinhalb Stunden vor dem alten Haupteingang an der Moorenstraße ab. Kennst du den?«

»Ja, Chef. Ich lag da mal mit …«

»Gut, Bertie. Bis gleich!«

Struller stopfte das Telefon zurück ins Warme. In diesem Moment bog auch schon der Streifenwagen um die Ecke, und Struller stieg hinten ein. Durch den fürchterlichen Weihnachtsverkehr stauten sie sich bis zur Universitätsklinik, wo Struller dankbar den Wagen wieder verließ. Am Funk war so viel los, dass er den nahenden Kopfschmerz sich anrobben hören konnte.

»Danke, Kollegen!«

»Wenn ich mal jemanden von der Führung umlege, prüfe das bitte wohlwollend«, lachte der Beifahrer.

»Es wird wie ein Unfall aussehen. Versprochen«, kniff

Struller ihm ein Auge und warf die Tür hinter sich zu.

Die Uni-Klinik in Düsseldorf war riesig und erstreckte sich über zig Quadratkilometer. Struller fragte sich auf dem Gelände durch, bis er das Gebäude mit der Station gefunden hatte, in der Dobrovsky sanft vor sich hinschlummerte. Ein Fahrstuhl hievte ihn in die richtige Etage. Dass er richtig war, wusste er, als er vor einem Zimmer einen uniformierten Kollegen antraf, der sich mit einem etwa 50-jährigen Mann unterhielt.

»Hallo, ich bin Hauptkommissar Struhlmann. Liegt hier Janek Dobrovsky?«

Der Kollege wollte antworten, aber der Mann in Zivil kam ihm zuvor. »Struhlmann? Mein Name ist Milos Kopecky. Können Sie mir ein paar Fragen beantworten?«, fragte Kopecky.

»Aber sicher. Ich freu mich übrigens, Sie endlich persönlich kennen zu lernen. Karel Skupa, den Sie uns als Ansprechpartner in Prag empfohlen haben, hat uns schon mehr als einmal richtig weiter geholfen. Danke noch mal dafür. Wir können uns vielleicht dort hinsetzen.« Struller deutete auf eine Sitzecke und rechnete insgeheim damit, dass er von Kopecky ausführlichere Auskünfte zu Dobrovskys Gesundheitszustand bekommen würde als von einem Doktor, den die lästige Schweigepflicht fesselte.

»Wissen Sie inzwischen, was passiert ist?«

»Wir kommen der Wahrheit jeden Tag ein gutes Stück näher«, erklärte Struller, erkannte aber sofort, dass sich Kopecky mit diesen Allgemeinplätzen nicht würde abspeisen lassen. Sollte er auch nicht.

»Janek hat letzte Woche Dienstag in Begleitung eines Herrn Pavel Slezak im *Club Jamaika*, einem Tabledanceladen auf der Adersstraße, irgendwen oder irgendwas gesehen oder erkannt. Was und wen, wissen wir noch nicht. Wir haben da eine Vermutung. Dieser Pavel Slezak hielt es dann für richtig, Janek eine Zeitlang aus dem Weg zu räumen. Warum genau? Da sind wir dran. Das Versteck war ein verborgenes Zimmer in einem Hinterhofhaus auf der Behrenstraße, das der Entführer unter falschem Namen bewohnte. Dort wurde Slezak aufgeschreckt. Er hat Janek Dobrovsky in ein Hotel verschleppt, wo wir ihn gefunden haben. Herr Slezak sitzt bei uns ein. Er verweigert die Aussage, weil er auf einen Deal hofft.«

»Kronzeugenregelung?«

»So was in der Art, ja.«

Kopecky schüttelte verärgert den Kopf. »Er hätte Janek umbringen können.«

Struller nickte. »Das sehe ich ähnlich. Ich hoffe, dem Burschen das Handwerk legen zu können, bevor ein Richter auf so einen Deal eingeht.«

»Kann ich helfen?«

Struller strich sich durchs Haar. »Dobrovsky könnte uns helfen. Wie lange wird er noch im künstlichen Koma gehalten?«

»Die Ärzte sagen bis morgen Abend, vielleicht übermorgen.«

Struller verdrehte die Augen. »Das ist noch lange. Slezak hat einen Anwalt gefunden, der ihn berät. Spätestens übermorgen findet das Gespräch mit der Staatsanwaltschaft und einem Richter statt. Ich würde es hassen, wenn Slezak mit einem Deal davonkommt.«

»Ich habe schon mit den Ärzten gesprochen, aber die lassen da nicht mit sich reden." Kopecky seufzte. »Aber schön, dass Sie mit meinem Ansprechpartner in Prag zurechtgekommen sind?«

»Karel Skupa ist super. Wie gesagt: eine sehr gute Empfehlung. Die Zusammenarbeit war klasse.«

Kopecky grinste. »Das habe ich gehofft. Er ist ein richtig guter Mann.« Seine Miene verfinsterte sich. »Ich verstehe allerdings nicht, warum eine Wache vor Janeks Krankenzimmer steht?«

Struller räusperte sich. »Das hat folgenden Hintergrund. Wir fragen uns natürlich immer noch, was Slezak mit Dobrovsky vorhatte. In dieser Sache ist eine junge Frau ermordet worden, Frau Darina Hasek. Den Namen schon mal gehört?«

»Tut mir leid, nein«, antwortete Kopecky.

»Also, sie wird ermordet, aber Janek Dobrovsky bleibt am Leben und wird entführt. Warum dieser Unterschied? Ich meine, gut, dass er gemacht wurde, aber was hatte Slezak mit dem Freund Ihrer Tochter vor? Warum geht er das Risiko ein, einen kräftigen, jungen Mann zu entführten, zu verstecken und ihn dann quer durch Düsseldorf zu transportieren, um ihn in ein Hotel zu verlegen? Da bin ich noch nicht mit durch.«

»Er hat ihn für irgendwas gebraucht«, schlug Kopecky vor.

Struller nickte überrascht. »Ja. Das klingt gut. Aber, für was?«

»Als Sicherheit?«

»Kann sein. Als eine Art Geisel? Oder als eine Art Pfand?«

Struller und Kopecky ließen ihre Gedankengänge kreisen. Struller wünschte sich eine Ernte zwischen die Lippen. Pfand? Pfand. Pfand klang irgendwie gut …

»Pfand«, flüsterte Kopecky. Auch bei ihm hatte sich dieses Wort festgesetzt.

»Genau. Als Pfand. Solange Dobrovsky lebt und er sich in seiner Gewalt befand, war Slezak sicher. Dobrovsky war eine Art Lebensversicherung. Darum ist er das Risiko eingegangen. Darum hat Pavel Slezak ihn nicht getötet.« Struller spürte, wie sich seine Handinnenflächen erwärmten. Wie zu sich selbst sprach er vor sich hin: »Und deshalb ging es Slezak in Prag an den Kragen. Da war … wem auch immer … bereits bekannt, dass Dobrovsky im Krankenhaus lag. Wem auch immer? Dem Maulwurf!«

Ganz unverhofft hatte Struller ein Puzzlestück gefunden. Und er hatte sofort den Eindruck, als sei dieses Puzzlestück ein besonders wichtiges Teil.

»Aber das bedeutet natürlich …«, versuchte Kopecky vergeblich, einen weiteren Gedanken zu fassen.

Struller half ihm. »Das bedeutet, dass der Täter nach wie vor ein Interesse haben könnte, Dobrovsky zu ermorden. Und um das zu verhindern, steht hier ein Polizist vor Janeks Krankenzimmer. Wie geht es Ihrer Tochter?«

»Sie ist bei ihrem Freund. Möchten Sie sie sprechen?«, bot Kopecky an.

»Nein, ist in Ordnung. Sie haben mir alles erzählt, was ich wissen wollte. Grüßen Sie sie bitte von mir.«

Kopecky stand auf und reichte Struller die Rechte. »Werde ich gleich machen. Ich bin sicher, der Fall ist bei Ihnen in den richtigen Händen.«

Struller schüttelte die Hand dankbar und wünschte sich, als er wenig später die Uni-Klinik wieder verließ, er wäre sich genauso sicher.

Bertie stand mit seinem Wagen vor der Ausfahrt. Er trug seinen dicken, grünen Parka bis oben geschlossen, dazu die braune Wollmütze und erwartete ihn mit großen Augen. »Was gibt es Eiliges?«

»Dringende Besprechung im Präsidium. Schön, dass du pünktlich bist. Auf dich ist Verlass, Kollege«, lobte Struller. Bertie startete den Wagen.

* * *

»Hallo ihr zwei«, nahm Jensen seine beiden Mitstreiter wenig später in Empfang, als sie Strullers Büro betraten.

»Morgen!«, grüßten beide zurück und schälten sich aus den Mänteln.

Struller ließ sich hinter seinen Schreibtisch fallen und warf einen entsetzten Blick auf Bertie Spurtmann, der sich umständlich aus seinem Parka schälte.

»Was ist das denn?«, fragte ein ebenso überraschter Praktikant Jensen.

»Wie, was? Ach so«, kokettierte Bertie schelmisch. »Du meinst meinen neuen Pullover? Den hat mir Doris gekauft. Sie meint, immer nur Grau hätte eine ganz schlechte Aura.«

»Ja, aber …«, stammelte Jensen und fragte sich, was genau *das* jetzt für ein Farbton war.

»Die Farbe soll Energien bündeln und für eine positive Grundeinstellung sorgen! Hübsch, nicht?«, entgegnete Spurtmann und drehte sich filigran einmal um die eigene Achse.

Grün, entschied sich Jensen. Im großen Ganzen war die Farbe ein helles Grün. Mit einem leichten Stich ins Violette und einem bräunlichen Nachklang. Es wirkte außerdem ein bisschen gelblich, das lag aber vielleicht auch am neonfarbenen Gesamteindruck. Jensen kniff entsetzt die Augen zu, denn er hatte in seinem Leben selten eine scheußlichere Farbe gesehen.

Struller kramte hastig in seiner Schreibtischschublade und setzte eine Sonnenbrille auf. »Herrlich, der Schmerz lässt nach! Diese … Farbe blendet einen ja förmlich. Ist ja sehr schön, wenn die Farbe bei dir positive Energien erzeugt, bei mir erzeugt sie einen negativen Brechreiz. Kannst du den Parka bitte wieder anziehen?«

»Nein«, bockte Spurtmann.

»Dann lasse ich die Sonnenbrille auf. Ich möchte mit euch das Puzzle ein bisschen ordnen.«

»Welches Puzzle?«, fragte Bertie mit Schmollmund.

»Ich sehe den Fall als ein dreiteiliges Puzzle«, fuhr Struller fort. »Aufgehende, strahlende Sonne am hellblauen, wolkenlosen Himmel über einer gelbbraunen Sandwüste.« Struller bemerkte Jensens amüsierten Seitenblick auf Spurtmanns verständnislosen Gesichtsausdruck und fuhr fort. »Widmen wir uns dem Sand. Der Sand sind Slezak und Dobrovsky. Es war so: Jensen, Tochter Kopecky und Dobrovsky gehen am Dienstagabend in eine Altstadtkneipe. Hier trifft Dobrovsky auf Slezak. Als Jensen und die Kopecky nach Hause gegangen sind, ziehen letztere weiter in den *Club Jamaika*. Hier sieht Dobrovsky irgendwen oder irgendwas. Er war zur falschen Zeit am falschen Ort. Slezak kriegt das mit. Er weiß, dass Dobrovsky jetzt sterben muss. So wie tags zuvor Darina Hasek. Und er ahnt, dass auch er dran ist, weil er ja nicht nur die Hasek angeschleppt hat, sondern dass er auch an diesem Tag blöderweise wieder einen Fehler machte, als er Dobrovsky in den Club führte.«

Jensen nickte, Spurtmanns angespannte Gesichtszüge entkrampften sich.

»Aber die Täter müssen beide ermorden, sonst ergibt es keinen Sinn«, fuhr Struller fort.

»Weil der jeweils andere sonst zu viel weiß«, ging Jensen dazwischen. »Und deshalb gibt Slezak Fersengeld und entführt Dobrovsky. Solange Dobrovsky lebt, ist es für die Täter zu riskant, nur ihn, Slezak, umzubringen.«

»Richtig. Als eine Art Lebensversicherung oder Pfand versteckt Slezak Dobrovsky auf der Behrenstraße im Hinterzimmer. Slezak wird nun versucht haben, irgendwie aus dieser tödlichen Nummer rauszukommen. Als er eines Nachts von Mondgesicht Besuch bekommt, der ihn umbringen soll, merkt er, dass da nicht viel mit Verhandeln ist. Er erschießt

Mondgesicht, flüchtet mit seinem Gefangenen ins Hotel Schaubzek, wo er im Zimmer von Mondgesicht untertaucht.«

»Aber das wird ihm dort zu heiß, und er haut ab nach Prag, wo er meint, sicher zu sein.«

»Er flieht ins *Prince* und stellt fest, dass er sich geirrt hat. Denn hier sperrt man ihn ein und bearbeitet ihn in einem Keller, weil er bei seinen tschechischen Kumpanen in Ungnade gefallen ist. Deshalb war er heilfroh, als die Polizisten ihn dort aufgetan und rausgeholt haben. Er hat uns um Hilfe geradezu angefleht. Das bedeutet außerdem, dass es eine kriminelle Verbindung von Düsseldorf nach Prag gibt, denn dort war man auffallend schnell und gut über Pavel Slezak informiert.«

»Als Slezak merkte, dass es wieder zurück nach Düsseldorf ging, hat er sich den Plan mit der Kronzeugenregelung überlegt, um rechtlich schadlos aus der Sache rauszukommen. Jetzt schweigt er.«

Jensen nickte. »Okay. Diesen Teil des Puzzles hätten wir gelöst. Bis auf eine entscheidende Kleinigkeit. Wen oder was hat Dobrovsky im *Club Jamaika* gesehen?«

»Etwas, dass auch Darina Hasek erkannt hatte«, erklärte Struller. »Es muss einen gemeinsamen Punkt in ihrer beider Vergangenheit geben. Oder einen Kontakt. Oder eine Person.«

»Darina Hasek«, gab Struller das nächste Stichwort.

»Wäre das jetzt der Puzzleteil Sonne oder der Puzzleteil blauer Himmel?«, fragte Spurtmann.

»Sonne«, antwortete Jensen. »Moment, da habe ich was vorbereitet.«

Er griff hinter sich an den Schreibtisch und pappte ein großes Plakat an die Magnetwand.

»Ich habe heute Vormittag Darinas letzten Abend rekonstruiert.« Jensen kommentierte die Stichworte auf dem Plakat. »Die Mobile Stripshow hatte folgende Auftritte, was folgenden Ablauf ergab:

Erster Auftritt, 21 Uhr, Feuerwehr Oberbilk. Slezak rollt Darina Hasek in einer Kiste hinein. Sie tanzt splitternackt. Es gibt einen Lapdance bei Manni Rauscher. Der Feuerwehrmann hat anschließend Streit mit Slezak, der wiederum Streit mit Darina Hasek hatte.

Zweiter Auftritt, 22 Uhr, Zahnärzte feiern im Z. Die gleiche Show, nur ohne Lapdance. Alle waren begeistert, kein Streit.

Dritter Auftritt, 23 Uhr, Tennisclub Blau-Rot Ludenberg. Die gleiche Show. Alle begeistert, kein Streit.

Vierter Auftritt, 24 Uhr, Bestattungsunternehmen Weyler&Weyler. Die gleiche Show, nur springt Darina nicht aus einer Kiste, sondern aus einem Sarg. Darina Hasek ist diesmal nicht splitternackt, sondern trägt einen Slip, vermutlich aus Pietätsgründen. Eine Dame und alle Männer sind begeistert.

Zwischenfall. Der Tanz wird von einer männlichen Person durch ein Fenster beobachtet. Außerdem äußerte sich Darina Hasek in abfälligem Ton über die Tennisspieler aus ihrem letzten Auftritt.

1.30 Uhr, Tennisclub Blau-Rot Ludenberg. Darina Hasek wird ermordet, in einen Container gesteckt und von der Südbrücke in den Rhein geworfen.«

Jensen machte eine Pause. »So muss es gewesen sein. Hat wer Ergänzungen?«

»Der Container ist ein 38/5 der Firma Greis aus Nesselwang im Allgäu«, erklärte Spurtmann.

Struller verkniff sich einen Kommentar. Überhaupt war er tief in Gedanken. Er hätte es niemals zugeben oder seinen Praktikanten gar gelobt, aber es tat gut, den Fall in diesem Zusammenhang einmal auf einem Blatt visuell präsentiert zu bekommen. Anscheinend lernten die Polizeischüler ab und an doch mal was Sinnvolles auf ihren Polizeischulen. Und ihm war eines aufgefallen: »Ich bin sicher, dass der Knackpunkt beim Auftritt um 23 Uhr im Tennisheim liegt. Stellen wir unsere Ausgangsfrage einmal konkret auf diese Örtlichkeit bezogen! Wen oder was hat Darina Hasek im Tennisheim gesehen? Was war so wichtig, dass sie ermordet wurde?«

»Du meinst, aus der Antwort lässt sich das Motiv ableiten?«, fragte Jensen, noch nicht ganz überzeugt.

»Ja. Sie hat beim nächsten Auftritt, dem Bestatterauftritt, über die Tennisspieler geflucht. Irgendwas oder irgendwer hat sie so beschäftigt, dass sie nach diesem, dem letzten Auftritt, noch einmal zum Vereinsheim gefahren ist. Um etwas zu klären oder um sicher zu sein. Dort wurde sie ermordet.«

Jensen nickte. »Wie ist sie dorthin gekommen? Taxi?«

»Wahrscheinlich.«

Spurtmann meldete sich. »Was ist mit dem Mann, der sie beim Tanzen bei den Bestatterin beobachtet hat?«

Jensen war überrascht. Meine Güte, erst die Puzzlefrage, dann so was Konkretes. Licht und Schatten lagen bei Bertie Spurtmann gleich nebeneinander.

»Das könnte einer von den Tennisleuten gewesen sein«, schlug Struller vor.

»Das könnte auch ein Zufall sein. Jemand, der zufällig bei Weyler&Weyler vorbeikommt und Musik und Gegröle hört«, gab Jensen zu Bedenken.

Struller formulierte einen neuen Gedanken. »Du hast gesagt, Darina Hasek trug aus Pietätsgründen bei den Bestattern einen Slip. Ich habe eine andere Variante. Darina hat am Tennisheim das tschechische Kennzeichen aufgeschnappt. Oder gesehen. Um es sich zu merken, schrieb sie es sich auf die Innenseite ihres Schenkels. Sie hatte keinen Zettel dabei.

Möglicherweise wäre ein Zettel auch zu gefährlich gewesen, falls man den bei ihr findet. Sie schreibt es an eine Stelle, die nicht kontrolliert werden würde. In die Leiste, sodass der Schriftzug von ihrem Slip verdeckt wurde. Den hat sie dann bei den Bestattern erstmals am Abend nicht ausgezogen. Also: keine Pietätsgründe, sondern um das Kennzeichen verstecken zu können.«

Jensen strich eine Strähne hinters Ohr. »Das könnte sein. So passt das tschechische Kennzeichen in den Fall. Aber … Für sich alleine genommen ist ein Kennzeichen kaum eine Information. Wichtig ist, was mit dem dazugehörigen Fahrzeug passiert. Bewegt es sich? Wenn ja, von wo nach wo? Oder wird es beladen? Wenn ja, womit? Vielleicht hat Darina Hasek auch diese Informationen aufgeschnappt. Und musste deshalb sterben. In diesem Puzzleteil haben wir noch was zu tun. Was ist das dritte Stück?«

»Der blaue Himmel«, antwortete Spurtmann.

»Richtig. Wer ist der Maulwurf?«, wurde Struller konkreter.

»Was hat das mit unserem Fall zu tun?«, fragte Jensen.

»Vielleicht ist der Maulwurf der Mörder«, erklärte Struller. »Beziehungsweise die Maulwurffrau ist es. Was wissen wir über sie?«

»Weiblich.«

»Einflussreich.«

»Mittelbarer oder unmittelbarer Bezug zu Tschechien.«

»Welche Frauen haben wir im Fall?«, fragte Struller.

Jensen schob das Plakat beiseite und schrieb an die Magnettafel:

Sabina Beilic

Ewa Czeck aus dem Club Jamaika

Kim Schoo, die Nachbarin

Saskia Baumeister, BKA

Lena Radok, Gerichtsmedizin

Struller stand auf und stemmte die Hände in die Hüfte. »Eine von ihnen ist der Maulwurf.«

Jensen blickte skeptisch. »Ich bin mir nicht sicher. Haben wir alle Frauen auf der Liste, die infrage kommen? Wenn wir uns auf die fünf konzentrieren, übersehen wir vielleicht die sechste Frau, die es dann tatsächlich ist.«

Struller klatschte in die Hände. »Lasst uns ein paar Jobs verteilen! Jensen, du meldest dich noch mal bei Ewa Czeck, ob dort im *Aquarium* alles in Ordnung ist. Vielleicht ist ihr noch irgendwas eingefallen. Der Einfluss deiner Oma kann sehr inspirierend sein.«

Jensen lachte.

»Außerdem gehst du ganz gepflegt bei den Tennisspielern einen trinken. Mal sehen, was der Wirt auszuplaudern hat. Guck dich um, halt die Ohren offen. Dann knöpfst du dir Lena Radok noch mal vor. Die hat in der Gerichtsmedizin und bei den Vernehmungen viel über den Fall mitbekommen. Sie stammt aus Tschechien und ist neu in Düsseldorf. Geh mit ihr essen! Zerre sie ins Bett! Horch sie aus!«

»Das könnte ich übernehmen«, meldete sich Bertie.

»Nein, Bertie für dich habe ich einen Spezialauftrag. Janek Dobrovsky wird zwar rund um die Uhr im Krankenhaus überwacht, ich möchte aber jemanden dort haben, der mit Herzblut bei der Sache ist, weil er knietief im Fall drinsteckt. Für den der Fall eine persönliche Angelegenheit ist. Jemanden ohne Distanz. Jemanden wie dich!«

»Ach?«, fragte Spurtmann.

»Ja.« Struller blickte Spurtmann tief in die Augen. »Dir traue ich mehr zu als einem ganzen Team vom Sondereinsatzkommando, Bertie.« Und irgendwie meinte Struller das sogar tatsächlich so.

Spurtmann lief vor Stolz rot an. »Super! Ich gebe alles!«

»So kenn ich dich, Kollege. Ich versuch noch mal, die de Baron zu erreichen und knöpf mir die Baumeister vor. Und dann warten wir weitere Infos von Karel Skupa ab. Vielleicht bringt uns der LKW weiter. Männer«, schloss Struller, »Ich bin mir sicher, dass wir in die ganz heiße Phase eingetreten sind.«

Wie recht Struller hatte und wie heiß diese Phase werden würde, konnte er zu diesem Zeitpunkt nicht ahnen. Noch nicht mal ansatzweise.

* * *

»Hier kannst du ranfahren«, sagte Struller und tippte Jay Kay vom Rücksitz des Taxis aus auf die Schulter.

»Lumpige 8,60 Euro, Boss«, summte der Taxifahrer.

»Passt schon«, erklärte Struller, reichte einen Zehner und musste schon wieder grinsen. Jay Kay hatte sich in seine schwarze, hochgebürstete Lockenpracht auf der rechten Seite eine Schneise fräsen lassen, die sein Ohr freilegte. Dort baumelte jetzt ein gigantischer, silberfarbener Ohranhänger mit Peace-Zeichen. Der Typ war einfach unbezahlbar. Dem Freak würde sogar Bertie Spurtmanns neuer Pullunder stehen. »Ich habe nachher noch einen privaten Termin und muss noch mal gefahren werden. Dein Taxi ist nicht schlechter als alle anderen. Ich rufe dich gleich wieder an.«

»Ich kann auch warten, Boss?«

»Zu teuer. Ich ruf dich an«, zischte Struller, warf die Tür zu und stieg vorsichtig aus.

Es hatte genieselt und die Gehwege waren spiegelglatt.

Yvette de Baron bewohnte ein schickes, teures Loft auf der Fischerstraße, oberste Etage mit herrlichem Ausblick über den Hofgarten. Struller hatte sie bereits einmal zusammen mit Jensen aufgesucht, nette Wohnung. Struller ruckelte den Wintermantel gerade. Gleich vor dem Haus stand ihr silberfarbener Mercedes Sportwagen, Yvette de Baron schien zu Hause zu sein.

»Sehr schön.«

Er drückte auf die oberste Klingel. Sekunden später wurde geöffnet. »Nun denn.« Struller ging die drei Treppen zu Fuß.

Er hatte kaum den obersten Absatz erreicht, als sich de Barons Tür einen Spalt öffnete und ihr Kopf im Türspalt erschien. »Herr Struhlmann?«

»Hallo. Äh, ja, ich bin es. Ich wollte mich kurz melden …«

De Baron schüttelte den Kopf. Die Wohnungstüre war immer noch nur einen engen Spaltbreit geöffnet. »Das ist jetzt ganz schlecht.«

»Wegen Prag«, fuhr Struller fort. »Und weil ich heute Mittag schon im Büro war und Sie …«

De Baron strich eine blonde Strähne aus dem Gesicht. »Morgen. Morgen Vormittag. Im Büro gerne. Aber im Moment bin ich … unpässlich.«

Struller hob die Hände. Unpässlich? »Ich war gerade in der Nähe, aber ich kann natürlich auch morgen im Büro vorbeischauen.«

»Das ist nett«, nickte Yvette de Baron.

In diesem Moment hörte Struller hinter der Staatsanwältin in der Wohnung ein Glas klirren. De Baron verzog keine Miene. Okay. Ein Mann merkt, wenn er überflüssig ist. Struller winkte zum Abschied, drehte sich weg und hatte die ersten beiden Stufen noch nicht hinter sich gelassen, als er die Türe sich schließen hörte.

Na, das war ja mal eine Abschmiere der allerersten Sorte. An Deutlichkeit in seiner Aussage kaum zu überbieten. Verpiss dich, Struller, wäre nur wenig unhöflicher gewesen.

»Zicke«, murmelte er. Sollte sie doch sagen, wenn sie Besuch hatte. Vielleicht ihre problematische, kleine Schwester. Oder George Clooney? Struller mahnte sich zur Ordnung. Was ging es ihn an, wen die de Baron in ihrer Freizeit traf? »Gar nichts!« Und es interessierte ihn auch nicht. Er warf die Haustür hinter sich in den Rahmen. Die konnte in ihrer Freizeit machen, was sie wollte. Und wenn sie sich mit vier Männern gleichzeitig traf, wäre das auch okay. Oder mit Bertie Spurtmann. Auch gut.

Struller kratzte sich den Kopf. Und das Gläserklirren? Konnte tausend verschiedene Ursachen haben. Vielleicht war sie in der Küche beim Spülen und Geschirr ist verrutscht.

Fünf Häuser weiter befand sich ein Kiosk. Nein, entschied Struller. Er war kein bisschen eifersüchtig. Worauf auch? Das war … berufliche Neugier. Oder vielleicht einfach Interesse. Genau. Dienstliches Interesse daran, wen die Herrin seines Verfahrens da bei sich in der Wohnung hatte.

»Bitte?«, fragte der Verkäufer.

»Eine Packung Ernte zum hier Rauchen«, bestellte Struller und steckte sich kurz darauf die erste Kippe an.

Er schaute auf die Uhr, dann auf den Eingang zu de Barons Haus. Ein paar Minuten hatte er noch, dann musste er sich zur Baumeister aufmachen. Zur Verabredung wollte er auf keinen Fall zu spät kommen. Andererseits: jetzt war er doch neugierig. Ob er es wagen könnte, heimlich Zivilfahnder auf die de Baron anzusetzen? »Unsinn«, knurrte Struller. Außer einem komischen Gefühl hatte er nichts vorzuweisen. Und so mir nichts, dir nichts heftete man einer Leitenden Staatsanwältin keine Zivilfahnder an die hübschen Hacken.

Er jagte einen fetten Rauchkringel in die Abenddämmerung, der durch den prasselnden Nieselregen sofort in tausend Splitter zertrümmert wurde.

Struller kratzte sich den Kopf. An de Barons Haustür tat sich nichts. Zeit, hier abzubrechen.

Nachdenklich zog er sein Handy aus der Tasche und pfiff Jay Kay im weißen Daimler heran, der wenige Sekunden später um die Ecke schoss und ihn einlud.

»Hast du auf mich gewartet?«

»Klar, Boss. Ich wollte auf jeden Fall dabei sein, wenn du ein Date hast. Die Frau will ich sehen!«

»NH-Hotel, Münsterstraße«, antwortete Struller.

Einen Block weiter hatte Struller sich auf dem Rücksitz umständlich aus dem Wintermantel geschält und eine Krawatte ans Abendlicht gezuppelt. Struller wog den breiten, blau-grünen Binder in seinen Händen. Sollte er ihn umlegen oder nicht? Saskia Baumeister hatte sich bis hierhin noch nicht mal einen Jogger verdient. Andererseits wollte er sich schon ein bisschen schick machen. Immerhin war Düsseldorf die Stadt der Mode. Und da war jeder gefragt!

Er sah, dass Jay Kay ihn im Rückspiegel grinsend beobachtete. »Fahrer, konzentrier dich auf den Verkehr!«

Jay Kay lachte. »Boss, du willst mit einer Dame essen gehen? Sie beeindrucken? Leg ihn um, den Strick! Alles, was von deiner grünen Cordjacke ablenkt, ist hilfreich.«

»Was hast du gegen die Jacke? Die hat damals ein Vermögen gekostet.«

»Boss. Das Jackett ist vielleicht dein Lieblingsstück, aber das Teil sieht aus, als wäre es noch vor der Wende gehäkelt worden.«

»Hey, das ist ein toller, gemütlicher Stoff, der heute so gar nicht mehr hergestellt wird. Und wieso sollte ich den Rat eines Mannes schätzen, der auf seinem Kopf einen schwarzen Pudel trägt?«

»Nicht gleich persönlich werden! Das war nur wohlwollend gemeinte Kritik und ein netter Rat.«

»Dann rate dir jetzt mal Folgendes. Nachdem du uns abgesetzt hast, schaust du schön auf deine Uhr. Nach zwei Stunden holst du uns wieder ab.«

»Viel hast du aber heute nicht vor ... So schnell bist du mit dem Date fertig?«

»Das ist kein Date, das ist geschäftlich«, knurrte Struller, der im Grunde genommen die günstige Gelegenheit nur nutzen wollte, um seiner Maulwurfspur mal auf den Reißzahn zu fühlen. Als wenn er mit einer Kollegin essen gehen würde … Bitte! Und aus Trotz versenkte er die Krawatte in der Innentasche seines Jacketts. Er fand seine Cordjacke gut. Basta!

Jay Kay fuhr wie der Teufel, und so betrat Struller zehn Minuten vor der Zeit gemütlichen Schrittes die gemütliche Lobby des NH-Hotels.

»Da bleibt ja noch ein bisschen Zeit«, freute er sich, trat schnell an die rechts in der Lobby befindliche Bar und bestellte drei kühle Alt.

Das erste Schlüssel Alt leerte er sofort in einem Zug, um die letzten, verwirrenden Gedanken an Yvette de Barons merkwürdiges Verhalten wegzuspülen. Die anderen beiden stellte er anschließend auf einem Stehtisch ab, von dem aus er eine gute Sicht in die Lobby hatte. Lässig stützte er sich ab und wartete auf seine Sparringspartnerin.

Um kurz nach sechs raubte es ihm den Atem, und er musste sich eingestehen, dass er heute wohl über zwölf Runden würde gehen müssen. Von wegen Sparring. Als die Aufzugtüren auseinanderglitten, hielt er sich unauffällig mit einer Hand am Tisch fest.

Wow! Welch ein Anblick!

Saskia Baumeister hatte für ihren – zugegebenermaßen – Klassekörper ein sportlich-schickes Outfit gefunden. Der

Look traf ihn wie ein verdeckter, ansatzloser Schwinger, den Struller nicht hatte kommen sehen. Ein einfacher, schwarzer Seidenschal umspielte ein mehr als interessantes Dekolleté, welches unter dem schlichten, schwarzen Blazer in einem weit ausgeschnittenen, weißen Shirt gehalten wurde. Zur tiefblauen Jeans trug sie schwarze, männermordende Stöckelschuhe mit einer auffallend roten Sohle. Struller fiel der Markenname nicht ein, er wusste aber, dass die Treter absolut *in* waren. Eine schwarze Cocktail-Handtasche an einem Arm schwingend, einen Wintermantel über den anderen gelegt, schritt sie, nein, tänzelte sie durch die Halle an seinen Stehtisch.

Struller hatte Schwierigkeiten mit der Atmung. Sicherheitshalber warf er einen Blick auf seine Armbanduhr, schnappte sich eines der Biere und drückte es Saskia Baumeister in die Finger. »Hallo! Ich liebe Frauen, die halbwegs pünktlich sind. Auf einen wunderschönen Abend! Heute zeige ich Ihnen mal die große Stadt.«

»Guten Abend. Mich mit einem Altbier zu begrüßen, wie charmant. Ach? Und Sie haben sich extra schick gemacht. Diese Cordjacke im Retrolook … Haben Sie die in London gekauft?«

Struller schlug grinsend sein Altglas gegen ihres. Das würde bestimmt kein langweiliger Abend. Saskia leckte sich einen Bierschaumkranz von den hübschen Lippen.

»Das ist ja mal ein ganz anderer Einstieg. Keine schlechte Idee. Meine letzten Verabredungen verliefen immer nach dem Muster Sekt, Dinner, Komplimente und Langeweile. Mal schauen, ob der Abend hält, was das leckere Altbier verspricht.«

»Altbier kann man trauen.«

Abwarten, schien Saskias Blick zu sagen.

»Darf ich?«, fragte Struller und half ihr in den Mantel.

Draußen vor dem Hotel wartete Jay Kay, dessen überraschtem Gesicht mehr als deutlich anzusehen war, dass er stark beeindruckt war.

»Frau Baumeister, Herr Struller – Boss, darf ich bitten?«, flötete er galant mit wackelndem Haupthaar und hielt den beiden eine Tür auf.

»Pass auf, dass dir die Augen nicht aus dem Kopf fallen«, mahnte Struller leise, aber das bekam sein Taxifahrer nicht mit. Der war viel zu sehr damit beschäftigt, seines Stammkunden Begleitung auf den wohlgeformten Hintern zu starren.

»Scharfes Teil! Respekt, Boss«, flüsterte er schließlich.

Jay Kay klemmte sich hinters Steuer, wendete rasant und fuhr mit seinem Fahrzeug in Richtung Rhein. Struller runzelte die Stirn. Hatte Jay Kay das Fahrzeuginnere mit Parfüm eingesprüht? Er erschnüffelte eine samtig-erotische Duftmischung.

Sie überquerten schweigend die Theodor-Heuss-Brücke, fuhren am Rhein entlang bis zur Luegallee und passierten den Rhein erneut, diesmal über die Oberkasseler Brücke. Jay Kay spulte spontan ein kleines Sightseeingprogramm ab. Die Kunstsammlung ließen sie rechts, die Oper links liegen und näherten sich ihrem Ziel.

»Die Königsallee«, erkannte Saskia Baumeister Düsseldorfs Prachtmeile.

»Meine Stammpommesbude, die natürlich erste Wahl war, hatte zu«, erläuterte Struller.

»So ein Pech«, lachte Saskia Baumeister. »Ich stehe auf altes Fett.«

»Genau so hatte ich Sie eingeschätzt«, grinste Struller. »Jetzt bleibt uns nur der Breidenbacher Hof mit seinen usseligen fünf Sternen.«

Jay Kay stoppte das Taxi in der imposanten Auffahrt des Hotels und öffnete seinen Gästen die Tür.

»Die Frau ist der Hammer. Die wäre auch was für mich! Wirklich nur zwei Stunden?«, raunte er Struller zu.

»Keine Sekunde länger«, zischte der zurück.

Der Bedienstete des Hotels mit schicker Uniform öffnete ihnen die Tür. »Herr Struller mit seiner Begleitung, Frau Baumeister! Ich heiße Sie herzlich willkommen im Breidenbacher Hof! Ihr Tisch in der Brasserie *1806* ist für Sie bereitet! Darf ich Sie hineinführen?« Er deutete auf die Tür.

»Sehr gerne, Paul«, antwortete Struller und konnte sich ein Siegerlächeln kaum verkneifen, als er mit einem schnellen Seitenblick feststellte, dass seine Begleitung sich sichtlich beeindruckt zeigte.

»Ich esse ab und zu gerne mal auswärts«, gab Struller an.

Statt einer Antwort hakte sie sich bei ihm unter. Oh ja, Struller war sehr zufrieden mit sich und der Tatsache, dass er sich an Paul Kasubbke erinnert hatte. Der gute Paul Kasubbke war vor einigen Monaten Zeuge einer wilden Messerstecherei mit drei Schwerverletzten gewesen. Struller hatte Paul vor Ort vernommen und ihn als einen ehemaligen Bankräuber wiedererkannt, den er in seiner Anfangszeit als Polizist in Düsseldorf auf frischer Tat festgenommen hatte. Als er Paul darauf ansprach, hatte der entsetzt darum gebeten, dieses schwarze Kapitel seiner Vergangenheit bitte nicht in Gegenwart seiner Vorgesetzten anzusprechen, denen er von seiner Tätigkeit im Bankgewerbe zu berichten vergessen hatte.

Man konnte einen Lebenslauf auch überfrachten, hatte Struller erklärt.

Paul hatte ihm seinerzeit als kleines Dankeschön ein Essen mit Begleitung angeboten. Schon in Ermangelung einer geeigneten Begleitung hatte Struller nie vorgehabt, diese Einladung anzunehmen. Tja. Dann kam diese Einladungs- und Maulwurfgeschichte. Der fürstlich eingedeckte Tisch für sie beide verschlug Struller zum zweiten Mal an diesem Abend die Sprache …

* * *

Vor dem Eintreten zögerte Jensen. Aus dem Inneren der Gaststätte drang Michael Holm an sein Ohr. *Musst du jetzt gerade gehen, Lucille?* Jensen atmete tief durch.

»Das wird nicht leicht.«

Aber länger wollte er draußen in der Kälte auf keinen Fall herumstehen. Er stieß die Tür des Vereinsheims Blau-Rot Ludenberg auf und schrubbelte sich beim Eintreten in der warmen Kneipenluft die kalten Finger warm.

Links an einem Tisch hockten zwei Männer bei einer Apfelschorle und diskutierten leise. An den Wänden um sie herum hingen bunte Schnappschüsse und schwarz-weiße Sportfotos. Auf mehreren Holzregalen reihten sich einige glänzende und viele mit altem Staub bedeckte Pokale aneinander. In der anderen Ecke des Schankraums zockte ein dritter Mann mit fliehender Stirn an einem Daddelautomaten und beobachtete stumm und flehend die sich drehenden, blinkenden Rollen.

Hinterm Tresen musterte ihn ein Mann, um die fünfzig Jahre alt, mit halblanger Matte und grauem, transigem Vollbart im Gesicht. Aha, dachte Jensen, das musste der bedauernswerte Wirt sein, von dem Struller erzählt hatte, dem auf der letzten Osterkirmes am Staufenplatz die Frau weggelaufen war.

Jensen ließ sich ihm gegenüber auf einem Barhocker nieder.

»Hallo. Schweinekalt da draußen. Bitte ein Bier und einen Korn«, bestellte er.

Bekam er beides. Sogar zügig, aber schweigend. Der Wirt schien kein Freund des gesprochenen Worts zu sein. Genau dessen Zunge galt es allerdings zu lösen. Jensen blieb erst mal locker und prostete ihm zu. »Wohlsein. Schön, dass ich hier bin.«

Er leerte das Glas in einem Ruck, schoss den Klaren gleich hinterher und hob die Finger. »Noch mal das gleiche!«

Der Wirt nickte beeindruckt. »Durstig?«

»Zu nachdenklich«, erklärte Jensen.

»Stress?«

»Mir ist die Alte vor ein paar Wochen abgehauen. Scheiß Weiber! Die Wohnung lief auf ihrem Namen. Ich hab drei Wochen bei einem Kumpel im Wohnzimmer auf dem Sofa gepennt, bis ich endlich was Neues gefunden hab. Jetzt hock ich in einer Bude, die ich noch renovieren muss, und komme abends schon mal ins Grübeln. Da bin ich gerade mal 28 Jahre alt und finanziell schon am Arsch. Ich sag nur: Scheiß Weiber!«

Der Wirt stellte ihm nickend die Gläser vor die Nase. »Kenn ich!«

»Wen? Meine Frau?«

»Nee, scheiß Weiber im Allgemeinen.«

»Tja«, knurrte Jensen, »hier und da wird behauptet, dass es auch nette geben soll.«

»Zeig mir mal eine!«, forderte ihn der Wirt auf.

Jensen lachte und nippte am Glas. »Ich heiß Christian. Trinkst du einen mit?«

»Ein Bier nehme ich.«

Der Wirt zapfte sich ein Altbier und reichte ihm die Hand. »Ich bin der Wolfgang.«

»Tag, Wolfgang. Ich such noch ne Stammkneipe.«

Wolfgang machte eine raumgreifende Geste. »Die hier kann ich dir anbieten.«

»Gemütlicher Laden«, lobte Jensen, ohne eine Miene zu verziehen. Als Pinocchio wäre ihm seine Nase schlagartig zwei Meter weit aus dem Holzkopf gewachsen. Wolfgangs Gaststätte hatte die aufregende Ausstrahlung eines Leberwurstbrötchens.

Dübdüb, dübdüb, dübdüb, diddeldidum summte der heftig blinkende Geldautomat. Der Zocker hatte zwanzig Sonderspiele weggequetscht und legte mit geschlossenen Augen resigniert die markante Stirn gegen die klebrige Glasscheibe des Automaten, der mal wieder Sieger geblieben war.

»Den Laden schmeiß ich jetzt alleine. Ich hab nämlich auch eine Frau, die abgehauen ist.«

Jensen nickte und beschloss, seinen Gesprächspartner nicht mit vollständigen Sätzen zu überfordern. »Ist leer heute.«

»Zu kalt. Und durch die Woche is nicht viel los. Am Wochenende is voller. Und im Sommer, wenn Saison ist. Das ist hier das Sportheim der Tennisspieler von Blau-Rot.«

»Ach?«, fragte Jensen interessiert.

»Wenn die ihre Heimspiele haben, ist hier richtig was los.«

»So wie letzten Montag?«, grinste Jensen.

Paul grübelte. »Was war denn letzten Montag?«

»Irgendeine Party. Bis halb zwei war hier Stimmung. So bin ich auf den Laden aufmerksam geworden.«

»Ach«, fiel es Wolfgang ein und strich sich weißen Bierschaum aus dem Bart. »Da war die Weihnachtsfeier der Tennisspieler. Jow, da war was los. Bis halb zwei haben die gemacht? Alle Achtung. Ich hab denen um zwölf die Schlüssel in die Finger gedrückt und mich vom Acker gemacht.« Er beugte sich über die Theke. »Waren mir zu wenige Frauen da.«

Ach, sieh an, dachte Jensen. So schlimm und nachhaltig war Wolfgangs Gattungshass dann doch nicht, als dass man nicht doch hin und wieder mal das ein und das andere Äuglein riskieren konnte. Sicherheitshalber grinste er seinen neuen Freund breit an. »Verstehe, Kollege. Scheint ein lustiger Haufen zu sein, die Tennisspieler.«

»Och, eine Damenvolleyballmannschaft wäre mir lieber«, bleckte Wolfgang dreist und exte sein Bierglas. »Auch noch eins?«

»Klar.« Jensen wollte Wolfgangs Redefluss nicht stoppen und zog mit. Aber ein bisschen musste er mit dem Alkohol aufpassen, denn in seinem Schulterholster steckte die Dienstwaffe. Knarre und Alkohol gingen von Natur aus schlecht zusammen. Auch dienstrechtlich … Aufpassen! »Tennis hab ich auch mal regelmäßig gespielt. Ich wohne ja jetzt in der Nähe. Vielleicht melde ich mich mal an. Ist einer aus dem Club da?«

Wolfgang zapfte zwei neue Altbiere und schüttelte den Kopf. »Nee, heute nicht.«

»Bei wem kann ich mich da mal vorstellen?«

»Am besten gleich beim Vorstand. Nächsten Donnerstag ist wieder Vorstandsrunde.«

Jensen nickte. »Vorstandsrunde klingt nach einem guten, ordentlichen Verein.« Er beugte sich über die Theke. »Mal unter uns. Ist der Verein okay? Ich mein, finanziell. Ich spiel ganz gut, vielleicht machen die ein bisschen Kohle locker. Mit meiner neuen Wohnung und von wegen Ex-Frau kann ich ein paar zusätzliche Flocken in meiner Tasche gut gebrauchen, wenn du weißt, was ich mein.«

Wolfgang grinste schräg. »Ich weiß leider sogar ganz genau, was du meinst. Finanziell ist der Verein absolut in Schuss. Seit zwei Jahren hat der Brezina als Kassierer die Finger drauf. Da stimmen die Zahlen auf einmal! Und dann haben die noch einen Banker im Vorstand, Stefan Reuter. Brezina und Reuter sind ein gutes Team. Die Tennisanlage kann sich sehen lassen und die zahlen pünktlich.«

Er drückte Jensen das Bier in die Finger, der zweimal zugreifen musste. Die Schlagzahl war schon beeindruckend. Besser er brachte seine Fragen schnell durch.

»Brezina? Was ist das denn für einer?«

»Keine Ahnung. Ein Zugereister. Ich mag den nicht besonders. Der hat so einen finsteren Blick. Aber untereinander kommen die im Vorstand klar. Das ist günstig. Teamwork ist wichtig! Wie damals auf dem Platz der Wilhelm Bungert und Christian Kuhnke. Die waren auch ein gutes Team. 1970, Finale, Daviscup.«

»Genau«, sagte Jensen. »Großartige Zeiten.«

Jensen nippte am Bier und hatte allerdings als leidenschaftlicher Nur-Fußballer von beiden Spielern noch nie was gehört.

»Mach uns doch noch mal zwei Kurze. Also, ich mein, ich hätte da letzten Montag doch irgendeine Frau gehört.«

»Ah, das wird die Stripperin gewesen sein. Heißes Teil. Ich weiß, was du meinst. An der Mieze hätte der Reuter vom Vorstand nach dem Auftritt die Finger gerne mal dran gehabt, aber das war ja nichts. Höhö.«

Jensen schüttelte den Kopf. »Nee, später. So gegen halb zwei.«

Der Wirt hielt inne und legte den Kopf schräg. »Wie meinst du das? Später?«

»Wie soll ich was meinen?«

»Später. Wieso weißt du, dass die Stripshow vorher war, dass du jetzt später sagst?«

Jensen blinzelte. Verdammt, da hatte er sich verquasselt. Der Sitzengelassene passt auf. Nicht unterschätzen! Scheiß Alkohol! Vorsicht!

Jensen lachte. »Also, der Strip war deutlich früher. Das Gejohle der rolligen Tennismeute konnte man nicht nur bis bei mir im Schlafzimmer hören. Ich wette, da haben sich die

Leute in Unterrath noch die Ohren zugehalten, Mann.«

»Ach so«, gab Wolfgang sich zufrieden. »Um halb zwei war ich ja schon lange weg.«

»Und hat keiner was erzählt?«

»Wovon?«

»Na, da ging es richtig zur Sache. Das war ein Streit. Alle Achtung.«

»Mir hat keiner was erzählt«, knurrte Wolfgang.

»Ach. Und ich dachte, der Wirt weiß alles«, frotzelte Jensen herausfordernd.

»Noch zwei Schorlen«, rief einer der beiden vom runden Tisch durch den Raum.

»Kommen!«, antwortete Wolfgang und brummte: »Wird nichts Dolles gewesen sein, sonst würde ich das natürlich wissen. Hat aber keiner was von einem Streit erwähnt. Geht mich nichts an. Dich übrigens auch nicht!«

Ja, das hatte Jensen dann auch verstanden. Hier war nichts mehr zu holen. Er zückte einen Zehner aus seiner Börse und legte ihn auf den Tisch.

Gleich neben ihm brach plötzlich die Hölle los. Eine blecherne Fanfare ertönte und der Spielautomat schepperte Eurostücke in den Schacht. Da hatte der schweigsame Spieler ja doch noch gewonnen. Es hörte gar nicht mehr auf, zu rattern. Schade, dass der Typ selbst das nicht mitbekam, denn der war auf dem Hocker nach links gegen die Wand gesackt und sanft eingeschlafen. Gut. Denn so konnte er seinen Gewinn nicht sofort wieder an das gierige Gerät verfüttern.

»Hat mir gefallen hier. Ich lasse mich hier wieder sehen«, verabschiedete sich Jensen.

»Mach das. Aber stell nicht so viele Fragen! Was machst du eigentlich beruflich?«

»Meinungsforscher. Ich mach den ganzen Tag nichts anderes, als Fragen zu stellen.«

»Du musst auch mal abschalten!«, empfahl Wolfgang.

Jensen lachte, kletterte vom Barhocker und wankte zum Ausgang. In musikalischer Hinsicht gerade noch rechtzeitig, denn eine Dame schwärmte plötzlich von weißen Rosen aus Athen. Und die wären jetzt wirklich zu viel gewesen.

Draußen schob ihm der Winter eine eiskalte Hand hinten unter die Jacke. Meine Herren! Da hatte Gevatter Frost es sich ja richtig gemütlich gemacht.

»Gemütlich«, murmelte Jensen. Genau. Jetzt noch einen gepflegten Absacker bei Krake im *Aquarium*. Da würde er nach dem Rechten sehen und gucken, ob es den drei Grazien gut ging. Wahrscheinlich hatte seine Oma die ganze Kneipe schon auf links gedreht.

Er blickte sich um.

War da wer?

Er schüttelte den Kopf und klopfte sich unter die linke Achsel. Knarre war noch da! Der Schnaps war ihm ganz gut in die Birne gestiegen. Damit er wieder so richtig beikam, würde er ein paar Schritte laufen und sich dann für den Rest der Strecke ein Taxi Richtung Unterrath nehmen.

Er blickte sich um.

»Hm.«

Er hatte das Gefühl, als würde ihm jemand folgen. Niemand zu sehen. Wer sollte ihm auch hier durch die Kälte folgen? Und warum?

* * *

»Das war sehr schön«, lachte Saskia Baumeister und legte Struller beim Verlassen des Breidenbacher Hofes eine Hand weich auf den Unterarm.

Struller grinste und ignorierte Paul, der ihnen beiden die Tür aufgehalten hatte und Struller mit aufgerichtetem Daumen für den weiteren Teil des Abends offensichtlich alles Gute wünschte.

»Ja, du bist wirklich unterhaltsam«, lobte auch Struller die Kollegin, nachdem man sich im Laufe des Essens erheblich nähergekommen war.

Jay Kay wartete wie verabredet mit einem Schmunzeln im Gesicht, das vom nackten linken bis zum mit Peace-Zeichen geschmückten rechten Ohr reichte.

»Noch einen Absacker, die Herrschaften?«, fragte er.

Saskia Baumeister schüttelte den Kopf.

»Der Wein war erstklassig, aber ich muss direkt ins Bett.«

»Sehr gerne«, flötete Jay Kay, schob eine CD in den Player, woraufhin Barry White im Taxi schwülwarme Stimmung aufkommen ließ.

Struller verdrehte die Augen. Barry White … Er wollte die Baumeister doch nicht gleich hier im Taxi flachlegen. Er wollte sie überhaupt nicht flachlegen, mahnte er sich. Äh, andererseits …

»Was ist das denn?«, gibbelte Saskia Baumeister und zog die grünblaue Krawatte aus Strullers Mantel.

»Das ist ein Tapeziertisch. Wonach sieht es denn aus, Liebste?«

»Ich weiß nicht recht. Auf jeden Fall hat es die gleiche Farbe wie meine Unterwäsche.«

Jay Kay drehte Mister White ein wenig lauter. Struller fühlte sich pudelwohl. Vor dem fulminanten Essen hatten Saskia und er sich mit frechen, gemeinen Sticheleien gegenseitig übertroffen. Ganz schön schlagfertig, die Frau! Beim Essen hatten sie geschwiegen, um das köstliche Mahl wirken zu lassen, und bei einem doppelten Espresso zum Abschluss waren Saskia und er ins vertraute Du abgeglitten.

Sich mit Saskia Baumeister weitestgehend zivilisiert zu unterhalten, hatte genauso viel Spaß gemacht wie das Gezanke vorher. Eigentlich schade, dass Saskias Hotel viel zu schnell erreicht war.

»Bringst du mich noch ans Zimmer. Ich kann ein wenig Unterstützung gebrauchen«, lachte die Kollegin vom BKA und fächerte sich frische Luft ins Gesicht.

»Klar«, antworteten Struller und Jay Kay gleichzeitig.

Was für ein angenehmer Abend, dachte Struller, als sie das Zimmer 416 erreicht hatten. Schade, dass er noch mal schnell dienstlich werden musste. »So, liebe Saskia, jetzt muss ich nur noch wissen, weshalb eine zweifellos talentierte, intelligente Frau wie du, sich im *Club Jamaika* so dusselig angestellt hat und uns Cops so richtig fies in die Beine gesprungen ist.«

»Pit, soll das hier auf dem Flur noch eine schnelle Vernehmung werden?«, fragte sie lauernd.

Struller lachte sicherheitshalber.

Sie zog einen Schmollmund. »Und was heißt hier dusselig angestellt? Nimmst du wirklichkeitsverdrängende Drogen? Ohne meinen Kollegen und mich wären dein schnuckeliger, langhaariger Kollege und du wahrscheinlich tot und in Folie gewickelt.«

»Die Frage mit den Drogen lasse ich mal unbeantwortet. Aber ihr habt den Kerl abhauen lassen!«

»Was gut ist, kommt wieder. Ihr habt den Flüchtigen doch inzwischen festgenommen, hörte ich.«

»Hörtest du?«, fragte Struller und selbst nach mehreren Gläsern Rotwein fiel ihm auf, dass seine Begleiterin mal wieder auffallend gut informiert war.

»Was hattet ihr vom BKA denn im Club zu tun?«

Sie ließ sich mit dem Rücken gegen die Zimmertüre fallen

und hob einen Zeigefinger. »Pit, Pit, Pit. Du kannst dir doch sicher denken, dass ich über den Einsatz nichts ausplaudern darf. Wenn der Abend bis gerade auch noch so angenehm war. Aber sei versichert, dass wir keinen Falschparkern auf der Spur waren. Es geht auch nicht um illegales Glücksspiel und wir überprüfen auch nicht, ob in den einschlägigen Lokalitäten des Düsseldorfer Rotlichtmilieus die Hygienevorschriften eingehalten werden. Damit du endlich Ruhe gibst, werde ich aber meinen Chef fragen, ob er deinem Chef zumindest grob erklären kann, welcher Bande wir auf der Spur sind. Das muss dann aber reichen«, wurde auch Saskia Baumeister sichtlich unentspannt. »Du hast mich doch nicht zum Essen ausgeführt, um mich auszufragen?«

Struller lachte. »Dann hätte ich dir K.O.-Tropfen ins Getränk gegeben und dich befragt. Das wäre billiger und effektiver gewesen.«

Saskia Baumeister legte den Kopf schräg. »Das stimmt.«

Struller gab einem kräftigen Impuls nach und trat einen kurzen Schritt näher an sie ran. Ihre Nasenspitzen berührten sich fast. Er roch wieder ihr herrlich anziehendes Parfüm. Ihre Blicke wurden tief.

»Ich muss überraschenderweise einräumen, dass man sich tatsächlich mit dir in der Öffentlichkeit sehen lassen konnte.«

»Du gehst erstaunlich gut mit Messer und Gabel um.«

»Ich habe viele verborgene Talente, die schlummern und nur darauf warten, wild ans Tageslicht gezerrt zu werden. Ich wünsche …«

Schnell legte Saskia Baumeister einen Zeigefinger auf seine Lippen. »Der Abend hat auch meine Erwartungen weit übertroffen. Ich habe mich herrlich gut amüsiert! Ich weiß nicht warum, aber auf mich wirkt dein ungeschliffenes, kämpferisches, witziges Gebaren merkwürdigerweise sehr anziehend.

Aber trotzdem werde ich jetzt natürlich alleine in dieses Zimmer gehen. Ich weiß nicht, was du dir noch erhofft hast, aber das wird ... heute ... nicht passieren. Gute Nacht, Pit!« Sie glitt herum, öffnete in atemberaubend kurzer Zeit die Hotelzimmertür und zog sie mit einem Abschiedslächeln hinter sich zu.

Struller starrte vor eine weiße Tür mit goldfarbener 416.

Was war das denn? Was bildete die sich denn ein? Dass er sie durchs Hotelzimmer zerrte? Struller trat kopfschüttelnd den Rückzug an. »Als ob ich mich mit der zu irgendetwas hätte hinreißen lassen! Absurd, völlig absurd!« Struller fluchte immer noch, als er durch die Drehtür nach draußen wirbelte und sich auf Jay Kays Rücksitz fallen ließ.

»Das war aber schnell, Boss«, stellte Jay Kay fest und drehte Barry White sensibel den Ton weg.

»Schnell ist ein gutes Stichwort, mein Freund. Ich will ganz schnell nach Hause!«

»Geht klar, Boss.«

* * *

Unweit des Präsidiums hatte Struller am Ende der Lorettostraße seine Herberge, die er jetzt zügig ansteuern ließ. Im Rahmen einer Mordkommission hatte die Staatsanwaltschaft seinerzeit die repräsentative Wohnung in der dritten Etage, die sich über zwei Ebenen erstreckte, für eine aufwändige, verdeckte Ermittlung im Immobilienmilieu angemietet und recht ansprechend eingerichtet. Nach dem Einsatz war das Mietverhältnis ... irgendwie auf Struller übergegangen. Der liebte seine schicke, große Hütte, die Dachterrasse mit dem unverbauten Blick auf den Bilker Dom und dem kurzen Weg zur Arbeitsstelle.

»Okay, Boss. Kopf hoch!«

Struller verkniff sich beim Aussteigen einen Kommentar und zahlte den Fahrpreis. Der eisige Wind pfiff Struller um die Ohren, als er nun die Haustürschlüssel aus der Tasche kramte und den Schlüssel ins Türschloss schob.

Von einem leisen Quietschen begleitet, öffnete sich die Tür wie von Geisterhand geführt. »Was …?« Struller zog misstrauisch die Nase hoch. Er und die Mitbewohner achteten normalerweise peinlich darauf, dass die Tür abends ordnungsgemäß verschlossen wurde. Gerade jetzt in der dunklen Vorweihnachtszeit, wenn die Einbrecher immer dreister wurden, weil es auch für lichtscheue Gauner galt, den missratenen Nachwuchs mit den neusten, teuren Computerballerspielen zu versorgen. Ein Blick in die aktuelle Statistik mochte einen da das Gruseln lehren.

Struller stieß die Eingangstür mit einem Ruck auf und schlich, ohne den Lichtschalter zu betätigen, durch den Hausflur nach oben, der ihm mit einem Mal wie ein tiefer, schwarzer Schlund erschien. Wahrscheinlich spielten ihm die überreizten Nerven einen Streich, aber er spürte ein mulmiges Gefühl in der Magengegend.

Auf dem Weg in die dritte Etage registrierte Struller, dass sämtliche Wohnungstüren unbeschädigt waren. Und dass an allen Türen weihnachtlich geflochtene Kränze hingen …

»Nicht ablenken lassen«, murmelte er.

Er glitt um die letzte Treppenhausecke. Ein schneller Blick auf das Schließblech seiner Wohnungstür reichte.

»Verdammt!«

Als ob er es geahnt hätte! Unangemeldeter Besuch in seiner Abwesenheit. Rund um das Türschloss war das Holz herausgebrochen. Überall Splitter. Die Tür lag angelehnt im Türrahmen.

Struller schluckte und zog vorsichtig seine Waffe aus dem Holster. Er hielt den Atem an und horchte nach innen in die Wohnung.

Nichts zu hören.

Was aber nichts heißen musste.

Er stieß mit der linken Hand die Tür ein paar Zentimeter weit auf und setzte vorsichtig einen Fuß hinein. Unter seinen Schuhen knirschten die Holzspäne auf den kalten Fliesen.

In der dämmrigen Wohnung, die nur durch den Mondschein erhellt wurde, entdeckte Struller als Erstes im Flur die ausgezogenen Schubladen einer Kommode. Mit gezückter Waffe in der Rechten schlich er auf dem blauen Stoffteppichboden geräuschlos und zügig voran. Er erreichte das Wohnzimmer. Hier sah es nicht besser aus. Auf dem Boden lagen Papiere, Bücher, Kleidungsstücke.

Badezimmer: leer.

Langsam stieg Struller die Stufen hoch in die zweite Ebene. Sein Ballermann hatte alles im Blick und hätte einen unangemeldeten Besucher nur zu gerne begrüßt. Herzlich. Und mehrfach. Aber in der ganzen Wohnung war keiner mehr. Der Besucher hatte dann doch nicht auf ihn warten wollen.

Er versenkte seinen Colt wieder im Leder und knipste das Licht an. Schnell überprüfte er, was die Einbrecher mitgenommen hatten. Er kam schon nach wenigen Minuten zu einem überraschenden Ergebnis.

»Nichts«, zischte er.

Nichts war weg. Der Ermittler sah sich prüfend um. Alles durchwühlt, alles durcheinander, aber nichts weg. Er entdeckte zwischen den Papieren und Büchern auf dem Wohnzimmerboden einige der alten Münzen, die er von Opa Struhlmann geerbt hatte. Weil ihm zu Münzen im Allgemeinen der rechte Zugang fehlte, gammelten sie seit ein paar Jahren unbeachtet in diversen Schubladen rum, aber sie dürften einen beträchtlichen Wert haben. Sicher hätte jeder normale Junkie die Scheiben mitgehen lassen. Struller kratzte sich nachdenklich am Kopf. Nein. Nichts fehlte. Das waren keine Junkies, die hier in seiner Bleibe nach was Brauchbarem gesucht hatten. Verdammt, es lag geradezu offensichtlich auf der Hand, dass dieser Besuch mit seinem aktuellen Arielle-Fall zu tun hatte. Die Burschen wollten ihn einschüchtern oder ablenken. Ihn beschäftigen. Ihm zeigen, dass sie wussten, wo er wohnt, dass sie ihn jederzeit erreichen konnten.

Um was zu tun?

Ihn umzulegen?

Wohl nicht. Denn dann hätten sie heute die Haustür vernünftig zuziehen und ihn ahnungslos nach oben stiefeln lassen können, um ihn dann in der Wohnung kaltzumachen. Nein, das war eine klassische Warnung. Es fehlte nur noch im Bett der Pferdekopf, der bei ähnlichen Gelegenheiten in Mafiakreisen verschenkt wurde.

Bei ihren Ermittlungen hatten sie zweifelsohne in ein Wespennest gestoßen. In ein ganz sicher, ganz gefährliches Wespennest. Struller grinste. Aber ganz offensichtlich flatterten der bösen Oberwespe übel die Nerven.

»Sehr gut«, zischte Struller.

Alles deutete darauf hin, dass ein alles entscheidender Showdown mit ganz großen Schritten oder mit ganz wilden Wespenflügelschlägen auf sie zukam. Showdown ist immer gut!

»Showdown kann ich«, knurrte Struller.

Die Oberwespe spürte den hartnäckigen, heißen Atem der Verfolger an ihrem schlanken Wespenhälschen. Ein schöner Gedanke, der Struller ein diabolisches Grinsen in seine Mundwinkel ritzte.

Er hackte die Telefonnummer der Kriminalwache in sein Telefon. »Struller hier, ich rufe aus meiner Wohnung an. Hier ist jemand eingebrochen, ich brauche euch mal hier.«

Zehn Minuten später begrüßte Struller eine junge Kollegin und ihren Partner, die den Zivilwagen unten auf der Straße mit eingeschaltetem Warnblinklicht geparkt und einen schweren Spurensicherungskoffer die Treppen hochgeschleppt hatten.

»Ich glaube zwar nicht, dass die Burschen Fingerabdrücke hinterlassen haben, aber ich möchte nichts unversucht lassen. Pinselt bitte alles gründlich ab! Ich hoffe, ihr habt eure Lupen dabei!«

»Immer«, knurrte der Polizist, der es nicht leiden konnte, wenn man ihm erklärte, wie er zu arbeiten hatte. Aber er verkniff sich eine Bemerkung, denn Struller war im Präsidium gerade bei jüngeren Kollegen als wenig empfänglich für kritische Bemerkungen bekannt. Und die Bude sah zudem nicht so aus, als habe sie ihren Besitzer in die allerbeste Grundstimmung versetzen können.

Die Kollegin ging am Türschloss in die Hocke, um den Bereich mit schwarzem Russpulver einzustauben. Struller blickte ihr über die Schulter.

»Was haben die denn gesucht?«, fragte der Beamte aus dem Wohnzimmer.

»Weihnachtsgeschenke«, bellte Struller.

Der Mann deutete auf die Münzen. »Weihnachtsgeschenke liegen hier ja massenweise rum. Nein, im Ernst. Irgendwas haben die doch gesucht!«

»Ich glaube, man wollte mich nur einschüchtern.«

Der Kollege legte den Kopf schief. »Echt? Gar nichts gesucht? Gar nichts geklaut? Das Ganze sieht aber nicht aus wie bloße Einschüchterung.«

»Wie meinst du das?«, fragte Struller nachdenklich.

»Zum Einschüchtern hätte es gereicht, die Türe aufzubrechen und ein paar Stühle umzuschubsen. Dann hättest du gewusst, dass sie in deiner Wohnung waren.«

Da hatte der Mann recht, zweifellos.

»Hier aber haben sie alle Zimmer durchwühlt«, fuhr er fort. »Ich glaube, sie haben was gesucht. Kein Geld, keine Wertgegenstände, klar, denn die haben sie hier liegen gelassen, aber … Arbeitest du aktuell an einer heißen Sache? Vielleicht haben sie nach einem Hinweis gesucht, einer Notiz, einer Adresse, die Telefonnummer eines Zeugen, irgend so was.«

»Scheiße!«, rief Struller plötzlich.

Der Kollegin vor ihm fiel vor Schreck der Pinsel mit Pulver auf den Flurteppich, der im blauen Stoff einen schwarzen Kontrastfleck hinterließ. Die Polizistin lief rot an und versuchte hastig, den peinlichen Fleck wegzuwischen, was nicht gelingen wollte.

Aber Struller störte der Fleck im Moment überhaupt nicht. Schnell sprang er zum Telefon und hackte eine Handynummer in die Tastatur.

»Los, geh ran!«, zischte er. »Verdammt, geh ran!«

Denn ihm war plötzlich klar, was die Jungs hier bei ihm gesucht hatten. Keine Münzen, aber einen Hinweis.

»Los geh ran«, zischte Struller. Er spürte, wie ihm warm wurde, als der Teilnehmer auch nach dem siebten, achten, neunten Klingeln immer noch nicht abgehoben hatte.

* * *

Jensen beschleunigte, damit sein Körper eine vernünftige Betriebstemperatur behielt. Mann, war das eine Saukälte! Obendrein hatte es jetzt auch noch angefangen heftiger zu schneien. Richtig dicke Flocken segelten vom Himmel zu Boden, wo sie lautlos zerplatzten. Um ihn herum war es still, keine Menschenseele war zu sehen. Wer nicht rausmusste, blieb schön drinnen im Warmen auf dem Sofa. Das nächste Taxi, das seinen Weg kreuzte, würde er ranwinken. Eine Schnapsidee, die Strecke laufen zu wollen. Jensen blickte sich um. Hierhin auf den Boskampweg, der an dieser Stelle durch einen Schrebergartenbereich führte, würde sich sowieso kein Taxi verirren.

Er fuhr herum.

Da war doch was!

Er stutzte und suchte mit zusammengekniffenen Augen die Umgebung hinter sich ab. Hatte sich dort jemand an die weiße Wand eines Schrebergartenhäuschens gedrückt? Oder warf ein blattloser Strauch nur einen bizarren Schatten?

Jensen holte Luft.

Mitten hinein in die Stille schepperte der Klingelton seines Handys. Jensen erschreckte sich derart, dass er zusammenzuckte. Sein Herz raste. Ausgerechnet jetzt dröhnte das Teil durch die menschenleere Nacht. Seine zittrigen Finger bekamen den Reißverschluss seiner Jacke nicht auf. Das Handy lärmte weiter. Endlich hatte er es in den Fingern, aber bevor er es aufschlagen konnte, entglitt es ihm und fiel in den frischen Schnee, wo es unbeeindruckt ein siebtes, ein achtes, ein neuntes Mal weiterschepperte.

Endlich …

»Jensen?«

»Mann!«, brüllte Struller. »Schön, dass du auch noch mal rangehst! Wo bist du?«

»Boskampweg«, antwortete Jensen, froh, die Stimme seines Kollegen zu hören.

»Was machst du denn da?«

»Ich war im Tennisheim und bin auf dem Weg zu Krake, um nach Ewa zu sehen.«

»Dreh um! Auf keinen Fall zu Krake gehen!«

Jensen stutzte. »Wir hatten doch im Büro abgemacht, dass ich noch nach den dreien …«

»Bei mir ist eingebrochen worden. Sie versuchen rauszubekommen, wo wir die Kleine untergebracht haben. Bei mir haben sie nichts gefunden. Ich fürchte, dass sie sich an deine Hacken klemmen, damit du sie zu Ewa führst. Ich will kein Risiko eingehen. Deshalb auf keinen Fall Krake!«

Jensen schluckte und warf einen Blick zurück. »Pit?«

»Ja?«

»Ich hab tatsächlich das Gefühl, dass ich verfolgt werde.«

Jensen hörte am anderen Ende Strullers Atem. »Okay. Ich schnappe mir einen Kollegen der Spurensicherung, der mit dem Auto hier ist, und komme zu dir!«

Jensen schob sein Handy langsam zurück in seine Innentasche, warf einen vorsichtigen, versteckten Blick zurück und war sich fast sicher. Seine Sinne schlugen Alarm. Er war hier im Schrebergartenstück des Boskampwegs nicht alleine.

Zögernd ging er weiter. Der Schnaps hatte seine einlullende Wirkung verloren, er war hellwach. Er stoppte nochmals und nestelte an seiner Jacke herum. Aus den Augenwinkeln musterte er noch mal die besagte Häuserfront. Er sah niemanden. Aber auch nicht mehr den Schatten, der sich eben noch dunkel von der hellen Häuserwand abgesetzt hatte. Als er wieder loslief, war er sicher: Er wurde verfolgt.

Durch den immer dichter werdenden Schneefall war kaum was zu erkennen.

»Langsam, langsam«, mahnte er sich. »Unauffällig weitergehen.«

Schritt für Schritt näherte er sich einer kleinen Querstraße.

Es erforderte all seine Disziplin, sich nicht immer wieder umzudrehen. Aber das würde ihn verraten. Und ja, er brannte darauf zu wissen, wer ihm da durch den Schneefall nachschlich.

Er erreichte die Einmündung, glitt um die Ecke und spurtete los. So leise es ging, jedes Trampeln vermeidend. Hier half ihm der inzwischen liegen gebliebene Schnee, der seine schnellen, spitzen Schritte schluckte.

Er erkannte einen Hauseingang mit verschneiter Begrünung davor und ein paar Mülltonnen. Jensen drückte sich in den Hauseingang, ging in die Hocke und lauschte. Ja, wenn er sich genau konzentrierte, konnte er jetzt das Knirschen der Schritte im Schnee hören. Schritte? Verdammt, das war nicht nur einer, das waren mindestens zwei Typen.

Er schniefte leise.

Vielleicht hatten sie es nur auf seine Geldbörse abgesehen. Aber diesem Gedankengang wollte er selbst nicht trauen. Nein, da steckte mehr dahinter. Struller hatte recht. Er war sicher, dass die Typen ihn schon seit dem Tennisheim verfolgten, und das konnte nur bedeuten, dass es um ihren aktuellen Fall ging. Dann waren seine Verfolger potentielle Mörder!

Die Schritte kamen näher, Jensens Herz pochte. Seine Finger glitten zur Waffe. Oh, ihm würde ein passendes Hallo einfallen …

Plötzlich waren sie da!

Zwei. Mehr als ihre breiten Schatten konnte er durch den heftigen Schneefall nicht erkennen. Sie tuschelten und beschleunigten ihre Schritte, hatten wahrscheinlich Angst, ihn aus den Augen verloren zu haben.

Hatten sie auch, stellte Jensen zufrieden fest, als sie an seinem Hauseingang vorbeihasteten, ohne ihn dort hocken zu sehen. Jetzt war er der Jäger und die beiden Gestalten die Verfolgten!

»Viel besser«, grummelte Jensen vor sich hin und löste sich aus seinem Versteck.

Alle fünfzig Meter tauchte eine Straßenlaterne den Weg in einen schummrigen Lichtkegel. In der Hauptsache sah er weiße Schneeflocken, aber auch zwei breite Schatten.

Halt!

Jensen stoppte und drückte sich hastig gegen eine Haustür mit großer Glasfläche. Die beiden Männer hatten bemerkt, dass sie ihn verloren hatten und waren stehen geblieben. Sie schienen unschlüssig. Für Minuten harrten sie dort aus. Hatten sie was gesehen? Vermuteten sie ihn in einem Versteck vor ihnen? Sollte ihm recht sein. Jede Minute zählte, bis Struller mit Verstärkung eintraf! Oder gingen sie davon aus, dass er sie bemerkt und sich seitlich in die Büsche geschlagen hatte?

Nur entdecken durften sie ihn nicht!

Plötzlich wurde die Eingangstür seines Hauseingangs aufgerissen.

»Mach, das du wegkommst, du Rumtreiber! Hau bloß ab! Wir wollen hier keine Drogensüchtigen!«, brüllte ihn eine ältere Dame mit überlauter Stimme an.

Jensens Herz setzte aus.

»Ich ruf die Polizei!«, keifte die Alte und schlug ihre Tür wieder zu.

Mist, er war aufgeflogen. Das mussten die Männer mitbekommen haben. Jensen rechnete sofort mit ihrem Angriff und riss seine Pistole aus dem Holster.

Kein Angriff? Kein Angriff!

Im Gegenteil. Struller hatte recht. Die hatten es nicht auf ihn abgesehen, wollten nicht ihn angreifen, sondern tatsächlich nur wissen, wohin er sie führen würde. Die waren hinter Ewa Czeck her! Denn mit einem Ruck spurteten die beiden Männer in entgegengesetzter Richtung davon.

Jensen schnellte aus seinem Versteck hinterher, die Pistole fest umklammernd, denn mit den beiden war gleichwohl nicht zu spaßen.

Dann ... ein lauter Knall, ein Schuss!

Verdammt! Jensen warf sich schnell zur Seite und drückte sich in den nassen Schnee. Keine weiteren Schüsse. Gott sei Dank blieb auch die Alte in ihrer Hütte. Jensen rollte sich ein paar Meter zur Seite und robbte hinter eine kleine Mauer, die den Vorgarten eingrenzte. Vorsichtig lugte er über die Steinkante.

Die beiden Kerle konnte er im Schneetreiben nicht ausmachen.

Vorsichtig ging er in die Hocke, um besser gucken zu können. In diesem Moment schossen zwei Lichtkegel eines Fahrzeugs durch das Schneegestöber. Jensen duckte sich.

Verdammt! Bekamen die jetzt auch noch Verstärkung?

»Kacke!«

Er legte sicherheitshalber mit seiner Waffe an und zielte genau zwischen die beiden Scheinwerfer. Das dazugehörige Auto kam rutschend in den Stand. Türen flogen auf.

Sein Handy! Das wird Struller sein.

Hastig ging Jensen ran. »Ja?«

»Alles klar bei dir? War das gerade ein Schuss?«

»Ja. Wo bist du?«

»Wir müssten ganz in deiner Nähe sein, sind gerade ausgestiegen.«

Huch. Schnell senkte Jensen seine Waffe. »Ich sehe euch. Ja, die haben einmal geschossen.«

»Sei vorsichtig!«, knurrte Struller.

Geduckt rannte Jensen zum Fahrzeug und erkannte Struller und einen weiteren Kollegen, die mit gezogener Waffe hinter dem Streifenwagen in Deckung gegangen waren und das Umfeld absuchten.

»Scheint so, als wenn sie abgehauen sind! Ich glaube nicht, dass sie gezielt auf dich geschossen haben. Wahrscheinlich wollten sie nur abhauen und dich daran hindern, ihnen zu folgen. Aber: sicher ist sicher. Aufpassen!«

Plötzlich erklang noch einmal die keifende Stimme der Frau. »So, mir reicht es jetzt. Ich habe die Polizei gerufen!«

Struller grinste. »Dann wird ja alles gut.« Er drückte sich eine Zigarette aus der Schachtel. »Gleich wird es hier von Streifenwagen wimmeln.«

Er nickte Jensen zu. »Hast du sie erkennen können?«

Jensen schüttelte den Kopf. »Erkennen nicht. Ich meine aber, dass es zwei ziemlich breite Gestalten gewesen sind. Ungefähr so breit wie unsere beiden quadratischen Freunde aus dem *Club Jamaika*.«

Struller grinste. »Wieso wusste ich, dass du die beiden so oder ähnlich beschreiben würdest? Die knöpfen wir uns vor. Nicht jetzt. Nicht gleich. Aber bald!«

»Nicht sofort?«, fragte Jensen mit einer Mischung aus Verwunderung und Enttäuschung.

Struller nickte. »Die beiden haben was vor. Und bei ihrem Vorhaben wollen wir sie erwischen. Quasi mit heruntergelassener Hose!«

9. Tag

Am nächsten Morgen war Struller als Erster in seinem Büro. Die Kollegin hatte ihm den Spurensicherungsbericht gefaxt. Wie erwartet hatten seine ungebetenen Gäste keine Fingerabdrücke hinterlassen. Visitenkarten auch nicht, aber Struller war sich sicher, dass auch hierfür die grüne Borste und der Karpfenkopf aus dem *Club Jamaika* verantwortlich waren.

Er grinste. »Später, Freunde, später!«

Sein Telefon bimmelte. Im Display erkannte er Hengstmanns Telefonnummer.

»Ich bin gestern Nacht noch informiert worden. Auf ein schnelles Wort, Kollege Struhlmann«, forderte Hengstmann ihn in sein Büro.

Verdammt, ging es Struller durch den Kopf. Der Reitersmann hatte ihm gerade noch gefehlt. Aber natürlich wollte der sich auf Ballhöhe bringen. »Ich bin sehr in Eile«, versuchte er es trotzdem wenig originell. Und wenig erfolgreich. Also machte er sich seufzend auf den Weg. Chef Hengstmanns Büro befand sich nur einen Gang weiter.

»Es dauert nicht lange. Kommen Sie rein, nehmen Sie Platz!«

Struller setzte sich in einen bequemen, schwarzen Ledersessel.

»Herr Struhlmann, wie geht es Ihnen?«, fragte sein Kommissariatsleiter freundlich.

Hoppla, dachte Struller. Ein ganz gefährlicher Einstieg. Obacht! »Ich habe in letzter Zeit immer so einen furchtbaren Druck im Kopf. Wie Migräne. Mit Übelkeit und Schwindel. Zieht sich übel runter durch den Nacken bis in die linke Schulter. Das sind schlimme Schmerzen«, erklärte Struller.

»Schön, schön, Kollege. Also. Über den Vorfall mit Schuss von gestern Nacht bin ich informiert. Da ist alles eingeleitet. Nicht gut so was. Schießen … Sind wir denn in Amerika?« Hengstmann hielt inne und schüttelte den Kopf. »Tja. Weshalb ich Sie aber zu mir bitte: Die Leitende Staatsanwältin, Frau de Baron, hat mir zugetragen, dass Sie sich aus ihr nicht bekannten Gründen extrem in ihren aktuellen Fall eingeben. Das ist doch die *Soko Arielle*, oder?«

»Nein und ja«, antwortete Struller.

»Wie bitte?«, fragte Hengstmann irritiert.

»Nein, ich gebe mich nicht extrem ein, sondern zielstrebig und professionell wie immer, und ja, ich ermittle ausschließlich in Sachen Arielle.«

»Ach so. Natürlich. Äh, Frau de Baron erklärte mir, dass Sie sich ausdrücklich gegen ihre direkte Anweisung nach Prag begeben hätten, um dort zu ermitteln. Ist das richtig?«

»Nein und ja.«

»Herr Struhlmann, bitte! Antworten Sie mit einem deutlichen Ja oder einem deutlichen Nein oder in ganzen Sätzen«, mahnte Hengstmann.

»Die Staatsanwältin und ich haben ein Telefonat geführt. Allerdings war die Verbindung so schlecht, dass ich möglicherweise geäußerte Bedenken oder Untersagungen nicht mitbekommen habe. Und ja, ich war in Prag. Alles sehr wichtig und zeitlich dringend und im Ergebnis hat es uns entscheidend weitergebracht. Ein Tatverdächtiger konnte daraufhin hier in Düsseldorf sofort festgenommen werden.«

Hengstmann nickte. »Ja. Davon hörte ich. Auch da ist die Staatsanwältin der Meinung, dass unter Umständen ein Freisetzen der Person angezeigt ist.«

Struller merkte, wie ihm langsam der Kamm schwoll. Was war denn da los? Er dachte, es ging um die beiden muskelbepackten Komiker von gestern und jetzt so was? Klar, mangelte es hier und da noch an Fakten, die den ganzen Fall zusammenhalten würden, aber der Slezak gehörte doch nicht auf freien Fuß!

»Herr Struhlmann, ich frage Sie jetzt ganz direkt: Ist bei dieser Pragreise alles mit rechten Dingen zugegangen?«

Struller blickte seinem Chef direkt in die Augen. Mit rechten Dingen zugegangen? Also, im Grunde genommen, im weitesten Sinne und weil der Zweck ja auch manchmal die Dinge heiligt ...

»Die Frage beantworte ich mit einem eindeutigen Ja.«

Hengstmann nickte. »Halten Sie es für erforderlich, dass dieser Pavel Slezak in Haft bleibt?«

»Eindeutig: ja.«

Hengstmann ließ sich in seinen Sessel zurücksinken und strich sich durchs Haar.

Strullers Magen krampfte sich zusammen.

»Diese klaren Aussagen hatte ich befürchtet.« Er seufzte. »Ich will ehrlich sein. Die Staatsanwältin hat sehr hohen Druck auf mich ausgeübt. Ich bekam in der Sache auch einen deutlichen Anruf vom Polizeipräsidenten. Selbst die Pressestelle hat wie immer schon frühzeitig Wind von der Sache bekommen. Herr Struhlmann, ich muss da sehr genau abwägen.«

Aha, dachte Struller. Daher wehte der Wind. Gegenwind! Abwägen war immer schlecht. Abwäger zeigten sich in den meisten Fällen sehr flexibel.

»Wir pflegen eine sehr enge, vertrauensvolle Zusammenarbeit mit der hiesigen Staatsanwaltschaft. Insbesondere seit Frau de Baron dieses Amt wahrnimmt, ist das Verhältnis – wie Sie ja selbst in der Vergangenheit schon mehr als einmal deutlich erleben durften – als ausgezeichnet zu bezeichnen. So ein gutes Verhältnis möchte ich ungern belasten.«

»Und lieber einen Schuldigen freilassen?«

»Über die Schuldfrage entscheiden die Richter! So weit sind wir noch lange nicht. Ganz konkret hat Frau de Baron mich mit klaren Worten deutlich aufgefordert, Sie vom Fall abzuziehen und durch einen Kollegen zu ersetzen. Ich bin über diesen Antrag mehr als unglücklich.«

Struller schluckte. Das überraschte ihn aber jetzt doch. Vom Fall abziehen? Hatte die de Baron seinen Besuch gestern irgendwie in den falschen Hals bekommen? Er war verwirrt. »Den Fall würde ich nur sehr ungern abgeben.«

Hengstmann zuckte ratlos mit den Schultern und schwieg.

Alles klar, deutete Struller das Schweigen. Das war bitter. Hengstmann hatte sich schon entschieden und den leichten Weg gewählt. Wahrscheinlich hatte Hengstmann seinen Nachfolger schon ausgeguckt.

»Ich gebe also den Fall ab«, wollte Struller das Gespräch abkürzen. »Wer übernimmt?«

Hengstmann stand auf. »Wer den Fall übernimmt? Niemand natürlich. Sie ermitteln weiter. Das ist doch gar keine Frage! Der Fall ist bei Ihnen in guten Händen. Nein, nein. Wie sagt der erfahrene Reiter? Wenn hinterm Sprung die Balken fallen: immer weiter reiten! Mich stört nur, dass ich mit meiner Absage an Frau de Baron diese wahrscheinlich verärgert habe. Ich hatte bei unserem Telefonat vorhin ganz deutlich genau diesen Eindruck. Herr Struhlmann, machen Sie bitte keine Fehler!«

Struller war geplättet. Und für einige Sekunden sprachlos. Der Staatsanwältin abgesagt! Da hatte sein Chef ja richtig Rückgrat gezeigt. Alle Achtung, das hätte er ihm nicht zugetraut. Schon wieder jemand, der ihn angenehm überraschte. Da hatte er den verunglückten Reitersmann aber klassisch falsch eingeschätzt. Struller war geradezu begeistert!

»Ich bin überrascht. Ich habe gedacht, Sie würden …«

»Kollege, bitte. Das ist doch die Gelegenheit für mich zu zeigen, dass ich nicht beim ersten Windstoß umkippe. Was wäre Horst Schimanski ohne seinen Vorgesetzten Karl Königsberg gewesen? Schimanski hätte man nach der dritten Folge schon suspendiert. Nein, nein, Herr Struhlmann. Ich mache Ihre Erfolge erst möglich. Das ziehen wir beide gemeinsam durch. Also, Sie ziehen und ich halte durch.«

Struller stand ebenfalls auf. »Äh, sehr gut. Ich mache dann weiter.«

»Sehr gut. Ich habe ja jetzt diese Besprechung in einer ganz anderen Sache vor der Brust. Sie können das ja nicht wissen, aber ich kann Ihnen sagen: Da oben an der Spitze, da ist es manchmal ganz schön einsam.«

* * *

Nachdenklich schlich Struller zurück in sein Büro und ließ sich in den Bürostuhl plumpsen. Dann fischte er den Hörer von der Gabel.

»Spurtmann?«, meldete sich Bertie in aufgeräumter Stimmung.

»Wo bist du?«

»Natürlich im Krankenhaus, Chef. Wie befohlen!«

Struller pulte eine Kippe aus der Schachtel. »Warst du da die ganze Nacht?«

»Die ganze Nacht. Klar. Die Nachtschwester war ein Mann und so freundlich, mir ein Bett herzurichten. Ich habe klasse geschlafen. Mit dem Frühstück bin ich fertig, und wir haben gerade meinen Blutdruck gecheckt: alles in Ordnung.«

»Das freut mich, Kollege. Hattest du heute auch schon Verdauung?«

»Ja. Wieso?«

»Nur so. Gute Verdauung ist wichtig. Wie geht es Dobrovsky? Gibt es was Neues?«

»Nichts Neues. Gegen elf Uhr wird Dr. Dr. Dr. Kohne ihn untersuchen. Das ist der Chefarzt. Dann wird sich entscheiden, ob er morgen vernehmungsfähig ist. Also, der Dobrovsky, nicht der Chefarzt. Das ist ein ganz netter Mensch. Also, der Chefarzt, nicht Dobrovsky. Durchaus auch alternativen Heilpraktiken zugetan. Ich habe mit ihm über Doris gesprochen.«

Struller steckte sich eine Zigarette an. Ruhig bleiben, mahnte er sich, ruhig bleiben! »Okay, Bertie. Halt dort die Stellung! Wenn sich was tut, melde dich!«

»Mach ich, Chef!«

Struller legte auf.

In diesem Moment erschien Jensen und murmelte: »Morgen!«

»Auch schon wach? Der frühe Vogel fängt den Wurm!«

»Der frühe Vogel kann mich mal.«

»Nicht so nassforsch, Sportsfreund. Setz dich, höre zu!«

Struller erzählte Jensen von seinem Gespräch mit Hengstmann, dessen Verlauf auch Jensen beeindruckte.

»Cool, der Hengstmann. Und da schimpfen immer alle über den Höheren Dienst.«

Struller nickte. »Dieser Fall bringt mich noch dazu, einige meiner ältesten Vorurteile zu überdenken. Eine ganz schlimme Entwicklung.«

Jensen lachte. »Jetzt, am Morgen nach dem Schuss: Wie geht es weiter?«

Struller nahm einen letzten, kräftigen Zug und zerdrückte die Kippe im Ascher. »So wie gehabt. Im Grunde hat sich nichts geändert. Dass die Typen mit Vorsicht zu genießen sind, haben wir vorher gewusst. Nicht umsonst liegen überall Leichen rum. Hast du bei Krake telefonisch jemanden erreicht?«

»Den dreien geht es gut. Der Laden läuft so gut wie nie. Dank Ewa hat Krake ein paar neue Stammgäste gewonnen. Alle bis übern Hals verliebt in unseren kleinen, blonden Engel. Oma hat die Speisekarte erweitert. Krake habe ich von gestern erzählt. Der ist sensibilisiert. Aber sonst: alles beim Alten. Im Hintergrund lief *The Power of Love* von Frankie goes to Hollywood.«

Struller klatschte in die Hände. »Gut. Bertie hält die Stellung im Krankenhaus. Ich mach, was ich zu machen habe, und du gehst mit der Radok lecker essen. Wir warten auf Neues von unserem Super-Skupa. Ich hab es im Urin: Der Kessel steht unter Dampf und wird platzen!«

»Hoffentlich verbrühen wir uns nicht!«, unkte Jensen.

»Wunden verheilen«, blieb Struller zuversichtlich.

Und lassen Narben zurück, dachte Jensen.

* * *

Struller stieß die schwere Tür mit einem kräftigen Ruck auf. Er trat ein, es bimmelte, und noch bevor Struller einen Blick auf die teuren Särge, die dekorativen Blumenarrangements und die Urnenregale werfen konnte, hatte das Klingeln den smarten, ganz in Schwarz gekleideten Inhaber des Bestattungsinstituts angelockt. Martin Weyler schritt entschlossen auf ihn zu, erkannte ihn, hielt inne, und Struller fand, dass er immer noch so aussah wie der Gerichtsmediziner aus den Münsteraner Tatorten.

»Oh. Ist wieder jemand gestorben?«

»Nein«, antwortete Struhlmann entschuldigend. »Ich habe leider keine solch guten Nachrichten.«

Martin Weyler blinzelte irritiert, verstand dann und drohte spielerisch mit dem Zeigefinger. »Herr Struhlmann, Herr Struhlmann. Ich habe es nicht eilig und kann auch ein paar Tage ohne Tod und Trauer ganz gut überstehen. Unter uns: Wenn Fortuna in die Erste Bundesliga aufsteigt, ist das eine schönere Nachricht als ein Verkehrsunfall mit vier Toten oder ein Dreifachmord. Was treibt Sie an den Kleinschmitthauser Weg in Unterrath?«

»Ich habe noch Fragen.«

»In dieser Mordsache.«

»Nein. Ganz allgemein. Zum Thema Seebestattung.«

»Ach?«

Struller verdrehte die Augen. »Natürlich zu der Mordsache. Der Rest ist geregelt. Ich lasse mich verbrennen.«

»Das will gut überlegt sein. Mögen Sie eine Tasse Kaffee?«

»Wenn Sie nicht wieder das Geschirr zerdeppern.«

Martin Weyler lief rot an und führte ihn in den Nebenraum, wo auf einem kleinen Beistelltischchen bereits ein blau-weißes Gedeck wartete. Weyler fügte ein zweites Ensemble aus Meissen hinzu und schüttete auch Struller vorsichtig mit gespreiztem kleinen Finger ein. »Mein Verhalten seinerzeit müssen Sie verstehen. Die ganze Angelegenheit hätte sich zu einer Katastrophe entwickeln können. Aber ich habe nichts mehr gehört.«

Struller nickte und sah seine erste Frage schon beantwortet. »Dann hat sich der, ich nenne ihn mal Voyeur, nicht bei Ihnen gemeldet?«

»Nein. Wieso hätte er das auch tun sollen?«

»Um Sie zu erpressen«, erklärte Struller.

Ditsch, schlug die Kanne gegen Weylers teure Untertasse. »Auf den Gedanken bin ich ja noch gar nicht gekommen. Das wäre ja furchtbar. Ich hätte zahlen müssen. Das hätte das Geschäft ruiniert.«

Struller schlug innerlich die Hände über dem Kopf zusammen. Nicht wieder die Leier! »Erste Frage: Woher kannten Sie die Stripteaseshow?«

Weyler überlegte kurz, dann sagte er: »Ich will ehrlich sein. Von einem Kunden. Beziehungsweise. Äh ... Also, bei einem Kunden, der viel zu früh von uns gegangen ist, habe ich in dessen Jackett einen Flyer gefunden. Dann habe ich dort angerufen und mit einem Herrn gesprochen, der auf mich einen sehr freundlichen, professionellen Eindruck gemacht hat.«

»Gut. Gegenstand dieser dann getroffenen, geschäftlichen Vereinbarung war sicher auch die Art und Weise und der Umfang der künstlerischen Darbietung?«

»Äh. Sie sollte strippen. Sich ausziehen.«

»Ganz?«

Martin Weyler druckste herum. »Ich habe mich natürlich vorher mit meiner Kollegin ...«

»Frau Birgit aus dem Verkauf?«

»Genau. Mit der habe ich mich beraten. Und die hat gesagt, also wenn schon, denn schon!«

Struller nickte. »Jetzt haben Sie aber beim letzten Gespräch gesagt, dass die Tänzerin ein Bikiniunterteil getragen hat.«

»Hab ich das?«

»Ja, haben Sie.«

»Stimmt. Jetzt, wo Sie es sagen. Hat sie auch. Also, die Tänzerin. Das Höschen, so ein neongrünes, hat sie angelassen. Ist mir erst gar nicht aufgefallen, aber das war so. Die Show kam trotzdem super an. Man darf so einen Tanz nun auch nicht auf den Unterleib der Künstlerin reduzieren.«

Stimmt, dachte Struller. Obwohl er sich noch nicht sicher war, ob der Unterleib dieser Künstlerin bei der Lösung des Falles nicht doch eine herausragende Rolle spielen würde.

»Das Bikiniunterteil, vielleicht war es ja auch ein Slip, blieb also an. Dann zeigen Sie mir jetzt bitte mal das kleine Fensterchen, durch das der ungebetene Gast hereingespingst hat!«

Weyler nippte seine Kaffeetasse aus. »Kommen Sie mit!« Er führte Struller eilig durch einen langen Flur, schob dann einen schweren, roten, unten goldfarben gestickten Stoffvorhang zur Seite und deutete in einen kühlen Nebenraum. In der Raummitte stand ein Sarg, den hochwertige Blumenarrangements zierten. Weyler wies auf ein Fenster. »Durch das dort!«

Struller ging hin und bückte sich. »Ein ganz normales Fenster. Eher niedrig«, stellte er fest.

»Eher nicht«, widersprach der Bestatter.

Struller blickte ihn fragend an.

»Draußen führt an dieser Seite ein tiefer gelegter Weg mit Gehwegplatten und Gitterrosten rund ums Haus. Das hat was mit unserer Heiz- und Kühlanlage zu tun. Die Birgit und ich, wir haben uns das schon gefragt. Der Mann muss mindestens 1,90 groß gewesen sein, um auf Zehenspitzen stehend durchs Fenster reingucken zu können.«

»Ach?« Ganz hinten in Strullers Schädel ratterte eine Registrierkasse. Bingo.

»Ja. Wir haben dann überlegt, wen wir kennen, der so groß gewachsen ist. Da fiel uns keiner ein.«

»Ah«, sagte Struller, dem sehr wohl so jemand eingefallen war. Und wie von Zauberhand gelegt, fügte sich plötzlich ein Puzzlestückchen ins nächste. Struller merkte, wie ihm eine Gänsehaut den Rücken runterkroch. »Sie haben dann versucht, den Mann zur Rede zu stellen?«

»Ja. Hier lang!«

Martin Weyler führte Struller durch den Vorhang in ein Nebenzimmer, in dem tausende von Kerzen in allen Größen muffig stanken. Dort öffnete er eine Tür und bedeutete Struller, ihm zu folgen.

»Da rechts muss er weggerannt sein. Da links ist das besagte Fenster.«

Struller stieg zwei Stufen nach unten und folgte den Gehwegplatten bis an einen Gitterrost. Oberhalb des Gitterrosts befand sich das Fenster. Struller konnte nicht hindurchgucken, das Fenster war zu hoch für ihn. Er nahm mit der Handkante Maß.

»Knappe zwei Meter«, murmelte er.

Er ging zurück zu Weyler. »Ich bin hier dann fertig.«

»Gut«, antwortete Weyler. »Wenn Sie sich das mit dem schnöden Verbrennen noch überlegen wollen, melden Sie sich! Ich berate Sie gerne und mache Ihnen einen guten Preis. Das letzte Hemd hat keine Taschen!«

»Kein Hemd! Ich lasse mich in einem Supermann-Kostüm verbrennen«, antwortete Struller, ließ den verdutzten Bestatter im Türrahmen zurück und ging ums Haus herum auf den Kleinschmitthauser Weg. Nachdenklich beleuchtete er das gerade Festgestellte von allen Seiten. Auch bei Licht betrachtet … wurde das Ergebnis nicht besser. Aber es war ein Ergebnis. Man kann sich die Ergebnisse nicht immer aussuchen.

Es gab viel zu tun! Aber zuerst brauchte er mal wieder ein Taxi.

* * *

Zum Nudeln hieß das Lokal auf der Ackerstraße, das Jensen erreichte, nachdem er auf der nahegelegenen Birkenstraße für seinen Ford Mustang endlich einen freien Parkplatz gefunden hatte. Jensen war ein bisschen spät dran und ließ sich pustend zu Lena an den Tisch fallen. »Sorry. Ich bin spät dran.«

»Kein Problem. Ich habe die Karte schon gelesen, und jetzt freue ich mich nur noch mehr.«

»Ich hätte dich zu Hause abholen können. Ich weiß ja, wo du wohnst.«

»Das sind doch nur ein paar Straßen zu gehen.«

Jensen musterte sein Gegenüber. Lena Radok sah mal wieder überhaupt nicht aus wie eine junge Frau, die Doc Stich bei den Obduktionen von Leichen assistiert, sondern schon wieder eher wie ein Fotomodel aus der neuesten *Vogue*. Alle Achtung. Und dann wehte auch noch ein verführerischer Duft über den Tisch, den Jensen allerdings kannte. Kim Schoo hatte vorgestern den gleichen Duft getragen. Hastig lenkte Jensen sich ab. »Äh, hast du schon ausgesucht?«

Lena nickte, Jensen winkte dem Kellner und bestellte das gleiche wie seine Verabredung.

»Wie geht's dir?«

»Viel zu tun«, antwortete Lena. »Vorweihnachtszeit, die Leute sind schlecht drauf, einsam. Das schlechte Wetter, Glatteis, viele Unfälle, manche tragisch. Und ihr arbeitet immer noch am Fall?«

Jensen nickte. Na, das lief ja glatt. Und er hatte schon überlegt, wie er unauffällig ein Gespräch auf ihren Fall bringen könnte. Er beugte sich über den Tisch. »Die Dinge überschlagen sich. Wir haben den Eindruck, dass wir kurz vor einem Showdown, kurz vor der Lösung des Falles stehen.«

»Ach?«, fragte sie.

»Ja. In den nächsten zwei, drei Tagen haben wir den Fall gelöst, dann sitzen die Gauner hinter Schloss und Riegel.«

»Du bist ja sehr zuversichtlich?«, fragte sie.

Jensen versuchte angestrengt in ihrem Gesicht zu lesen, aber er konnte nicht erkennen, ob das reine Neugier oder … involviertes Interesse war. Er hasste es, annehmen zu müssen, dass diese hübsche Frau die gesuchte Maulwürfin sein könnte.

Das Essen kam schneller als erwartet und sie verspeisten schwelgend-schweigend ihre Portionen. Jensen genoss sein Gericht, aber … irgendwas lag in der Luft. Er konnte es spüren. Vor ein paar Tagen beim Döner Kebab am Worringer Platz war die Stimmung eine ganz andere gewesen.

Der Kellner räumte das Geschirr ab.

»Das hat doch ganz gut geklappt«, sagte Lena und tätschelte eine von Jensens Händen.

»Äh, was?«

»Na, mit Messer und Gabel zu essen. Und wie du die Nudeln im Löffel aufgedreht hast. Das war ganz toll. Das hast du richtig gut gemacht.«

Jensen lachte erlöst. Schön, dass sie an ihr letztes Treffen anknüpfte. »Ich kann noch besser.«

»Davon bin ich überzeugt. Wie geht es diesem tschechischen Mädchen, wie hieß sie, Ewa?«

Jensens Magen zog sich sofort wieder zusammen. Schon wieder so ein Schwenk! »Gut. Ihr geht es gut.«

»Lebt sie immer noch bei deiner Oma?«

Jensen spannte sich an und hoffte, dass Lena Radok das nicht merkte. Dies war genau die befürchtete direkte Frage. Warum wollte er das Offensichtliche nicht wahr haben? Gelassen und lächelnd antwortete er. »Ich glaube nicht, dass sie mehrere Tage bei meiner Oma überstanden hätte. Und so ganz viel ist in Herongen nicht los. Das heißt … eigentlich schon, aber nach Party und Ausgehen stand ihr bestimmt nicht der Sinn.«

»Hast du noch eine Oma, bei der du sie unterbringen konntest? Du hast eine nette Verwandtschaft«, stocherte Lena.

»Ich sag mal so. Ja, habe ich. Aber jetzt war erst mal mein Kollege dran.«

»Der hat auch eine Oma?«

»Das weiß ich gar nicht so genau. Auf jeden Fall hatte er

einen Opa, denn der ist vor zwei Jahren verstorben und hat ihm eine wertvolle Münzsammlung vererbt. Und eine Mutter wird er haben. Sie haben immer eine Mutter!«

Lena lachte. »Meine Familie vermisse ich auch. Aber ich möchte diese Ausbildung zu Ende machen. Doktor Stich ist eine Kapazität. Ich lerne jeden Tag was Neues.«

»Keine Leiche ist wie die andere.«

»Das stimmt tatsächlich.«

»Seit wann arbeitest du in Düsseldorf?«, übernahm Jensen jetzt die Fragen.

»Seit vier Monaten genau. Drei Jahre möchte ich mindestens voll machen.«

»Drei Jahre ist gut. Da werden wir uns noch häufig sehen.«

Ein Schatten huschte über ihr Gesicht. »Du bist nett, Christian.«

»Danke«, flüsterte Jensen überrascht und fürchtete gleichzeitig, dass er sofort wieder rot werden würde, wie es leider seine Art war.

»Aber du bist sicher zu allen Mädchen nett.«

»Äh. Nein.«

»Na ja. Aber du triffst dich mit Mädchen.«

»Überhaupt nicht. Ich habe …«

»Erinnerst du dich, dass du dich mit mir treffen wolltest, aber dass du keine Zeit hattest? Ich habe dich gesehen. Letzten Sonntag. Abends, auf dem Weihnachtsmarkt. Sie war groß und blond. Und da hattest du Zeit.«

Jensen lief es eiskalt den Rücken runter. »Äh, das war dienstlich.«

»Das war dienstlich? Nun ja. Dann hast du einen angenehmen Job. Ich kann dir aber nicht versprechen, ob ich dich gleich küssen werde. Oder meine Hand in deine Hose schiebe. Oder dich mit nach Hause nehme.«

Puh. Lenas Augen waren jetzt so schmal, wie mit einem scharfen Messer eingeritzt.

»Das hat sich so ergeben.«

»Hm. Dann ist es ja geradezu schade, dass wir uns hier privat treffen, und dass das keine Vernehmung ist. So eine Vernehmung hätte mir sicher auch Spaß gemacht.«

Jensen schluckte. Ihre Betonung war anders, als es der Inhalt der ausgesprochenen Worte erahnen ließ …

»Aber vielleicht hast du ja noch ein paar dienstliche Fragen, Christian?«

Jensen schluckte wieder. »Äh, ja, ich meine … nein. Ich bin doch nicht dienstlich hier!«

Das war eine Lüge. Zumindest teilweise. Ihr Blick war kalt wie Eis. War sie, verdammt noch mal, jetzt einfach nur eifersüchtig, oder wusste sie was? Wusste sie vielleicht, dass man dem Maulwurf auf den Fersen war?

»Was guckst du mich so an?«, fragte sie mit Gefrierfachstimme. »Überlegst du heute wieder, wie weit du gehen kannst? Bei mir?«

Jensen schnappte nach Luft. Sein Handy plärrte los. Der ganz falsche Zeitpunkt, um ranzugehen.

»Heb ruhig ab. Vielleicht eine Vernehmung? Was Blondes?«

»Lena, bitte.«

Schnell checkte er die Nummer. »Es ist mein Kollege. Sicher hat sich was Wichtiges in unserem Fall ergeben.«

»Ganz sicher. Telefonier ruhig, ich gehe mich ein bisschen frisch machen.«

Sie stand auf und glitt Richtung Toiletten. Jensen seufzte. Das Telefon war stumm. Auch gut. Wenn es wichtig war, würde er wieder anrufen. Er seufzte noch mal.

Das Date lief alles andere als günstig. Er hatte ihr ein wenig auf den Zahn fühlen wollen, klar. Das war gelungen. Und ja, sie hatte sich verdächtig gemacht, indem sie nach Ewa gefragt hatte. Dieses Interesse hätte der Maulwurf zeigen können. Aber würde der wahrhafte Maulwurf so dreist und direkt fragen? Klar, beantwortete Jensen sich die Frage selbst. Wenn die Zeit drängt! Und das tut sie! Jensen fiel auf, dass sie zum Beispiel nicht danach gefragt hatte, wen Struller und er als Mörder verdächtigen oder irgendwas zum Hintergrund.

Und dann zu Ewas erfundenem Aufenthaltsort bei Strullers Mutter? Lena hatte nicht nach einer Adresse oder einem Ort gefragt. Warum? Weil sie ausgezeichnete Verbindungen aller Art hatte? So wie die Maulwürfin sie hatte?

Verdammt.

Andererseits konnte genau das zeigen, wie nett Lena war, wie sensibel und mitfühlend, dass sie sich eben nicht für die Täter, sondern für das Opfer interessierte.

Lena …

Und diese Eifersucht. Okay, er hatte mit Kim Schoo herumgemacht. Der Glühwein, sicher. So was muss man nicht in der Öffentlichkeit machen, aber … verflixt, das war letztendlich doch wohl seine Sache. Er hatte Lena ja keine Hoffnungen gemacht, geschweige denn, ihr die Treue versprochen. Sie hatten einen Döner zusammen gegessen. Okay, das verbindet, aber …

Er warf einen Blick auf die Uhr. Wo blieb sie denn jetzt?

Er stand auf und traf auf dem Weg zur Toilette den Kellner.

»Schlecht gelaufen, was?«, fragte der Mann im weißen Hemd grinsend.

»Wieso?«

»Na, die Dame hat vorne an der Kasse gezahlt und ist durch den Nebeneingang nach Hause.«

Jensen klappte der Mund auf. Da hatte sie ihn abgehängt. Was war das denn? Nur, weil sie so sauer wegen der Schoo war?

»Kopf hoch, Junge. Was gut ist, kommt wieder! Immerhin hat sie für dich mitbezahlt«

Der Kellner klopfte ihm auf die Schulter und ging. Jensen sammelte sich. Und es traf ihn wie ein Schlag.

Was war passiert?

Er hatte ihr erzählt, dass ein Showdown, dass die Klärung des Falles unmittelbar bevorstand. Dann der Telefonanruf eines Kollegen, den er als möglicherweise wichtig bezeichnet hatte, verdammt. Da hatte sie eins und eins zusammengezählt. Sie machte sich auf zu retten, was zu retten war.

Jensen wirbelte herum.

Richtig, sie wohnte ja nicht weit weg.

Er rannte die Ackerstraße runter und stand drei Minuten später vor ihrem Haus auf der Lindenstraße am Hermannplatz. Er blickte hoch, aber in der dritten Etage brannte kein Licht. Er klingelte. Nichts. Dann wurde er auf die beiden Personen aufmerksam, die vor dem Haus in einem PKW saßen und knutschten. Er ging rüber und klopfte gegen die Scheibe.

»Was is?«, schimpfte der männliche Teil des Pärchens auf dem Beifahrersitz.

Jensen zückte seinen Dienstausweis. »Ist hier gerade eine Frau angekommen und in dieses Haus hineingegangen?«

»Himmel, nein. Wir sitzen hier seit über einer Viertelstunde und rauchen eine Zigarette. Das hätten wir bemerkt.«

Jensen nickte. »Danke.«

Okay. Wenn Lena Radok ein Eifersuchtsanfall geschüttelt hätte, dann wäre sie doch sicher sofort nach Hause gerannt. War sie aber nicht!

»Vielleicht hat sie ja was ganz anderes geschüttelt«, knurrte Jensen bitter.

Erneut lärmte sein Handy.

* * *

Struller drückte einen Ärmel unter seine Nase und unterdrückte einen Niesanfall. In den Umkleideräumen der Feuerwache 10 in Oberbilk roch es wie bei seinem letzten Besuch nach Rauch, Qualm und Feuer.

Manni Rauscher bemerkte ihn erst, nachdem er seinen Spind zugeschlagen hatte. »Was …?«

»Guten Tag, Herr Rauscher!«

»Der Kommissar«, erkannte ihn der Feuerwehrmann.

Dann fiel sein Blick auf Fuchs, der hinter Struller im Gang aufgetaucht war. »Was ist los?«

»Es geht um Darina Hasek«, eröffnete Struller.

»Am besten gehen wir in mein Büro, Manni«, schlug Brandmeister Fuchs vor.

»Okay«, zuckte Rauscher mit den Achseln und folgte den Männern in das Büro seines Vorgesetzten, wo er sich in einen Sessel fallen ließ. »Um was geht es genau?«

»Zunächst möchte ich Ihnen noch meinen Kollegen vorstellen«, erklärte Struller und deutete auf den vierten Mann im Raum. »Das ist ein Kollege der Spurensicherung. Ich komme gleich zur Sache, weil ich mit offenen Karten spielen möchte. Es geht um den Tod von Darina Hasek, das ist die Tänzerin von der Weihnachtsfeier.«

»Das hatten wir doch schon. Damit habe ich nichts zu tun«, erklärte Rauscher.

»Ich kann dir einen Anwalt besorgen«, mischte sich Fuchs ein.

Struller nickte. »Mir ist sehr an einer guten Zusammenarbeit gelegen. Ich kann ein absolut faires Verfahren garantieren.«

Rauscher stand auf und blickte mit seinen knapp zwei Metern Körpergröße von oben auf Struller herab. »Ich brauche kein faires Verfahren. Und ich brauche keinen Anwalt. Ich habe mit dem Tod der jungen Frau nichts zu tun.«

Struller zückte sein gelbes Notizbuch, um nun ein paar Zeiten nicht durcheinanderzubringen. »Herr Rauscher. Für den Richter wird bei seiner Bewertung des Falls möglicherweise wichtig sein, ob Sie die Tat gestanden haben oder ob ich sie überführt habe.«

»Überführen wäre dann schon notwendig, denn ich wüsste nicht, was ich hier gestehen soll.«

Struller seufzte und wechselte mit Fuchs einen vielsagenden Blick. »Das kriegen wir nachher immer noch hin. Herr Rauscher, ich fange dann mal an.«

Rauscher setzte sich wieder.

»Herr Rauscher. Sie waren auf dieser besagten Weihnachtsfeier. Gegen 21 Uhr gibt es diesen Auftritt von Darina Hasek. Der Auftritt ist für sie besonders markant, weil Frau Hasek bei Ihnen einen so genannten Lapdance macht.«

»So leicht bin ich nicht zu beeindrucken, Herr Kommissar.«

»Gegen Ende des Tanzes bekommen Sie einen Streit zwischen Darina Hasek und ihrem Begleiter mit. Sie mischen sich ein. Möglicherweise hat sich hier der Beschützerinstinkt gemeldet. Wie auch immer. Das Mädchen geht Ihnen nicht mehr aus dem Kopf. Woher wussten Sie, wo die beiden in den nächsten Stunden auftreten werden?«

»Ich wusste es gar nicht«, erklärte Rauscher bockig.

»Ich nehme an, dass Sie irgendeinen Verlaufsplan gesehen haben. Möglicherweise als es zum Streit der beiden gekommen ist. Auf jeden Fall gehen Sie mit den anderen wieder rein in die Feuerwache und feiern weiter. Irgendwann vor zwölf fällt es gar nicht auf, dass Sie die Veranstaltung verlassen und den beiden folgen.«

»Das ist Unsinn. Ich hatte getrunken. Ich durfte gar kein Auto fahren.«

»Das macht es nicht besser. Aber auch nicht schlimmer. Ich habe das zusammen mit Ihrem Kollegen Fuchs recherchiert. Niemand kann sich in der Folge an Ihre Anwesenheit erinnern.«

»Die waren alle betrunken«, wehrte sich Rauscher.

»Das war keine Orgie, sondern eine Weihnachtsfeier. Gute Stimmung, hochwertiges Programm, mehrere Reden, es wurde teilweise Alkohol getrunken, aber Männer mit Filmriss gab es dort nicht«, stellte Struller klar, der genau das zuvor mit Rauschers Vorgesetztem besprochen hatte, der jetzt zerknirscht nickte.

Rauscher selbst verzog keine Miene.

Struller fuhr fort. »Um 24 Uhr beobachten Sie durch ein Fenster im Gebäude von außen den Auftritt von Darina Hasek im Bestattungsunternehmen Weyler&Weyler in Unterrath. Da der Weg ums Gebäude tiefer liegt, kann nur jemand durchs Fenster gucken, der fast zwei Meter groß ist. Sie sind fast zwei Meter groß.«

»Endlich mal ein Teil Ihrer Geschichte, der sich belegen lässt.«

»Manni!«, mahnte ihn sein Vorgesetzter.

»Sie wurden von zwei Personen entdeckt, die noch versuchten, Sie zu stellen, aber Sie rannten weg. Die beiden Person, davon gehe ich aus, werden Sie bei einer Gegenüberstellung wiedererkennen. Jetzt wird es eng für ein Geständnis, Herr Rauscher.«

Der blieb stumm.

»Sie folgten Darina Hasek dann wieder bis zu einem Tennisheim am Staufenplatz. Es ist inzwischen 1.30 Uhr. Hier kam es zu einem lautstarken Streit. Sie gingen wieder dazwischen. Und wieder haben wir einen Zeugen, der Sie gesehen hat. Sie trugen Ihre Feuerwehruniform.«

Rauscher schnappte nach Luft.

Struller legte eine Hand auf seine Schulter. »Jetzt kommt der Teil, wo ein Geständnis hilfreich wäre. Was genau ist dort am Staufenplatz vorgefallen?«

Rauscher atmete tief ein, setzte an ... und sackte in sich zusammen. »Ich habe die doch nicht in einen Container gesteckt und in den Rhein geworfen!«

Struller nickte ruhig.

Rauscher sammelte sich. »Bei den Bestattern steigt sie ohne ihren Typen in ein Taxi. Ich bin hinterher, es ging zum Tennisheim zurück. Ein Licht brannte noch, sonst war es dunkel, keine Musik. Auf einmal hörte ich im Hinterhof neben der Gaststätte Stimmen. Ein Mann und eine Frau stritten sich in einer Sprache, die ich nicht verstand. Ich stellte mich auf die Zehenspitzen und sah, wie der Mann die Frau schüttelte. Die Frau war die Stripperin. Sie wehrt sich, schrie, aber keiner half ihr. Ich zog mich am Tor hoch. Einer musste doch was tun! Und landete vor ihnen. Er ging direkt auf mich los, aber der war kein Thema. Ich hatte ihn unter Kontrolle, da sprang mich das Mädchen plötzlich an. Sie schrie, ich solle aufhören. Ich gebe zu, ich habe den Mann hart angefasst, aber ... Ich schlage nur einmal kurz nach hinten aus, blind ohne zu gucken. Der Stress ... Aber sie fliegt gleich einen halben Meter weit und schlägt mit ihrem Hinterkopf gegen einen Kasten ...«

»Kasten?«

»So eine Kleingeldkasse. Oder so was. Ich lasse von dem Typen ab, reiß mich übers Tor und lasse die beiden zurück. Ich mein, ich hatte doch keinen Bock auf Ärger.« Er warf einen Blick auf seinen Vorgesetzten. »Ich bin doch noch nicht richtig angestellt, sondern Anwärter. Mein Gott, ich wollte sie doch nicht umbringen, ich wollte ihr helfen!«

»Eindeutig ein Unfall«, stellte Fuchs mit fester Stimme fest.

»Der Mann«, fragte Struller. »Kann das dieser Mann gewesen sein?«

Struller zeigte Rauscher, dem Tränen in die Augen geschossen waren, ein Foto und der nickte heftig. Struller winkte Faserspuren-Harald heran, der sich räusperte. »Okay, Sportsfreund, dann brauche ich jetzt ein Foto von deinen Händen.«

Rauscher blinzelte ihn fragend an. »Wieso das denn?«

Struller erklärte: »Sie haben Frau Darina Hasek gegen diesen Container gestoßen. Sie schlug mit dem Hinterkopf auf und verlor das Bewusstsein. Dann sind Sie weg. Die Verletzung war allerdings nicht tödlich. Frau Hasek wurde anschließend erwürgt. Entsprechende Würgemale konnte mein Kollege am Hals des Opfers sichern. Und jetzt braucht mein Kollege ein Foto von Ihren Händen, denn …«

Struller überließ Faserspuren-Harald das Wort. »Ich formuliere es mal laienhaft. Es handelt sich bei den Fingerspuren am Hals um welche, die entstehen, wenn ganz normale Hände, in einer ganz normalen Größe würgen. Mit Verlaub, deine Pranken sind beim Basketball vielleicht recht hilfreich, kommen für unseren Mord aber nicht infrage. Ich werde das noch ausführlich in Worte kleiden, kann dich mit deinen riesigen Händen aber jetzt schon als Mörder ausschließen.«

Struller nickte Fuchs zu und sprach dann Rauscher mit direktem Blick an. »Und weil Sie ein umfassendes Geständnis abgelegt haben, brauchen wir Sie auch noch nicht mal festzunehmen.«

Faserspuren-Harald knipste eine Reihe Bilder und Struller schwenkte mit zusammengekniffenen Augen das Foto. »Festnehmen werden wir den hier!«

* * *

Das Telefon läutete hartnäckig. Grimmig unterbrach sich Struller beim Schreiben seines Rauscher-Abschlussvermerks.

»Struhlmann, wer ...?«

»Na endlich erreiche ich dich! Ich bin es, Karel.«

»Karel, freut mich dich zu hören, was gibt es Neues?«

»Eine ganze Menge, mein Freund. Können wir ungestört reden?«

Struller stutzte kurz und antwortete mit Ja.

»Pit, die Sache ist verdammt heikel. Ich habe herausgefunden, dass Brezina Richter in Prag ist, er ist zuständig für Jugendsachen. Das hat mich noch neugieriger gemacht. Ich habe mir Brezinas letzte Fälle mal näher angesehen.«

Gute Idee, dachte Struller.

»Du hast mir erzählt, dass eure Tote aus dem Fluss Darina Hasek heißt. Genau die hat Brezina letztes Jahr verurteilt, wegen kleinerer Diebstähle aus Kaufhäusern.«

Struller zog die Augenbrauen hoch, lehnte sich zurück und brachte vor Erstaunen erst mal kaum ein Wort heraus. »Ich verstehe. Jugendrichter ...«

»Ja, ganz genau. Aber es kommt noch dicker. Ihr habt es dort auch mit Slezak zu tun. Ich habe ein paar Akten rausgekramt. Den hat Brezina ebenfalls als Jugendrichter gehabt und ihn ein paar Jahre vorher verdonnert. Kann ein Zufall sein, aber wer glaubt an Zufälle?«

»Ich nicht«, kam es aus Strullers Mund geschossen. Plötzlich wurde ihm heiß.

»Karel, hast du die Unterlagen noch vor dir liegen?«

»Äh, mit Unterlagen meinte ich Computer. Der ist noch an.«

»Ach, ihr arbeitet mit Computern? Sieh an!«, schnaufte Struller ironisch. »Guck nach, ob Brezina auch mal was mit unserem ehemals vermissten Janek Dobrovsky zu tun hatte! Dessen Freundin, Jara Kopecky, hat meinem Kollegen gegenüber angedeutet, dass Dobrovsky früher Ärger mit der Justiz hatte und nicht auf Bullen steht.«

Struller hörte Skupa am anderen Ende der Telefonleitung tippen und dann auf Tschechisch fluchen.

»Verdammt, ja. Den hat Brezina auch mindestens einmal verknackt. Was soll das bedeuten?«

Struller strich sich durchs Haar. »Ich glaub, ich sehe jetzt klar.«

»Wieso das denn?«

»Weil ich ein guter Polizist bin, Karel. Ich weiß jetzt, was die tote Darina Hasek und Janek Dobrovsky gemeinsam haben. Und ich kann mir denken, was es bedeutet.«

»Sie beide hatten mit dem Jugendrichter Brezina zu tun. Aber was ist da jetzt so heikel dran?«

»Das kriege ich raus!«

»Gut. Was hat euch Pavel Slezak alles erzählt, hat er gesungen?«

»Nein, Karel, der sitzt noch im Gewahrsam. Mit Mühe und Not halten wir den noch hier, aber das wird nicht mehr lange gut gehen. Und singen tut er auch nicht. Er möchte in eine Kronzeugenregelung und hat, so wie es im Moment aussieht, auch ganz gute Chancen.«

»Scheiße. Ich sag ja: Das ist ein gerissener Windhund!«

»Die werden früher oder später auch alle eingeholt«, blieb Struller optimistisch.

Skupa lachte. »Stimmt. Die ganze Sache stinkt zum Himmel.«

»Was macht der verdächtige Klein-LKW?«

Skupa fluchte schon wieder auf Tschechisch und es klang nicht stubenrein. »Deshalb rufe ich eigentlich an. Der Wagen ist schon lange unterwegs. Richtung Deutschland. Aber was noch schlimmer ist, der ist uns vor vier Stunden bei Nürnberg verloren gegangen.«

Struller schlug die Hand vor die Stirn. »Und da rufst du erst jetzt an?«

»Kollege! Natürlich nicht. Ich versuche dich seit vier Stunden zu erreichen, aber du gehst ja nicht ans Handy oder es ist ausgeschaltet. Bin froh, dass ich dich endlich im Büro erreicht habe!«

Struller wischte sich eine Schweißperle von der Schläfe. Verdammt, da hatten sie tagelang auf den Showdown gewartet und jetzt fangen sie ohne ihn an. Verdammt. Aber das Rennen war noch nicht zu Ende! »Okay, Karel. Ich hab eine Idee, wo wir den Transporter in Empfang nehmen könnten, aber ich muss mich beeilen.«

»Nur eine ... Idee?«, fragte der Tscheche skeptisch.

Struller nickte. Auch, wenn Skupa das nicht sehen konnte. »Die ganze Hektik, die Toten, die Schüsse, der Klein-LKW. Das fügt sich alles zusammen. Und wenn ich richtig liege, wird der Obergauner es sich nicht entgehen lassen, persönlich bei der Übergabe dabei zu sein.«

»Übergabe? Der LKW?«

»Genau. Ich hab keinen blassen Schimmer, was drin ist, aber es ist heiß und es lohnt sich, dafür zu töten.«

»Ich wünschte, ich könnte bei dir sein!«

»Ich leg ein paar Typen für dich mit um!«

»Danke, Kollege!«

Struller warf den Hörer in die Telefonschale. Fluchend kramte er sein Handy aus der Jackentasche. Mist. Er hatte es vor der Vernehmung des Feuerwehrmannes aus- und nicht mehr eingeschaltet. Blöder, neumodischer Kram! Er schaltete das Gerät wieder ein. Auf dem Display leuchtete das Symbol für *Eingegangene Anrufe*.

»Skupa, klar. Das weiß ich jetzt auch.«

Jetzt musste es schnell gehen. Wahrscheinlich bekamen sie nur eine Chance, der Sache ein Ende zu setzen. Schnell tippte er Jensens Handynummer in die Tastatur.

»Jensen? Struller hier. Wie weit bist du mit Lena Radok?«

»Gute Frage. Kann sein, dass sie unser Maulwurf ist. Sie ist abgetaucht.«

»Abgetaucht?«

Jensen brachte Struller auf Ballhöhe.

»Merkwürdig. Klingt nicht gut. Aber okay. Hol mich hier im Büro ab! Skupa hat mich angerufen.«

Struller gab das Telefonat wieder.

»Okay. Ich beeil mich!«

Struller drückte die Trenntaste und tippte eine neue Nummer ein.

»Leitstelle«, meldete sich eine sonore Stimme.

»Struhlmann, KK 11, Mordkommission. Ich würde gerne eine Mörderbande festnehmen und brauche Zivilkräfte. Vier Teams würden mir ausreichen. Für den Zugriff brauche ich ein Kommando der Spezialsonderkräfte.«

Der Polizist lachte. »Du hast ja konkrete Vorstellungen. Mal was anderes. Aber wenn du Dienstagnacht Krieg spielen willst, sollst du das tun, ich bin dabei. Wertet den Nachtdienst auf. Bist du unter der Nummer gleich noch erreichbar?«

Struller diktierte dem flotten Kollegen seine Handynummer. »Kollege, du weißt, dass ein SEK-Einsatz durch einen Beamten Höherer Dienst geleitet werden muss?«

Struller schlug sich vor die Stirn. Klar, wusste er das. Hatte er nur vergessen.

»Ich guck mal in die Liste ... Ach, das passt ja. Heute hat dein Chef Bereitschaftsdienst. Kriminaldirektor Hengstmann. Und den habe ich eben noch im Foyer gesehen, vielleicht hast du Glück und er sitzt in seinem Büro. Ich ruf dich gleich auf'm Handy an, wenn ich die Teams habe!«

Struller strich sich durchs Haar. Hengstmann und ein SEK-Einsatz? Kurz überlegte er, seinen Chef außen vor zu lassen und sich für nachher eine Ausrede einfallen zu lassen, aber die Kommandoführer bei den Sonderdiensten nahmen die Formalia immer sehr genau. Es blieb ihm nichts anderes übrig, als Hengstmann mit ins Boot zu nehmen.

Schnell ging er in den nächsten Flur und riss Hengstmanns Bürotür auf. Sein Vorgesetzter stand in der Mitte des Raums und hielt mehrere dicht beschriebene Blätter in der Hand. Mitten in einer weitgreifenden Geste hielt er inne.

»Struhlmann?«

»Äh … Klopf, klopf. Es ist dringend.«

»Ich übe gerade für eine Rede bei den katholischen … Ist ja auch egal«, versteckte Hengstmann die Zettel hinter seinem Rücken.

»Sie haben Bereitschaft, ich ein Problem. Das SEK braucht einen Führer des Höheren Dienstes. Ich brauche Sie!«

Hengstmann atmete tief ein. »Spezialeinsatzkommando? Ein Zugriff? Immer heikel, immer heikel …«

Struller erläuterte mit kurzen Sätzen, wie heikel der Einsatz war, und sein Chef wurde um die Nase herum leicht blässlich.

»Aber im Grunde genommen arbeiten die Männer beim SEK vollkommen selbstständig«, versuchte Struller ihn am Ende zu beruhigen.

Hengstmann wollte sich das Kinn kratzen und stieß sich dabei sein Redemanuskript knitterig. In Gedanken legte er es zurück auf den Bürotisch. »Hm. Bei so einem Einsatz kann viel falsch laufen. Wann soll es losgehen?«

»Jetzt sofort.«

Hengstmann baute sich hinter seinem Schreibtisch auf, rückte sein Hemd zurecht und strich sich über die mit kleinen Weihnachtsmännern verzierte Krawatte. Dann öffnete er die knarrende Tür seines Bürospinds und entnahm ihm ein Schulterholster mit Pistole.

»Nun denn. Besser, ich bin in der ersten Reihe dabei. Was muss, das muss!«

»Alter Reiterspruch?«, fragte Struller.

»Björn Engholm, SPD-Politiker«, knurrte Hengstmann.

Dann bückte er sich. Struller mochte seinen Augen nicht trauen, als sein Chef ein graues Megafon aus dem Schrank nahm und es mit einem ohrenbetäubenden Quietschen auf seine Funktionsfähigkeit testete.

In Strullers Ohren fiepte es. »Was soll das denn?«

»Herr Struhlmann«, erklärte er. »Eine funktionierende Kommunikation in allen Lagen, auf allen Ebenen, in alle Richtungen ist die Grundvoraussetzung für erfolgreiches Arbeiten. Wird viel zu häufig vergessen, deshalb geht so viel schief. Wir wissen doch alle, wie bescheiden der Polizeifunk ist. Kommunikation! Selbst General George Armstrong Custer, eine wirklich markante Figur der frühen amerikanischen Geschichte, musste jedes Truppenteil seines 7. Kavallerieregiments jederzeit erreichen können.«

»General Custer? Wurde der am Ende des Films nicht von den Indianern massakriert?«

»Kein Film! 25. Juni 1876, die Schlacht am Little Big Horn. Custer war ein großer Stratege, ein raffinierter Teufelskerl. Ein bisschen überheblich vielleicht. Aber er hatte nicht so ein Teil!«

Hengstmann klopfte aufs Megafon und Struller fragte sich erneut, ob es bei aller frisch gewonnenen Sympathie für seinen Chef nicht doch besser wäre, ihn seine Rede üben zu lassen. Aber ein Blick in Hengstmanns entschlossenes Gesicht sagte ihm: Häuptling Sitting Bull wollte jetzt einen Skalp!

* * *

Im Wagen war es stickig. Um die Fensterscheiben runterzulassen, war es zu kalt. Draußen tauchte eine Straßenlaterne alles mit feinem Schnee Bedeckte in müdes, fahles Licht. Dicke Flocken taumelten vom Himmel. Jensen saß neben Struller auf dem Fahrersitz, hinten auf dem Rücksitz hockte Ferdinand Hengstmann. Sie trugen kugelsichere Schusswesten. Seit zwei Stunden schwieg der Funk.

Zwei Stunden …

Struller strich sich durchs Haar und stellte bei der Gelegenheit fest, dass wenigstens das vom Megafon verursachte Pfeifen in seinen Ohren verschwunden war.

»Langsam könnte sich was tun. Vielleicht sind wir zu spät«, unkte Jensen.

»Die Kollegen direkt vor Ort haben gesagt, es brennt Licht. Also ist er noch da. Ich bin mir sicher, dass die nicht ohne ihn anfangen«, erwiderte Struller.

»Die Standheizung ist kaputt, meine Füße frieren ein.«

Struller ersparte sich eine scharfe Bemerkung. Die jungen Kollegen wurden immer weicher. Wenn es nach ihm gehen würde, dann …

Im Funk knackte es.

»Tür öffnet sich. Zielperson verlässt das Haus.«

Alle drei spannten sich an.

»Steigt ins Fahrzeug. Achtung! Es geht los!«

Struller klatschte in die Hände und drehte den Funk lauter. »Hab ich es gewusst! Nichts läuft ohne ihn! Das lässt er sich nicht entgehen.«

Jensen startete den Motor und stellte überrascht fest, dass sein Herz kräftig angefangen hatte zu bullern. Okay, das war der Showdown, den sie alle herbeigesehnt hatten. Aber jetzt, wo er da war, fühlte er sich … gefährlich an.

»Zielperson biegt auf die Bertastraße, dann nach rechts Richtung An den Maureskötheh«, knarrte der Funk.

»Sehr gut«, meldete sich Hengstmann vom Rücksitz und rieb sich aufgeregt die Hände.

Jensen steuerte den Wagen in die entsprechende Richtung und überlegte, wie er am schnellsten fuhr, um nah an der Zielperson und an den Verfolgerfahrzeugen zu sein, ohne ihnen in die Quere zu kommen.

»Zielperson fährt einen BMW, Geländewagen, starker Motor, Farbe schwarz«, teilte der Verfolger allen mit und fügte das entsprechende Kennzeichen hinzu.

Jensen gab Gas. Das Fahrzeug bog rechts ab auf den Höher Weg, dann links in die Ronsdorfer Straße.

»Überquert die Erkrather Straße«, meldete sich kurz drauf der Beamte eines zweiten Zivilfahrzeugs, das nach dem letzten Abbiegen die Verfolgung übernommen hatte.

»Richtung Oberbilk«, flüsterte Hengstmann.

Jensen hatte mit ihrem Fahrzeug einen Bogen geschlagen und kachelte aus Richtung Süden über die Erkrather Straße. Struller drückte sich einen Funkstöpsel ins rechte Ohr, auf dem die Kräfte des Spezialeinsatzkommandos funkten. Auch dort waren sie in der Bewegung.

»Haben Sie schon eine Idee, wo es hingehen könnte?«, fragte Hengstmann ungeduldig.

Struller schüttelte den Kopf. »Keine Ahnung, wo es hingeht. Ich weiß nur, was uns dort erwartet.«

Jensen schluckte.

»Zielperson hat die Fichtenstraße passiert und … biegt jetzt nach rechts ab in die Langenberger Straße.«

Struller biss sich auf die Unterlippe. »Langenberger Straße, eine Sackgasse. Das wird der Zielort sein.«

Er griff zum Funkgerät. »An die Zugriffskräfte. Wir treffen uns so schnell wie möglich auf der Fichtenstraße, in Höhe des Supermarktes.«

Die Anweisung wurde im Ohrstöpsel quittiert. Struller lehnte sich in seinem Sitz zurück.

»Zielperson hält am Ende der Straße. Vor dem Tor 9. Dort steht ein weißer Kastenwagen. Ausländisches, amtliches Kennzeichen: 4A2 4766.«

»Bingo!«, rief Struller.

»Sehr gute Arbeit«, lobte Hengstmann.

»Ich wusste, dass Brezina es sich nicht nehmen lässt, diesen Deal persönlich abzuwickeln. Zu viel steht auf dem Spiel, zu viel ist schiefgegangen. Er geht auf Nummer sicher und führt uns ironischerweise geradewegs ans Ziel. Mann, ich brenne darauf zu erfahren, was in diesem Kleinwagen ist. Mindestens das Bernsteinzimmer. Oder spaltbares Material!«

Hengstmann blinzelte. »Ehrlich?«

Struller schüttelte den Kopf. »Das nicht gerade, aber es ist so heiß, dass Brezina dafür gemordet hat. Oder hat morden lassen. Aber das kriegen wir auch noch raus.«

Mehrere Fahrzeuge mit dunkel getönten Scheiben stoppten hinter ihnen am vereinbarten Treffpunkt. Die drei Männer stiegen aus. Hengstmann zückte sein Handy und telefonierte, Struller ging zum Kommandoführer des SEK.

»Und?«, fragte er den Leiter der Zugreifkräfte.

Der muskulöse Polizist mit breitem Kreuz und verwegenem Dreitagebart fasste schnell zusammen: »Ich habe zwei zivile Teams draußen, die die Örtlichkeit checken. Kennst du die Straße?«

»Japp. Die Langenberger Straße ist eine Sackgasse, asphaltiert, rechts und links jeweils ein schmaler Streifen unbefestigter Schotter. Auf der linken Seite ein langgezogenes Lagergebäude mit mehreren Eingängen, Tore genannt. Im Tor 3 ist eine Diskothek, in einer der Hallen wird Paintball gespielt.«

Der Polizist unterbrach ihn und gab das weiter, was er im Funk hörte. »Zielobjekt und Kleintransporter sind in die Halle 9 gefahren worden. Gegliederte Alurolltore, in deren Mitte sich eine Türe befindet. Weiter, Kollege!«

»Rechts befindet sich eine alte und teilweise eingefallene Mauer aus alten Backsteinen, dahinter ein ehemaliges Fabrikgelände. Hinten rechts ein Schrottplatz mit rotem Doppeldeckeromnibus davor.«

»Was ist am Kopfende?«

»Am Ende der Sackgasse befindet sich ein mit Bäumen und Sträuchern verwilderter Bahndamm. Nach links geht die nicht asphaltierte Gruitener Straße ab, die wieder auf die Ronsdorfer Straße führt. Das Ende ist abgepollert.«

Der Kollege nickte. »Okay. Ich teil die Kräfte ein. Das geht jetzt flott. Wo ist dieser Hengstmann?«

»Das ist der da«, zeigte Struller auf seinen Chef im beigefarbenen Trenchcoat, der beim Telefonieren lauter geworden war und heftig durch die Luft gestikulierte.

»Okay. Ich weiß nicht, was er mit dem Lautsprecher vorhat, aber er soll es allenfalls zum Zuschlagen gebrauchen. Ihr bleibt an meiner Seite!«

»Gut«, zischte Struller. Was hatte Hengstmann denn da jetzt am Handy rumzustreiten?

Der SEK-Mann, Struller und Jensen pirschten sich an der Wand des Supermarktes in Richtung des Objekts. Der SEK-Mann hob den Arm und zischte. »Die Lagerhalle hat keine Fenster. Zwei finstere Typen schleichen im Eingangsbereich auf und ab, sehen aus, als ob sie Schmiere stehen. Kann sein, dass sie bewaffnet sind.«

Jensen lugte vorsichtig um die Ecke. »Der eine ist der breite Typ aus dem *Club Jamaika*, den du Karpfenkopf getauft hast. Den anderen kenn ich nicht.«

Struller beobachtete die uniformierten Einsatzkräfte. Eine Gruppe des SEK postierte sich direkt an der Straßenecke zur Ronsdorfer Straße. Eine zweite, von hier aus nicht sichtbare Gruppe vermutete er auf der Gruitener Straße. Eine dritte, aus fünf Mann bestehende Einheit formierte sich direkt vor ihnen. Alle Einsatzkräfte trugen schusssichere Westen und schwarze Sturmhauben über dem Gesicht. Der Kommandoführer nickte.

Jetzt ging es los.

Aber …

Hengstmann winkte sie hastig heran. Der Kommandoführer zog unwillig die Augenbrauen zusammen.

Struller runzelte die Stirn. »Was ist?«

»Kommando zurück! Kein Zugriff! Ich wiederhole: Kein Zugriff!«

»Was soll denn die Scheiße?«, platzte es aus Struller heraus.

Hengstmann wurde rot. »Die Staatsanwältin.«

»Was ist mit Staatsanwältin?«, blaffte Struller.

»Ich hab sie informiert und sie …«

»Wieso informiert? Die informiert man hinterher!«

»Nein. Tut man nicht. Und in Anbetracht der angespannten Stimmungslage hielt ich es für angemessen, den Zugriff vorab mit ihr durchzusprechen. Sie lehnt ab. Sie fürchtet ein Blutbad!«

Struller schwoll die Stirnader. Jensen trat sicherheitshalber einen Schritt zurück.

»Wenn es hier keinen Zugriff gibt, gibt es ganz sicher ein Blutbad. Eines, das ich persönlich anrichte!«

»Herr Struhlmann …«

»Nix Struhlmann! Staatsanwältin hin, Staatsanwältin her! Da vorne geht ein gigantischer Deal über die Bühne. Da werden uns hochkarätige Gauner auf dem Präsentierteller geboten. So eine Gelegenheit kommt nicht wieder!«

Der Kommandoführer räusperte sich. »Vor allen Dingen können wir nicht hier rumstehen und diskutieren. Wenn die Kerle uns überraschen, sehen wir alt aus!«

Man sah, wie Hengstmann mit sich kämpfte. Schließlich hauchte er: »Und Sie sind sicher, dass Sie den Zugriff ohne Blutvergießen hinkriegen?«

»Zu 80 Prozent«, schätzte der Kollege.

»Äh. Nur …«, hob Hengstmann an.

»80 Prozent sind super«, erklärte Struller. »Die gab es sonst nur in der DDR. Der Zugriff ist im Sack!«

Hengstmann senkte sein Haupt. Das Megafon baumelte schlaff am Handgelenk. »Sie bringen mich in Teufels Küche, Struhlmann!«

»Da bring ich Sie rein, da hole ich Sie wieder raus! Zugriff?«

Hengstmann gab sich geschlagen und nickte müde.

»Na endlich«, knurrte der Kommandoführer und gab seinen Männern ein Zeichen.

Sie drückten sich geduckt um die Ecke des Supermarktes herum auf das brachliegende Fabrikgelände und schlichen lautlos im Schutz der halb verfallenen Mauer immer näher an die beiden Wachen vor dem Tor 9 heran. Jensen wagte kaum zu atmen, was natürlich Quatsch war, aber die Anspannung war mit den Händen greifbar.

Struller fiel auf, wie merkwürdig still es um sie herum war. Der neue Schnee schien jedes Geräusch zu schlucken.

Der Kommandoführer legte ein weiteres Mal einen Zeigefinger auf seine Lippen. Genau wie er und seine Männer zogen auch Jensen und Struller ihre Waffen aus dem Holster. Hengstmann drückte den Lautsprecher fester an seinen Körper.

Meter für Meter näherten sie sich den beiden Männern auf der anderen Seite der brüchigen Mauer.

Jensen hielt überrascht einen Moment inne, denn durch die Kälte hatte er das typische Schnarren eines Feuerzeugs gehört. Die Verschlusskappe eines Sturmfeuerzeugs. Er konnte sogar Sprachfetzen hören und spürte, dass alle seine Sinne bis zum Äußersten angespannt waren.

Wahnsinn. Die Kollegen vom Einsatzkommando zeigten nicht den Hauch von Unsicherheit, sondern bewegten sich mit einer beeindruckenden Zielstrebigkeit, gleichmäßig wie ein Schweizer Uhrwerk.

Der Kommandoführer hob eine Hand. Sie mussten sich jetzt genau in Höhe der Wachen befinden.

Plötzlich schlug rechts von ihnen ein Hund an. Laut und tief. Das Vieh kriegte sich gar nicht mehr ein. Jensen konnte Bewegungen auf der anderen Seite der Mauer hören. Die Wachen wurden laut. Er sah, wie der Kommandoführer sein Gesicht verzog und eilig in sein Sprechgeschirr wisperte.

Plötzlich schnellten alle Kollegen hoch. Jensen fuhr zusammen, reckte sich in die Höhe und erhaschte einen ersten Blick über die Mauer auf die Szene vor ihnen.

Karpfenkopf und sein Partner hatten sich nach rechts fortbewegt, um nachzusehen, weshalb der Köter plötzlich so einen Terror machte. Als sie die Männer in ihrem Rücken bemerkten, brüllte Karpfenkopf laut. Beide griffen in ihre Jacken. Und wurden Sekundenbruchteile später kräftig durchgeschüttelt. Die SEK-Cops hatten zwei Teaser eingesetzt und die beiden Männer mit den Stromschockern handlungsunfähig geschossen. Blitzschnell stürmten Polizisten auf sie zu, Sekundenbruchteile später lagen sie mit Handschellen auf dem Rücken auf dem Bauch.

Von rechts spurteten mehrere Kollegen los. Von links schossen zwei Einsatzfahrzeuge heran.

Sich gegenseitig sichernd näherten sich die Beamten der Tür. Die plötzlich mit einem Ruck aufgerissen wurde. Ein Mann wurde sichtbar, der eine Maschinenpistole in der Hand hielt. Er riss sie hoch. Von einer Kugel getroffen sank er noch im Türrahmen zusammen, ohne einen Schuss abgeben zu können.

Jensen zuckte zusammen. Ein ohrenbetäubender Knall. Es blitzte im Inneren. Und …

»Scheiße!«, schrie Struller und riss die Knarre hoch.

Links von ihnen hatte sich Tor 8 geöffnet.

»Iro!«, schrie Jensen.

Der Kerl aus dem Club mit der kaputten Nase und der grünen Bürste erschien im Türrahmen. Auch er hielt eine Maschinenpistole im Anschlag, die den Polizisten eine Ladung Kugeln entgegenspie. Die Salve landete im Mauerwerk über ihnen.

Noch ehe Struller abdrücken konnte, zuckte die grüne Borste und ging zitternd zu Boden, eine letzte Salve in den unbefestigten Boden vor ihm jagend. Wie viele Kugeln seinen Körper getroffen hatten, konnte Jensen von seinem Standort aus nicht abschätzen.

»Weiter!«, schrie der Kommandoführer.

Er und seine Männer stürzten nach vorn. Hier wimmelte es jetzt von Polizisten. Aber kein Chaos, denn die Einsatzkräfte bewegten sich in geraden Linien wie an der Kordel gezogen. Struller und Jensen hetzten einfach hinterher.

Die wenigen Meter zur Lagerhalle waren mit großen Sprüngen zurückgelegt. In der Halle war der Kampf augenscheinlich schon entschieden. Im hellen Geflimmer starker Leuchtstoffröhren erkannten sie mehrere Männer, die ihnen mit erhobenen Händen gegenüberstanden. Zu ihren Füßen lagen schwarze Maschinenpistolen.

Struller suchte ihre Gesichter ab. Wo zur Hölle war Brezina?

In diesem Moment wurde die Hecktür des Kleintransporters aufgestoßen. Ohne Vorwarnung mähte sich eine Kugelladung mitten durch die Kollegen. Struller und Jensen warfen sich zu Boden. Ein zweiter Feuerstoß hämmerte Kugeln über ihre Köpfe in die Steinmauer.

Der Polizisten sofortige Reaktion war eine entsprechende Antwort mit ihren Waffen. Tackernd durchlöcherten sie den Wagen. Und wahrscheinlich jede mit einer MP feuernde Person. Jensen presste den Kopf zu Boden. Der Lärm war ohrenbetäubend. Dann verstummte er. Jensen hob den Kopf und rappelte sich auf.

Der weiße Kleintransporter sah aus wie ein Schweizer Käse.

Mitten in die Stille hinein richtete Hengstmann sich hinter ihnen auf. Er hob das Megafon: »Hier spricht die Polizei! Ergeben Sie sich! Legen Sie Ihre Waffen auf den Boden! Sie haben keine Chance! Ich werde …«

Dann brach die Hölle los.

Was auch immer dort im Kleintransporter geladen war, es war explosiv. Eine Druckwelle stieß Jensen und Struller nach hinten rückwärts durch die Tür nach draußen zurück auf die Langenberger Straße.

Jensen wischte sich ein Blutfädchen aus den Mundwinkeln. Drinnen folgte dem Knall kein weiterer. Stattdessen bellte der Kommandoführer knappe Befehle an seine Männer. Von links schossen zwei Rettungswagen mit kreisendem Blaulicht und Martinshorn heran.

Struller strich sich über den Mantel und verwischte so einen Ölfleck, der ihn auf ewig an diesen Einsatz erinnern würde.

»Ich hab Brezina nicht gesehen.«

»Vielleicht war es der Typ, der aus dem Wagen heraus auf uns geschossen hat«, meinte Jensen.

Da startete in der Halle ein Wagen. Wie ein wildes Tier heulte in der Lagerhalle der Motor, Reifen quietschten. Wie ein Monster krachte ein Wagen von innen gegen das Alutor Nummer 10. Das Leichtmetall gab nach und splitterte auf die Fahrbahn, Jensen direkt vor die Füße.

»Scheiße! Der BMW von Brezina!«

»Mit Brezina!«, fügte Struller hinzu und erkannte, dass Jensen seine Waffe gezogen hatte. Statt zur Seite zu springen, versuchte er den Fahrer ins Visier zu nehmen.

»Nein!«, brüllte Struller.

Das konnte nicht klappen. Der BMW würde ihn wegschießen wie einen Gummiball.

Gott sei Dank erkannte auch Jensen das im allerletzten Moment und sprang zur Seite in den Schnee. Der BMW verfehlte ihn um Haaresbreite und jaulte nach links Richtung Gruitener Straße. Struller und Jensen hasteten über die Trümmerteile des Tores hinterher und sahen, wie Brezina mit seinem Wagen einen bunt lackierten Trabbi touchierte, der vor dem Tor des Schrottplatzes den Eingang zierte. Brezina geriet mit seinem Wagen nach rechts und schlitterte auf den Abhang zum Bahndamm zu. Sträucher und Äste klatschten gegen das Fahrzeug. Die rechten Reifen drehten durch. Im letzten Moment brachte er den Wagen wieder in die Spur. Brezina trat das Gaspedal durch, Schnee wurde aufgewühlt.

Der Hund fing wieder an zu bellen.

Brezina heizte durch die Gruitener Straße. Aber da waren die Absperrpoller!

Ohne auch nur eine Sekunde das Tempo rauszunehmen, hämmerte Brezina den Poller mit seinem Wagen platt und sprang nach rechts in die Ronsdorfer Straße.

»Zurück zum Auto!«, brüllte Struller. »Wir müssen eine Fahndung rausgeben!«

Struller und Jensen rannten zurück zum Supermarkt. Die Kollegen vom SEK hatten inzwischen alle Rolltore geöffnet. Es qualmte wie verrückt. Der Kommandoführer reckte ihnen im Vorbeirennen einen aufgerichteten Daumen entgegen. Das Massaker sah zwar nicht so aus, schien aber doch als zu 80 Prozent gelungen durchzugehen.

Der grüne Iro war definitiv tot und würde nie wieder jungen, tschechischen Mädchen zusetzen. Das festzustellen, brauchte es keinen Arzt. Der blutige, zerfetzte Oberkörper machte jede Diagnose überflüssig.

Struller und Jensen warfen sich in den Wagen. Jensen quietschte auf die Ronsdorfer Straße und gab Stoff.

»Der geht uns durch die Lappen!«

Struller jagte über Funk eine schnelle Fahndung raus.

»Wohin haut der ab?«, fragte Jensen, der sich für keine Richtung entscheiden konnte.

»Keine Ahnung! Ich überlege«, brummte Struller.

Flughafen? A 57? Mörsenbroicher Ei? Knallt er den Wagen in eine Parklücke und haut er zu Fuß weiter ab? Oder mit der U-Bahn?

In diesem Moment meldete ein Kradfahrer am Funk, dass ihn gerade ein schwarzer BMW auf der Kettwiger Straße von der Fahrbahn genötigt hatte. Er war gestürzt, aber nicht verletzt.

»Der Kusel«, zischte Struller, der den Kradfahrer an der Stimme erkannte. Und schlug sich vor die Stirn.

»Verdammt, nach Hause! Brezina fährt nach Hause. Klar,

Kettwiger Straße, dann nach rechts und schon ist er wieder auf dem Höher Weg und auf dem direkten Weg in die Schweizer Siedlung. Gib Stoff! Der Bursche hat zu Hause noch was zu erledigen. Den kaufen wir uns!«

Jensen gab alles. Der Peugeot ließ sich in Kurven auch auf zwei Rädern fahren. Sie schepperten sich über einen Bodenschweller in das Neubaugebiet und erreichten auf dem Luzerner Weg Brezinas Haus.

»Da!«, jubelte Struller. »Der BMW!« Er hämmerte eine Faust auf das Armaturenbrett. »Gleich haben wir dich!«

Jensen stoppte hinter einem silberfarbenen Mercedes. Ein ... Sportwagen. »Moment, ist das nicht ...?«

Struller sprang aus dem Wagen und schlug im Vorbeirennen fluchend auf den teuren Kotflügel. »Ja. Ist es! Verdammt, ich hab es geahnt! Weiter! Achtung! Leise! Die Haustür steht auf!«

Sie rutschten und stolperten durch den Schnee an die Haustür, die tatsächlich einen Spaltbreit offenstand. Sie zogen die Waffen und schlichen leise in den Flur. Vom Flur aus blickten sie ins Wohnzimmer.

»Brezina«, zischte Struller.

Brezina stand mitten im Wohnzimmer hinter einer weißen Ledercouch. Dort stand er mit erhobenen Händen. Jan Brezina war nicht alleine. Eine Frau stand ihm gegenüber. Mit einer Waffe in der Hand. Struller drückte die halb geöffnete Tür mit der Pistolenspitze ganz auf.

Die Frau sah ihn. »Zurück bleiben!«

»Machen Sie keinen Mist!«, zischte Struller.

»Und die Waffen runter!«

Jensen folgte Struller vorsichtig ins Zimmer. Die würde nicht auf sie schießen.

»Ich werde schießen, Pit!«

Struller nickte. »Das werden Sie nicht!«

»Doch. Du hast ja keine Ahnung, wie tief ich drinstecke!«

Struller machte einen vorsichtigen Schritt. »Doch. Uns ist schon lange klar, dass es einen Maulwurf gibt. Da lief zu viel daneben. Da wurden Infos weitergegeben. Eine Frau mit Einfluss. Es kamen nicht viele infrage.«

Brezina ruckelte.

»Keine Bewegung, du Scheißkerl!«, fauchte sie und ruckte mit der Waffe, die fest und ohne zu zittern in ihren Fingern lag.

»Das kriegen wir alles hin«, versuchte es Struller.

»Du hast ja keine Ahnung, Pit!«

»Ich muss nicht alles wissen. Aber ich weiß: *Das* kriegen wir hin!« Struller schluckte. Vor ihm stand der Maulwurf. Er hätte gerne jemand anderes als Verräterin enttarnt als ausgerechnet die Leitende Staatsanwältin, Yvette de Baron. »Warum?«, fragte Struller.

»Das Schwein hat meine Schwester in der Gewalt. Sie muss hier irgendwo sein! Es ist sein letzter Trumpf. Ich musste ihn stellen. Er hat gedroht, sie umzubringen. Ihr eine Überdosis zu verpassen. Meine Schwester ist drogensüchtig!«

Brezina rümpfte die Nase. »Ich weiß nicht, wovon die Frau spricht. Stuhlmann, Sie sind Polizist, tun Sie was!«

»Yvette, nehmen Sie die Waffe runter!«

»Nein«, zischte sie. »Brezina, wo ist Monic?«

»Ich habe keine Ahnung!«

»Wo ist Monic?«

»Ich habe …«

Ein Schuss krachte und gleich neben Brezina bröckelte der feine Stuck von der Wand.

Brezina zog den Kopf ein. »Verdammt, was…?«

»Wo ist meine Schwester? Der nächste Schuss geht in dein Bein! Wenn ich es treffe!«

»Sagen Sie es ihr, verdammt noch mal!«, fauchte Struller.

Jensen räusperte sich. »Brezina, was ist das für ein Schlüssel, den du da in deinen Fingern hältst? Los! Wirf ihn rüber!«

Brezina schnippte den Schlüssel zu Jensen, der ihn auffing. »Gehört zum Gartenhaus. Drunter ist ein Keller. Da sitzt auch die kleine Schwester dieser Durchgeknallten! Wohlbehalten, ihr geht es gut!«

Jensen durchquerte den Raum, öffnete ein Schiebeelement, das in den Garten führte und eilte nach draußen. Struller blieb gar nichts anderes übrig, als seine Waffe ganz langsam zu heben und auf Yvette zu zielen.

»Yvette, bitte, zwinge mich nicht!«

»Yvette lachte. »Pit.... Wenn du wüsstest ...«

Struller zielte mit der rechten und bemühte sich um beruhigende Gesten mit der linken Hand. »Der Zugriff auf der Langenberger Straße hat geklappt. Es ging ein bisschen wild zur Sache, aber ... 80 Prozent positiv, würde ich schätzen. Wir haben den Klein-LKW. Damit wurde was auch immer geschmuggelt. Wir haben Brezina an den Eiern. Wir haben gewonnen! Wenn du jetzt nicht alles kaputt machst!«

Der warme Blick, den Yvette de Baron ihm knapp zuwarf, traf Struller mitten ins Herz. Er ... mochte sie! Lieber Gott, bitte lass sie zur Vernunft kommen, flehte Struller.

»Wenn er Monic entführt und dich erpresst hat, dann kommen wir prima mit dem Sachverhalt klar. Ich habe nie eine Waffe in deinen Fingern gesehen!«

Sie lachte. »Das sieht dir ähnlich, Pit. Danke, aber ... Ich hab mir die Sache gründlich überlegt. Für mich geht es eh nicht weiter. Nichts wird wie früher sein! Brezina ist fällig. Jetzt! Und hier! Ich werde nicht riskieren, dass irgendein ...«

»Yvi, ich bin es! Tu es nicht!«, rief eine blonde, hagere Frau, die sich durch die Terrassentür in den Raum drängte.

»Monic!«

»Yvi, bitte! Das ist er nicht wert. Ich bin okay, ich ... Bitte, leg die Waffe weg!«

»Sie war in einem Keller unter dem Gartenhaus, wie er gesagt hat«, flüsterte Jensen, der ihr in den Raum folgte.

Monic war eine jüngere Ausgabe von Yvette de Baron.

»Yvi, mach jetzt keinen Unsinn! Wir haben das Schwein. Ich kann alles beweisen!«

»Das stimmt. Brezina ist fällig. Den bringen wir für immer hinter schwedische Gardinen«, behauptete Struller. »Vertrau mir!«

Yvette schien zu zögern.

Und verlor für eine Sekunde Brezina aus dem Visier. Sein linker Arm schnellte auf den Rücken, er riss eine Knarre hinten aus dem Hosenbund. De Baron schoss, aber der Schuss ging in die Decke. Brezina riss die Waffe hoch. Es knallte.

Aber es war Brezina, der getroffen zu Boden sank.

Und es war Strullers Schießeisen, das vorne qualmte.

Jensen sprang los und riss Yvette die Knarre aus der Hand.

Sie blickte ihm fest in die Augen. »Ich habe getan, was ich getan habe und ich habe getan, was ich tun musste. Ich ziehe euch da nicht mit rein! Auf keinen Fall!«

Monic drückte Jensen zur Seite, die Schwestern schlossen sich in die Arme.

Struller hatte sich über Brezina gebeugt und schüttelte den Kopf.

Jensen klappte sein Handy auf und bestellte einen Notarzt, von dem er wusste, dass er zu spät kommen würde.

* * *

Struller setzte seinen Namen unter die Anhörung. Der Kollege des zuständigen Kommissariats nahm das Schreiben an sich, heftete es in die Akte, die er dann schwungvoll zuklatschte.

»Alles klar, Kollege. Übersichtlicher Sachverhalt, drei Zeugen. Rechtfertigender Notstand, sag ich mal. Ich bringe die Akte direkt zum Behördenleiter, der will mal drüberfliegen und wissen, was er der Presse erzählen kann.«

»Gut«, sagte Struller.

Hengstmann, der der Vernehmung beigewohnt hatte, räusperte sich. »Herr Struhlmann. So ein Schusswaffengebrauch ist ein traumatisches Erlebnis. Das sollten Sie nicht auf die leichte Schulter nehmen. Ich rege nochmals an, dass Sie sich einer Psychologin stellen.«

Struller verdrehte die Augen. Okay, sein Chef meinte es gut, aber die Polizeipsychologin mochte als noch so patent und kompetent gelten, er hatte auf das Gequatsche keinen Bock. Außerdem hatte er schließlich keinen Unbeteiligten erschossen, sondern Brezina, die miese Sau! »Alles klar bei mir.«

Hengstmann seufzte und wechselte einen Blick mit Jensen, der aber ebenfalls hilflos mit den Achseln zuckte.

Jensen strich sich eine Strähne hinters Ohr. »Ich habe gerade mit dem Kommandoführer telefoniert. Außer Brezina hat es noch zwei Gauner erwischt, darunter den grünen Iro. Ein Verbrecher liegt mit Durchschuss im Krankenhaus, er wird durchkommen. Es gibt zwei leicht verletzte Kollegen. Alles in allem war der Einsatzleiter zufrieden.«

»Okay.« Struller stand auf. »Dann gehe ich jetzt mal schnell ins Polizeigewahrsam.«

»Was denn da?«, fragten Jensen und Hengstmann gleichzeitig.

»Pavel Slezak besuchen. Da wird jetzt vom zuständigen Richter sein Antrag auf Kronzeugenregelung entschieden. Ich brauche nicht lange. Komm, Praktikant!«

Struller schnappte sich sein Jackett, bot seinem Chef noch eine Tasse Kaffee an, die er sich unten bei den Kollegen der Polizeiwache Bilk hätte holen können, und sprang von Jensen verfolgt schnell die Stufen runter ins Erdgeschoss, um über den Innenhof ins Polizeigewahrsam zu hasten.

Den Richter, der ihm mit einem Haufen Papiere für Slezak unterm Arm im Foyer entgegenkam, grüßte er freundlich.

»Ich versteh nicht. Was genau willst du von Slezak?«, fragte Jensen.

»Small Talk«, knurrte Struller und drückte die Klingel. »Morgen, Rene«, grüßte Struller den Beamten des Gewahrsams.

»Morgen, Pit. Alles klar?«

»Immer. Ich muss noch mal zum Slezak.«

»Da musst du dich beeilen, der wird gleich entlassen. Der Richter ist schon unterwegs.«

»Abwarten!«

Rene zuckte mit den Schultern und führte Struller an eine Zelle im Untergeschoss. Es roch muffig nach feuchtem Strumpf. Die hagere, ungepflegte Erklärung wurde gerade durch zwei Beamte der Wache Bilk in eine Zelle geschoben. Struller rümpfte die Nase.

»Puh«, stöhnte Jensen.

»Der Kappes. Den haben wir jeden zweiten Tag hier. Praktisch können wir unser Polizeigewahrsam als seinen festen Wohnsitz anmelden. Sonst hat er nämlich keinen«, erklärte Rene gelassen.

Dann öffnete er die Zellentür und ließ Struller und Jensen hinein. Pavel Slezak stand ruhig und arrogant grinsend in seiner Zelle, als die Tür aufging.

»Oh, die Herren Struhlmann und Jensen geben sich die Ehre und verabschieden sich persönlich von mir. Na, das nenne ich nett«, frohlockte der Tscheche. »Wo ist denn der Richter?«

»Kommt sicher gleich, mein Freund.«

Slezak drückte sein Kreuz durch. »Ich bin bereit, umfassend auszusagen und als Belastungszeuge zur Verfügung zu stehen.«

Struller lehnte sich gegen die weiß gekachelte Zellenwand. »Sag mir nachher, ob du meinen Ermittlungsergebnissen noch etwas hinzufügen möchtest.« Er schlug sich eine Kippe aus der Schachtel.

Hoffentlich springen die Rauchmelder nicht an, dachte Jensen.

»Brezina ist Jugendrichter. Irgendwann bist du bei ihm gelandet. Danach seid ihr einen Deal eingegangen. Brezina nannte dir die Namen minderjähriger Mädchen, die durch seinen Gerichtssaal gingen. Nicht alle, aber die der minderjährigen Damen, denen der Herr Richter eine Karriere im Rotlichtmilieu zutraute. An die so Auserwählten hast du dich rangemacht und sie nach Deutschland verschleppt, zuletzt in den *Club Jamaika* nach Düsseldorf.«

Slezaks Mund klappte auf.

Das sah nicht schön aus, fand Jensen.

»Wo bleibt der Richter?«, fragte Slezak matt.

»Der kommt sicher gleich«, erklärte Jensen.

»Unter anderem auch Darina Hasek«, fuhr Struller fort. »Die hatte sich tatsächlich in dich verliebt und war sehr enttäuscht, als sie mit 18 für dich in Düsseldorf in einem Club arbeiten sollte. So enttäuscht, dass du sie auch nicht unbeaufsichtigt in einer Wohnung auf der Scheurenstraße mit ihren Kolleginnen wohnen lassen wolltest. Damit sie in ihrer Freizeit nicht auf dumme Gedanken kommt, hast du für sie die Mobile Strip-Show organisiert. Gelockt hast du sie mit der Aussicht auf zusätzliche Einnahmen, die ihr ermöglichen würden, irgendwann wieder gen Heimat reisen zu können.«

Slezak ließ sich mit dem Rücken gegen die Wand fallen.

Struller blies einen Kringel auf den Boden. »In jener Montagnacht hat sie bei den Tennisspielern Jan Brezina erkannt. Den Jugendrichter aus Prag. Jetzt machte der hier im Tennisclub einen auf dicke Hose. Als sie euch beide zusammen sah, machte es Klick und es fiel ihr wie Schuppen von den Augen. Brezina hatte dich an sie verwiesen, das Ganze war ein abgekartetes Spiel. Sie war wütend. Auf dich. Und noch mehr: auf ihn. Den feinen Tennisspieler!«

»Zufall«, flüsterte Slezak.

»Aber sie hat euch nicht nur gesehen, sondern auch etwas aufgefangen. Nämlich ein Kennzeichen. Und Einzelheiten zu einer richtig dicken Schmuggelaktion. Hast du versucht, ihr das Kennzeichen vom Oberschenkel zu wischen? Weil dir nachher auffiel, dass sie beim letzten Strip den Slip angelassen hat?«

Slezak verzichtete auf eine Antwort. Struller wollte sie auch gar nicht hören.

»Nach ihrem letzten Auftritt nimmt sie sich ein Taxi und fährt zurück ins Tennisheim, um Brezina zur Rede zu stellen. Oder wollte sie Geld von ihm?«

»Keine Ahnung«, zischte Slezak. »Als ich dort ankam, war sie bereits tot.«

»Zusammen mit Mondgesicht alias Petr Valova hast du Darina Hasek in einen Container gepackt und von der Südbrücke in den Rhein geworfen. Das, mein Freund, nehme ich dir persönlich übel!«

»Kannst du das beweisen?«

»Ja«, behauptete Struller. »Am nächsten Abend triffst du Dobrovsky im *Pretty Vacant*. Noch so ein Ex-Jugendlicher, der durch Brezinas Finger ging. Du machst den nächsten schweren Fehler und führst ihn in den *Club Jamaika*. Da trifft er auf Brezina, den du dort nicht vermutet hast und natürlich erkennt er ihn auch.«

Slezak hatte angefangen zu schwitzen. Mit fahrigen Bewegungen wischte er sich übers Gesicht, sein Atem wurde kurz und kürzer. »Verdammt. Als Brezina dort plötzlich und unerwartet auftauchte, war mir klar, dass Dobrovsky der nächste Tote ist. Also hab ich den entführt.«

»Und in der Wohnung von Jirko Sverak versteckt, in der Behrenstraße.«

»Klar, damit dem niemand was tut. Aber Dobrovsky war total hysterisch. Das wurde immer beunruhigender. Ich wusste, dass Brezina ein letztes, ganz dickes Ding plante und dann für immer abhauen wollte. Irgendwann wäre das alles vorbei gewesen.«

»War es aber nicht. Für Brezina hast du einen Fehler zu viel gemacht. Er hetzt dir den dicken Killer auf den Balg. Du bist schneller, tötest ihn, verschleppst Dobrovsky ins Hotel Schaubzek, versuchst nach Prag abzuhauen, aber auch dort bist du inzwischen in Ungnade gefallen. Wir bringen dich nach Deutschland, und du meinst nun eine gute Idee zu haben und versuchst, in die Kronzeugenregelung zu kommen.«

»Das meine ich nicht nur. Das werde ich!«, rotzte Slezak trotzig. »Ich habe ein paar sehr brisante Informationen, was Brezinas Netzwerk angeht. Und, was seinen letzten großen Deal angeht. Da geht es um Waffen, aber nicht um Spielzeugpistolen.«

Struller nahm einen letzten Zug auf Lunge und drückte die Kippe auf den weißen Kacheln aus. »Es gibt keinen Waffendeal und keine Kronzeugenregelung.«

Slezak lachte. »Das entscheidest nicht du!«

»Doch«, grinste Struller. »Irgendwie habe ich das entschieden. Ich habe Brezina erschossen. Er ist tot. Es wird kein Verfahren geben. Und deshalb brauchen wir auch keinen Kronzeugen. Du verstehst: Kein Verfahren, kein Kronzeuge!«

Slezak verlor alle Farbe. Er taumelte. »Was …? Wie …?«

Jensen nickte. »Er hat ihn tatsächlich erschossen.«

»Aber …«

»Nix aber. Du bist eine miese, kleine Ratte. Du hast naiven, kleinen Mädchen das Blaue vom Himmel versprochen und sie Menschenhändlern ausgeliefert. Die sind auf dem Strich und bestenfalls in einem Tabledancebums gelandet.« Struller warf Jensen einen schnellen Seitenblick zu. »Du hast einem Mörder bei der Tat geholfen!«

»Geholfen?«, schrie Slezak. »Ich hätte doch gar nichts mehr tun können. Ich hab doch gerade noch gesehen, wie Brezina aufhört, sie zu würgen. Da war sie doch schon tot!«

Jensen erkannte, dass Struller vor Begeisterung eine Faust ballte. Auch wenn Brezina sich vor keinem irdischen Gericht würde verantworten müssen: Die Tat war jetzt aufgeklärt. Brezina hatte Darina, hatte Strullers Arielle ermordet. Der Fall war endgültig geklärt!

Struller fuhr äußerlich ganz ruhig fort. »Du hast Dobrovsky entführt, der traumatisiert tagelang im künstlichen Koma gehalten werden muss. Du hast versucht, mich zu verarschen! Du bist scheiße! Du wirst für eine lange, lange Zeit hinter Gittern schmoren. Und das ist gut so.«

Slezak ließ sich kraftlos auf die Betonpritsche fallen. Es raselte an der Tür.

»Hier ist der Richter«, meldete Rene.

»Hat sich, glaube ich, erledigt«, brummte Struller, ging raus und schüttelte dem Richter die Hand. »Hinsichtlich der Kronzeugenregelung, da hat sich was ergeben. Das muss ich Ihnen ganz schnell erklären.«

»Tschüss«, sagte Jensen. »Wir gehen dann. Du bleibst noch hier? Schön.«

Freitag vor Heiligabend

Ich hasse Glühwein«, maulte Struller und verzog sein Gesicht. Von der linken Seite wurde ihm ein Regenschirm in die Seite gerammt.

»Einen bist du mir schuldig, Pit«, behauptete Jensen.

»Ich schulde dir gar nichts. Aber wenn wir die Plörre hier aus haben, gehen wir auf ein schnelles, gepflegtes Getränk ins *Aquarium*!«

Jensen grinste. »Als wenn ich es geahnt hätte.«

Struller zog die Augenbrauen hoch. Was hatte denn da gerade Verschmitztes in seines Praktikanten Gesicht aufgeblitzt?

Stattdessen fragte Jensen. »Um noch mal auf unseren Fall zu kommen: Warum die Kerle so hinter der Ewa her waren, das kapiere ich noch nicht.«

Struller nippte am heißen Getränk. »Ewa Czeck hatte keine Hintergrundinformationen, aber im *Club Jamaika* wusste man, dass sie Darina Haseks beste Freundin war. Nachdem wir sie vernommen und heimlich bei deiner Oma untergebracht hatten, gingen Brezina und seine Bande davon aus, dass sie wahrscheinlich doch etwas Entscheidendes wusste, was das ganze Unternehmen gefährden konnte.«

»Das Ergebnis deines Köder-Tricks!«

»Das war nicht nur ein Trick, mein junger Freund. Ich hatte tatsächlich Sorge, dass die Bande Ewa sicherheitshalber aus dem Weg räumt, einfach für den Fall, dass sie was wissen *könnte*. Brezinas Nerven lagen zu dem Zeitpunkt schon blank. Schließlich stand sein Deal unmittelbar bevor, er hatte schon gemordet, und er wollte sich nicht kurz vor Schluss in die Suppe spucken lassen.«

Jensen blies ins heiße Getränk, um es zu kühlen. »Und dann hätte er meine arme Oma gleich mitkillen lassen.«

Struller grunzte. »In diesem durchgeknallten Stadium wäre es auf eine agile Großmutter mehr oder weniger nicht angekommen. Er wäre davon ausgegangen, dass Ewa sich Oma anvertraut hätte. Also: Oma gleich mit weg.«

Jensens Getränk hatte endlich Betriebstemperatur erreicht, und er nahm einen kräftigen Schluck. Jensen fand Weihnachten toll!

»Ach, hast du heute die Zeitung gelesen?«

»Bin ich noch nicht zu gekommen«, brummte Struller und duckte sich, weil ein klebriger Glühweinbecher über seinen Kopf zurück an den Stand gegeben wurde.

»Dann lies das hier! Stand heute im Lokalteil.« Jensen reichte Struller einen zerknitterten Zeitungsartikel.

»20 Prozent auf alles – außer Tiernahrung?«

»Die andere Seite!«

»In den frühen Morgenstunden entdeckten Polizeibeamte auf dem Mintropplatz eine splitternackte, männliche Person. Unbekannte hatten den leicht unterkühlten Mann mit einer Handschelle an einen Fahrradständer gefesselt. Ermittlungen ergaben, dass es sich um Thomas R., einen 30 Jahre alten, aus Freiburg stammenden Mann handelte, der im Bahnhofsviertel ein Lokal geführt hat, das in der vergangenen Woche vom Ordnungsamt Düsseldorf geschlossen wurde. Insider vermuten, dass hier eine Auseinandersetzung im Rotlichtmilieu auf ungewöhnliche Art beendet wurde. Thomas R. hat zwischenzeitlich Düsseldorf den nackten Rücken gekehrt.« Struller lachte. »Fallobst Reisinger, der Klappspaten. Herrlich.« Er trat kurz zurück, um einer korpulenten Hausfrau mit gigantischer Oberweite aus Oer-Erkenschwick Platz zu geben, die sich mit Glühwein bepackt eine Schneise durch die Menschen an der Glühweinbude pflügte. »Boah, geht's noch?«, fragte Struller.

»Gestern ging es noch«, blinzelte die Dame.

Oh Gott, dachte Struller und schüttelte sich. »Ich habe aber auch was, Jensen. Die Kollegen von der Wirtschaftskriminalität haben heute Vormittag Stefan Reuter vorläufig festgenommen. Ermittlungen haben ergeben, dass Brezina seine Tätigkeit als Kassierer bei Blau-Rot Ludenberg genutzt hat, um im großen Stil Geld zu waschen. Und ermöglicht hat ihm dies der feine Herr Reuter als Vorstandmitglied seiner großen, renommierten Privatbank, der dafür prima die Hand aufgehalten hat.«

»Alles wird gut«, grinste Jensen zufrieden.

»Richtig. Und deshalb ruf ich jetzt Jay Kay an, damit der uns aus diesem Zoo abholt und in eine vernünftige, ehrliche Kneipe karrt, die da *Aquarium* heißt!«

Jay Kay ließ sich allerdings nicht erreichen. Aber Taxis gab es auf der Heinrich-Heine-Allee genug, man musste sich nur durchsetzen können.

Eine Viertelstunde später spuckte sie ein Daimler vor dem *Aquarium* aus. Während Jensen zahlte, seufzte Struller erleichtert. Er hatte kaum die Tür zum Lokal aufgestoßen, da merkte er, dass … alles falsch war.

Jona Lewie sang *Stop the Cavalry*. Himmel!

Zuerst entdeckte er Ferdinand Hengstmann und Bertie Spurtmann – jeweils mit einem Glas Sekt in der Hand. Rechts an einem runden Stammtisch sangen der Kommandoführer des SEK und seine Truppe Weihnachtslieder. Hinter der Theke zapfte Dieter, die Leopardenfrau. Ewa und Sabina Beilic kellnerten und sahen klasse aus. Oma Jensen reichte Frikadellen. Struller erkannte viele Stammgäste. Verdammt, er war mitten in eine Weihnachtsfeier geraten.

Er fuhr herum zu Jensen. »Das hast du gewusst!«

»Natürlich. War klar, dass wir nach dem Weihnachtsmarkt

noch hier versacken würden. Nur die Aussicht auf eine Weihnachtsfeier hätte dich davon abhalten können. Aber von der wusstest du ja nichts.

»Verräter!«

»Ja«, summte Jensen, an dessen Seite sich eine große Blondine geschmiegt hatte. »Das ist übrigens Kim Schoo. Sie arbeitet als Leiterin einer Bibliothek.«

»Hallo«, sagte Struller und beschloss sich auch mal wieder ein Buch auszuleihen. Er würde es ja nicht unbedingt lesen müssen.

Slade sangen plötzlich *Merry Christmas* und Struller ging es schon wieder ein bisschen besser. Er entdeckte an der Theke einen Mann. Etwas grob in der Ausstrahlung und mit Cordhose. Gerade nahm er von Oma Jensen offensichtlich begeistert eine Frikadelle mit Senf entgegen.

»Wer ist das denn, Jensen?«

»Das ist Hans aus Herongen. Weißt du, der mit dem Spezialsand. Diesen Spezialsand haben Faserspuren-Harald und seine Männer im Reifenprofil von Karpfenkopfs Kombi gefunden. Damit steht fest, dass er es war, der zusammen mit dem viel zu früh von uns gegangenen Iro meiner Oma an den Kragen wollte. Dachte, den lade ich mal ein.«

»Hat er sich verdient«, stimmte Struller zu und fuhr zusammen.

Vom anderen Ende des Raums kam sein Taxifahrer Jay Kay auf sie zu. »Hallo Boss! Coole Party!«

In seinen Armen …

»Hallo Pit«, grüßte Saskia Baumeister.

»Hallo!«, grüßte Struller sparsam. Die beiden gaben optisch ein mehr als schickes Paar ab.

Saskia Baumeister räusperte sich. »Es fällt mir natürlich enorm schwer und ich überwinde mich nur, weil ich schon was getrunken habe und meine Hormone ob des scharfen Kerls hier an meiner Seite verrückt spielen, aber ich muss mich bei dir bedanken.«

»Ach?«

»Ja. Und jetzt kann ich es dir sagen. Ich war in Sachen Waffenschmuggel in Düsseldorf. Wir hatten konkrete Hinweise auf ein gigantisches Waffengeschäft, das in Düsseldorf über die Bühne gehen sollte.«

Struller erinnerte sich an die Dienstbesprechung. Die mit den im Hafenbecken schwimmenden Särgen.

»Wir haben ziemlich im Dunkeln getappt, aber gewusst, dass irgendwie der *Club Jamaika* mit drin hängt. In dem Klein-LKW wurden Waffen im Schwarzmarktwert von über sechs Millionen Euro beschlagnahmt. Kein Spielzeug, sondern Kriegswaffen. RPG 7, Schrotgewehre aus Korea, GPS-Empfänger, Munition und vor allen Dingen über 50 schultergestützte Boden-Luft-Raketen, Restbestände aus Weißrussland.«

»Aha«, zog Struller die Augenbrauen hoch. »Ich kenne mich mit Waffen nicht so aus. Vorne kommt bei meiner die Kugel raus und es qualmt, wenn man geschossen hat.«

»Eine russische St 18 Grouse funktioniert vom Prinzip her ähnlich«, grinste die Baumeister. »Die Waffen waren für das kolumbianische Drogenkartell bestimmt. Sehr sensible Geschäftspartner übrigens, weshalb Brezina um eine reibungslose Abwicklung des Geschäfts mehr als bemüht war und der Grund dafür, warum er sich persönlich so in die Sache reingehängt hat. Ginge das Geschäft schief, hätte er mit dem Leben bezahlen müssen.«

Struller grinste. »Dann habe ich ja quasi nur seine Restlaufzeit verkürzt.«

»Boss, sorry, aber wir gehen jetzt wieder auf die Tanzfläche!«, zog Jay Kay die Polizistin zur Seite. Dann beugte er sich schnell zu Struller und flüsterte. »Danke noch mal, dass du mir die Perle damals im Taxi quasi vorgestellt hast.«

»Nicht dafür«, knirschte Struller und brauchte jetzt dringend was zu trinken.

»Hallo Pit«, wurde Struller an der Theke von Doc Stich begrüßt. »Frohe Weihnachten demnächst. Lena lässt sich entschuldigen. Sie hat kurzfristig eine 80-Jährige zu Besuch, die mal einen Herzinfarkt gehabt hat.« Er grinste und warf einen Blick auf Jensen. »Ich glaube, sie hatte letztens eine Verabredung mit deinem jungen Kollegen, von der sie sich ein wenig mehr versprochen hatte.«

Struller nippte am Bier, das Dieter ihm ein Auge kneifend überreicht hatte. »Jensen hat sich noch nicht ganz festgelegt. Ist ja auch noch jung.«

Krake tauchte breit grinsend neben Struller auf, seinen Arm in einem hübschen Gips verpackt. »Na, das freut mich aber, dass ich dich auf einer Weihnachtsfeier begrüßen kann, du Weihnachtsmuffel.«

»Das war eine Fall, Krake. Eine gemeine Falle. Man hat mich hierher gelockt. Ich werde mich betrinken und dann randalieren!«

Krake lachte.

»Auf ein Wort, Herr Struhlmann«, schob sich Hengstmann zwischen sie, Bertie Spurtmann im Schlepptau.

»Milos und Jara Kopecky sowie Herr Dobrovsky lassen herzlich aus Prag grüßen. Dobrovsky ist auf dem Weg der Besserung.«

»Das ist schön.«

»Es grüßt sie ferner der Kollege Skupa. Geradezu überschwänglich. Bei den Folgeermittlungen zur Festnahme Brezinas ist in Prag ein ganzes Geflecht an Seilschaften und Filz aufgeflogen. Skupa leitet eine Sonderkommission, die diesen

Justizskandal aufklären soll. Förmlich ein Sumpf. Wortwörtlich hat er gesagt, dass er dabei ist, das schützende Händchen vom Ärmchen zu trennen. Sie würden dann schon wissen.«

Struller lachte. »Ja. Alles klar, da weiß ich Bescheid.«

Bertie Spurtmann hustete. »Ja, und ich hab auch was. Lieber Kollege Struhlmann. Die letzte Woche war die schönste und aufregendste in meinem ganzen Berufsleben. Aber bitte nicht böse sein. Ich habe Herrn Hengstmann um eine Abordnung in eine andere Dienststelle gebeten. Doris hat mich erwischt, wie ich heimlich den *Tatort* im Ersten geguckt habe und sie meint, ich würde mich verändern. Den nächsten Fall, so leid es mir tut, müsst ihr wieder ohne mich lösen.«

Doc Stich grinste. Struller nickte ernst. »Wenn wir das mal hinkriegen. Aber okay. Danke für alles. Ohne dich und deine Greisspur ...«

»Ein C 38/5 Serie B. Nesselwang im Allgäu.«

»Genau, ohne dich, wären wir nicht da, wo wir jetzt sind. Prost, Bertie.«

»Prost!«, riefen alle und Struller flüsterte Bertie noch kurz zu: »Würdest du mir demnächst noch einen kleinen Gefallen tun? Ich spreche dich nächste Woche im Büro noch mal unter vier Augen kurz drauf an.«

»Aber sicher ... Pit.«

»Jemand frische Frikadellen?« Oma Jensen präsentierte ein Tablett mitten in die Runde hinein.

Alle griffen beherzt zu. Oma Jensen seufzte und nickte rüber ans andere Ende der Theke, wo Ewa gerade bei Leoparden-Dieter Nachschub orderte. »Die Ewa ist eine ganz Liebe. Die wäre doch was für Christian.«

»Äh, der hat doch die Kim«, fragte Struller und nickte Richtung Tanzfläche, wo sein Ex-Praktikant mit Kim Schoo zu *2000 Miles* von den Pretenders klammerte.

»Ach, die ist doch größer als der. Das hält nicht. Nee, die Ewa wäre genau die Richtige. Wenn die nur nicht immer in Unterwäsche rumlaufen würde …«

Struller warf einen irritierten Blick auf Ewas knappes Outfit. Bluse, Rock und Stiefel. »Unterwäsche?«

»Alles über Knie ist Dessous! Das ist in Ordnung, aber nur für zu Hause!«

Struller lachte.

»Frohe Weihnachten«, flüsterte plötzlich eine Stimme von links.

Struller fuhr herum. »Yvette? Das ist ja eine Überraschung.«

»Dein Kollege war so nett, mir Bescheid zu sagen. Trotz allem, was passiert ist.«

»Manchmal macht er durchaus was Sinnvolles. Gut siehst du aus«, lobte Struller und meinte es auch so. »Wie geht es deiner Schwester?«

»Sie macht einen Entzug. Das Gröbste hat sie hinter sich. Ihr geht es gut, wir sind beide sehr zuversichtlich. Sie ist eine Kämpferin!«

»Das höre ich gerne!«

Sie legte eine Hand auf Strullers Unterarm. »Ich fange schon mal an, interessante Kontakte zu knüpfen. Ich werde bei der Staatsanwaltschaft aufhören. Ist einfach besser. Auch wenn ich disziplinarrechtlich vielleicht mit einem blauen Auge aus der Sache rausgekommen wäre. Ich werde mich als Anwältin selbstständig machen. Kann ich hin und wieder auf deine Dienste zurückgreifen?«

Struller nickte. Und freute sich jetzt schon.

»Sicher!«

Schlussakt

Mit ruhigem, gemessenem Schritt trat der sportliche, junge Mann in der adretten Uniform vor die Gruppe und war sich deren voller Aufmerksamkeit absolut bewusst. Erwartungsvoll blickten ihn die sieben Frauen und Männer an. Er lächelte innerlich. Wie immer hingen sie gespannt an seinen Lippen.

Hatten sie bestanden? Oder nicht?

Sein Blick? Der blieb ausdruckslos. Noch einen kurzen Moment genoss er es, seine Schüler auf die Folter zu spannen. Herrlich.

Plötzlich verzog sich sein ernstes, souveränes Gesicht und ein zufriedenes, aufmunterndes Lächeln erzeugte tiefe, freundliche Grübchen in seinem Antlitz.

Einige Kollegen entspannten sich.

»Meine Damen, meine Herren, liebe Kolleginnen, liebe Kollegen, ich bin sehr, sehr, sehr zufrieden. Sie haben alle, ich wiederhole, Sie haben ausnahmslos alle das Seminar ›Rückwärtsfahren für Polizeibeamte‹ bestanden.

Den sieben Probanden war die Erleichterung anzusehen. Steine purzelten von ihren Herzen. Sie strahlten. Und als ganz links ein Kollege mit knallrotem Kopf spontan anfing zu klatschen, stimmten alle anderen mehr als höflich ein.

Der Ausbilder nickte freundlich.

Ein sehr gutes, gelungenes Seminar, sehr willige, aufmerksame Teilnehmer und dankbare Empfänger brauchbarer Tipps und gut gemeinter Ratschläge für den Alltag, da draußen auf den Straßen ihrer geliebten Landeshauptstadt.

Er räusperte sich. Das Klatschen ebbte ab.

»Ich möchte nun die Gelegenheit nutzen und einen unter

Ihnen herausheben. Eine Glanzleistung. Eine herausragende Vorstellung in den Teilbereichen ›Schulterblick‹ und ›Rückwärtsbremsen‹. Ich habe eine kleine Urkunde vorbereitet und bitte nun, den Kollegen vorzutreten, der dieses Seminar als Bester abgeschlossen hat. Bitte. Herr Peter Struhlmann.«

Beifall. Rhythmisches Klatschen. Anerkennendes Gemurmel. Ja, der Struhlmann war klasse.

Aus der letzten Reihe schob sich der Kollege ganz nach vorne. Der Ausbilder schüttelte ihm kräftig die Hand.

»Herzlichen Glückwunsch, Herr Struhlmann. Eine ganz reife Leistung!«

Der Kollege strahlte stolz. Wie immer trug er seinen grünen Pullunder.

»Noch mal, herzlichen Glückwunsch und allzeit gute Fahrt!«, wünschte der Ausbilder und überreichte dem würdigen Ersten eine Urkunde mit Landeswappen und Unterschrift des Polizeipräsidenten.

»Danke«, sagte Bertie Spurtmann.

Struller, der ihn heimlich an seiner Stelle zum Seminar geschickt hatte, würde bestimmt stolz auf ihn sein.

Danksagung

Ganz, ganz herzlich bedanken wir uns bei allen Kolleginnen und Kollegen, die uns auch bei »Umgelegt« wieder tatkräftig unterstützt haben. Danke für die hilfreichen Anregungen, die schrägen Ideen und die einzigartigen Anekdoten.
Vieles werdet ihr wiederfinden!

Ein besonderer Dank geht an die Berta-Tour der Polizeiwache Bilk, die ihren Betriebsausflug nach Prag gelegt hat, um vor Ort für uns zu recherchieren. Also … quasi. Danke!

Danke, Ferry! Unsere konspirativen Autorentreffen bei dir im Z auf der Weseler Straße sind klasse. Auf keiner Kegelbahn kann man so gut Probelesen wie bei dir! Und du hast immer ein paar Brötchen für uns übrig. Super!
Sorry, wenn es manchmal etwas länger wurde.

Casi dankt Tante Rita für ihren sagenhaft inspirierenden, leckeren Grünkohl.

Rösbert dankt seiner Familie für Geduld und Verständnis, wenn er am Script gearbeitet hat. Und der fantastischen 2. Mannschaft des TuS Gerresheim, die sensationell in die Kreisliga A aufgestiegen sind.

Zum Schluss danken wir Paul Weller, den Rolling Stones im Vorgriff auf die Tour zum 50., der Düsseldorfer EG und Naddel für alles!

Alle Anderen kommen im nächsten Buch dran. Martin hat schon angefangen …

KBV KRIMINALROMAN

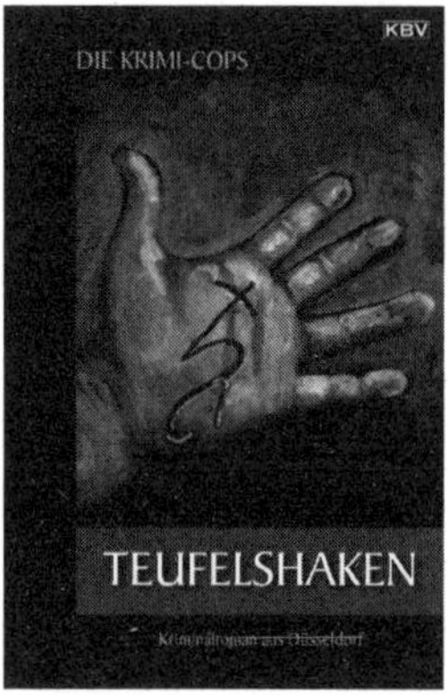

Die Krimi-Cops

TEUFELSHAKEN

Taschenbuch, 299 Seiten
ISBN 978-3-940077-49-3
9,50 EURO

Im Keller der Traditionsbrauerei Uerige in der Düsseldorfer Altstadt wird der dienstälteste Köbes tot aufgefunden, ausgerechnet von einem Altbierfass erschlagen. Ein Unfall?
Der Rücken einer männlichen Leiche im Mönchsgewand, die in einer unterirdischen Steinhöhle bei Lohausen gefunden wird, ist mit merkwürdig angeordneten kleinen Stichwunden übersät. Struller erkennt darin ein ihm unbekanntes Symbol. Kein Unfall!
Als dann noch eine dritte Leiche mit glasigem Blick auf den dahin fließenden Rhein gefunden wird, braucht Struller Unterstützung. Er rekrutiert seinen alten Praktikanten Jensen, der in einem kleinen Polizeirevier auf dem Lande nahe der holländischen Grenze eingesetzt ist und dort - so Struller - sowieso nichts Gescheites lernt.
Ihre Ermittlungen führen das ungleiche Team quer durch das alte und neue Düsseldorf ins Milieu der Glücksspieler, der Karnevalisten und schließlich sogar zur Bambi-Verleihung.
Sie legen sich mit einer Motorradgang an und finden Stück für Stück heraus, worum es sich bei dem geheimnisvollen Symbol handelt, das alle Morde miteinander verbindet. Was sie entdekken, macht die Sache nicht besser. Im Gegenteil …
Struller hatte es ja gleich geahnt!

»Nun sind die Krimi-Cops auf dem besten Weg zu Kultautoren zu werden.« (Westfalenpost)

KBV KRIMINALROMAN

David Daniel

HERZBLUT

Taschenbuch, 252 Seiten
ISBN 978-3-942446-27-3
9,50 EURO

Privatdetektiv Alexander Herz würde am liebsten jede freie Minute mit seiner neuen Freundin verbringen. Doch eine Dame der feinen Düsseldorfer Gesellschaft hat ihn damit beauftragt, die Machenschaften jenes Mannes aufzudecken, wegen dem Herz selbst vor Jahren ins Gefängnis musste.

Bei seinen Recherchen kommt er Kommissar Lohmeier in die Quere, der den grauenhaften Mord an Melanie, einem Teenager aus der düster-sentimentalen Emo-Szene aufzuklären versucht.

Merkwürdige Bissspuren am Hals des Opfers lassen laut Gerichtsmediziner nur einen äußerst überraschenden Schluss zu: Ein Vampir tötet in Düsseldorf. Doch Lohmeier sucht lieber nach einem Täter unter den Lebenden.

»Herzblut ist ein gelungenes Krimidebut, das mit einem rasanten Handlungsablauf und interessanten Charakteren überzeugt.«
(Media-Mania.de)

»Krimi-Debütant Peter Lutzmann bringt es auf den Punkt: ›In Düsseldorf trifft arm auf reich, alt auf jung, kreativ auf konservativ. Meistens stehen sie friedlich miteinander beim Bier in der Altstadt.‹«
(BILD)

KBV KRIMINALROMAN

H. P. Karr (Hg.)

SCHICHT IM SCHACHT

Taschenbuch, 285 Seiten

ISBN 978-3-942446-04-4

9,90 EURO

Wenn es vorbei ist, wenn alles aus ist, wenn nix mehr geht, dann ist ... Schicht im Schacht.

Nach der erfolgreichen Anthologie »Hängen im Schacht« haben sich jetzt noch einmal mehr als zwanzig Experten in Sachen guter krimineller Unterhaltung auf einen Streifzug durch das mörderische Ruhrgebiet gemacht. Zwischen Duisburg und Dortmund graben sich unter anderem Anne Chaplet, Nadine Buranaseda, Karr & Wehner, Nina George und Ralf Kramp in den kriminellen Untergrund des Reviers. Krimis zwischen Kohle und Kulturhauptstadt von den Besten ihres Fachs!

»Kurze, coole, krachende und komische Krimis über Kohle und Koks ...« (Zevener Zeitung zu »Hängen im Schacht«)

»Zwei Dutzend spannende, unterhaltsame und gelegentlich auch skurril-komische Kriminalgeschichten von ausgewiesenen Profis der mörderisch guten Unterhaltung.« (WAZ zu »Hängen im Schacht«)